U0871221

千念夜筝

不念 著

中国广播影视出版社

图书在版编目（CIP）数据

千念夜筝 / 不念著. -- 北京 ：中国广播影视出版社，2020.1

ISBN 978-7-5043-8349-5

Ⅰ. ①千… Ⅱ. ①不… Ⅲ. ①长篇小说－中国－当代 Ⅳ. ①I247.5

中国版本图书馆CIP数据核字(2019)第235930号

千念夜筝

不 念 著

责任编辑 王 萱
封面设计 南大古
责任校对 张 哲

出版发行 中国广播影视出版社
电　　话 010-86093580 010-86093583
社　　址 北京市西城区真武庙二条9号
邮　　编 100045
网　　址 www.crtp.com.cn
微　　博 http://weibo.com/crtp
电子信箱 crtp8@sina.com

经　　销 全国各地新华书店
印　　刷 北京凯德印刷有限责任公司

开　　本 880毫米×1230毫米 1/32
字　　数 400（千）字
印　　张 15.125
版　　次 2020年1月第1版 2020年1月第1次印刷

书　　号 ISBN 978-7-5043-8349-5
定　　价 49.80元

（版权所有 翻印必究·印装有误 负责调换）

目 录

CONTENTS

目 录

CONTENTS

目录

CONTENTS

楔　子

自云家小姐死后第二天开始，小白再也没有抚过我了。

云家小姐死在大红花轿里，一身夺目的大红嫁衫，她微微闭目，美丽的面容上无喜也无悲，仿佛只是安静地睡着了。宽大的袖袍里，右手紧紧拽着一个梨木簪，似乎是用尽了自己一生的力气去拽住她这一生最重要的东西。

那梨木簪是小白在舞榭楼抚了半个月的琴为云家小姐买下的。他们许诺好生死不离，但终究是逃不脱俗世的门第观念，一个是官家小姐，一个是穷书生，最后，她因逼婚而死，而他，连她最后一面都见不到。

云家小姐成亲那日，小白满目悲伤地伏在案前，一遍又一遍抚弄着我的弦，有那么一滴灼热的泪滴落在我的身上，沸腾了我的血液，我的灵魂仿佛在那一刹那苏醒过来，我有了知觉，我心里满是涩苦，像是感同身受了小白的绝望与悲伤。

在小白滴落那滴泪前，我只是一把普通的名琴，而在那之后，我有了精魂。

是的，我只是小白的琴，我叫夜筝。

小白已经好几日不曾进食，他有时立在窗前，一站就是好半天，眼眸平静，无喜也无悲。有清风顺着半开的木窗透进来，微微扬起他的白色的衣摆，清俊的面容，颀长的身影，仿若谪仙。

我看着他，深深地看着他。

云家小姐下葬当日，他在梨木案前执笔作画，他应是将所有的爱都倾注于此了，所以他的神情那样的专注，那样的认真。

案角是一个褐色的信封，正面是七个娟秀的字：吾爱木子萧亲启。

那信很是简短，想必是写信的时间太过仓促，那句“后日子时，沿江码头，不见不散”倒像是心中起意已久，不见分毫犹豫。

最后的落款笔锋利落，我仿佛可以想象到一个柔弱的官家小姐，在写下这封信时是下了多大的决心，落笔才能如此坚决。

于云家小姐而言，小白就是整个世界吧，不然她不会用如此决绝的方式，用生命来表达她对他的爱意。

唉，多么般配的才子佳人，只可惜落得这样的下场。

直至拂晓时分小白才放下笔来，他的眼里有着细碎的光芒，氤氲了双眸。

他看着画中的女子，深深地看着她。

画中的女子侧身而立，纤细的身子自有一种柔弱的美，她回眸浅笑，眉目含情，仿若一株怒放的白色海棠，雅致又满是小女儿家的娇羞。

他抬起手，修长的手指抚上画中女子的脸，低声呢喃：“水蓉，是我负了你，是我负了你。”

有那么一滴眼泪滴落下来，晕开了未干的画，那墨香在整个房间里弥散开去，晕染一室的思念。

我多想抱抱他，然而我只是一缕精魂，我甚至看不见自己，触不到自己，又怎么能靠近他，拥抱他，给他温暖呢？

这是他第二次为云家小姐落泪，他的心一定很疼很疼，因为她。

我的心也很疼很疼，因为这个总是一身素白衣裳的俊逸男子，这个给予我精魂的痴情男子。

我因他而生，他是我的主人。

我的主人叫木子萧，他总爱着一身素白的衣裳，我便唤他小白。

第一章

拜　师

我不知道小白为什么会独自一人住在这深山老林里，这里四面环山，杳无人烟，每日所见均是绵绵绿意，每日所闻均是鸟啼兽鸣，时间在这里仿佛停止流动，仿若千百年前便是如此，千百年后亦不会变。

我最烦恼的是自己没有形体，它让我觉得小白与我分明是近在咫尺，却又远在天涯。但更多的时候我是欣喜的，这样我便可以明目张胆地跟在他的身后，悄悄模仿学习着他每一个动作与神态。

这日，小白携了剑，出了屋子，我想他大概又是要去林中练剑了。自从云家小姐下葬后，小白既不抚琴也不作画，唯爱舞剑，好几次我见他手心磨破出血，却又不知道该怎么阻拦，真真是有心无力。

小白，你要是难过，你就抚琴吧！

我常常用尽全身的力气朝他呼喊着这句话，然而可惜的是他听不到，后来我开始怀疑，自己究竟有没有发出声音呢？唉，我无法回答自己，也没有人可以回答我。

我亦步亦趋地跟在小白身后，担忧地看着小白的手，微不可闻的叹息。

有风袭来，卷起小白素白的衣摆，树叶摩擦沙沙作响。

我下意识地眯了眼，待风浪平静睁开眼来，却再不见小白的身影，我环顾四方，才发现这竟是一个陌生的丛林，枝繁叶茂，生生将那灿烂的阳光遮挡住，只投下星星点点的斑驳，令人觉得阴凉。

小白在哪里？这又是哪里？

我满心疑惑，刚刚迈出步子，眼前却蓦地出现一个绿衣女子，一头青丝如瀑一泻而下，将她的脸遮得若隐若现，双臂隐匿在宽大的袖中，她的裙摆很长，像是藏了条尾巴般细微地晃动着。

感受到她灼人的视线一直落在我的身上，我顿觉疑惑，伸手指了指自己，“你是在看着我吗？你看得到我？”

“呵。”一丝轻笑自她唇边溢出，不过刹那她那一头青丝便疯狂生长，将我全身缠绕，她靠近我的脸，丁香小舌舔了舔殷红的唇，在我脸庞呵气道：“我的好妹妹，我不仅是在看着你，我还要吃了你呢。”

她呼出的气息竟是如此的冰冷，令我全身也泛起了凉意，无暇去思考她如何能束缚住连我自己都碰不到的自己，我挣了挣，那青丝反而缠得更紧，我停止徒劳的挣扎，试图看清楚她那张脸，“姐姐为什么要吃了我？”

“姐姐？哟，你倒真是会套近乎。”

我故作无辜地眨眼，“不是姐姐先叫我妹妹的吗？要套近乎也是姐姐先套的吧？”

“我倒没看出来，妹妹竟是如此的伶牙俐齿呢。”她轻笑，“你既然认了我这个姐姐，那就乖乖让姐姐把你吃掉吧。”

我浑身一颤，心里翻江倒海，只觉得一阵阵的恶心。

只要我一动那青丝便会紧上一分，恐惧盘踞在心头，令我的语调也开始颤抖，“你……你为什么要吃了我？”

“你的精魂至纯至净，吃了你可以长好几百年道行呢，你说，姐姐我为什么要吃了你？”

说罢她俯身靠过来，我只觉得眼前一片黑暗，恐惧将我笼罩，令我窒息。

“青蛇。”

一道低沉悦耳带着些午后阳光般懒散的男声蓦地传来。

我能清楚地感受到俯在我身上的女子顿时僵直了身子，与我稍稍拉开了距离，那张脸依旧被青丝所挡，有什么样的神情我看不分明，却依稀可以看见她的唇抿成了不甘的弧度。

“你打扰到本殿下午休了，该当何罪？”

男子的声音从空中传来，语调轻缓尾音上扬，煞是迷人好听。

闻言青蛇惶恐地跪倒在地，却仍舍不得收回缠绕我的青丝，连累我栽倒在一旁，摔得一身生疼生疼的。

“青蛇该死，青蛇不知殿下在此午休，无意打扰殿下，青蛇这就告退，望殿下饶青蛇一命。”

我暗暗叫疼，好奇地抬头，想寻寻这位殿下的身影。

粗大的枝干上，有黑衣男子姿态随意地卧坐着，逆光里他的表情模糊而悠远，低声道：“那就快滚。”

“青蛇这就滚！”青蛇如获大赦，急忙用青丝将我拉至她身旁，迅速离去。

“慢着。”不过眨眼，这位殿下便不急不忙地落在我们眼前，眸光似剑，“不会听本殿下的话吗？我是叫你自己滚。”继而偏头，唇角带笑地看着我，“她，本殿下要了。”

我知青蛇心有不甘，她愤愤地看了我好几眼，才悻悻地收回缠绕住我的青丝，一步三回头地离去。

我长叹一声缓过气，这才打量起眼前的殿下。

他眉若星剑，斜插入鬓，配上高挺的鼻梁，自成一股英挺的风采，那双凤眼似笑非笑，眼瞳竟带着浅红，叫人看着看着便不忍离开视线，那薄薄的唇微微上扬，带着若有似无的笑意，而他的肤色却是病态的苍白，仿若许久不曾见过阳光一般。

我得承认他的相貌同小白一般出色，当然，在我眼里，小白永远是最好看的。

他弯弯眉眼，眼神里带着些戏谑，“你看够了没有？本殿下十分清楚自己玉树临风潇洒倜傥，但是姑娘，身为女人要矜持，本殿下喜欢矜持的女人。”

“哦。”我乖乖收回打量的目光，接着莞尔一笑，道：“我是一把名琴，我叫夜筝，你是谁？你叫什么？”

他眉毛微挑，似乎在思量着该不该告诉我，半刻后才答：“我即将成为魔界之王，掌管妖魔两道，我叫离陌，你既是琴妖，以后也归我管了。”

“即将？”

他掩唇轻咳，眼神里似带了些嘲弄与不屑，“我的父亲是魔王。”

我会意地点头，其实我想告诉他，我是有精魂的琴，我不是琴妖，转念一想似乎真的没有什么区别，便又打消了这个念头。

原来他是魔界王子，怪不得青蛇如此怕他，虽不知他是否看得到，我还是朝他俯了俯身子，诚心诚意道：“夜筝谢过殿下的救命之恩，他日有机会夜筝一定会报答殿下的。”

嗯嗯，虽然做不到，场面话还是要说说的，反正今日一别，我想日后也不会再有相见之日。

“不用谢我，因为……”他故意拖长语调，满眼狭隘，“我救下你只是为了吃掉你。”

我心下一凉，顿时哀嚎不已，怎的刚脱狼穴又入了虎口，我连那青蛇都对付不了，更不要说是眼前这位魔界王子了，难道我今日真的免不了被吃的命运？

“那个……殿下，吃了我对你没有好处的。”无论如何我也不能认命，乖乖让他吃掉我啊。

“哦？”他唇角的笑意渐浓，眸里的玩味更深，“如何这样说？”

“殿下，你是魔界的王子殿下啊，吃了我不过长那么区区几百年的道行，这几百年道行对殿下而言轻若鸿毛，只有对那些小妖，像青蛇这样的才有用啊。”

“如你这般所言，吃了你，倒是贬低了本殿下的身份了？”

我重重地点头，欣慰道：“殿下果真聪慧。”复而一脸可惜地看着他，“原本殿下要吃了我，是夜筝的荣幸，可夜筝不能为了满足自己的虚荣心，贬低了殿下的身份，他日被青蛇这种小妖耻笑。”

他敛眸看我，若有所思，最后微微颔首，“你说得有理，嗯，我现在不吃你了。”

闻言我心下一喜，却又不敢表露，只有状似不经意地垂下头去，掩饰住唇边肆染开来的笑意。

但下一秒他便伸手抬起我的下巴，迫使我对上他的视线，“我现在不吃你，等把你养肥了再吃了你，等到吃了你可以增加几千年道行的时候，吃了你总该配得上本殿下的身份了。”

我震惊地睁眸，心中悲愤不已，却又偏偏说不出半句反驳的话来，真真是魔界王子，好变态！

“不要骂我哦。”他像安抚宠物一般拍了拍我的头，“小家伙，你道行尚浅，心里在想什么本殿下都一清二楚，要是再让我发现你骂我，为了不贬低本殿下的身份，我只好把你扔给青蛇了。”

这是赤裸裸的威胁啊！

我心中憋屈得慌，却又只能强颜欢笑道：“没有，殿下误会了，夜筝怎么敢骂你呢，夜筝只是在想，殿下道行真是高啊，夜筝自己都看不到自己，没想到殿下不仅可以看到夜筝，还能看穿夜筝的心里呢。”

离陌轻笑，“你不过就是一缕精魂，又没有实体，道行浅得近乎没有，怎么可能看得到自己，来来来，本殿下看你乖巧，赏你几百年功力，让你化为人形，拥有实体。”

“真的？”我眸色一亮，立马不去计较他之前对我说了些什么，欣喜又期待地瞧着他。

如果可以化为人形，如果可以拥有实体，那么我便可以触到小白，可以感受小白的体温，可以在小白难过时温柔地抱住他。

离陌没有多说，只是伸出食指抵在我的额心，闭上眼去。

感觉有股气流在我体内穿梭，我试图去控制它，片刻后它终于安静地与我融为一体。

我垂首看着自己的身体，自双足开始，一点一点地呈现在自己眼前，那种感觉太过奇妙，令我无法言说。

我抬手触摸自己的脸，四处寻找着可以让我照看容颜的地方，寻找无果，我心念一动，踮脚环住离陌的脖子，趁他怔忪间将他的头向下拉，睁大眼睛，对上他的双眸。

他眼眸清亮倒也可以凑合着当镜子用一用。

待看清楚了他眼眸里的自己，我竟有几分失落，哎哎，这张脸找不到一点同云家小姐相似的地方。

小白喜欢的是云家小姐啊，我若长得不似她，他必是不喜的。

离陌僵着身子一动不动，呼吸却渐渐粗重起来，他浅红色的眼眸泛起迷离的雾气，似乎是不曾料到我这样的行为，怔忪地瞅着我。

我失望地松开他，向后退了退，捏了捏自己的脸，道："哎哎，殿下，这张就是我的脸了？"

他神情间似乎有些尴尬，抬手掩唇轻咳了一声，道："不满意这张脸？我倒觉得……呃……我觉得还勉强凑合，你还有什么不满意的？"

当然不满意，小白又不会喜欢。

"殿下，你教教我如何变成另外一张脸，如何让凡人看见我，好不好？"

离陌掀了掀眼眸，眼神闪过一丝不耐，"你这个麻烦精，本殿下看起来很闲吗？我又不是你师父，为什么要教你这教你那的？"

我立马跪倒在地，俯身一拜，带着三分敬意七分哄骗，伸手拽住他的衣摆，软软道："师父在上，请受徒儿一拜。"

离陌急忙甩掉我的手，连连退了好几步，避我如洪水猛兽。

离陌显然不是位很好的师父，那日他瞪了我一眼后便匆匆消失在我的面前，任凭我怎样呼喊也不见半分踪影，我环顾着这寂静而陌生的林子，心下懊恼，刚刚应该死死缠着这离陌，即使不能让他教我个一招半式，好歹也请他将我送回住处啊。

我在这陌生的林子里兜兜转转，时刻担心着再出现个什么白蛇黑蛇又来吃我，直到暮色四合，视线里住处的轮廓才开始若隐若现。

不同于以往的寂静无声，我听到一个陌生的男声，我心里暗叫不好，这林子里妖怪众多，小白该不会也被什么妖怪缠上了吧？！

我小跑着上前，走得近了才发现住处前竟有序地跪着四个青衣男子，顺着他们跪拜的方向看去，小白侧身而立，仿若陷入自己的思绪里，对这一切置若罔闻。

原来是凡人呀，我悬着的心落了下来。

大半日不曾见到小白，我又在生死边缘走了一遭，真真是想要上前给他一个大大的拥抱，可是我垂首看了看自己，突然就有些局促，小白，会喜欢我这个样子吗？

不管啦，我可是小白最喜爱的琴，他一定不会讨厌我的。

这样想着，我便迈着轻快的步子，三步并作两步，张开双臂拥住小白。

可是……没有想象中的温暖，我怔怔地看着自己穿过小白身体的双手，有些不可置信。

"小白？"我试着朝他发声，却只听到自己的声音在耳边回荡，混合着风声，独独没有小白的回应。

心口莫名地有些闷，我扯了扯唇角，笑了笑，"小白，你果然还是看不见我啊，我跟你说哦，我今天差点被一条蛇吃啦，幸亏我师父救了我。对了，你还不知道我师父是谁吧？嗯哼，我师父可是魔界的王子殿下，他可厉害了，给了我几百年功力让我化为了人形，以后还会教我术法呢。只是可惜……你还是看不到我。”

有离陌在，小白一定很快很快就可以看见我了。

许是小白沉默太久，跪在最前面的青衣男子开口道：“少主，属下所言句句肺腑，宫主如今卧病在床，望少主早日启程。”

“少主若是不信，属下愿以死明鉴！”语罢男子目光炯炯地看了小白一眼，一掌劈向自己的天灵盖，应声倒地。

“啊！”我忍不住惊呼出声，下意识地看向小白，唯恐这场面会让他受到惊吓。

小白却是一脸平静，从自己的思绪里抽离，终于侧身抬眼，看向仍旧跪着的三人。

那三人扶住倒地的青衣男子，齐刷刷地看向小白，目光中并无愤怒，倒是悲壮决绝，“少主若仍是不信，属下等亦可以死明鉴！”

什么?

我诧异地看向这三人，凡人的世界太复杂，没事为什么都要跑到我家小白面前自杀?

真讨厌。

“够了。”

小白清冷的声线，似是涧涧泉水，我有些失神，除了云家小姐下葬那日心碎的低喃，我还不曾听过小白的声音呢，原来这样好听。

那三人仿若看到希望，蓦地抬头看向小白，“少主——”

“一个月后我会给你们答复，你们走吧。”语罢小白转身入屋，步子依旧不急不缓，背影却透着不容抗拒。

三人对视了一眼，恭敬道：“属下告退。”然后背起倒地的青衣男子，身手敏捷地离去。

“快走吧快走吧，你们以后都不要再来找小白了。”

虽然知道他们一定听不见，可是喊完后我只觉得心满意足，便又屁颠屁颠地跟上小白的步伐。

视线里小白的背影高大挺拔，素白的衣裳，俊逸，却也冷漠疏离。

这一面的小白，我不曾见过，可是管它呢，小白在我的心里，无论怎么样都是极其美好的。

日子并没有因为那几个人的突然到访而改变，小白依旧每日舞剑，不发一言。我却不再亦步亦趋地跟随着他，每日我总会抽出两三个时辰在林子里四处行走，找寻着离陌。

我不是没有看到过其他的妖怪出没，可说来奇怪得紧，还不待我躲起来，那些个妖怪就已经仓皇逃离，再也没有似青蛇那样的妖怪。

这日我又毫无头绪地在林子里走着，不远处的草丛里传来窸窸窣窣的声音，我下意识地看过去。

“啊！她是不是发现我们了？”

“小声一点！”另一个声音疾声制止，“这么大声你想害死我们啊！”

我忍不住想笑，这个声音也没有比那个咋咋呼呼的声音小到哪里去，听得出他们言语里的惶恐，我大胆地上前，蹲下身子，一把拨开草丛，只见两个只到我小腿高度的小人惊慌地向后跳了一大步。

“你……不要过来！”一个小人将另外一个小人护在身后，一副什么都不怕的样子，语调却明显有些颤抖，强作镇定地说道，“我们不怕你！”

我不忍揭穿，可是看着他们大大的棕色尾巴和头上毛茸茸的耳朵，就禁不住伸手揉了揉那小小的脑袋，“真可爱，你们也是住在这林子里的妖怪吗？”

“哪里可爱了？！”这位被我揉了脑袋的小人却暴跳如雷，大吼着，“我才不可爱，我很可怕！”

这样恶狠狠的表情对上这娇小的身躯，我终于忍不住笑出声来。

“你笑什么？！你是不是在嘲笑我？！”小人愈发暴躁，上前一把，气呼呼地指着我，“你这个无知的小妖！”

我仿佛可以看见他脑袋上噌噌往上冒的火焰，我决定不做火上浇油的事，便敛了笑，连连点头，“是是是，我真是太无知了，请你原谅我。”

似是没有料到我会是这样的反应，他睁大一双眼，怔怔地看着我。

被他护在身后的另一个小人小心翼翼地探出毛茸茸的脑袋，带着试探与好奇的表情瞅着我，“哥，她似乎和我们想的不一样呢，一点都不可怕呀。”

“我才不可怕，我很可爱。”我笑弯了眉眼，“我叫夜筝，是一把琴，你们愿意和我做朋友吗？我发誓我没有恶意。”

只能自己和自己说话的日子极其乏味。

她似乎放心了一些，完完全全从她哥哥身后出来，点了点头，朝我靠近了一步，甜甜地笑了笑，“我叫阿九，是只松鼠，这是我哥，他叫阿七，我们就住在这附近，以后我们可以在一起玩。”

“嗯，谢谢你，阿九。”

闻言阿九笑得灿烂，可是一旁的阿七却紧皱着眉头，目光警惕又防备，“阿九，不要太靠近她，危险。”

阿九晃了晃她毛茸茸的小脑袋，“没事啦，哥，我相信夜筝不是我们想的那个样子，你看，她到现在也没有伤害我们，对不对？”语罢，这个小家伙竟然大胆地跳入我的怀里，笑容讨喜地看着我。

怕她掉下去，我轻柔地抱住她，“你们想象中的我是什么样子？”

阿九干脆在我的腿上坐下，“夜筝你不知道吗？现在外面关于你的传言可多了，听说你道行深不可测，嗜血残忍，差点杀了青蛇。”说到青蛇，阿九表情便有些愤愤，“不过我倒真希望你杀了青蛇才好呢，那个女人可坏了，好几次都差点把我吃了呢！”

想到那日的遭遇，我感同身受地点头，“她也差点把我给吃了。”

“啊？”阿九不解，瞪着一双乌黑的眸子看着我。

“阿九，你看我像是道行深不可测的样子吗？”我看了看一旁的阿七，故作可怜兮兮地说道，“我连阿七都打不过的。”

阿七立马抬头挺胸，眉目间是掩饰不住的得意，不屑地“哼”了一声。

“青蛇之所以没有吃掉我，是因为离陌把她赶走了，你听到的传言不是真的。”

可是听到我这样的回答，他们的反应却比初初见到我还要惊慌，阿七睁着一双眼，话都有些说不清楚，“你……你竟然敢直呼殿下的名字。”

我暗叫不好，离陌是魔界的王子殿下，我应该同他们一起恭恭敬敬地叫“殿下”才是。

这回阿九却比阿七要更快地镇定下来，兴奋地朝阿七笑了笑，“哥，我早就说了吧，另外一个传言才是真的，你非不信我，定要说夜筝肯定是个凶残的大妖怪，这回错了吧？”

凶残的大妖怪？我无语地抽了抽唇角，“另一个传言是什么？”

“你是殿下的女人呀！”阿九眸光闪烁，“夜筝，你会成为殿下的新娘吗？”

“什么意思？”是像云家小姐去世那日那般？

这个问题似乎让阿九也有些苦恼，“就是永远在一起的意思吧？我不太清楚，娘是这样告诉我的。”

永远在一起？这五个字让小白那张好看的脸立刻浮现在我的脑海里，我摇了摇头，“不会，我要永远和小白在一起。”

思及如此，我倏地想起自己离开小白是想要找到离陌，让他教我术法，让我可以触到小白。

“阿七，阿九，你们知不知道离陌……不对，是我师父去哪里了？”

“你师父？”

“对呀，殿下是我的师父，所以那日才会帮我赶走青蛇。”我说得理直气壮，虽然那日离陌不曾应允我，却也未曾拒绝我嘛，姑且就当他答应了。

“夜筝你好厉害呀，竟然能够让殿下收你为徒。”阿九满眼羡慕，“难怪其他妖怪都不敢靠近你了，夜筝，你以后可不可以告诉大家我们是朋友，让他们不要再吃我们了？”

被人信任依赖的感觉真真是极好的，且不说我自己有没有这个能耐，为了撑起几分薄面，我用力地点了点头。

可一旁的阿七却是一脸嫌弃地看着自己的妹妹，“没出息。”

阿九不服气地朝他吐了吐舌头，才回答我刚刚的问题，“像我们这种小妖是不可能知道殿下的行踪的，对不起啦，夜筝，帮不到你，我们家就在附近，你要去我家吃松子吗？”

“谢谢你的邀请哦，我改日再去好不好？”

和阿九他们告别之后，我又在林子里走了半个时辰，依旧寻不到丝毫有关离陌的行踪。

未承想再未受到任何妖怪的侵扰竟是因为离陌的缘故，下次见到离陌我定会愈发恭敬些。

我一直盼着再次见到离陌，却不知再见到他，他竟如此狼狈。

自从知道这林子里大大小小的妖怪因为离陌的关系而畏我之后，我行走的范围便有些肆无忌惮起来，也会遇到不少心善的妖怪与我交谈，我对妖怪的世界逐渐有些了解，仗着离陌对我的“庇护”，我开始往那些陌生的地域探寻。越深入越发觉这林子的奇妙，从外观来看并不大，可里面的空间却是不断延伸，这是，妖怪的结界？

小白住在这里，会不会有危险？

我陷入这种愁绪里，步伐都变得沉重，蓦地一股刺鼻的味道扑面而来，我细细嗅了嗅，血腥中似乎还掺杂着腐烂的气味？

下意识地看过去，不远处有个黑色的身影倚靠着一棵粗壮的大树而坐，轮廓影影绰绰，却透着莫名的熟悉，那似乎是离陌。

期盼了太久的事情突然发生，往往会让人失去言语，恨不得马上就移到离陌身边就好，随着步子的靠近，离陌的身影越发清晰，我这才看见他身旁竟然横躺着一个庞然大物，面目全非看不出原体，那些腐烂的气息应该是从它身上散发出来的。

真真是骇人。

这是被离陌杀死的妖怪吗？

我收回目光落到离陌身上，他一身黑衣，姿态随意地倚坐着，一张脸比我上次见到他还要苍白，长长的睫毛投下一片阴影，像是睡着了。

我深吸了一口气，平复自己的呼吸，一心想着要怎么夸赞才能取悦他，“师父师父，好厉害呀，不愧是魔界王子，真是英明神武，所向披靡，战无不胜啊！”

离陌依旧毫无反应。

没醒？我干脆蹲下身子，小心翼翼地伸手触了触他的肩，立刻手腕就被他扼住，我尚来不及呼疼，他另一只手便死死掐住我的脖子，陡升的寒意让我背脊发凉，对上他嗜血的双眸，我只能勉强发出几个破碎的音节：“师父……疼……”

可离陌双手的力道却是分毫未减。

我瞟了眼一旁死状惨烈的妖怪，仿佛可以预见下一秒的自己，心下悲凉，早知如此，我就应该老老实实地守着小白就好，纵一生他都无法感知到我，亦可长长久久地相伴。

真是悔不当初。

“师父……”呼吸不畅，我发出的声音十分的干涩，已经做好最坏的打算，整个人倒也镇定了许多，“师父若是想要夜筝死，夜筝定无二话，师父若是不嫌弃，便吃了夜筝吧，如此，夜筝也算是死得其所了。”

我真是宁愿被离陌吃掉，也不要横尸在这荒郊野外，跟一旁那腐烂发臭的妖怪待在一起。

可是意料之外的，离陌松开了扼住我手腕的手，甚至连掐住我脖子的手的力道亦松了几分，紧抿着唇角，火红的眼眸一瞬不瞬地看着我，似是要将我看透。

这样的离陌浑身都散发着危险的气息。

我只觉得头皮发麻，却不敢避开他的视线。

我猜不透离陌到底是怎么样想的，就在我觉得自己离死亡只有一步之遥的时候，他却突然松开了对我的束缚，复而又靠回大树，闭上双眼，不再看我，声音沙哑，冷冰冰地说道："滚。"

我的心情可谓是百感交集，短短时间内迅速的高低起伏，一下子从见到离陌的喜悦到濒临死亡的恐惧再到这虎口脱险的不可置信，使得我都不知道该说些什么比较好了。

又是"滚"，这位让所有妖怪闻风丧胆的魔界王子词汇量是不是太匮乏了一点，我是应该像青蛇那样诚惶诚恐地回一句："夜筝这就滚？"

这离陌喜怒无常，想让他教我个一招半式只怕是妄想，趁着他闭着双眼，我不满地瞪了他几眼，刚欲抬手作揖告辞离去，目光却触及一片暗红。

我刚刚碰到过他的手，竟是斑斑血迹。

这是……离陌的血？

我重新打量着离陌，仿若是流尽了整个身躯的血液，那张轮廓分明的脸一片惨白，薄唇紧抿，早已是一片灰白色，仔细看着，会发现他那一身黑色竟隐隐透着暗红。

我的老天，他到底是受了多重的伤，流了多少血，才会将全身的衣袍都浸透？是被他旁边的妖怪所伤吗？

我到底是不忍，下意识地想要上前扶他，可是想到之前的一幕，又理智收回了手，"师父，我不走。"不管他认是不认，反正叫声"师父"让他明白我对他可只有满满的敬意，可千万不要一个不开心就将我了结了。

离陌眉心紧锁，是不悦的前奏。

“师父……”我没出息地弱下声来。

离陌却视我如烦人的苍蝇，“不走，是想要我杀了你？”

我连连摇头，“当然不是，只是师父，你受伤了，让我扶你去安全的地方吧，等到了，我马上就走。”

想来以他的性格必定树敌众多，这里妖来妖往的，若是碰到个对他怀恨在心的大妖怪，只怕就一命呜呼了。

可离陌全然不懂我的好意，闻言倏地睁眸，目光似箭地朝我看来，唇角噙着一丝冷笑，“哼，我离陌再不济也轮不到你这种小妖来同情，本欲饶你一命，你既然不珍惜，就别怪我无情。”

真是受够了！

能不能不要动不动就“死不死”地威胁别人，要不是我心善，真想掉头就走，他爱如何便如何，死在这也不赖我。

可如果他死了，我要去哪里找第二个道行高深的师父，完成我的心愿？

罢罢罢，怪我有求于人，怪我道行太浅，于是只能好声好气地说道：“师父若嫌我待在这碍眼，我远远地待着就是，等师父痊愈了，我马上便走。”

话音刚落，我便在离陌嫌弃的目光中退得远远的，弯弯眉眼，一瞬不瞬地看着他。

我执意守在这，原因有二，一来离陌贵为魔界王子，大大小小的妖怪应该会对他有所忌惮，他诚然不需要我的保护，我待在这亦不会有危险。二来，离陌来无影去无踪，我这次好不容易才找到他，不好好盯着他，下次再见到他都不知道是何时了。

离陌阖上双眸，身体笼罩在一层淡蓝色的光芒中，不知是结界还是在修复精元。

我守了他大半个时辰，最后的结果证实了我最初的想法，他果真是树敌太多，现下他落了难，那些个妖怪才不会放过这大好的机会。只是，这离陌到底是得罪了多少妖怪啊，我看着眼前这十来个外形各异、看起来法力高强的妖怪，抽了抽嘴角。

离陌若有幸逃过这一劫，我日后定会好好劝他，虽然他身为魔界王子，贵不可攀，可这脾气定是得改改，再不可如此暴躁，对人呼来喝去的，最最重要的是万万不可动辄就要人性命。

“殿下，你此番是真的惹怒了魔王。”开口的妖怪有着凡人大汉的样子，身高差不多两米，虎背熊腰，后背背着一把巨大的斧头，不用看也能想象得到他正面是如何的凶神恶煞。

“赤虎你给老娘闭嘴！”一旁立着位身材高挑的红发美人，一身火红，裙子布料较少又贴身，勾勒出她迷人的曲线，但脾气似乎和她的穿着一样的火爆，“就算魔王真的生气了，也轮不到你用这样的语气和殿下说话，你以为你是哪根葱？！”

这位美人这样的口吻，似乎是离陌这边的人？

可赤虎也显然不是什么脾气好的主，动作利索地拔过身后的斧头，恶狠狠道：“臭娘们儿，你是不是想打架？”

听到这里我便迷糊了起来，这些人到底是不是来找离陌麻烦的？离陌到底有没有危险？

红发美人不甘示弱，“打就打，谁怕谁？！”

红发美人刚想要动手，便被另一位身材瘦长的男子拉住，对气势汹汹的两人说道：“不要胡闹了，正事要紧。”

闻言，两人互瞪了一眼，赤虎面对着离陌，道：“殿下，你已经伤成这样了，就不用再浪费时间和我们动手了，跟我们回去吧。”

至此，离陌才缓慢地睁开眼来，面无表情的一张脸，看不到分毫的恐惧，冷哼了一声：“妄想。”

离陌虽然伤重，可气场依旧十足，简单的两个字让一群妖怪面面相觑，最后是赤虎握紧了手上的斧头，说道：“如此，殿下就不要怪我们不客气了，魔王已经下了‘诛杀令’。”

什么？

魔王不就是离陌的父亲吗？

为什么父亲要对自己的孩子下诛杀令？

相比较我的诧异，离陌却是一副波澜不惊的样子，唇角轻扬，是自嘲的弧度，“动手吧，让我看看你们的厉害。”

话音刚落，离陌倏地起身，黑发如墨，衬得一张脸愈发白得似纸，被血浸染的衣袍微微扬起，他的眸光是嗜血的红。

此刻的离陌，仿若地狱的修罗。

红发美人急忙出声劝道：“殿下，你跟我们回去吧，你已经伤得很严重，不要再逞强了，跟魔王认个错。”

“嗖——”一道光束直接打散了红发美人挽起的发髻，离陌眸光里透着不耐，眉目间是不可一世的骄傲，透露着同一个讯息：让他离陌道歉，绝无可能。

战火一触即发。

完了完了离陌完了，这样激烈的打斗，对于离陌，看不到一点优势，离陌完了，我想要小白看见我的心愿也完了。

我悲伤至极，却不小心触及红发美人的目光，带着些狡黠，看得我头皮发麻，直觉告诉我赶快离开为妙，腿却怎么也迈不开了。下一瞬整个身体似乎被一个力道束缚住，迅速将我拖往打斗的方向，将我整个人以一种极其狼狈的姿势扑入离陌的怀抱里。

来不及等我反应，一种不知名的疼痛在我全身蔓延开来。

“不要——”

我惊呼，下一瞬便失去所有的力气，意识渐渐混沌。

做人，噢不，是作为一把琴真的不能太贪心，现下可好，我以后，怕是再也见不到小白了。

这个念头，竟比身上的伤口更让人觉得疼痛。

好痛。

仿若全身的骨头都碎掉了一般，痛得难以忍受。

恍惚中有股力道直抵我的胸口，一股暖流随之蔓延至我的全身，那些躁动叫嚣的疼痛被暖流安抚下去，渐渐消散。

疼痛缓和，我的思绪意识开始复苏。

我还有感觉，我没死？

“既然已经醒了，就赶快睁开眼睛。”替我解惑的是个熟悉的男声。

我震惊地睁眼，环顾四周，察觉自己正倚靠着一块大石头而坐，旋即对上离陌浅红的双眸，“师父？”

我并不怀疑离陌的实力，而是那时他已经身负重伤，再面对实力那样强大的对手，难道还有胜算？

离陌立着俯身看我，不屑地“嗤”了一声，冷哼道：“怎么？看你这样子是觉得我打不过那些妖怪？”

虽然他道出了我心中所想，可我也知道以离陌的性格，这是万万不可以承认的。

我无辜地眨了眨眼，尽量让自己看起来真诚一些，“师父误会我了，我只是担心师父身上的伤罢了。那日师父满身是血，着实吓了我一跳，师父现下可都好了？”

我小心翼翼地打量着离陌，他一身青衣，脸色已不似我昏倒前那般苍白，墨黑的发并未束起，披散开来，少了几分平日里的桀骜不驯，竟透着些温柔。

离陌没有回答，只是怔怔地看着我。

我读不懂他的心思，只能继续讨好地解释：“夜筝刚刚的震惊真真不是轻视师父的实力，只是……只是奇怪师父你……竟然会救我。”

之前我痛得撕心裂肺，那股治愈我的暖流便是离陌注入给我的吧。

他不是冷漠无情，一个不开心就要弄死我的魔界王子殿下吗？

他……怎么会救我？

离陌却别过头去不再看我，轮廓分明的侧脸显露出局促不安，不答反问：“夜筝，那个时候……你为什么会扑过来？”

那个时候……扑过去？

我琢磨着离陌话语里的意思，脑海里蓦地闪过红发美人那带着狡黠的目光，正是她硬生生将我拽到离陌身前，让我替他挡了那些妖怪的攻击，痛得昏了过去。

所以离陌以为是我救了他？

所以他刚刚才会救我？

唔，这真是个美丽的误会，真正救他命的该是那位红发美人。

而我第一个念头竟然是让离陌继续这样误会下去吧，我只希望他念在我“救”了他一命的分上，让我实现能触到小白的心愿。

没有听到我的回答，离陌不耐烦地转过来头，紧皱着眉头，又变回那个脾气极坏的魔界王子，仿佛我刚刚看见的局促都是错觉，他语气暴躁地斥道：“夜筝，本殿下问你话，快点回答！”

我忆及初见他时他说的，我道行尚浅心里想什么他都看得一清二楚，唯恐他识破我的谎言，忙垂下头，弱弱道：“我不知道，我……我只知道师父当时很危险，我不想师父受伤，你是我的师父，那都是我应该做的。”

久久也不见离陌出声，我只能抬头探寻看向他：“师父？”

离陌轻咳了声：“你说得没有错，如此，你也不必再奇怪我刚刚为何会救你，为师救你一命亦在情理之中。”

这是相信我所言的意思吧？等等……他刚刚自称“为师”，意思是答应做我师父了？

我惊讶到无法言语，只是睁着眸子看着他。

离陌紧绷着一张脸，倒真有几分师父的严肃范，不满道：“傻乎乎看着我做甚？一副愚笨相，若别人知道我收你为徒，定会耻笑于我。”

我哪是愚笨，我只是幸福来得太过突然不敢相信罢了。

“啊——”我兴奋得想要站起身来，不料一动疼痛又汹涌而来。

离陌微俯了下身子，似是想要扶我一把，但终究还是收回了手，“你伤得太重，道行太浅，一时半会也好不全，别乱折腾。”

听到离陌这疑似关心的话语，我简直快要喜极而泣，伸手拽住他的衣摆，“师父放心，我一定会努力学习，潜心修炼，绝对不会给你丢脸的！”

况且……就算我学得不怎么样，我相信也绝对不会有人敢耻笑离陌。

离陌只是不咸不淡地瞟了我一眼，转身离去。

视线里是离陌挺拔的背影，墨发黑衣，衣袂飘飘。

不是已经认我这个徒弟了吗？怎的又把我丢在这里，好歹也把我送回小白那里呀。

正在我不满地腹诽时，离陌却蓦地停住步子转过身来，“还不快跟上来？”

刚刚起身的疼痛仍让我心有余悸，我瞅着离陌跟我拉开的距离，颇有些可怜兮兮地说道：“可是师父……你刚刚说了我还未好全，不能乱折腾，不如师父你……送我回住处吧。”

我会乖乖守着小白，好好养伤。

“不能乱折腾不代表不能走路。”离陌出声打断，挑眉道，“难道你还想要我扶着你？”

“夜筝绝无此意！”我连连摆手，让离陌扶我，我哪敢呀！

“那就快起身跟上。”

“可是……可是我不想跟你走，我要回住处，我要见小白呀。”

“嗯？”离陌眯眸，似是耐心已经耗尽。

我哪里还敢提什么要求，只好咬牙站起身来，一边打量四周，一边朝离陌走去，“师父，这是哪里？我们要去哪里？”

“别多问。”

真霸道武断啊！

奈何实力不如人，我只能唯唯诺诺地跟上他的步伐。

什么时候才能回到住处呢？

小白，你要等我回来。

这是个我全然陌生的地方，也不知道是我尚未触及的林子深处还是离陌已将我带到了别的地方，亦不知自己该如何回到小白的住处，甚至……我不知道离陌到底要去哪里，我又要这么跟着他走多久。

如此多的疑问我却一个也不敢向离陌提及，只怕他一个不高兴我便回到苏醒前的状态，一命呜呼。

先前情绪太过激动也没注意到身体，如今情绪缓和下来只觉得身体像是散了架，毫无力气，而离陌永远和我隔着一段不近不远的距离，一言不发甚至不曾回头地朝前走着。

好累，没有力气，勉强使劲却扯得全身都疼。

如果我就这样停在了原地，离陌会不会发现？可是如果我停下来了，只怕不知何日才能再见到小白了。

我在纠结中不知不觉地停下了步伐，直到视线里出现一双黑靴。

离陌低沉的嗓音自我头顶发声："走不动了？"

我反射性地摇头，逆光里我看不清离陌的表情，辨不清喜怒，急声道："师父你走着，不用等我，我一定会跟上你的。"

离陌没有转身继续前行，只是伸手探向我的额头，复而将掌心递至我的眼前，斥道："说你愚笨你倒真给我愚笨起来了，身体撑不下去了不会告诉我？"

明明是他自己说我又不是不能走路的，明明是他不许我多问，一直沉默着朝前走的，怎么这会就是我愚笨了？

我瞅着他掌心的湿润才发觉自己已是满身虚汗，想到他刚刚的呵斥越发觉得委屈，"我只是不想师父你嫌我吵嫌我麻烦才没有开口说的，怎的又怪我愚笨了？"

"为师说你愚笨你便是愚笨！"离陌的性格根本就容不得别人对他有一点的异议，"怎么，你要反驳为师？"

他将"为师"二字咬得极重，透着些咬牙切齿的威胁。

我立马便弱了下去，扯出一丝谄媚的笑，"好嘛，师父说得都对，夜筝真是太太太愚笨了。"

离陌满意地轻哼，"见你认错状态良好，为师便允你休息片刻。”

我如获大赦，立马席地而坐，忽然觉得除了那日受伤时离陌是危险可怕的，其他时候倒也不坏，算起来他救过我两次了呢。

我瞧着气氛缓和了，离陌也愿意开口说话了，便开口道：“师父，你何时送我回家？”

“嗯？”

“回家！我原本住的地方啊。”

离陌眸光里透着不悦，“你既拜我为师，自然是该跟着我。”

但我拜你为师可不是想要天涯海角跟着你，而是想要学点术法拥有实体，长长久久地和小白待在一起的。

我抑制着满心的愤懑，斟酌该如何用词才能让离陌了我心愿又不至于对我生气，“唔，师父，夜筝当然知道能够跟在师父身边是夜筝莫大的荣幸，可夜筝也晓得作为一把琴是不应该忘本的，小白……我的主人在哪里我就应该在哪里！”

“你既已有了灵性，大可不必拘束于那凡人身边。”

“没有他我根本不可能会有精魂，自然是要回去的。”

离陌的脸顿时黑了大半，“你就这么想回到那凡人身边？”

是因为我要回到小白身边而不高兴？我揣测着离陌的心思，改口道：“师父误会了，我执意要回去是因我的本体还在那儿，离了自己的本体总归是不好的吧？都怪我道行太浅，本体与我竟未能合二为一。”

我自认为已经对离陌动之以情，晓之以理，说话亦是顺着他的喜好来的，可魔界的王子殿下实在太难伺候，语毕，整张脸已经黑透。

我委实不知道该如何是好了。

他侧身而立，侧面线条有着冷峻的轮廓，“看样子你是休息够了，那便启程吧。”

哪里有这样的！一不开心便使劲折磨他人，且不说我是不是自愿，但到底是因他而受伤，就不能待我好些吗？！

可我内心有多气愤语气便有多软弱，“可是师父，我当真是走不动了。”

离陌的回答是直接将我拦腰扛在了他的肩膀上，我被他弄得头晕目眩，又有些受宠若惊，“怎么敢劳烦师父亲自背我，师父你略施个小术法便好。”

离陌却已是步履生风。

为什么不用术法呢？他不是很厉害的吗？

咦，似乎自我醒来后离陌还未曾施过术法，为何？

我被离陌颠得七荤八素的，只差没有昏厥在他的肩膀上，他将我放下来时我早已是眼冒金星分不清个东南西北了。

离陌也真真是脾气古怪，阴晴不定的，将我放下时动作毫不轻柔，我只觉得眩晕直直地跌倒在地，而他也没有露出要扶我一把的意思。

出现在我眼前的是一座看起来脆弱到经不起任何风吹雨打的简陋的小房子，离陌就是想带我来这？

我摸不着头脑，离陌却正对着房子冷声喊道：“出来。”

这语气敢情这房子里住的是离陌的仇人？可现下他不是刚身负重伤且大战了一场吗？再如此这般挑衅他人合适吗？

房子里依旧是毫无动静。

离陌怒道：“再不出来本殿下定会毁了你这房子！”

离陌什么时候才能学会好好说话，若房子里又是些法力强大的妖怪可怎么是好？我可不想再死一遭。

可我到底是已经筋疲力尽，无力感汹涌而来，眼前一黑，便又昏了过去。

再次醒来身下是柔软的被褥，自从碰到离陌，我这昏昏醒醒的早就弄不清楚到底离开小白多少天了。

四周除了简单的家具，哪里还瞧得见离陌半分身影，我坐起身来，试探着唤道：“师父？”

语罢，门便被人轻轻推开，进来的人着一件灰色的长袍，两鬓发白，看着我眉眼弯弯，柔声道：“小姑娘醒来多久了？我琢磨着你该醒了，便进来瞧瞧你。”

这是位眸光充满慈爱与睿智的长者，说不出的仙风道骨，我两眼发光，连忙下床来，“我刚醒呢，你是神仙吗？”

说话间他已走至我跟前，笑着摇了摇头，“非也，老夫不过一介凡人。”

“凡人怎么会看得见我呀？”小白就看不见我，我疑惑不解。

“这些都无关紧要，你身体舒服些了吗？”

我动了动身子，那些乏力与疼痛都已经消了个大半，我心情大好，越发觉得眼前的人实在是太和蔼可亲了，不似离陌总散发着低气压，使得我不敢多说，想问的只能畏惧地憋在心里，“请问我要怎么称呼你？这里是哪里呀？我师父呢？”

“你要是不介意就唤我一声‘爷爷’，这是寒舍，你说的‘师父’若是指的阿陌，他昨日将你交予我便离开了。”

阿陌？昨日？

我想起昏倒前看到的小房子，听爷爷的口吻似乎与离陌关系不错，可离陌昨日态度恶劣的叫嚷犹在耳边。

“爷爷！”我甜甜地唤了声，细细回味了他刚刚说的便又忐忑不安起来，“师父为何要丢下我离开？他是不是生我气了？”

我晓得那时定是我说错了什么惹得离陌不开心了，可他也没有必要把我丢给一个陌生人然后一走了之吧？

哼，真真是小气极了！

爷爷将我每一丝情绪都看在眼里，浅笑道：“你误会阿陌了，他将你交予我是想要我救你。”

“救我？”我很是不解，“师父不是已将我救活了吗？”

“你伤得太重，若不是阿陌用自己的精元强行牵扯着你，你早已经魂飞魄散，你需要重新凝聚精魂，否则只会灰飞烟灭。”

“若不是阿陌用自己的精元强行牵扯着你……”，这句话不断地在我耳边索绕，我微张着唇，心绪起伏，一个字也说不出来。

爷爷应是以为自己的话吓到了我，语带安抚道："小姑娘，你莫要怕，我既答应了阿陌要救你，就不会让你有事的，你看，你不是已经好得七七八八了吗？待我再给你几颗……"

"不是的！"想到先前我对离陌的诸多揣测，愧疚和不安就快要将我湮灭，"爷爷，我不是害怕，我就是觉得自己好过分，我一直觉得师父是不想收我这个徒弟的，在他心里我一定是个缠人的累赘，我还觉得他冷血又残忍，脾气又暴躁，动不动就说要杀了谁谁谁，就连带我来这里找你，我都担心他会惹到仇敌连累到我。"

我根本就是为了自己能触到小白才对他故作关心，甚至连之前他以为我为他挡了妖怪的攻击也不过是一个误会，可是离陌却愿意用自己的精元来救我。

"傻姑娘，这不怪你，你能觉察到这些说明你心眼儿并不坏。"爷爷伸手安抚地拍了拍我的肩膀，"阿陌一直便是这个性子，古怪别扭，又倔得很，他这次元气大伤，用精元救你，短时间内只怕法力全无，我想要他在这休养几日，他却一声不吭地走了。"

难怪自昨日醒来后就不曾见离陌施展过术法，难怪昨日我走不动时他要将我直接扛起来，原来，为了救我他短时间内竟然法力全无。

爷爷短短的几句话颠覆了之前对离陌的认知，我对离陌的偏见太多，过分得让人无法原谅。

"爷爷，你知不知道我师父去哪里了？他现在法力全无，若是又遇到什么旁的妖怪，可怎么办啊？"要是离陌因此而遇到什么危险，我这一生都会良心不安的。

"无碍，生死自有定数，况且阿陌不是等闲之辈，小姑娘，你无须自责。"

是啊，我师父可是令所有妖怪闻风丧胆的魔界王子殿下，他绝对不会有事的。

我一遍又一遍地在心里安慰着自己，待情绪稳定下来，朝爷爷俯了俯身子，“谢谢爷爷救我一命，我叫夜筝，爷爷以后唤我名字便好。”

“你谢谢阿陌便好，我不问世事多年，若不是他，我定不会救你。”爷爷笑得云淡风轻，“夜筝——倒是个好名字，自我认识阿陌起他便是独来独往，偶尔也会有些暴戾，似乎从来没有对什么事物上过心，除了……”爷爷蓦地顿住。

“除了什么？”

爷爷却不再继续说下去，“能让阿陌上心，你定有些过人之处。”

这句话是在夸我吗？

我略有些羞窘地挠了挠头，“没有啦，我不过是一把刚刚才有了精魂的琴，哪有什么过人之处，我什么术法都不会呀。”

“刚有了精魂的琴……”爷爷喃喃重复着，目光渐渐变得幽深难测。

“有什么不妥吗？”

爷爷只是侧过身子看向窗外，“夜筝，身子舒服了便随爷爷出去走走吧，你身子要好个透彻还缺几味药，随爷爷一同去采？”

“嗯！”

自我有了精魂后便日日守在小白的身边，只能自言自语，后来认识了离陌亦谈不上有多少言语的交流，而爷爷待我甚好，不仅会和我讲许许多多我从来不知晓的事，还会耐心地听我所言。

我同他讲小白同云家小姐之间的故事与遗憾，同他说我对小白的种种担忧与心情，甚至还会言语激动地同他描述那日差点被青蛇吃了的危险，以及离陌受伤那日所见到的惊心动魄。

这几日我过得很开心，但也困扰着该如何跟爷爷开口说我要离开这里，我要回到小白那去。

临近黄昏，爷爷静坐在院子里，微仰着头，指了指天空：“夜筝，你看。”

视线里是橘色的夕阳，发着柔和的光，天边的云朵被泼染成缤纷的色彩，“哇，彩霞真美，颜色好漂亮。”

爷爷收回手置于膝前，“非也，云之美在于变幻莫测，形态不一，就像这世间万物。”

我似懂非懂地点了点头，觉得现下气氛静谧美好，便斟酌着用词，开口道：“爷爷，夜筝这几日给你添麻烦了，再叨扰下去似乎有些说不过去了。”

“谈不上麻烦叨扰，我独自居住在这太久，你在这陪我说说话倒是解了些烦闷。”

这——我应该继续留下来陪着爷爷？

呜呜，可是我当真是思念小白了。

我困扰地蹙眉，小心翼翼地开口说道：“爷爷，我日后有空再来陪你聊天，可好？”

爷爷侧眸看向我，挑眉道：“夜筝想离开了？”

爷爷待我这般好，我不忍撒谎骗他，便诚实地点了点头，声音仿若细蚊，“我想小白了。”

“你身子已经好全，想走便走吧。”

“可是爷爷，你不会生夜筝的气吧？”

爷爷却难得地同我玩笑起来，“生气呀？生气了夜筝就不走了，就一直一直陪着我吗？爷爷这把年纪了，又不是阿陌，还会同你心心念念的小白来争风吃醋吗？”

这就是答应我走了对吧？

我满心欢喜，激动地上前一把抱住爷爷，“爷爷你放心，我一定会常常来看你的。”

爷爷始料未及，差点未能坐稳，“又不是马上便走，你这般激动做甚？好好休息，这儿离你那住处有些远，你又不识路，明日我叫小花送你回去。”

我感动得几欲落泪，“爷爷你真真是对我太好了。”

许是想着马上就能见到小白了，这一夜我睡得极好，就连整个梦境都甜蜜如糖。

令我很是震惊的是，爷爷口中的小花竟然是一只羊。

我目瞪口呆地瞅着眼前这只眼神中充满了不屑的小白羊，简直难以置信它便是爷爷说的送我回去的小花。

“怎么还愣着？上去吧，小花会载你回去的。”

而爷爷的话让我不可置信直接转化成了微妙的惆怅。

我要骑着一头羊回去？

罢了罢了，有总比没有好，我叹了口气，然后跟小花打了个招呼：“得罪得罪，小花，我上来了啊。”

小花只是冷哼了一声，高高仰着它昂贵的头颅。

待我在小花身上坐定，爷爷又从袖口掏出一只纸鸢递给我，“这是阿陌让我给你的，你若是想找他，便对着这纸鸢说话，然后烧掉它，阿陌会听见你说的话的。”

我日后再不说离陌的坏话了，他竟然还给了我个寻他的方式。

“嗯。”我接过纸鸢动作轻柔地将它收入口袋，然后跟爷爷道别，“爷爷，我走了，请好好保重自己。”

爷爷点了点头，然后伸手摸了摸小花的头，“上路吧。”

爷爷话音刚落，小花竟展翅腾飞。

我始料未及，反射性地紧紧抱住小花的脖子。

小花真是一头特别的羊，它竟然有翅膀。

我尚未从小花带给我的震撼中回过神，一道陌生的声音从我前方传来：“坐稳了！”

啊——小花不仅会飞，小花还会说话。

好想赶快见到小白啊，与他分别之后所遇到的惊险与奇妙我都想一一说给他听，即使，他听不到。

第二章
学　艺

再见到小白，他依旧在木屋外的林子里舞剑，白衣飘飘，自成一道风景。

我静静地立在一旁，想要诉说分别时所经历的那些惊心动魄、心酸坎坷，我张了张唇，终究抿出了苦笑的弧度。

小白啊小白，我多么希望你可以远远地看我一眼，微微笑，即使什么都不说，我亦觉得圆满。

我又恢复到寸步不离地跟着小白的日子，肆无忌惮地模仿他提剑的样子、走路的姿势以及微蹙的眉头。

有时我也会担忧离陌，不知他现在是否安然无恙，又身在何处，好几次我掏出爷爷给我的纸鸢却又不晓得该说些什么，唯有默默地放了回去，爷爷只赠予了我一只纸鸢，我不可以浪费。

直至那日阿九来找我，同我说起了离陌。

“夜筝夜筝，我有殿下的消息啦！”阿九动作灵敏地跳入我的怀里，乌黑的眼眸睁得圆圆的，“昨日我姐阿八同朋友游玩，说是见到殿下了。”

“真的吗？！”我将阿九圈紧，“师父现在在哪里？”

“这个……姐姐也只是远远地见了殿下一眼，不敢靠近的。当时是在花林，现在不知道去哪里了。”阿九耷拉着耳朵，晃了晃自己的大尾巴，抬眼看我，“我一听到消息便来寻你了，可似乎没能帮上你？”

以离陌暴躁阴晴不定的性格，众妖不敢靠近实属常情，我抚了抚阿九的头，“阿九帮了我的大忙了，谢谢啦，以后我去采好多好多松子请你吃。”

阿九笑弯了眉眼，开始绘声绘色地同我讲述她听到的那些魔界传闻。

离陌自然是传闻的中心。

听着听着我开始同情起离陌，他同魔王之间到底发生了什么，才会让父子俩的相处宛若仇人？

对于我的疑问，阿九迅速地左顾右盼，“嘘——不能问啦，魔王的家事是不许别人议论的，被魔王知道的话，后果可是很惨的。”

“好啦，我不问不问。”瞧着阿九后背竖起的毛发，我觉得可爱得紧，转移话题问道，“阿九，你姐姐叫阿八啊？然后你哥哥叫阿七，你是不是还有很多哥哥姐姐叫阿一阿二阿三？”

阿九一脸讶然，眸光中闪烁着崇拜，“你怎么会知道？夜筝，当了殿下的徒弟后是不是就能料事如神了？”

“噗——”我一个没憋住，直接笑出声来。

阿九乃我见过最可爱的松鼠，没有之一。

虽然不知道离陌具体的行踪，但听阿九这样说，他至少是安全的，我悬着的心终于落了地，待阿九走后忙掏出纸鸢，向离陌传达我对他无限的敬仰以及感谢。

为什么现在才说呢？因为唯有此刻我才能确定我想说的话离陌全部听得到。

纸鸢变成一小簇跳跃的火焰，我看着看着便怅然若失起来，离陌行踪不定，下次再见不知是何时。

可离陌便是离陌，行事总是出乎人的意料，两日后当我再次见到离陌时，禁不住向后退了好几步，惊呼出声：“师父？！”

此时的离陌倒像极了初见那日，姿态随意慵懒，眼角眉梢都是似有若无的笑意。他今日着一件暗紫色的衣袍，黑发束起，多了几分意气风发。

“这么一惊一乍的还想当我徒弟？”离陌挑眉，眸光中是狭隘的戏谑，“看样子为师还需带你出去历练历练，多见识些腥风血雨，想必你遇事会淡定许多。”

腥风血雨……

脑海里闪过离陌嗜血的红眸，我打了个寒战，忙上前几步，笑弯了眉眼，“见到师父了自然是惊喜万分，怎么可能淡定得了？”

我是真真觉得高兴的，离陌都可以这样调侃挤对我了，应是好全了。

离陌微仰着下巴，轻描淡写地瞟了我一眼，复而下巴朝着小白的方向点了点，“那便是你不能离开的凡人？”

我心里发酸。

小白越发地瘦了，终日一言不发，极少进食，而我只能眼睁睁地看着，什么也做不了，这种无力感让我情绪沮丧。

离陌一声冷哼让我回过神来，忙转过头，便见他的视线落在小白身上，似是打量又似乎只是漫不经心地一看，“刚还说见到我惊喜万分，我还站在这呢，你就对其他人挪不开视线了？”

离陌言语里是满溢出来的不悦，虽然我并不十分理解他不悦的缘由，却也能察觉到似乎每次提及小白他都不太欢喜，我尝试着转移话题，“师父，你特意来寻我，是想我了吗？”

离陌瞅着我，皱着好看的眉头，像是在认真地思考我的问题。

我沉浸在成功转移话题的喜悦中，扩大了唇角的弧度，“师父定是想我了。”

离陌却是微仰着下巴，紧绷着一张脸，“身为徒弟要矜持，为师喜欢矜持的徒弟。”

为师喜欢矜持的徒弟，本殿下喜欢矜持的女人。

虽然掌握不好矜持的度，但至少有一点我是可以肯定的，归根结底，便是离陌不喜欢我。

“哦。”我沮丧地垂头，也不再继续猜测离陌出现的用意，等着他开口，或是又一次地不告而别。

耳畔传来小白不紧不慢离去的脚步声，我下意识地想要跟过去，视线里出现一双黑靴，下一刻脑袋便被人毫不留情地用力戳了戳，我痛得低呼出声，却又不敢对离陌动怒，只能睁着雾蒙蒙的双眼，捂着被他戳到的地方，可怜兮兮地抬头看他。

“很痛？”离陌挑眉，浅红的双眸一瞬不瞬地看着我，叫我生出一种说了实话后果会很严重的感觉，于是我违心地摇了摇头。

离陌朝我捂着的地方伸了伸手，却又倏地握拳收回，掩唇轻咳了一声，道：“你脑子里到底成日在想些什么？我来寻你自然是要教你术法的，你不是说要潜心修炼，绝不给我丢脸的吗？”

离陌的话让我的疼痛立马烟消云散。

我有没有听错，离陌要教我术法了！那么我便可以触到小白了，可以同小白交谈了，就像刚刚他离去时，我也可以在他身后喊着让他等一等我。

“师父你真好！”

言语不足以传达我对离陌的感激，我踮了踮脚，想要给他一个大大的拥抱，他却灵敏地避开，我一个趔趄差点摔个大跟头。

离陌侧身而立，身子修长倜傥，颇为不满地斥道：“扑过来做甚？好好说话。”

我满心欢喜便觉得入目一切皆是美好的，止不住唇角的笑，“师父躲什么？夜筝心里高兴，想要抱抱你而已呀。”

离陌又连咳了两声，复而一副恨铁不成钢的表情看着我，“夜筝啊夜筝，为师说过多少次了！矜持！”

我委实不知道离陌为何非要纠结在这“矜持”二字上，但为了不再次犯同样的错误，我一本正经地询问道：“师父，你不喜欢我抱你？”

……

“师父，你不愿意让我抱你？”

……

“好嘛，夜筝保证不会再有下次了，师父莫要生气了，你快些教我吧！”

我自认为认错态度极好，可离陌似乎也不太高兴，紧绷着下颌线，略一抬手，我的身子便悬空起来。

“师父？”

“不是要随我去潜心修炼吗？以你的道行，若自己走的话只怕跟不上我的速度。”离陌似是耐心用尽，口气不悦，“还有什么问题？”

“师……师父……”我张了张唇，索性闭上双眼，视死如归地说道：“师父，夜筝有一个请求，师父可不可以就在这里教我？”

自始至终我拜离陌为师的目的都很明确，仅仅是为了化作凡人，可以守候在小白身边罢了。

“你要我为你待在这里？”离陌的声音冷了大半，透着一股瘆人的凉意，“夜筝，你当真以为本殿下闲得发慌，终日无所事事？”

离陌真的生气了。

我慌乱地睁眼，见离陌眯眸扬唇，笑意却不达眼底，尝试着去解释，“我晓得师父要日理万机，我没有要师父留在这里的意思，师父若愿意可以得闲再来这里教我个一招半式。”

“哈——”离陌唇边溢出一丝冷笑，眸光冰冷骇人，“夜筝啊夜筝，你也当真是瞧得起自己，我不过是念在你当日舍生替我挡过一击的分上才收你为徒罢了，你以为自己在我心里能有多重要，我该事事迁就着你，围绕着你转？”

离陌的攻击力不仅体现在他高强的法力与道行，那薄唇吐出来的一字一句同样伤人。

离陌一撒手，我悬着的身子便重重地落地，我摔得生疼，只能抿紧了唇，暗了眸子，只能吐出三个同样无力的字：“我没有。”

离陌却不再看我，转过大半个身子，“你若舍不得那凡人，不随我走，你我师徒情谊便到这里，算起来我也救过你两回，你我之间亦算是两清了。”

视线里只有离陌飞扬的发，我看不见他脸上的神情，却清楚地明白若是这次再这样让他离去，只怕再也见不到他了。

我惶恐地起身，不管不顾地拽住离陌的衣袍，“我错了……师父，你罚我吧，别不要我。”

……

“我会跟在你身边好好修炼，乖乖听话，再不惹你生气了。”

短暂的沉默后，我的周身浮起熟悉的光，我知道这代表离陌原谅了我。

我不知道离陌要带我去哪里，虽然舍不得小白，但我知道这只会是短暂的分别。

小白，我会努力修炼，下次见面的时候，让我抱抱你，好不好?

离陌带我去的地方叫作“云林”，这里四处都是飘渺的云雾，入目皆是一片白，相比起我之前所待过的地方，这里倒更像是人间仙境。

可这里亦越发偏僻，除了离陌，我再未见到任何生灵。

离陌将我扔在云林，给了我几句修炼的术法，便再次消失得无影无踪，我敢打赌这一定是他对于我之前惹怒他的惩罚。

接下来的三天，我一个人在这荒无人烟的地方静坐修炼，每每离开的念头一浮现在脑海，离陌那恶狠狠的红眸亦会随之闪现。

我明白这世上没有白吃的果子，我图着让离陌帮我完成触到小白的心愿，便是要付出代价的。

三天后离陌再次出现在我眼前时，之前的怒气似乎已经消了大半，打量着一本正经打坐修炼的我，笑道：“倒还有几分修炼的样子了。”

我惊喜地起身，虽然觉得离陌此刻心情不错，却也不敢太放肆，隔着两三步的距离询问道：“师父今天怎么来看我了，是不是无事可忙了？”

我语气态度极好，可言下之意也很清楚了当，只是想要婉转地“控诉”下他硬把我带到这陌生的地方却又不管我的“恶行”。

离陌也不恼，只是轻哼了一声，道：“来看你修炼得如何了，夜筝，这云林可谓是集天地灵气潜心修炼的好地方，加之为师的悉心引导，不出个三四百年，你定会有所造诣。”

三四百年！

凡人寿命不过短短数十载，待到三四百年后，小白只怕早已是一抔黄土。

我不指望离陌在一时半会间能理解我对小白的心意，他没有爷爷的好性子，我只能循序渐进。

“师父今日得闲的话，可以教我一些术法吗？”我略微夸张地叹了口气，怅然若失看向远处那些飘渺的云雾，“成日里便是这样打坐修炼着实有些无聊。哦，当然，要是师父还有事要忙又或者觉得时机不够的话，我便继续打坐好了。”

好半晌也等不到离陌的回答，我按捺不住地侧头，却对上他似笑非笑的眼眸，莫名有一种什么都被他看透的感觉，蓦地就涌上些窘迫。

离陌长腿一迈，又离我近了一步，颀长的身子给人一种无形的压力，他微俯下身子，俊美的五官在我眼前放大，就那样噙着笑直直地看着我。

这样近的距离，那浅红的双眸似乎带有魔力，我一时之间竟有些眩晕。

离陌挑眉，修长好看的食指再次用力地戳了戳我的额心，道：“夜筝啊夜筝，我发现你说话很喜欢拐弯抹角，这个习惯不好，率直一些会比较讨喜，你懂吗？”

我捂着被戳痛的额头，只能眸光闪闪地瞅着离陌，他对“师父”这一角色入戏太深，每每见面总要训斥我。

我倒是想要率直讨喜呀，只是他这阴晴不定，说翻脸就翻脸的性格，我哪敢？

“师父，我并非心里有话不直接对你说，只是我晓得自己嘴笨，怕一个说得不好，师父便会生气。”

“嗯？”离陌站直身子，拉开了与我的距离，“在你心里为师便是这样一个不通情达理、易怒的人？”

那定然是啊！

有些话注定只能烂在肚子里，因为离陌我似乎已经练就扯起谎来脸不红心不跳了，“怎么可能？！师父在我的心里一直便是深明大义、通情达理、善解人意的！”

离陌自上而下地轻瞟了我一眼，“那你倒是坦白和我说说你心里的想法。”

心里的想法？

之前怕惹他生气违心说的那些话？

我拿不准离陌话语里的意思，但他话都说到这个分上了，我也不好再顾左右而言他，便尝试着开口说道：“比如……比如其实师父你戳我头的时候我都觉得很痛，我心里是希望师父下手可以轻一些的。”

离陌并没有我想象中的恼羞成怒，他分外淡定地环臂看我，复而又伸出食指朝我的额心戳了戳，不紧不慢地问道：“你是说为师这样的力道弄得你很疼？”

之前的疼痛还没有完全缓过来，这一戳无疑是雪上加霜，我禁不住低呼出声，既然他一直要我率直坦白，我索性也不隐瞒，加大了音量，道：“是啦，很痛！”

这话一说出口，那些不满的情绪便再也无法压抑，于是我破天荒地竟然有了勇气敢瞪着离陌。

离陌确实没有动怒，唇角似乎隐隐约约有些上扬，作恶的食指并没有收回，而是再一次地戳到了我的额心，“那这样呢，这样有没有好一些？”

“痛啦！”

“还痛啊？那这样呢？”

……

“这样？还很痛吗？”

离陌仿若求知的孩童，不停地拿我的脑门当试验品，我疼得快要落泪，朦胧的视线中却见离陌唇角的笑容再也无法抑制，红眸熠熠生辉，闪烁着的都是捉弄的光芒。

我若再不懂离陌居心何在，我才真真是愚笨。

“师父，你捉弄我！”额头传来的疼痛和离陌肆染开来的笑意一下子便将我的怒火点燃，“师父，你这是将自己的快乐建筑在我的痛苦之上，这样是不对的！”

离陌敛了笑，收回手背在身后，垂眸看我，“夜筝，你这是在训斥为师？”

看吧看吧，刚刚还说自己通情达理，让我坦率地说出自己内心的想法，我一旦说了却又拿“师父”的架子来压我。

而我在离陌面前向来没有威武不能屈的节操，无力地垂下自己的双肩，刚刚燃起的气焰瞬间被泯灭，“夜筝不敢。”

离陌满意地颔首，伸手拍了拍我的头，“乖，你想学什么，说来听听。”

即使我感觉自己受到了宠物般的对待，但有了离陌后面这句话，我便觉得这一切都是值得的。

“我听阿九说，嗯，阿九是我一个朋友，是一只小松鼠，很多妖怪都可以自由地变成其他生物的样子，像老虎呀、兔子、猴子、狼还有其他什么凡人的样子，我觉得好厉害呀。阿九说……阿九说如果我学会了，便和我一道化作其他的样子捉弄入林的凡人，吓唬吓唬他们什么的，我觉得很有趣，师父你也知道我每天过得有多无聊嘛，又不敢乱走，只怕什么青蛇、白蛇会来吃我。”

“出息。”离陌不屑地冷哼，“你不想被吃，努力修炼便是，青蛇那等小妖何以为惧？”

努力修炼，也不知是谁当初在我耳边说要养肥我再将我吃掉！

离陌又是救我又是将我带到这云林修炼，当真有几分圈养我的模样。

我忍不住打了个寒战，下意识地向后退了一小步，讨好地笑道：“是是是，师父说得对，那么师父愿意教我吗？我同阿九约好了……”

离陌狭隘地笑了笑，略一抬手，笑道：“你是想变成这样？”

眼前的离陌不知道为何竟然瞬间变大了十几倍，我震惊地睁眸，仰着头看他，只觉得脖子发酸，想要开口询问这是怎么一回事，一张嘴却吐不出一个完整的字眼，吱吱喳喳的，是陌生的声线。

天啊，我的声音怎么了？我惶恐地摸向自己的嗓子。

这一摸我便直接由惶恐变成了恐惧，因为我手上传来的触感竟然是毛茸茸的一片。

我的脖子长毛了？

我连忙垂下头来打量自己的身体，这一看我几欲昏厥，视线所及全是令人发指的棕色毛发。

我……我这是怎么了？

我用毛茸茸的爪子拍了拍剧烈跳动的像是要破体而出的心脏，强迫自己淡定，然后焦急地看向离陌，吱吱喳喳手舞足蹈的，也不知道他能不能懂我的意思。

离陌浅红的眼眸里溢满了笑意，俯身道：“你是不是想问我发生什么了？是不是想看看自己现在的样子？”

对于离陌瞬间懂得我异样的语言我欣喜得快要热泪盈眶，忙用力地点头。

离陌好看的手一挥，我的眼前便出现了一个水洼，我忙小跑着凑过去，水洼里一只全身棕色的小松鼠正一眨不眨地盯着水洼里的自己，在看到的片刻全身的毛发瞬间惊吓地竖起，大大的尾巴伸得笔直。

我变成一只松鼠了？！

我一时难以承受这样突如其来的变故，身子一僵，便直直地倒在一旁，也不知道是太过惊吓还是毛发太过厚重，这一摔竟然一点也不疼。

离陌蹲下身子，大手推了推我的身子，眼角眉梢都是掩饰不住的笑意，“怎么了？不喜欢你现在的样子吗？你不是想变成其他生物的样子同你那什么松鼠朋友玩吗？竟然那什么阿九是一只松鼠，我觉得你也变成松鼠是最最合适的，你以为呢？”

不带这样整人的！

我深知自己斗不过离陌，在心里给自己打气站起身来，顺着他蹲下的腿一下爬上他的膝盖，伸出爪子拽住他胸前的衣襟，弱弱地叫唤了两声。

离陌没有将我丢下来，反而动作轻柔地抚了抚我的头，“不满意？想变回来？”

我用力地点了点自己的小脑袋，讨好地在他怀里蹭了蹭，只希望离陌玩开心了赶紧把我变回来。

离陌起身，一手托着我的身子，一手逗摸着我的下巴，眼神格外的温柔，“我倒觉得你现在的样子比之前要可爱讨喜得多。”

要是想养宠物，他自己可以变一只呀，反正他法力高强无所不能的，何苦这样捉弄我！

原来变小以后胆子也会变小，我总担心离陌一个不小心就会把我从他怀里摔下去，只能越发死死地拽着他的衣襟，可怜巴巴地看着他，只望他一个于心不忍将我变回原来的样子。

“吱吱吱吱！”我不满地抗议。

“你说什么？我听不明白。”

“吱吱吱吱！”

“帮你去找只松鼠一块儿玩？”

“吱吱吱吱！”

“不是要学如何变身吗？我现在就教你，你若学会便可以自己变回来了。”

意思便是如果我学不会便要一直做一只不会说话的小松鼠？

我并不介意做一只小松鼠，我只是无法确定小白会不会喜欢小动物。

为了可以早日变回来，我开始不分昼夜地练习离陌教给我的术法。

当一只小松鼠也不是没有一点好处的，想来离陌或许是喜欢小动物的，这几日待我格外的温柔，无论是同我说话的语调还是轻抚我毛发的动作，都轻柔得不可思议，他甚至愿意让我窝在他的膝上小憩，这是我和他相处以来，最轻松快乐的日子，我不能言语，便不需要斟酌着字词同他聊天。

我常常会在那个瞬间忘掉那个暴戾的离陌。

这样的日子持续到那位红衣美人出现在云林。

那时是正午，即使有着重重云雾的遮挡，阳光依旧刺眼毒辣，我兀自在大树底下蹦跶着自己的小身板，碎碎念叨着离陌教予我的术语，一次又一次的失败让我有些垂头丧气，厚重的毛发让我热得透不过气，每每抬头离陌却在粗壮的枝干上兀自睡得悠然自得。

不过是一句简单的术语，为何却总不能成功，当真是我太过愚笨，还是这离陌又在耍我了呢？

越想便越心烦气躁，索性坐在地上仰着头恶狠狠地盯着离陌。

片刻间离陌却似乎感受到了我的“恶意”，倏地睁开眼眸，整个人陷入一种强大的低气压。

这种感觉似曾相识，仿若第二次我在林中偶然遇见他的场景。

我禁不住打了个寒战，下一刻有个陌生的女声便粉碎了我的自作多情。

“殿下。”

我朝声源处看去，便见那日毫不手软将我拉向离陌替离陌阻挡攻击的红衣美人隔着十米左右的距离，恭敬地朝着离陌的方向微俯着身子。

离陌却置若罔闻。

“魔王去了南海，为了……”

“哼——”红衣美人尚未说完，离陌便冷哼一声打断，微微侧头，噙着浅笑，冷冷地看向她，“落影，你这般吃里爬外，就不怕他杀了你？又或者是他让你来故意告诉我这些？”

我本就好奇离陌同魔王之间的事情，忙眼神发亮竖起耳朵。

落影眸光闪了闪，道：“这些年我待殿下如何殿下心里应当清楚，将择明主，我愿跟随殿下，以效犬马之劳。”

落影对离陌的忠心我可是最好的见证人，只怕在她的眼里，除了离陌的性命，其余人的皆不值一提。

许是我打量的目光过于灼热，下一刻她便朝我看来，有惊讶从她眸光里一闪而过，旋即便溢满骇人的杀机。

我抖了抖向后退了两步，潜意识里想要向离陌寻求庇护。

眨眼间离陌便从树上一跃而下，面朝落影负手而立，留给我一个巨大的背影，同时也阻断了落影落在我身上的视线。

“如此，便让我看看你对我的忠心。”

语罢，离陌仿若迅风，刹那间消失在我眼前，我再反射性地看向落影，哪里还看得到她半分身影。

什么嘛，想避开我便直接说呗，听了一半又不让人听下去了，真是闹心。

离陌他们这一走我倒像是满血复活了，做了个深呼吸继续开始漫长的练习术法之路。

然而幸福来得猝不及防，就在完全没有抱希望的时候，眼前的景物开始缩小，我缓慢地垂头，看向自己的身子。

啊——

变回来了！

“我学会了！学会了！我终于学会了！”我欢呼雀跃着，想要同人分享，然而环顾四周却是空落落的景色，我晃了晃头，试图甩掉心间的那些失落，给自己打气，“太棒了，我可以去找小白了！”

我沉浸在学会变身术法的成就感中，尝试着变换各个模样，想着等离陌回来时终于可以扬眉吐气朝他炫耀一番。

离陌这一去便久久没有回来，而我最近一直都在苦练术法有些严重的睡眠不足，现下学会了，悬着的心也就落了地，午后暖暖的阳光总惹人瞌睡，我伸了个懒腰想要靠着大树眯眯眼，却抵挡不住汹涌的睡意，沉沉睡去。

各种梦境络绎不绝，我睡得迷迷糊糊，总觉得有什么毛茸茸的东西轻轻抚过我的脸颊，我想要制止，奈何眼皮太沉，怎么样都睁不开。

梦里传来一道熟悉而好听的声音：“夜筝，你为什么这么努力地学习变身的术法？”

这是离陌的声音？

可以诚实回答的吧？

这是梦呀。

在梦里我不用小心翼翼地说话，不用撒谎，不用担心惹谁生气。

“因为，我想要小白知道我的存在，我想待在小白的身边。”

醒来时天已经黑透，满天星辰熠熠生辉，我下意识地环顾四周，仍然不见离陌。

我失落地叹了口气，又伸手拍了拍脸颊，刚刚站起身子，离陌的声音便从头顶上方传来。

“醒了？”

我吓了一跳，“唔——”

离陌足尖一点便轻巧地落在我的前方，他全身都笼罩在朦胧的月色里，叫人看不真切。

我像个讨要糖果的小孩子，献宝地说道：“师父，你快看，我没有让你失望，我不再是一只松鼠了，你教给我的我学会了。”

我晓得要得到离陌的夸奖是一件十分困难的事情，却不曾料到他竟会如此冷淡，他一动未动，似是懒得看我一眼，头也不回地说道："那么接下来你还想学什么？"

我满腔热情瞬间被离陌冰冷的态度泼散，停下了上前的步伐，我垂下头看着自己的脚尖，半是赌气半是诚实地答道："谢谢师父，夜筝不想再学其他的了。"

我知道自己没有资格要求离陌夸赞我，或许是我变成松鼠的这几日离陌待我太好，才会让我飘飘然到忘了自己本来的身份，才会因为他这样冷冰冰的态度而觉得闷。

就像是一个要不到糖的小孩子。

"你当初执意拜我为师，为的便是学习这变身的术法吧。"

被离陌一语道中心中所想我反而觉得轻松，我的心愿已经完成，就算离陌会因为我不争气上进而不再认我这个徒弟，对我而言亦不再像当初那般重要。

"嗯。"我朝着离陌的背影点了点头，"这些日子谢谢师父的指导，我知道师父每日都很忙，我也应该回去了，他日师父若有用得着我的地方，只需知会我一声便好。"

"回去？"离陌蓦地转过身来，唇角抿成愤怒的弧度，眸光中透着危险，"回到那个凡人身边去？"

不知是这些日子的相处太过轻松愉悦，还是因为我已得到了自己想要的，对于离陌我竟然没有过往那般的畏惧。

我坦诚道："师父，我拜你为师确实是为了学习变身的术法，为了能够待在小白的身边。所以学会了我便要回去。"

……

"师父，你在生气吗？"夜色中我蹙眉对上他的眼眸，不解道，"可是师父，我不明白，为何我每次提到小白你都要生气呢？"

这个问题困扰了我许久，小白与离陌毫无恩怨，为何每每我提到小白，离陌的不高兴便那样的明显？

我已做好承受离陌怒气的心理准备，却不料这一问他眼里的怒气竟刹那间烟消云散。

离陌怔怔地看着我，仿佛这个问题亦同样使他困扰。

他久久地看着我，紧紧皱着眉心。

离陌突然笑了，清冷的月光下，他唇角的笑像是盛开的蔷薇，说不出的妖艳，他张了张薄薄的唇，像是在对我说话，又像是在喃喃自语："是啊，我为什么要生气？我有什么好生气的？"

"师父？"我轻声唤他，未曾见过这样的离陌，我心里涌上些不安，"你怎么了？"

"你既无心修炼，我自不会强求，日后，你好自为之。"

语罢，离陌再次消失得无影无踪。

这算什么？

跟我断绝师徒关系了吗？

我呆呆地看着离陌刚刚所站的位置，有些莫名的心酸。

我原以为自己只是为了小白才认离陌为师待在他身边罢了，我原以为以离陌那暴躁的脾气时不时便威胁着要我的性命，不会让我对他真心真意地想要同他亲近。

可人非草木，孰能无情？何况这些日子的相处，他也曾温柔待我。

离陌，谢谢你。

我用力地吸了吸鼻子，默念着不久前才学会的术法，将自己变作一只鸟，旋即振翅而飞。

前方是未知而又陌生的风景，可心的方向分外坚定，我要飞往的地方，仅仅是有着小白的一所小小木屋。

这样不知方向地盲目乱找效率着实是低下，若不是有落影的帮忙，我指不定要猴年马月才能回到小白的身边。

我同落影是偶遇的，可她却像是知道我的目的地一般，我尚未回过神来她便一言不发地将我带回了小白居住的林子。

离去前她留下一个一个意味不明的笑，道："能让殿下这般为你，你还真是不简单。"

这般是哪般？

她会这样说，怕是不知道离陌已经同我断绝师徒关系了吧。

落影没有给我说明真相的机会，我沉默地看着她消失在我的眼前，打心里不想要道出实情。

我承认自己虚伪又胆小，我曾从阿九那得知，这林子里的妖怪不再犯我，多多少少是因为离陌的缘由，故此，我又怎么会想要其他人知道离陌与我早已经撇开关系。

看着周围熟悉的景色，我深吸了一口气，摇了摇头甩掉那些负面的情绪，兀自扬着唇角沿着记忆的路线朝小木屋的方向走去。

这林子说大不大，说小亦不小，我回到住处的时候已经是夜深，木屋已没了烛火，生出股寂寥感来。

小白是睡着了还是已经离开这里了？

我心里一紧，忙小跑着进了屋，好在在竹榻上看见那一抹熟悉的白，我悬着的心落了地，小心翼翼地走近，才发现小白半躺在竹榻上入了睡，月光透过大开的木窗洒了一室银光。

月色下小白英俊的脸有着温柔的轮廓，我连呼吸都有些胆怯，耳边回荡着的都是自己的心跳声，试探着朝他伸出手，忍不住想要顺着他面部的轮廓轻抚。

可我尚未触及，小白却像是陷入一场噩梦里，眉头紧锁，薄唇微张，低声呢喃：“水蓉……”

水蓉。

这两个字让我如梦初醒，慌乱地向后退了几步，有些莫名的疼痛涌上心头。

小白对云家小姐的情深义重，我明明是知晓的，可是这一刻，为何心脏会像窒息般的难受？

就连梦里也全部是她吗？

我想要抚平他眉心的皱褶，可我听着他的低喃竟然失去了上前的勇气。

我在小白的身旁站了好一会儿，方才走至一旁的梨木案，借着月光细细观看着案上的画。

画里面的女子雅致娇羞，一颦一笑栩栩如生。

这是云家小姐，是小白喜欢的模样。

我下意识地抚了抚自己的脸，忆及当初以离陌眼瞳为镜，看到的自己的样貌，懊恼地叹了口气。

我要是用这样的样貌去见小白，他会不会不开心呢？

如果……

如果我能化作云家小姐的样子，那么小白看到我的时候，会欢喜一些吧？

这个念头在心里像个雪球越滚越大，我想到自己从离陌那学来的术法，开始跃跃欲试，我默念着离陌教给我的术语，将自己变作云家小姐的模样。

我缓缓地垂下头，打量着自己的身体，眼见着自己的身体变成画里所描绘的样子，我又忐忑又期待，可这房子里也没有镜子，也不知道自己变得像不像，我该何时出现在小白面前？小白……会喜欢现在的我吗？

我兀自陷入自己纠结无比的思绪里，倏地被人从身后紧紧抱住，力道之大，好似再不会将我放开了一般。

我的大脑一片空白，僵着身子，心脏剧烈地跳动着，仿佛就要破体而出。

是……小白的拥抱吗？

有温热的呼吸喷洒在我的脖颈间，声音发颤，道："是你回来了吧？水蓉，你定是恨极了我……是我错了，留下来，我会用我的一生来补偿你。"

小白声线清冷，似是涧涧泉水，此刻带了些心碎的温柔，这是我第一次听到小白说这样长的一段话，他的声音好听到让我失神。

身后是小白宽厚的胸膛，他独有的浅香刺激着我身体的每一根神经。

这就是一直渴望的拥抱，原来是这样的温暖，叫人眷恋着，生出永远也不要放开的念头来。

贴紧身后宽厚的胸膛，我将手覆盖住小白搁置在我腰间的手，兀自欢喜地作答：“我会一直留在你的身边，生生世世。”

你舞剑的时候我便在一旁等着你，在你休息时为你拭汗，你作画时我便帮你磨墨，安静候着，绝不打扰你。

你若是想云家小姐了，我便轻轻抱着你，陪你一同思念。

闻言，环抱住我的小白身子一僵，好半晌都没有言语。

久久等不到小白的回答，我不安地出声：“小白？”

……

我试着转过身子去。

小白却用力地锢住我的腰，不让我转过身去，将头埋入我的发间深嗅了一口，道：“不要动，水蓉，就这样，让我好好地抱抱你。”

小白大抵不会知晓，他简简单单的两个字却拥有比洪水猛兽还要伤人的力量。

我一动不动，心如刀绞。

不是。

我不是水蓉，我是夜筝。

心底有个声音一遍又一遍在念着，我想要告诉小白，是他误会了，我不是他的云水蓉，我只是他的琴，我叫夜筝。

我终于开了口，喉咙发涩，道：“小白……”

“不要说话。”小白轻轻在我脖颈间摩擦了几下，“什么话也不要说，就这样，让我静静地抱着你，好不好？”

好不好？

最后那三个字小白咬字极轻，微微有些发颤，仿佛我若不答应，他努力克制的那些情绪便会崩溃瓦解。

我从来就不舍得让小白难过，我什么都愿意为他做，何况只是不要说话？那些已经涌上喉咙口的话便生生地咽回肚子里，小白不想听，那么，我便只字不提。

应该开心的吧？

小白终于有了情绪的起伏，而不再像平日那般死气沉沉的，而我，一直渴望着小白实在而温暖的怀抱，亦如愿以偿。

还有什么不满足的呢？

小白啊小白，会不会哪一天，你会因为我是夜筝而抱我呢？

也不知道到底过去了多久，小白松开了搁置在我腰间的手，顺势而下，亲昵地牵住我的手，我转过身子正对上小白温柔如水的双眸。

映着月光，那双眼眸如月色下幽深的湖水，情深的涟漪一层一层荡漾开去，我看着看着，仿若跌进软绵绵的云层里，全身都使不上劲。

小白牵着我在一旁的榻上落了座，就这样一瞬不瞬地看着我。

这样的对视让我如坐针毡，心乱如麻，寂静的房间将彼此的呼吸与心跳声都无限地扩大。

“我——”

我张了张唇，想要同小白说说话，然而刚刚开口，他便伸出食指抵住我的唇，轻轻摇了摇头，墨黑的眼眸中依旧是化不开的温柔，柔声道：“我只要能这样看着你便够了。”

我垂下眼睑，点了点头。

小白就这样一言不发一直握着我的手看了我一宿，直至天明方才扬了扬唇，伸手抚了抚我的发，笑道：“真好，你还在，我还以为天一亮你就会消失呢。”

我看着他布满血丝的双眼，心不可抑制地疼痛，我扯出一个微笑，道：“我不走，无论是天黑还是天亮，我都不走。”

我哪里也不去，我就待在你身边，所以，你不用再不眠不休地担心我会在你闭眼时离开。

我大抵能理解小白的心情，当初的阴阳相隔让他哀莫大于心死，如今他突然看见化作云家小姐样貌的我，应该是以为自己在做梦吧？

所以他便睁着眸子守了我一夜。

“小白，你不好奇我从哪里来吗？”

云家小姐去世了，小白心里是清楚的，他既然把我当作了云家小姐，难道不好奇我是人是鬼，为何复生，为何会出现在这里吗？

我多么希望小白可以问一问，那么，我便可以名正言顺地告诉他，我不是云水蓉，我只是他的琴。

小白只是轻轻摇了摇头，道：“这些都不重要，只要你在我身边便好。”

小白清俊的面容满是憔悴，我不忍道出实情，朝他靠近，顺势埋入他的怀抱。

“我真的真的不会消失不见的，小白，你一宿未睡，休息休息好不好？”

小白将我拥紧，一手温柔地拍抚我的背，话语充满着自责与歉意，道：“是我太过高兴疏忽了，闹得你一夜未眠，水蓉，你好好睡一觉，我守着你。”

小小的竹榻上，我窝在小白的怀里，耳畔是他沉稳有力的心跳，在鼻尖弥散开去的是他身上好闻的清香，他就在我的身旁，触手可及。

从未有过的幸福与满足感汹涌而来。

我仰着头，视线里是他好看的下颌，我突然就患得患失起来，“小白，我也害怕，怕你会不见。”

好怕一闭上双眼，再醒过来发现这些亲密的接触不过是一场旖旎的梦境，他依旧是那个沉默寡言的男子，而我于他而言，只是从未知晓的空气。

小白唇角轻扬，道：“傻瓜。”

原来相拥是这样甜蜜的一件事。

唯愿，时光可以停在此刻。

第三章
造　梦

小白从来不问我从哪里来，也不问我是生是死，每每当我想要开口的时候，他总会温柔制止。我仿若生活在浓稠的蜜里，他视我如珍宝，给予我无限的宠爱，我就这样在他的温柔与深情中沉沦下去，不可自拔。

小白总是温柔地唤我：水蓉。

“我是夜筝”这四个字在我的心间变得越发沉重，渐渐我亦不愿再开口提及。

这些温柔与宠爱，都是给云家小姐的吧？若知我并非云家小姐，小白，还会待我如此吗？

这日我正睡得迷糊，耳畔传来窸窸窣窣的声响，我睁了睁惺忪的眸子，模糊的视线中小白已经穿戴整齐，姿态优雅地泯灭了摇曳的烛火，继而朝我看过来。

似是没想到我已经醒过来，对上我睡眼惺忪的双眸，小白眼里闪过一丝讶然，“吵醒你了？”

“没有。”我摇了摇头，意识清醒了大半，我坐起身来，询问道，“小白，你要去哪里？”

这些日子，小白每次醒来后都不会走远，总会候在一旁，静静地等我醒来。

小白带着我熟悉的浅笑，走至床榻前，答道：“屋里的粮食已经吃完了大半，我去山下采购些回来。”

我眸光一亮，道：“要下山啊？”

我尚未去过凡人聚集的地方，听阿九说那是个热闹非凡、充满着稀奇玩意儿之地，我一直想要去瞧瞧，若能同小白一同前去，真真是再好不过了。

“嗯。”小白轻轻将我垂下的发挽到耳后，道，“天还没有亮透，你继续睡一觉，醒了我便回来了。”

啊？意思是不带我一起去？

小白这样的决定让我失落得噘嘴，颇有些不死心地拽住小白的衣袖，晃了晃，提议道：“带我一起去，好不好？”

“水蓉……”小白面露难色，薄唇张张合合，斟酌了许久方才开口道，“你这样让人看见，只怕不好。”

我恍然大悟，当日云家小姐死在花轿里轰动全城，现下我顶着云家小姐的容貌叫人瞧见，只怕会闹得满城风雨。

很简单啊，我可以变作其他人的样子，或者变回自己原来的样子呀，那样不就没事了。

可这个念头还没有说出口，便被我自己否决掉了。

这样，会吓到小白吧？

而我必须承认，我似乎已经失去在小白面前摘掉云家小姐脸孔的勇气。

于是我只能无奈地点头，微微垂下头，遮住满眸的失望，细声说道：“好吧，那你一定要快快回来。”

小白满意地扬唇，俯身在我的眉心落下轻浅的吻，“乖。”

小白定是修炼了术法之类的，不然这微凉的薄唇怎会像是火把，瞬间点燃了我的血液，令我手足无措，心慌意乱。

待我冷静下来，只瞧得见小白离去的身影，依旧是一身白袍，不同的是这次背了个竹篓，平添了几分人间烟火的气息。

这些日子我们都是形影不离的，小白已经成为我生活的中心，我成日便是围绕在他的身边。小白这一走，我再无睡意，不晓得做些什么才好，又不愿意错过他的归来，只好坐在屋前的桃树下发呆。

“夜筝！”

这尖细的呼喊声让我回过神来，顺着声音看去，瞧见两个熟悉的小身影，阿七气喘吁吁地拖着两个松子，而阿九蹦蹦跳跳地走在他的前边，用力地朝我挥手。

我好一阵子不曾见过这两个小家伙了，现下看到自然是分外欣喜的，忙招手唤道：“阿七！阿九！”

阿七和阿九可是我屈指可数的朋友。

远远地便见阿九朝我大喊着：“真的是你呀！我瞅着那动作姿势挺像你的，可是夜筝你怎么长这个样子了？”

也是，他们并不晓得云家小姐与小白之间的事情，要解释起来也不是一时半会的事情，我索性默念术法变回了自己原来的样子，轻描淡写道：“我就是变着好玩的。”

阿九不再细问，笑道：“夜筝，我和哥哥找到两个好大好大的松子哦，我分一半给你吃呀！”

由于两手空空，阿九一蹦一跳地便到了我眼前，我瞟了眼不远处拖着两个大松子的阿七，想要起身去帮个忙，阿七却一眼识破，亮出他的招牌眼神，恶狠狠地瞪着我，一副“谁让你帮忙，你快闪开”的样子。

于是我识趣地停止了起身的动作，伸手抚了抚阿九，笑道：“谢谢阿九，我不吃啦，你们是来这附近觅食还是来玩的呀？”

阿七放下松子，深呼了口气，一下子便满血复活，“哼，你当我们同你一样成天没事做，就知道吃和玩吗？”

阿七是只傲娇的小松鼠，可是对于妹妹阿九那是绝对的宠爱，于是我只好装作可怜巴巴地瞅着阿九，眼角眉梢都是做作的委屈。

“哥，你不要这样说夜筝啦！”阿九鼓着腮帮子看了阿七一眼，旋即跳上我的膝盖，笑嘻嘻地看着我，道，“我们是特意过来看看你回来没有，早一阵子我来这里都寻不到你呢，夜筝你去哪里呀？是不是跟殿下去游玩啦？”

殿下？

这些日子和小白生活在一起，我已经鲜少会想到离陌，那日，他那样决绝地同我断绝了师徒关系，从此便在我的世界里消失得一干二净。

若不是此刻阿九提起，我甚至会觉得，或许我从不曾认识过离陌，从不曾与他那样靠近过。

“没有啦，殿下那么忙，哪里有时间带我游玩呀。”我连连摆手，“谢谢你们惦记着我，真的谢谢。”

看着眼前两个毛茸茸的小家伙，我心头涌过一阵暖流。

他们，是因为我是夜筝而对我好呢。

“不客气啦，你一个人在这好无聊的吧，我刚刚见你一直在发呆呢，夜筝，不如你去我们家吧，日后同我们一道修仙，就不孤单无聊啦。”

修仙？

我从未妄想过九天之上的事情，也未曾奢望能与仙家结缘。

“不要啦，我不会离开小白，也不打算修仙。”

于我而言，陪伴在小白左右，便是人生第一得意之事。

让人意外的是，阿七竟一下跳到我的腿上，这可是他第一次如此主动地同我靠近，让我很是受宠若惊。

阿七一副怒其不争的神情，道：“夜筝你该不会是爱上那个凡人想嫁给他吧？！”

爱上？

阿七的话让我有些懵懵懂懂，却又仿佛心领神会，我莫名地有些羞窘，“我——”

“你当真想要嫁给那个凡人？我听说做凡人的妻子简直是一件惨绝人寰的事情，每天要洗衣做饭，伺候公婆，带孩子，哪里有做妖来得自在，成仙来得逍遥？”

妻子。

这两个字在我耳边不断地回荡，心头莫名地欣喜又忐忑，有些困扰我的事情顿时变得清晰明了，我按捺不住地起身踱步，“对呀，我可以嫁给小白呀，我怎么没有想到这个呢？”

只要我可以嫁给小白，成为他的妻子，那么，即使知道我不是云家小姐，小白也不会赶我走了吧？

成了小白的妻子，那么我便有了留在他身边的理由。

阿七和阿九猝不及防地被我摔倒在地上，阿七气得直跳脚，一手叉腰，一手指着我，怒道：“喂——你是笨蛋吗？！我话里的重点是这个吗？！”

“对不起对不起对不起，我太激动了。”我忙俯身将还揉着自己屁股的阿九扶起来，轻轻拍着她身上的灰尘，继而讨好地看着阿七，道，“好好好，我是笨蛋，阿七你最聪明啦，谢谢你提醒我，我要给小白当妻子。”

阿七一副气得说不出话来的样子，瞪了我一眼，负气站一旁，再不看我。

原以为以阿九的性子，应该会欢呼雀跃着应和我才对，未料她却难得地皱了眉，有些担忧地说道：“可是夜筝，你是妖，嫁给凡人不妥当吧？你同殿下说过了没有？我听说殿下从来不和凡人有任何牵扯的，你是殿下的徒弟，嫁给凡人殿下会生气的吧？”

想到这里还是有些失落，我避重就轻地回答：“阿九，你放心啦，他不会生气的。”

因为，我早就不是离陌的徒弟了。

“但是——”

我摸了摸阿九的头，阻止了她要说的话，安抚地说道：“好啦，谢谢你们的关心哦，我有空一定会去找你们玩的，我现在要去给小白洗衣做饭了，等他回来我就嫁给他！”

阿九像是被我说的话震撼到了，瞪着一双圆溜溜的大眼睛，微张的嘴看着我。

眼见着他们仍旧立在原地，我咳了咳，有些尴尬地说道：“阿九，阿七，你们去忙你们的吧，不用在这陪着我啦，我要去做饭了，一会小白就回来了。”

闻言一直环臂立在一旁的阿七一把拉过阿九，道：“你这个笨蛋，她在赶我们走啊，你还愣在这里做什么，我们走吧。”

在阿七的世界里除了他自己，一定所有人都是笨蛋。

阿九却是伸出小爪子拉了拉我的裙摆，整张脸都被哀怨笼罩，“夜筝，你真的要嫁给那个凡人？”

这是他们反复在问的问题，可无论问多少遍我的答案都不会改变，我点了点头。

阿九叹了口气，语气里是浓得化不开的失望，“真可惜，夜筝，我一直以为你会变成殿下的新娘，嫁给殿下呢。”

嫁给离陌？

这是我从未想过也不敢去想的问题，他那般的高高在上，哪里是我这种低下的小妖所能高攀的呢？

“还同她说那么多做甚？快些走啦！”

再不给阿九犹豫的机会，阿七直接拖拉着阿九离去。

阿九被阿七硬拽着，步伐踉踉跄跄，仓促中回过头来，大声道：“夜筝，若是你真的要和那个凡人成亲，一定要告诉我，我来恭喜你呀！”

“嗯！”

阿九能支持我的决定，让我十分感动，目送着他们离去的背影，我提着裙摆，小跑着回到屋里，只觉得满世界都是粉红色的气泡，格外美好。

阿九他们走后我便变回云家小姐的样子。

我想要给小白做一顿饭，可是该从何做起呢？

同小白相处的这些日子，我未曾下过厨，他亦不肯让我碰锅碗瓢盆，总让我乖乖在一旁等着他做好。

小白手艺极好，简简单单的食材他总能做出让我迷恋的美味佳肴。

每一道菜他都会让我先尝，目光期待地看着我，问道："怎么样，好吃吗？"

只要我给出一个肯定的答复，小白眸中的期待便会化为温柔与满足，动作优雅地为我添菜，"水蓉，从前总辛苦你从府里做好吃的送与我，日后，我都不会再让你受这样的劳累，只要你喜欢吃，我便做一辈子。"

这样的话听着便叫人心动，虽然唤的不是我的名字，可是把小白亲手做的饭菜吃进肚子里的人是我，我还能有什么不满足呢？

想什么想什么！

我努力地摇了摇头，停止回忆那些美好甜蜜的瞬间，当务之急，可是要回想起小白平日里是怎么做饭的。

我细细回想着平日里小白做饭的情形，扫视着厨房里所剩不多的食材，沿着记忆的轮廓动起手来。

洗锅、洗米、洗菜……

我按顺序一一做着，只觉得真正动起手来方才发觉做饭也并非易事，哪里有小白平日里半分的淡定与优雅，全是一阵手忙脚乱。

我很怀疑自己能否做出一顿像样的饭菜，只能怪自己不够聪慧，如果时光可以倒流，在云林的那些日子，除了变身的术法以外，我一定会求离陌教我几个做饭的术法的。

当我把一切食材清洗准备完毕，将锅子放置在灶台上，隐隐觉得有些不对，似乎漏了什么重要的环节。

可是我忘掉了什么呢？

煮饭烧菜，烧菜煮饭。

啊——

我竟然忘记生火了！

我懊恼地拍了拍自己的额头，连忙去背柴火，学着脑海里小白的样子去生火。

一番忙活后我瞅着灶台那星星之火，它未能如我期望熊熊燃烧起来，反而越来越微弱。

我瞅着一片狼藉的厨房，想到要给小白的惊喜就要落了空，巨大的挫败感朝我袭来，我一屁股坐在地上，不知道该如何是好。

小白回来的时候我正愁容满面地对着灶台，身后传来小白不可思议的呼唤声："水蓉？"

我一直陷在自己的愁绪里，没在意时间的流逝，这下可好，我还没来得及收拾厨房，这样的场面只怕不是惊喜而是惊吓了吧。

我尴尬地转过头，仰着头对上小白探寻的眼眸，弯了弯眉眼，干笑道："小白，你怎么就回来了呀？"

小白皱着眉头打量着我，我唯恐他会生气，忙起身解释，可是在地上坐得太久，双腿一阵发麻，我使不上力气，若不是小白动作迅速地拉了我一把，只怕我将和地板再一次亲密地接触。

我越发觉得羞愧丢脸，只愿一头钻进地里。

"小白，对不起，你不要生气。"

小白一手搂住我的腰身，承受了我身体大半的重量，让我站立得轻松些，一手理了理我凌乱的发，道："是饿了吗？是我不好，我应该备好饭菜再出去的，你想吃什么？我马上给你做。"

没有责备，没有生气，他的语气里充满着自责与心疼。

这样的温柔与宠爱让我鼻子发酸，"小白，是我笨，连简单的饭菜都做不好，我本来是想要好好做一顿饭菜，等你回来吃的，不但没有做好，还把厨房弄成这样，我真的笨死了。"

"饭菜我来做便好，你本就该是十指不沾阳春水的千金大小姐，我不愿委屈你。"

给他做饭怎么可能会是委屈呢？我相信如果云家小姐还在世，她一定也心甘情愿为小白洗手做羹汤。

我伸手紧紧抱住小白的腰，将耳朵贴紧他的胸膛，道：“我一点都不觉得为你做饭是一种委屈，小白，我发誓我以后会好好地学，让我嫁给你，好不好？”

我会努力学习如何做一个好的妻子，只要小白愿意，阿七口中那被称作“惨绝人寰”的洗衣做饭、伺候公婆，于我而言都是最最幸福的事情。

耳旁是小白有力的心跳，可他却并没有同往常一样回抱住我，只是静静地站着，仿若石雕。

我的心随着他僵住的身子渐渐变得忐忑不安起来。

我从他怀里抬起头，对上他墨黑的眼眸，“你不愿意吗？”

小白薄唇微启，我唯恐他会冒出拒绝的字眼，先下手为强地伸手捂住了他的唇，急忙道：“小白，你若是不愿意我嫁给你也没关系，我们换种方式便好，嗯——不然，你嫁给我？”

“咳——”小白双颊一片绯红，又是窘又是无可奈何地看着我。

我拿不准他这样的反应是怎样的回答，便顺着我想要的答案去猜测，道：“你答应了对吧？那我们马上成亲吧！”

小白这才拥住了我，笑意顺着唇边、眼角的弧度一点点地扩散开去，他低头，高挺的鼻梁亲昵地碰了碰我的鼻子，道：“傻瓜，成亲怎么可以如此仓促？你再耐心等等，待我备好凤冠霞帔，再娶你为妻。”

这是我听过的最甜蜜的承诺，我乖巧地点头，低下头来，“好。”

其实我很想告诉小白，我不需要什么凤冠霞帔，我想要的婚礼有他足矣。

可小白让我耐心地等等，那么我便安静地等。

只要在小白身边，我便不惧等待。

阿九心满意足地啃完手中的松子，对于我转述的昨日小白的回应，询问道：“他是那样说的？”

“嗯。”

我是答应了小白要耐心等待，但这并不代表着我什么都不会做。

“那很简单呀，夜筝，你变出‘凤冠霞帔’不就成了？”

我苦笑着摇头，我早就想过这个，可我那小小道行，哪会变什么凤冠霞帔。

“你不会？夜筝，你的师父可是殿下呀，你竟然不会！”阿九难以置信地瞪大双眼。

我无奈地摊手，道：“阿九，你会吗？”

“我没有见过凤冠霞帔呀，变不出来呀。”阿九苦恼地挠了挠头，在我眼前来回踱步，蓦地抬头，道，“有了，夜筝，我们去找榕树婆婆吧，榕树婆婆有几千年的道行，有很多凡间的情侣会去她那里虔诚地许愿，她一定能帮你解决问题的。”

“太好了，阿九你带路，我们这就去吧。”

走了大约一个时辰，阿九在一棵硕大的榕树前停下，“我们到了。”

我从未见过这样茂盛的榕树，枝繁叶茂，粗壮的树根紧紧盘旋在地里，多而密的枝干将这一片区域笼罩在一片郁郁沉沉里，枝干上挂着许许多多红线牵着的木牌，写满了爱的箴言。

阿九动作熟练地爬上枝干，喊道：“榕树婆婆，榕树婆婆，阿九来看你啦，你快醒醒！”

“嗯？”

有沧桑沙哑的声线从榕树身体里传来，下一刻那庞大的枝干动了动晃了晃，粗大的枝干忽地生出两只眼睛，徐徐睁开，慈祥地看向阿九，道：“是你这个小娃娃呀，你可很久不曾来看过我这老太婆咯，今天怎么舍得来看我啦？”

“哪有很久，明明不久前才来过！”阿九晃了晃自己的大尾巴，小爪子朝我指了指，“婆婆，这是我的好朋友夜筝，我带她过来是想要婆婆帮她一个忙。”

“哦？”那双眼顺势朝我看来，带着些探寻与打量，“小姑娘，你想要我帮你什么？”

毕竟是第一次见面，又是开口求人帮忙，我有些不好意思，“嗯……请问您能给我变一套凤冠霞帔吗？”

榕树婆婆了然地眨了眨眼，揶揄道：“你要那凡人的东西做甚？那是凡人成亲用的，莫非，你想要效仿凡人成亲？”

热心的阿九替我答道：“不是啦，婆婆，夜筝就是要跟凡人成亲了，所以才要凤冠霞帔呀。”

榕树婆婆直直地看着我，“小姑娘，你要同凡人成亲？”

我颔首，诚恳地朝榕树婆婆俯了俯身子，请求道：“婆婆，您能帮帮我吗？我实在没有法子了，我道行不够变不出来，阿九没有见过，也变不出来，我没有其他的朋友了。”

榕树婆婆意味深长地看着我，“小姑娘，老婆子奉劝你一句，人妖结合是不会有好结果的，何况，要同你成亲的那凡人可知道你的真身了？他晓得你是妖？若是他不知道，你能肯定他愿意娶一只妖？再者，你能瞒得了他一辈子吗？若是日后他知道了，还会认可同你之间的夫妻情分？到那时你又该如何是好？这些，你可都想过了？”

榕树婆婆这一连串的问题确实将我问倒了，这些问题我确实从未深思过。

若知我是一把琴，小白还愿意娶我吗？

“你太莽撞了，他若知道你的真身，保不定会做出伤害你的事情来，凡人对妖类向来执有偏见，只怕到时候你会后悔爱上过这个人。”

“我不会的。未来怎么样我无法预料，可夜筝愿以任何东西起誓，不管他日小白待我如何，我决不后悔。”

许是感受到了我的坚决，榕树婆婆有几分动容，短暂的沉默后，方才开口：“既然你这般有诚意便亲手做吧，我会给你工具材料，也会教你如何做。”

我忙欣喜地跪下身子，“谢谢婆婆，我真的不知道该如何向您表达我的谢意，凡是我有的，婆婆尽管开口。”

阿九从树干跳下，一骨碌爬上我的肩膀，笑道：“夜筝，你不用这样拘谨，婆婆什么都不缺，而且婆婆超好的，帮你定是不图回报的。”

下一刻便耷拉着耳朵看着榕树婆婆，“婆婆，我说得对吧？”

榕树婆婆眸光带笑，无声作答。

榕树婆婆没有食言，可要从小白眼皮底下消失委实是一道难题，我们终日形影不离，相拥入眠，每每夜里我稍作辗转，小白便会惊醒，下意识将我拥得更紧。

我很是惆怅，幸好阿七还会些术法，让小白陷入熟睡，我方有机会去做我的凤冠霞帔。

连着好几夜我都迎着月光在阿七和阿九的陪伴下去寻榕树婆婆。

深夜的树林笼罩在一片伸手不见五指的漆黑里，榕树婆婆枝叶太过繁盛，月光只剩下了斑驳的光影，可林子里从不缺乏乐于助人的小伙伴们，从一开始躲在丛林里细细地议论，渐渐变成嬉笑着上前帮忙，一大群萤火虫为我掌灯。

我终于备好了凤冠霞帔。

榕树婆婆说，凡人成亲不仅仅是要凤冠霞帔，还需要张灯结彩布置厅堂，宴请宾客。

好在小白不喜热闹，我也着实不识得他的友人，宴请宾客也就免了，至于布置厅堂，阿九他们一直兴致昂扬地说要来帮忙，也就不成问题了。

夏日炎炎正好眠。

我窝在小白的怀抱里仰着头看着他放大的俊脸，这样精致的五官哪怕是让我看上一万年也定不会厌倦。

本想伸手触碰他高挺的鼻梁，可想到小白已经睡了半个时辰，我估摸着他马上就要醒了，便打消了这个念头。

未多久小白便徐徐睁开眼来。

“什么时候醒的？”小白侧了侧身子，目光仍有些惺忪迷离，道，“醒了怎么不喊醒我？”

“你睡得正好，我怎么忍心扰你好梦？”

小白抚了抚我的发，道：“我只忧心你一个人醒着乏味，下次不许这样了。”

我坐起身来，弯了弯眉眼，道：“你午睡时我一直在思考问题，一点都不乏味的。”

“哦？”小白亦随着我坐起身子，饶有兴趣地扬唇，询问道，“你在思考什么，说与我听听？”

“思考晚上吃什么呀！”

“嗯——水蓉晚上想吃些什么？我去准备。”

小白的询问在我的意料之中，我忙将自己准备的话说出来，“我想吃鱼。”

“鱼？”小白面露为难之色，“可是屋里没有鱼肉了。”

我当然知道屋里没有我才说要吃的呀！

我故作可怜地嘟唇，将语调拖长，有气无力道：“可是……我真的好想好想好想好想吃鱼。”

小白轻蹙眉头，安抚地拍了拍我的头。

“从西边林子过去倒是有条小河，既然你嘴馋我便去捕一条新鲜的鱼回来，只是路途较远，我这一去一回只怕得到天黑了，你是随我一道前去还是在家里等我？”

若是往常我定是嚷嚷着要同他一道去的，可现在我的初衷就是为了支开小白，自然是选择后者，“我在家里等你。”

似是不料我会有这样的选择，小白眸色中有一刹的诧异，旋即点了点头，道：“也好，你同我前去只怕会累到，我会快去快回的，你若是觉得乏味便去书房抚琴吧。”

去书房抚琴？

那不就是弹我自己吗？

我一阵恶寒，阻止自己继续想下去，唯唯诺诺地点了点头。

小白向来行事利索，语罢便起身更衣，出门前嘱咐道："这里偏僻，保不定会有野兽出没，我没有回来之前你莫要出门。"

"我会的，你也要注意安全。"

我候在屋门前一路目送着小白的身影消失在我的视线里，方招呼着阿九以及林子里的小伙伴们过来。

眼见着木屋披挂上喜庆的大红，我的心越发忐忑紧张起来。

"夜筝夜筝！"阿九将嫁衣递至我的手里，眉目间是掩饰不住的兴奋，"你还愣在这里做什么，快去换衣服呀，别等到新郎官回来了，你这个新娘子还没打扮好哦。"

新娘子。

这三个字让我绯红了双颊，看着怀里那自己一针一线，扎破无数次手指头缝制而成的大红嫁衣，只觉得整颗心都异常的满足和温暖。

阿九不满我的神游，一把爬到我的肩膀，好不着急道："快去换衣服！"

"是是是。"

我连声应着，入了卧房换衣服。

阿九张罗完厅堂便拖着一个大大的包裹入了卧房，我见她累得气喘吁吁，忙上前帮忙，"阿九，你这拖的是什么？"

"胭脂粉黛呀，我娘说了，成亲时新娘子需要这些的。"阿九拆着包裹解释，中间抬头看了我一眼，随即睁着圆溜溜的眸子看着我，道，"夜筝，你怎么还是别人的样子呀，快变回来呀！"

要怎么和阿九解释，我要顶着这张脸和小白成亲呢？

等不到我的回答，阿九出声唤道："夜筝？"

我垂首，触目所及皆是一片火红，我心里隐隐是有些失落的，叹了口气，道："我不能变回自己的样子，阿九，我不能。"

我没有勇气去想，如果以自己的脸孔着这身衣服出现在小白面前，他会作何反应。

他会转身离开的吧？

于他而言，我不过是一个从来就不知晓的存在。

阿九歪了脖子，似乎我给了她一个无比费解的难题，“啊，夜筝，我弄不明白，那这样还算是你嫁人了吗？”

这是我从来不去深思的问题。

不可以那么贪心的，只要可以留在小白的身边，又何必去在乎以怎样的身份和脸孔？

“新郎官回来啦！”

厅堂各种声音重叠在一起，我顿时慌乱与紧张起来，我看向阿九，难得她此刻与我默契相通，道：“安啦，你之前和我们说过的我们都记得啦，不会让新郎官看见我们，惊吓到他的。”

我感激地看了阿九一眼，厅堂里的声音有默契地隐匿起来，隐约中有听见小白轻声唤我，随即木门被推开。

“水蓉？”阿九凑到门边，歪头不解地看我，“夜筝，他为什么叫的不是你的名字？”

我无法回答，只好转移话题道：“他往这边走了吗？”

阿九瞅了一眼，道：“好奇怪，他站在厅堂里不动了。”

我的心一下子被提到了嗓子眼，顾不得之前想的在房间里等小白进来的计划，我拿过为小白缝制的喜服拉开门跑向厅堂。

小白一身素白的衣裳立在张灯结彩的厅堂里，一动不动，仿若雕塑。

我突然就有些惶恐，这样的小白像是与我相距千里般的疏离。

“小白。”我缓步走近，将手里的喜服递至他眼前，“你说过备好凤冠霞帔就娶我为妻，我……我已经备好了。”

……

“你的喜服也备好了，厅堂也布置了，我们，成亲吧。”

耳边是如鼓的心跳，我只觉得脸颊发烫，只能小心翼翼地看着小白，一瞬不瞬，唯恐错过他一丝一毫的表情。

小白动作极缓地垂头看我，墨色的眼眸里是难以言喻的悲伤，像是在看我，却又仿佛只是透过我看着另外一个人。

是生气了吗？是不愿意同我成亲吗？

我揣摩不透小白此刻的心思，各种念头不断地在我的脑海里盘旋，我捧着喜服的手尴尬地停在半空中，却固执地不愿收回。

“你明明答应过我的……”

言犹在耳，可我的声音却没有底气。

他伸手触了触我的脸庞，动作轻柔得像在碰触一个易碎的梦，喃喃道：“水蓉，水蓉。”

这并不是他第一次这样唤我，可我的心却是前所未有的难受。

“水蓉，你当真愿意嫁与我吗？”

无论是我还是云家小姐，都一定是愿意的呀，否则云家小姐也不会一身嫁衣死在大红花轿里了。

死在大红花轿里……所以，小白此刻眼里的悲伤，是忆起了这悲伤的往事吗？

小白的目光变得悠远，仿若蒙上一层迷离的雾，“水蓉，你当真不怨我吗？”

我晓得小白心里苦，他大抵是觉得自己害死了云家小姐，所以愧疚难当吧。

可是他不是一直把我当作她吗？我如今好好地站在他的面前，他为何还会这样的难过？

可如果他知道我并非她，又为何一直唤我水蓉，承诺要娶我为妻？

我只觉得自己太过愚昧，想不透彻这其中的缘由，偏偏又不敢开口问。

“不怨。”

云家小姐若是怨他，应该幸福地嫁与他人，而不是以死明鉴。

我坚信她是爱着他的。

“水蓉，对你我食言了太多次，这一次，不会了，以后也不会了。”小白伸手接过我手中的喜服，唇角带笑，道，“谢谢你，愿意成为我的妻子。”

他的目光好似波光粼粼的湖，荡漾着温柔的水纹。

我不敢再看下去，唯恐会失了神智，微微颔首，柔声道：“嗯……你快去换衣服吧，待你换好衣服，我们便可以拜堂了。”

榕树婆婆教与我的关于成亲的一切，我时刻都铭记在心头。

眼角扫过小白离去而扬起的衣袂，而接下来耳畔却倏地传来林子里小伙伴吸气的声音。

“殿下！”

我整个人沉浸在紧张与期待的思绪中，一时无法思考他们说出这样字眼的含义，只是反射性的抬头，下意识地环顾四方。

这一看就把我吓得快要魂飞魄散，视线里那一袭暗紫色衣袍的人似乎是我以为这一生都不可能再遇见的——离陌。

“啊——”我惊呼出声。

小白闻声讶然地回过头来，道：“怎么了，水蓉？”

我这才缓过神来，明白小白是见不到离陌他们的，忙摇了摇头，解释道：“没什么没什么，你快去换衣服呀。”

庆幸的是小白没有细究下去，只是微微颔首，然后走入卧室更衣。

这突发的状况也未能减轻我见到离陌的震惊与慌乱，我如果对离陌视若空气，离陌定会不悦的吧？可我若与离陌说话，小白如果听到会不会被我吓到，以为我定是不正常了，在自言自语的吧？

这下到底该如何是好？

我踌躇不安，而离陌散发出来的气压似乎越来越沉重，我只好求助地看着他浅红的眼眸，祈求他不要生气，祈求他能明白我此刻内心的挣扎。

我一直觉得离陌的心思分外难以揣摩，每每我将他往坏处想时，他总会不经意间做出些让我感动的事情，例如之前用精元救我，在云林教我术法；可每每我对他改观，想要靠近他时，他又总会无情地泯灭我的念头，例如在云林莫名其妙十分生气地与我断了师徒关系。

我真真以为再也见不到他了，却没有想到他此时此刻会出现在这里，而且在我祈求的眼神下，扬手一挥，小白便静止不动了。

我松了口气，不用再担心小白听见我与离陌说话的声音而受到惊吓和要不要同离陌说话之间犹豫纠结了。

“谢谢！”我鼓起勇气朝离陌开了口，却又在称呼上犯了难，想到他在云林同我说的那些话，还是规规矩矩地唤了声，“殿下。”

离陌唇边溢出一声冷笑，嘲讽道：“不是都说师恩重如山吗？怎么？这才刚学会了点皮毛，便吝啬得一句‘师父’也不叫了？”

离陌这冰冷的语气听起来委实是有些骇人，我再次听到熟悉的倒吸冷气的声音。

离陌却看也不看一眼，薄唇微启，“滚。”

我只恨自己没有勇气呵斥离陌，只能心存歉意地看着帮我忙活了一下午的小伙伴们被离陌吓得四散逃开，阿九更是慌乱得不行，圆溜溜的眼睛里掺杂对离陌的惧意和对我的担忧，一直在原地踱步，好不焦虑。

我朝她无碍地笑笑，示意她速速离去，离陌凶狠的一面我不是没有见过，我不想因为自己的原因牵连到阿九。

直到阿九他们全部离去了，我也不知道该如何回复离陌刚刚说的话。

他这是在责怪我不唤他“师父”吗？可那日在云林他同我说的话还言犹在耳，要同我断绝师徒关系的人明明是他啊。

可离陌对我的耐心似乎已经消失殆尽，他倏地上前，一把捏住我的下巴，目光尖锐地扫视我的脸庞，道：“真丑。”

丑？

我这张脸丑？

这怎么可能，云家小姐的容貌就算不能说是宛若九天仙女，但也绝对称得上是国色天香，何至于用“丑”来形容？

我不敢在言语上反驳离陌，只能睁着眼睛，表达我的愤慨。

可离陌似乎对我的沉默分外不满，捏住我下巴的手毫不留情地加重，说出来的话亦越发尖锐刺人，“你那么费尽心思地让我收你为徒，教你变身的术法，就是为了变成这个样子？就是为了当别人的替身？夜筝，你是不是道行太浅，还来不及长脑子？”

“是啊，我就是没有长脑子！”下巴被捏得生疼，我真是受够了离陌的喜怒无常与莫名其妙，“我要是长了脑子就不会想不通你到底想怎么样了，之前与我断绝师徒关系的人是你，现在数落我不讲师徒道义，不唤你‘师父’的人也是你，你到底要我怎么做？”

离陌怒极反笑，“你这倒打一耙的本事倒是不赖，我不过是叫你日后好自为之，何曾说过要与你断绝师徒关系了？”

“师父还肯认我这个徒弟，夜筝自然是求之不得。”我向后仰了仰头，想把自己的下巴从离陌的手里解救出来，“师父，好疼。”

离陌的眸色微缓，松开了捏住我下巴的手，颀长的身子仍旧透着不悦的气息，道：“你倒是接着说说，你怎么要沦落到当别人替身的地步？”

“我并不觉得我在当别人的替身，我还是我。”

“哦？我倒记不得你原来竟是长这般模样了。”

“容貌不过是外在，重要的是内在，我依旧是夜筝。”

“我刚才可看得分明，那凡人唤你‘水蓉’你并未否认，你所谓的内在重要，就是将自己完完全全变成另外一个人？”

“我没有，我……”

我张了张唇，最终还是无力辩驳，亦不知该从何说起。

云家小姐同小白之间的感情那般的刻骨铭心，我不知道离陌是否愿意听我讲述，更加不确定离陌是否能理解小白与云家小姐，以及我对小白的情感。

离陌垂头，目光落在我大红的嫁衣上，怔怔地看了许久，好半天才开口道：“夜筝，你还有什么好辩驳的？”

一直不愿意承认的真相就这样被离陌揭开，我叹了口气，终于选择面对现实，“是的，我顶着云家小姐的容貌，我在小白唤我‘水蓉’的时候不否认，我确实在当云家小姐的替身，可是那又怎么样？虽然也会觉得难过失落，可是，只要可以留在小白的身边，我就会觉得幸福满足了。”

“他在乎的人根本不是你，你谈何幸福？”

离陌的话像是一把利剑狠狠地刺向我的心脏，我扯了扯唇角，笑眯了眼，道：“师父，你不知道云家小姐死后小白有多伤心，活得就像是行尸走肉般，这段日子我虽然冒充着云家小姐，可是小白却要开心快乐了很多。只要小白觉得幸福，我便幸福。”

离陌目不转睛地看着我，似是要看穿我的灵魂，道：“那个人有什么好？你这样爱他。”

这个问题也委实令我困扰。

“我不知道，我也不清楚这样是不是就是爱，我只是，无法看着他难过。”

自我有了精魂那日开始，小白在我心目中的地位便无可取代。

离陌没有再说话。

这样的沉寂我只觉得尴尬，余光可以瞧见小白静立不动的身子，若是离陌不出现，此刻小白应该已经换好衣服与我拜堂了吧？

思及如此，我便开口道：“师父今日因何而来？”

就算在云林他并没有要同我断了师徒关系，那日也实属不欢而散，我亦向他表述过自己不想再学其他的术法，那么他此番是因何而来呢？

离陌并不看我，只是微仰着下巴，闭上了双眼，道：“那日你问我，为何每次你提及那凡人我都会生气，那时我自己亦想不清楚缘由，今日终于想了个分明。”

“所以师父是过来告诉我缘由的？”我有些半信半疑，“那是什么缘由？”

也不知道是不是因为灯光太过昏暗令我恍惚中产生了些错觉，我竟觉得离陌的身子颤了颤，胸膛剧烈地起伏，似是有些悲伤？

旋即离陌便睁开眼来，带着似笑非笑的神情，意味深长地看向我，道："告不告诉你已经不再重要，你总有一日会知晓的。"

"哦。"不告诉我便不告诉我呗。

"夜筝，我再问你一句，你当真不想同我一起修行了？"

"嗯。"

今夜过后，我便是小白的妻子，虽然不能肯定自己一定能做好，但我会努力去做一个合格的凡人的妻子，为他洗衣做饭，照顾他的衣食住行，这一辈子再不与他分离。

离陌唇角上翘的弧度越来越大，眼底却依旧一片冰冷，他朝桌子略一扬手，视线里便出现了一个白玉酒壶。

"如此良辰自然该配备美酒，这一壶酒就当是为师送你的成亲礼。"

离陌竟然给我送成亲礼，我真真是受宠若惊，忙谢道："谢谢师父，只可惜小白是凡人，不然我一定和小白同你磕头，榕树婆婆说，凡人成亲是要拜高堂的，一日为师终身为父，师父，我应该给你磕头。"

虽然这话不无讨好离陌的意思，语罢，我还是俯身想要恭恭敬敬地给离陌磕个头。

谁知我刚刚俯身，离陌便伸手拦住了我，我一抬头才发现他整张脸都黑了，冷冷道："不用给我磕头，我可不是你的高堂。"

献殷勤被拒绝我只觉得窘迫，离陌向后退了几步，已是离去之姿。

"夜筝，凡人的生命不过短短数十载，于你我而言不过是弹指一挥间，日后，他若气数将尽，你想要修行大可来寻我。"

话音刚落，离陌的身影便消失在我的眼前，唯留下一脸怅然的我。

短短数十载啊，真可笑，我还未曾拥有就开始担心失去了。

这一夜，小白待我比往日更要温柔，那双眸蒙上一层迷离的水雾，他唇角带笑，目不转睛地看着我，仿若整个世界唯剩下我一人。

我们喝了离陌送的酒，许是第一次饮酒，酒量太浅，不过两杯，我便不胜酒力沉沉睡去。

新婚夜，那些旖旎的期待一并微醺入梦。

次日将我从睡梦中唤醒的不再是小白的轻声细语，而是喧嚣的吵闹声。

许是昨夜里饮了酒，头昏沉得厉害，我睁了睁沉重的眼皮，全身酸痛得厉害，这才发现我与小白昨夜竟趴在桌子上睡着了。

我不胜酒力是意料之中，未承想小白竟也醉了一宿，平日里总是小白梳洗完毕后温柔地将我唤醒，今日同他一道醒来，只觉得他睡眼惺忪的模样格外迷人。

昨夜，我们成亲了呢，成亲后的早上应该要做些什么?

替小白更衣?

可昨夜里我们不曾就寝。

我陷入旖旎的思绪中，羞窘地垂下了头，用余光不住地偷瞄着他。

“有人来了。”

小白的声音仍带着刚刚苏醒的沙哑，倏地坐直身子。

“唔？”我有些回不过神，只能迷惑地抬头看着小白，却见他眉心紧蹙，起身一把拿过悬挂的佩剑，动作利索，一气呵成。

“我去外面看看，你好好待在房里，莫要害怕，我一会儿便回来。”

小白沉着地嘱咐完我，便携剑出了门。

屏息凝神似乎可以听见纷至沓来的马蹄声，我心里隐隐有些不安，便蹑手蹑脚地跟在他的身后。

数十人策马而来，在小白面前停下，为首的人骑着一匹黑色的骏马，说不出的趾高气扬，道：“木子萧，原来你躲在这深山老林里，倒叫我们一番好找，若不是前些日子你入了城，还不晓得什么时候才会有你的消息。”

前些日子入了城？是指小白上次下山采购食物?

这些人到底是谁?

我忐忑不安，却又不敢上前，小白嘱咐过我不要出门，若是看见我，他会生气的吧?

然而小白却是一言不发。

“我家大人说了，你害死我家小姐，你若给不出个交代，定要将你千刀万剐，以慰小姐在天之灵！”

原来这些人是云家小姐父亲派来的人。

也不知道是不是错觉，小白的身子竟颤了颤，复而冷笑道：“交代？你家小姐之死可与你家大人脱不了干系，若要告慰亡灵，你家大人只怕是首当其冲。”

“你——”为首的人被小白的话噎住，随即气急败坏道，“死到临头还不知悔改，这平城可是云家的地盘，容不得你放肆。识相的便立刻束手就擒，我家大人心善指不定留你一条全尸。”

“荒谬，心善之人何至逼死自己骨肉。”

“你——”为首的人气极，竟扬手将马鞭朝小白挥过来。

我的心一下子被提到了嗓子眼，却见小白徒手抓住马鞭，一手执剑，不怒自威。

“木子萧，我家姑爷可是大将军之子，追究起来定灭你全门，哦——我倒忘了，你不过一介没爹没娘无人要的孤儿，灭了你也就……”

此人尚在马背上得意洋洋地说着，下一瞬便被小白扬手一扯马鞭，狠狠摔下马背。

我忍不住在心里替小白叫好，这人说话实在是讨厌，小白若不出手，我都想要出门教训他了。

那人被摔了个猝不及防，一时站不起身来，恶狠狠对其他人道：“还看着做什么？！给我宰了他！”

“是！”

云家的人一拥而上，将小白团团包围，扬起小白大红的衣袂，朝下的剑终于被提起。

不好！

我唯恐小白会受伤，也顾不得出去小白会不会生气，提起嫁衣的裙摆便想要跑过去。

可我刚刚提起步伐，几位青衣人便从天而降，云家人吃了一惊，便停了动作看了过去，大喝道："来者何人？！"

然而青衣人却是恭敬地朝小白俯身，道："属下来迟，望少主恕罪，如此低贱之人，不应脏了少主的手。"

语罢，动作迅速地攻向云家人，动作快狠，招招致命。

这是我第一次看见凡人之间的厮杀，只能怔怔地看着，然而小白却是分外淡定地立在原处，仿佛周边的打闹与他无关，风扬起尘土，又卷起他的衣摆，他墨发红衣，美得像是一副笔墨浓稠的画。

他就这样朝我看过来。

是生气了吗？生气我不听他的话，没有待在屋子里跑出来了吗？

为什么，他的目光这样的冰冷，冰冷得让我害怕。

我不知道这场厮杀是何时结束的，小白的眼神将我钉在原地无法动弹，我心里的不安感越来越浓厚。

青衣人训练有素自然不是云家人所能匹及的，刀光剑影后云家人倒了一地。

"少主。"青衣人排列有序地在小白身后跪下，恭敬道，"一月之期已过，望少主速速与我等归去。"

小白依旧是远远地看着我，道："我尚有些事情未处理，你们去前边的林子候我，待我处理完毕，即来与你们会合。"

青衣人闻言立即离去。

小白刚刚话里的意思是要离开这片林子同那些青衣人走了吗？

他就这样朝我走来，一手提剑，眸光冰冷，清俊的面容再不复往日的温柔。

"小白……"我怯怯地唤他。

他停下步子，隔着几米的距离看我。

这样面无表情的小白让我有些心慌，只能讨好地看着他："小白，你是不是怪我跟出来了？是我错了，你罚我吧，你不要生气，我只是担心你会有危险……"

这些日子的相处，小白从不曾对我冷眼，原来他生起气来竟是这般的骇人。

"够了。"小白不耐烦地打断我，眸光似箭，"到此为止，说吧，你到底是谁？假扮水蓉待在我的身边又有何目的？"

我震惊地睁大眼眸，道："你……你都知道了？"

我本无意隐瞒，最开始的时候，每每想说时，总会被小白的话题引开，而后来我越来越意识到他所有的温柔都不过来自我那张同云家小姐如出一辙的脸，久而久之，我便渐渐不敢说了。

我泄了气，越发忐忑不安，问道："你从什么时候知道的？"

"一开始便知道，你与水蓉性情天差地别，而她，从不会唤我'小白'。"

一开始就知道？

我心中涌上莫名的惊喜，那么，我是不是可以这样理解，那些温柔与宠爱，有那么一些是给予我的呢？

我扯了扯唇角，想要自己笑得自然好看点，"小白，你是不是，也是喜欢我的？"

他却对我的问题置若罔闻，口吻越发冰冷，"在我动手之前，你最好回答我的问题。"

明明昨夜里我们才成了亲，明明昨夜还是甜言蜜语海誓山盟。

我的心像被抛掷在冰天雪地里，倔强地维持着唇角的弧度，固执地想要一个答案，"喜欢过我吗？哪怕只是一点点。"

……

"只要你回答我，我马上就告诉你我到底是谁。"

这场沉默的对峙，就在我快败下阵来时，小白终于开了口，"从未。"

这两个字冰冷刺骨，我的心如暴雨突至，我忽然就委屈得不能自已，不管不顾道："不可能，你骗我，我们昨夜拜堂成亲了，竟然你早就知道我不是云水蓉，你若没有一点喜欢我，你怎么会娶我？"

小白墨色的眼眸里却未见一星半点的不忍，淡淡道："这些日子的相处，昨夜的婚礼，我不过是想要圆一场梦，如今，梦醒了。"

小白声线清冷，煞是迷人好听，原来，没有了云家小姐的光环，温润如小白，亦可以这般的伤人。

为了可以触到他，我费尽心思让离陌教我术法，为了同他成亲，那么多个夜晚我穿针引线缝制嫁衣，却换来一句冰冷的"梦醒"。

全身的力气都被抽走，我只能倚在一旁的大树上，他一身喜服红得刺眼，我喉咙干涩，道："我叫夜筝，我是你的琴，我化成云家小姐，不过是想留在你的身边。"

"一派胡言！"小白倏地提剑，直直指向我，"你若再信口雌黄，休怪我不客气！"

"我说的都是真的。"我舌尖发苦，只觉得言语是那般的苍白无力，"你信我，可好？"

然而小白的回答是将剑利落地刺进我的左肩。

我下意识地垂首，怔怔地看着剑，那剑出于名家，剑身光滑剔透，那光芒刺得我的双眼生疼。

不久前他携了这剑出门，初衷是为了保护我，却不承想，这一剑，竟是刺向我。

下一瞬，小白将剑拔出，下移至我的左胸，神情冷漠，残忍道："若再有一句假话，下一剑，我会刺向这里。"

小白明明还未刺下去，为何我竟觉得胸口已经隐隐作痛，我一瞬不瞬地看着小白，拉扯开左肩的衣服，苦笑，道："你看，小白，我没有骗你，我是你的琴，凡人的剑是伤不到我的。"

小白震惊地睁大眼眸。

我默念着师父教与我的术语，变回自己原来的样子，"小白，现下，你信了吗？”

小白颤了颤，竟直接扔下剑，道了声“荒唐”，转身离去。

我蓦地想起榕树婆婆说的话，她说凡人对妖类向来执有偏见，只怕到时候我会后悔爱上过这个人。

小白大抵不会知道，他的剑留不下伤口，可是，我却疼得撕心裂肺。

我虽然疼，却不后悔。

我倚靠着树跌倒在地，直到听到阿九诧异的喊叫声。

“夜筝，你怎么会在这里？”阿九跳至我跟前，毛茸茸的爪子触了触我，道，“我正担心你呢，出什么事了？怎么不见你家小白？”

听到小白的名字，我的心倏地收紧。

还不待我开口，阿九便环顾四周，这一看，便惊吓得竖起了全身的毛，喊道：“天啊！这是怎么一回事？！为什么这么多凡人死在这里了？不会是殿下……杀的吧……昨天夜里殿下很生气的样子，我一直想见殿下一面，没想到殿下他……”

“不是的。”我出声阻止阿九的猜测，“师父昨夜送了我一壶酒便离去了，这些人是云家派来抓小白的，与师父无关。”

“抓小白？！你家小白被抓走了？！”

这前因后果我一时之间不知道应该从何说起，只能摇头，看着那把被小白扔在地上的剑，道：“他没事，可是我有事，阿九，他知道我不是云家小姐了，他知道我只是他的一把琴了，他不相信我对他没有恶意，他甚至用这把剑，刺进了我的左肩……阿九，我该怎么办？”

“他竟然拿剑刺你！枉你对他那样好，气死我了！夜筝你别伤心，我这就替你去教训教训他！”

“不要！”我忙伸手拉住阿九，“这不是小白的错，是我隐瞒他在先，他误会我也是人之常情，你不要伤害他，他要离开这片林子了……我该怎么办？”

阿九无奈地看着我，“离开正好呀，你就随我一道去修行吧，或者我陪你去找殿下？昨夜殿下似乎对你要同那凡人成亲显得很生气的样子，你离开他，殿下定会开心的。”

我摇头，一如昨夜离陌问我时那般固执，“小白在哪里，我便在哪里。”

“夜筝大笨蛋！”我从未见过阿九这样的暴跳如雷，像极了阿七，“那凡人根本就不喜欢你，他要是喜欢你怎么可能用剑刺你，还把你扔在这里要离开？你还跟着他，指不定他下次会用什么手段伤害你。”

我知道阿九是为了我好，可我却越发难过。

无论是爷爷、离陌还是榕树婆婆，没有人看好我对小白的感情，现下连阿九也不赞同了。

可品尝过两人相拥的温暖，方才觉得一个人的体温有多冰冷，我蜷缩着，环抱住自己，将下巴抵在膝盖上，沮丧道：“阿九，我一点都不怪小白，我只是心疼。明明刚刚小白的剑并未刺下去，为什么，这里如此这般的疼？”

“你该不会是伤到精元了吧？这……这怎么办？你快些同我一道回去，问问爹爹该怎么办，或者应该先去找殿下，殿下待你那么好，一定会……”

“我没事，阿九你别担心。”我未承想阿九竟会紧张成这个样子。

阿九拍了拍自己的胸，“那么，夜筝你现在打算怎么办？一直坐在这里也不是好法子吧？”

诚然，阿九说得没有错，我不能一直坐在这里，兀自心乱如麻，到时候还未理出个头绪，小白已经随那些青衣人离去了。

我捡起地上的剑，站起身来，简短地同阿九道别，然后朝木屋跑去。

穿过空荡荡的厅堂，我的心像是被悬在了半空中。

小白，离开这里了？

我屏住呼吸，一步步朝前走，终于书房传来轻微的响动，让我那颗濒临绝望的心再次死灰复燃。

小白还在这里。

书房里，小白早已经换下我一针一线为他缝制的喜服，一身素白的衣裳透着冷漠与疏离。

“小白……”我轻声唤他，不敢离他太近。

他微微侧眸看了我一眼，早已没有之前起伏的情绪，墨黑的眼眸里是一片淡然。

我伸手将剑朝他递过去，怯声道：“这是你的剑，小白，对不起，是我错了，我不该瞒着你，我一早就该告诉你真相的，我发誓以后再也不会骗你了，你不要生我气了，好不好？”

他久久地看着我，神情模糊莫测，好半天才叹了口气，眸光微闪，似是不忍，徐徐道：“非你一人之错。”

我就知道小白不是那般冷酷无情的人。

“你这是不生气了对吧？”我将剑搁置在一旁的梨木案上，试探性地朝他靠近了一些，道，“小白，我以后一定乖乖的，不再惹你生气了，你知不知道，你生气的时候我真的好害怕。”

那般冰冷骇人的神情，那样刺人的语气，都让我无法承受。

对于我讨好地检讨，小白不置可否，他看向我的肩膀，薄唇微动，似是愧疚，道：“你……可有伤到？”

他这是在关心我？

爱大抵便是如此，叫人一念地狱，一念天堂。

我忍不住扬唇微笑，摇头道：“没有没有，我一点事也没有。”

“方才是我误会姑娘了，言行太过激动，还望姑娘不要往心里去。”

一直以来小白都是温文尔雅的君子，这语气虽然太过疏远，但比起之前的满是敌意已经好太多太多，我知足了。

“我不会的，只要你不生气便好。”我目光触及那案几上的包裹，蹙眉道，“小白，你还是要走吗？既然你已经不生气了，为什么还要走呢？”

这林子环境清幽，真想同小白在这里生活一辈子。

小白将我搁置在梨木案上的剑放回剑鞘中，道：“我在这林子避世已久，是时候去处理一些事情了，这些日子多谢姑娘的关照陪伴，若是有缘，我们来日再见。”

言下之意就是要将我留在这里，他一个人离开？

我心下一紧，忙道：“小白，你若是不想留在这里，就不留了，我跟你一起去外面的世界。”

小白皱起了好看的眉头，“修行不易，你既已修成人形，就在这潜心修炼，早日得道吧。”

“我不要！”我的心头像蒙上了一层打湿的帕子，弄得我透不过气来，“为什么连你也要让我修行，我此生只有一个愿望，便是陪在你身边罢了，从未想过什么得道。”

离陌他们劝我修炼我也只是觉得无奈罢了，而小白要我修行，我便只觉得委屈。

小白的眉头皱得越发紧了，眼角、眉梢都透着不赞同，“你这又是何苦？我木子萧不过是一介凡人，再普通不过，不值得姑娘你心生眷恋，更何况我之前还用剑伤过你，为我放弃修行，诚然是不值的。”

害怕失去的恐惧萦绕在我的心头，我上前拽住他的衣袖，道：“可我觉得值得，小白，你不要丢下我好不好？我们昨夜里才成了亲，我是你的妻子了，你不可以不要我。”

榕树婆婆说了，婚姻之事不是儿戏，我们已经拜过堂，按照凡人的礼节，他不可随意丢弃我。

可我话音刚落，小白的俊脸如暴雨突至，紧绷着下颌线，侧过身子甩开我拽住他衣摆的手，冷声道：“姑娘，我之前已经同你说得很清楚了，昨夜的婚礼我不过是想要圆自己一个梦，这一生我要娶的人只有一个，那便是水蓉。况且你我之间并无夫妻之实，还望姑娘忘记之前的荒唐事，时间不早，我该走了。”

我瞅着自己空落落的手心，只觉得心里也一片空荡荡的，鼻子发酸，喉咙间亦是一片苦涩，“你不喜欢，我以后便不说了。还有，我有名字的，你不要再‘姑娘姑娘’地唤我了。”

他的声音那样好听，每次唤着“水蓉”二字时，温柔得似要溢出水来，若唤我的名字呢?

小白却不再看我亦不再理我，只是俯身开始收拾放在梨木案上的琴。

既然他要收拾东西离开，我便不再出声打扰，只是候在一旁目不转睛地看着他。

小白将琴背在身后，拿过一旁的包裹和剑，这才看了我一眼，颔首道：“告辞。”

我立刻亦步亦趋地跟上去。

走了几步，小白终是停了步子回头看了我一眼，蹙眉道：“姑娘，在下已经说得很清楚了，还请姑娘不要让我为难，就此别过吧。”

我睁着眸子，分外无辜地看着他，“可是，是你决定带我一起走的啊。”

“我何曾说过？”

我伸手指了指他身后背着的琴，道：“我就是它，它就是我啊，你带它走不就是带我走吗？我先前便告诉你了，我是你的琴——夜筝，所以你不要再‘姑娘姑娘’地喊我了，叫我‘夜筝’吧。”

我见小白一副无言以对的样子，大致可以肯定他是不会丢下琴不管的。

“若是你不要这琴身了，夜筝是不好再跟着你了，可你若带着这琴身，夜筝是一定要跟着你的，我不过是小小一个琴妖，是万万不可以离开自己的真身的。”

……

“小白，之前的事，你要我忘记，我以后便再也不提了，我是你的琴，你是我的主人，让我跟着你好不好，我保证会乖乖听你的话，绝对不会给你添麻烦的。”

小白沉默了片刻，问道：“即使我心里只有水蓉一人，你也要跟着我吗？”

我点头。

他终是无奈地叹了口气，道：“那便随我走吧，外面的世界不比这林子，遇事不可莽撞，凡事要先与我商量，你能做到吗？”

“嗯！”只要能跟着他，什么要求我都会答应的。

小白这才点了点头，算是应允。

第四章
涉　险

有了小白的应允，我只觉得圆满欢喜，虽然自我有了精魂起，我便没有离开过这个林子，可只要是待在小白身边，去哪里都可以。

那群青衣人应是等了许久了，一听到声响便立刻迎上来，急切道："少主，我叫厉兴，负责接少主回碧青宫，时候不早，我们速速启程吧。"

碧青宫又是个什么地方？小白的家？

我好奇地打量着眼前的人，厉兴侧眸对上我的目光，随即疑惑地问道："少主，这位姑娘是？"

我是谁？

我看向小白，想要知道他会怎么回答。

会说我是他的琴，他是我的主人？又或者说我只是他的婢女？

小白淡淡答道："这是我义妹，夜筝。"

义妹？是像阿七和阿九那样吗？

厉兴张了张唇似是有些为难，道："少主，是属下没有仔细弄清楚情况，以为少主是独自一人在这竹林里，是以只备了一匹马。"

我瞅了瞅一旁的五匹马，唯恐小白会因为少了一匹马而改变我苦苦求来的机会，忙道："小白，我可以和你共乘吗？我不会骑马。"

小白倒是信守承诺不随意反悔的人，微微颔首，足尖一点，轻松利落地上了马背。

一直以来小白多是儒雅温润的形象，这拉住缰绳坐在马背上的样子竟生出几分威风凛凛来，我一时看慌了神。

小白坐在马背上，一手拉着缰绳，一手朝我伸过来，道："上马吧，等到了邬城再去换一辆马车。"

我小跑着过去，拉住小白的手上了马背，小心翼翼靠着他宽厚的背，就这样踏上了未知的旅途。

等到了邬城时已是临近傍晚，好几个时辰在马背上颠簸，这会下了马不仅腰酸背痛，腿亦软得站不住脚。

好在一入了邬城，厉兴便在我们用膳的间隙去换好了马车，然后禀告道："少主，出了邬城再行半个时辰有个小镇，为了赶路就委屈少主下榻了。"

到底是为何一定要这样速速地赶回碧青宫？

我心里有太多的疑问，却又怕惹得小白烦躁，始终都不敢开口询问，我不介意赶路，我只担心小白会太过疲乏。

而小白的回答只是轻轻地点了点头。

可未承想进城容易出城难，邬城城门口站着大批的官差，拦下了我们的马车。

"诸位请回吧，衙门办案，五日前邬城李家惨遭灭门，大人怀疑凶手尚在城内，事情没有查清楚前谁也不许出城。"

"只许进不许出，你们这样办案未免太过蛮横了，我们今日才入了城，难不成我们会是凶手？"

厉兴说得真好，若不是我在马车里，我真想给他赞同的鼓掌，小白都这样不辞辛劳地赶路了，定是有很重要的事情，万一他们查案效率不高，岂不要耽误小白许久的时间。

官兵嗤了一声，道："你说你们今日才进城，便是今日才进城？可有人给你们证明？什么都听由你们的一面之词，还需要我们官府做什么？"

"区区一个官差，态度竟然如此嚣张，今日我非……"

马车外厉兴等人似乎同官差起了些摩擦，就在这时，小白伸手撩开了车帘，唤道："厉兴。"

厉兴应声骑马俯身凑到车帘子前，"少主有何吩咐？"

"勿生事端，不必与之争执，反正天色已暗，便在邬城歇息吧。"

小白口吻极淡，却有着不容置疑的威严，厉兴看了眼城门，旋即颔首称"是"。

于是马车一转，开始寻找客栈入住。

邬城算得上是个繁华的大城，暮色四合，而街上来来往往的人依旧不见少，坐在马车里也依旧可以听见外面的喧哗。

原来这便是人间，较之竹林确实要热闹太多。

在马车上的时间小白并不与我交流，只是阖眼正襟危坐，直到马车停下方才睁开眼来。

我跟着小白下了马车，刚想环顾四周打量打量，小白长腿一迈，已同厉兴等人入了客栈，我赶忙跟上去。

自我幻化成云家小姐以来，是日日夜夜同小白待在一起的，而今日一切都被揭穿，今晚他定是不会同我一道入睡了。

思及如此，我心里便是一阵阵的失落，连带着脚步都变得有些沉重。

一入了客栈便有店小二热情地迎上来，笑道："几位是住店还是用膳？"

厉兴答道："可还有上等的厢房？"

闻言，不远处的店掌柜一脸歉然道：“真不好意思，甭说是上等的厢房了，就是连杂物间也都满了。”

厉兴似是唯恐小白会有丝毫的不悦，忙道：“少主，你同夜筝姑娘在这儿稍等片刻，我去其他地方问问。”

厉兴话音刚落，掌柜便道：“不用去了，这郢城上上下下所有的客栈可全都住满了。几位是刚来的郢城吧？前些日子是郢城一年一度的舞狮节，许多外地人来了郢城，原本全城倒是热热闹闹的，谁知道李家怎么就遭了个灭门惨案，现在官府查案封了城，这些人也没来得及出城，哪家客栈都是住满了的。”

“几位可是武林中人？认识李大侠的吧？”说到这里，店掌柜一脸惋惜，叹息道，“李大侠侠义心肠，是武林中数一数二的英雄好汉，实在不像是会招惹什么仇家的样子，怎么就遇到这么惨绝人寰的事情？一家老小一夜之间就这么没了，真是好人没好报，不知道这凶手是谁，怎么会有如此歹毒的心肠？若是给官府逮到了，定是要千刀万剐的！”

这话题顿时吸引了整个厅堂所有人的注意力，一时之间叽叽喳喳便这么聊开了。

一位长满络腮胡子的大汉不屑地嗤了一声，道：“你觉得官府能做什么？这朝廷向来不干涉武林中事，李大侠一家被灭门，其公道自当由张盟主来主持，可真不凑巧，偏偏张盟主这个时候又不知道跑到哪个地方访友去了，他儿子张鸣剑年纪轻轻的，只怕一时半会儿处理不好这件事。”

“此言差矣。”旁边桌的人似是对络腮胡子大汉说得有些不赞同，反驳道，“张少侠虽然年纪轻轻，但极有胆识与魄力，毕竟虎父无犬子嘛。”

可此话一出，全场便沸腾起来，有人道：“哼，若是当真如你所说，我们至于现在还困在这郢城？都过去五天了，一点消息也没有，我看此事还是得等张盟主回来方能处理解决。”

眼见着他们就要吵起来了，我拉了拉小白的衣袖，想要唤他离开这里，却难得地见小白一副倾听的神色。

无论如何在我印象里，小白都实在不像是一个会对其他人吵架感兴趣的人。

“小白？”我试探着出声，“我们走吗？”

小白收回目光，停顿了片刻，微微颔首，正欲转身朝门外走，而这时客栈里那些争执不下的客人突然道：“我看这事定是那碧青宫做的，碧青宫行事素来毒辣，又不是什么名门正派。”

此人尚未说完，厉兴瞬间掏出飞镖直接射到说话人的桌子上，厉声道：“再胡说八道休怪我不客气！”

那人一时被吓得不轻，只是吃惊地看向我们。

碧青宫？

我这才反应过来，虽然我无法肯定小白跟碧青宫到底是什么关系，但是碧青宫的人唤小白“少主”，一副忠心耿耿的样子，我至少可以肯定小白与碧青宫不是敌对关系。

刚刚那人那样说碧青宫，不就等同于骂了小白吗？我只恨自己不如厉兴反应迅速，一时气极，怒道：“你就是在乱说，碧青宫……”

而下一瞬，小白骨节分明的手便扣住了我的手腕，阻止我继续说下去。

被吓的人此刻也已缓过神来，道：“我在说碧青宫，你们这般激动做什么？莫非你们就是碧青宫的人？随便说说便要出手杀人，啧啧啧，碧青宫还真是名副其实的心狠手辣啊！”

许是之前厉兴的飞镖起到了一定的震慑作用，其余人并没有帮腔，只是目不转睛地注视着我们。

厉兴的身手我早上便见识过了，在收拾云家人时确实动作果断没有不忍。

在厉兴等人有所动作之前，小白微微抬手拦住，嗓音低沉，道：“勿生事端。”

而那些客人见状便嚣张了起来，好几个人都站起了身子。

气氛顿时便紧张了起来。

“还请各位大侠看在我父亲的面上都冷静一下，万事以和为贵。”

身后突然传来一个陌生的男声，随后便见一身材颀长的男子着一身湖蓝色的锦衣而入，面上是和煦的笑容。

店掌柜忙笑着迎道：“原来是张少侠，有失远迎，可是要用餐？”

“不了，我只是恰巧路过罢了。”男子朝在场的人握拳作揖，随后道，“李世伯之事是否为碧青宫所为尚未定论，还请各位少安毋躁，勿听信些风言风语，在下定竭尽所能查出事情的真相。”

就是嘛，这个人还算是讲道理，不像那些人不分青红皂白就乱冤枉人。

男子说完便侧身朝小白友好地笑了笑，道：“在下张鸣剑，不知少侠如何称呼？不过我见你的穿着打扮倒像个读书人，或许称你一声‘公子’更合适，邬城的客栈是满了，但张府还是有几间空房的，江湖人不拘小节，公子不介意的话就暂且去我那住下吧。”

我一边听他说着一边看着他，只觉得此人当真是慈眉善目，菩萨心肠啊！

余光中厉兴踌躇地动了动身子，似是对张鸣剑的提议不太赞同。

然而小白一身素白的衣裳，长身玉立，清俊的面容上是若三月春风的笑容，道：“甚好，如此便谢过张少侠了。”

无论是赶路还是留在邬城，是住在客栈还是住在张鸣剑府上，我都不在意，然而厉兴对此却颇有微词。

张鸣剑已上了马，厉兴压低声音道：“少主，碧青宫素来不同武林各派打交道，住到张府怕是有些不妥，何况我们还要赶路，若是宫主知道……”

“我自有我的思量。”小白已抬脚上了马车，面上是一派云淡风轻，淡淡道，“我答应同你们回碧青宫看一看，并非是认同了我与碧青宫的关系，你若是对我不服，大可离去。”

语罢，他侧眸看了我一眼，道：“夜筝，你不上车吗？”

“当然上！”一听到小白低沉好听的声音唤我的名字，我便心花怒放，赶忙上了马车，讨好地笑道，“你在哪我在哪嘛。”

小白已在马车里坐定，不置可否地看了我一眼，随即放柔了语气，道：“日后若再碰到之前的状况，切记不要再冲动莽撞，若是伤了人对你的修行不利，我虽不太了解，但也知道你们修行是要积功德的。”

小白言下之意是怕我会伤害凡人吗？

我从来没有想过要伤害任何人呀，之前不过是以为那人在骂小白而激动了一些罢了，我心里委屈，但更害怕被他误会，忙解释道：“我真的没有要伤害那些人，小白，我不是像青蛇那样的妖怪，我从来没有伤过人的。”

况且，我哪来的本事伤人，除了一个变身的术法，我再不会其他。

“我信你，我亦不想你被人伤。”

就这么简单的一句话让我所有的委屈顿时烟消云散，仿若跌进了蜜罐里，笑容再也无法抑制，“你是在关心我啊，没有关系的，我说过的，凡人的武器伤不到我，所以你不要担心啦。”

小白点了点头，移开了目光。

这简短的交谈让我觉得同小白的距离似乎又近了一点，于是得寸进尺地朝他的位置慢慢移了些许，问道：“小白，你同那碧青宫到底是什么关系呀？为什么厉兴他们叫你‘少主’呢？”

小白扬了扬唇，也不知道是不是我的错觉，他眼眸里满满都是自嘲，道：“我尚未弄清楚，又要如何告诉你。”

再问下去会使他难过吗？

小白除了失去了云家小姐之外有着怎么样的过往呢？他为何总是独身一人？

我只恨自己成形得太晚，错过了他的那些过往。

踌躇间马车已到了张府。

之前在林子里总有妖怪同我说人心险恶难测，我觉得并不是这样的，否则张鸣剑也不会将我们带回家还热情地招待我们，或许这便是江湖人的豪爽与义气。

刚入了大厅便见一位面容姣好的女子迎过来，“相公，你可算是回来了，饭菜还在厨房热着呢……”话未说完，视线落在我们身上，笑着问道，“这几位是？”

“这几位赶路经过邬城，客栈全部住满了，我便留他们在家里先住下，你等会去安排几间空房。”张鸣剑侧身站立，朝我们介绍道，“这是我娘子，欧阳雪。”

“几位用过晚膳了吗？不如我叫厨房再做几道菜，你们同相公一道吃些吧，正好我叫人去收拾收拾房间。”

“劳烦夫人了。”小白有礼地作揖，道，“在下木子萧，这是义妹夜筝。”

我不曾同凡人女子打过交道，正想着是否要效仿小白的样子作揖，欧阳雪已经亲昵地拉过了我的手，笑道：“我正愁府上没有个姐姐妹妹同我说说悄悄话呢，夜筝若是不介意以后便唤我‘雪儿姐’吧。”

我也还未同凡人交过朋友呢，甚好甚好。

张鸣剑十分健谈，席间与小白相谈甚欢，倒不像是初见，仿若故友。

席间欧阳雪一直同我亲密交谈，餐后还同我挽了手亲自带我去客房。

直至我到了房间里方才得知，今晚我不仅不能同小白睡在一间屋子，甚至还同他隔了好几个房间，自从学成了变身的术法后，我夜夜都是同小白睡在一起的，现下没了小白心里一阵空落落的。

许是我的表情让欧阳雪产生了误会，道：“怎么了？瞧你的表情不太欢喜，是不喜欢这间房吗？”

“不是。”我对欧阳雪十分有好感，故不打算隐瞒，答道，

“我就是有些失落，今晚不能和小白睡在一起了。”

“小白？”欧阳雪目光疑惑，随即惊讶地睁眸，道，“夜筝，你说的小白该不会就是‘木公子’吧？你要同他睡在一起？”

“嗯，今日之前我们都是睡在一起的。”说到这里，我眸光暗了暗，“不过从今天开始他应该不会再同意我和他睡在一起吧。”

只有云家小姐才有和他同榻而眠的资格。

“等等……容我先消化消化，你同木公子不是义兄义妹吗？”

我点头，不明白她为何这样诧异。

“你喜欢他？你们成亲了？”

我想要点头，最终还是摇了摇头，想到他早上说的话越发沮丧起来，“他不喜欢我，他心里只有云家小姐。”

“我明白了。”欧阳雪叹了口气，一只手拉过我的手，另一只手轻轻拍了拍我的手背，安慰道，“夜筝，感情的事强求不得，你是个好姑娘，日后定会遇到个真心爱你的人，你莫要难过了，虽然我们江湖儿女不像平常人家那么讲究繁文缛节，可是日后你一个大姑娘家的可不能再同木公子睡在一起了，除非他日你们成亲了，明白吗？”

我有些似懂非懂，但越发体会到了成亲的重要性，可惜我昨夜明明同小白拜过堂了，如今一切都不作数了。

“你赶了一天的路还是早些休息的好，有什么需要尽管跟我说，我明日再来看你。”

“嗯，谢谢雪儿姐。”

我怎么都想不到第二日清早最先来寻我的竟然不是欧阳雪而是小白。

“夜筝，醒了吗？”

小白低沉的嗓音隔着房门传来，我倏地从床上坐起，一边回答着醒了，一边下床去给他开门。

我欣喜地打开门，颇有些受宠若惊，“小白，你找我呀？”

然而在看到我时，小白却侧过身子，移开了目光，轻咳了一声，道："先将衣服穿好吧，当心着凉。"

"哦。"我乖乖应着，又转身回房去穿衣服。

直至我穿好外衣，小白方才走了进来，动作优雅地落座。

"夜筝，我过来找你是有一事相求。"

"什么求不求的，无论是什么事情，只要我能做到，只要你开口我一定会去做的！"我在小白对面坐下，一瞬不瞬地看着他，以显示我言语中的坚决，"是什么事情呀？"

"李家被灭门一案若迟迟没有结论，我们只怕也不便出这郧城，你既是琴妖，应该知晓鬼怪之事，今夜你能否去李府一趟？若能寻到亡人的魂魄，凶手是谁自然也就明了，也可证明此事非碧青宫所为。"

小白说得句句在理，可是……我不过是一刚刚有了精魂的琴，若不是离陌送与我那几百年道行，我只怕不晓得要多少年才能修成人形。

鬼怪之事其实我一无所知，要是离陌在便好了，以他的能力，就算是要去阴曹地府寻个人，应该也不是什么难事吧。

可我应该怎么跟小白说呢？若是知道我毫无能力，什么忙也帮不上，他会不会又不要我了？

失去了云家小姐的光环，我若没有个一星半点的能力，要如何待在他身边？

见我久久没有回答，小白眉目中有失望之色，道："你若觉得为难，我再寻其他法子便是，你就当我刚刚未曾说过吧。"

"不是的，不是的！"我连连摆手，唯恐小白误会我，激动得站起身来，"我没有觉得为难，我只是刚刚醒来反应迟钝，我今天晚上就去李府，你等我消息便好。"

小白依旧是一脸淡定，并没有多少的情绪起伏，嘱咐道："此事切记不可让任何人知晓，你行事小心些，莫要人发现你非凡人。"

能有机会帮到小白，我便觉得欢喜了，只望自己成功完成小白交代的事情，“你放心吧！我绝对不会让人发现的。”

小白这才满意地颔首，道：“不早了，你去洗漱洗漱，我们一道去用早膳吧。”

是啊，这才是真正的小白，昨日那个持剑向我，冷冰冰的人一定不是真的他。

可我有多欢喜便有多忧愁，我着实是不知道该如何寻找鬼魂，晚上去李府也不知道能不能帮到小白的忙，现下我在郧城，也联系不到离陌和阿九他们，除了去李府碰碰运气实在没有别的法子。

而且若是李府鬼魂并不友好，我可没有把握能打得过他们。

我心里装了事，整个白日里都有些心不在焉，欧阳雪陪了我一日，直至晚膳后我回房她才离去。

谨记着小白嘱咐我的话，我默念着术法化作一只小麻雀朝李府飞去。

老天保佑，望我能寻到惨死的李大侠，望我能顺利完成小白交代的任务。

我不住地给自己打气，更加用力地扇了扇翅膀。

我在李府盘旋了许久，别说什么鬼影人影，就是连个旁的生物我都没有瞧到。

书到用时方恨少，修为要用时方恨不够多。

许是因为官府还在查案的原因，府里的格局器物似乎还保留着之前打斗的痕迹，偌大的府院，没有丝毫的人气，透着森冷的气息。

凶手该对李大侠有多大的深仇大恨啊，这上上下下几十条人命怎么下得去手呢？更何况昨日听客栈里的那些人说的，似乎李大侠是江湖上人人称赞的大好人，这样的人却遭遇这样惨绝人寰的事情，当真令人叹惋。

“李大侠，你在吗？”我不气馁地开始了第十三遍的叫唤，“你若是在的话，便出来见我一面，告诉我谁是杀你的凶手，我家小白一定会帮你讨回公道的。”

然而回答我的仍然只有我自己的呼吸声。

幸亏小白没有跟来，若他知晓我探查鬼魂便是在这里扯着嗓子的干嚎，定会发觉我只是个一无是处的小妖，说不定会像阿七一样的嫌弃我。

离陌不在，阿九不在，我抬头看着天空中的皓月，巨大的沮丧感快要将自己淹没。

就在我第三十次大喊无果后，我放弃了这种徒劳无功的挣扎，灰溜溜地回了张府。

回到自己的房间，我焦虑得走来走去，也不知道小白现在睡没睡，又是否在满心期待地等待着我带给他好消息，一想到这里我便焦虑得不行，我承认自己是个胆小鬼，实在不敢现在便去告诉小白我什么都没有探查到。

要不还是明日再告诉他吧。

可是当我躺在床上，一颗心惴惴不安，几度辗转就是无法入睡。

是的，我在害怕，害怕小白不需要我，害怕找不到留在他身边的理由，就像我初初遇到离陌时，正是因为我需要他教我术法，才会百折不挠死死缠着他，而当我学会了，不论离陌如何威逼利诱，我都不再愿意同他走了。

如今我处在这样的位置，将心比心，方知之前自己有多伤离陌的心。

日后再见到离陌我定会好好道歉，对他再真心实意一些。

啊——

睡不着呀，阿九不在，再没有人同我聊心事给我出主意了，对了，也不知道欧阳雪睡了没有，我可以去找她呀。

欧阳雪将整个张家打理得井井有条，定是聪慧之人，说不定能解决我的烦恼，张鸣剑一直在调查李府被灭门一案，说不定她也知道一些消息呢。

我眼中一亮，倏地从床上翻身而起，把最后的希望全部寄托在了欧阳雪身上，打开门，一路小跑着朝欧阳雪的房间赶去。

远远地便瞧见欧阳雪的房间还亮着灯，我心里越发欣喜，太好了，她还没有睡觉呢。

可是再走近一些便听到张鸣剑的声音，透着怒气，道："雪儿，你不要再闹了，行不行？！"

我顿时停住了步子，用力地敲了敲自己的脑门，我真是笨呀，欧阳雪同张鸣剑早就成亲了，自然会睡在一个房间里，除了昨日一道用了晚膳，我也没有同张鸣剑接触过，不知道他是不是同欧阳雪一般平易近人好说话呢。

"我闹？"欧阳雪的声线带着轻颤，道，"张鸣剑，你怎么可以这样对爹爹？那是你的亲生父亲，你怎么做得出来？！"

爹爹？武林盟主张震天吗？

他们在吵什么？我究竟该进去劝一劝还是该离开任由他们？

我原本是来求助，没想到撞到两夫妻闹口角，也真是尴尬，我非舌灿莲花之辈，进去劝架说不定会弄巧成拙。

正当我欲转身离开之时房内又传来张鸣剑的声音，"你这么大声是想弄得人尽皆知吗？若是给木子萧等人听见了，你只会坏了我的好事！"

听到小白的名字我顿时敏感起来，为什么我们知道了会坏了他的好事？难道他们争吵的原因同我们有关？张鸣剑刚刚的语气可不算友好，与昨日他留我们住下的口吻有着极大的反差。

我忍不住停下步子竖耳倾听，房间里二人的声音压低下来，我听不真切便又小心翼翼地靠前，俯身将耳朵贴在门上。

张鸣剑道："我的好雪儿，我知道你不忍心看见爹现在这样，难道你就忍心让爹一掌劈死我吗？"

"你是爹唯一的儿子，爹不可能这样对你的，这次是你错了，你快些去将爹放出来，好生道个歉，爹会原谅你的。"

我的天啊，原来张震天不是去寻访故友了，而是被自己的亲生儿子关起来了。

“你怎么就是想不明白呢？雪儿，像爹那样迂腐固执的人是不可能原谅我的，他同李世伯交情甚好，什么都听他的，胜过于我这个儿子，爹怎么可能会原谅我？”

“张鸣剑，我突然觉得你好陌生，你还是当初我嫁的那个人吗？就算你同李世伯不和，你怎么能下毒灭他全门？你做错了事情不认错也就罢了，如今还一错再错，将自己的亲生父亲关押。”

“我是错了，可如今我除了将错就错还有什么别的办法？那姓李的便光明磊落了吗？我好不容易劝得爹有一丝松动，谁知道那姓李的让爹不要听我的，还同爹说我心术不正，不能胜任盟主之位，我看分明就是他想要当这武林盟主。”

“你——”

“雪儿，你也不想看着你相公我去死吧？我知道这回我错了，可是成大事者万不可妇人之仁，我做这一切也是为了你，为了我们的未来，我想要成为值得你骄傲的夫君。你就原谅我这一回吧，切不可将爹的事情说出去，我保证这是最后一次，等我做了武林盟主，日后我做什么一定都会同你商量。”

“唉，我原谅你又有什么用？重要的是爹肯不肯原谅你，就算爹原谅你了，李世伯灭门之事你要如何脱身？李世伯德高望重，武林各门派不可能息事宁人。还有，你做了这事为何还留外人住在府上，你就不怕被他们发现吗？”

“这正是我想的解决的办法，虽然没有证据，但我敢肯定木子萧等人是碧青宫的人，碧青宫在武林的名声向来不好，若将这灭门之罪安在碧青宫头上想必也不会有人怀疑，我只需要制造些罪证，再通知官府的人拿下他们。”

听到这里，我已经是头皮发麻全身发凉，我总算是体会到了什么叫作“人心隔肚皮”，枉我昨天自见张鸣剑起便以为他是个慈眉善目的好人，未想到他竟然如此的阴险歹毒。

他竟然想要害小白！不可以，我要马上去告诉小白。思及如此，我立刻站直身子想要离去，却不小心碰到了门，下一刻便听到张鸣剑厉声道：“谁在外面？”

吓得我心跳顿时停止了，残留的一丝理智让我迅速念着术语，在张鸣剑打开门的瞬间化作一只小猫。

我仰着头，舔了舔自己的爪子，然后朝一身戾气的张鸣剑喵呜了两声。

“这府里的下人是怎么做事的？怎么会有野猫进来？”说罢朝我挥了挥手，将我驱赶开来。

欧阳雪拉住了他的手，道：“算了，别生气，不是人就好。”

我巴不得离此人远远的，便立马一个跳跃，朝院子外跑去。

我以前总觉得离陌可怕，动不动便说要杀了谁谁，现在想来当真是我阅历浅薄，张鸣剑这种佛口蛇心的人不知道要比离陌可怕多少倍。

我一路狂奔，也不管现在小白是否睡了，只想着马上告诉他这一切，我虽然不知晓鬼魂之事，但现下也算是误打误撞完成了小白交代的事情。

幸运的是小白房里还亮着灯，也不知道是不是在等我，我一跃跳上了半开的窗户，然后气喘吁吁地落了地，看见小白我便安心多了。

小白一手执卷，正借着烛火看书，听见声响后朝窗户这边看来，眉心微蹙，试探地唤道：“夜筝？”

我这才发觉我一路仓皇逃离，也没来得及变回人形，忙念着术语变了回来。

小白似乎已经坦然接受我非凡人的事实，目光平静，放下书卷，询问道：“你查到了？”

“天啊小白，那个张鸣剑好可怕！”我在小白身边坐下，平复着自己的心情，顺了顺逻辑，方道，“李府灭门是他做的，好像他爹也知道，然后他就把他爹给关起来了，他留我们住在这里根本就没存好心，他知道我们是碧青宫的，他想要嫁祸给我们。”

相比起我的惊诧，小白却是镇定万分，徐徐道："此话当真？"

"千真万确！小白，你说这世上怎么会有这么可怕的人？他们都说人心险恶，果然……"

"嘘——"未等我说完，小白伸出修长的食指抵住薄唇，示意我噤声，旋即压低声音道，"有人过来了。"

不会是张鸣剑发现了我然后追过来了吧？！

他对自己父亲都能下得了手，定是不会对我们手下留情的。

我反射性地一把抱住了小白，想要埋入他温暖宽厚的怀抱里，弱弱道："小白，我怕。"

被我抱住的身子蓦地僵住，在小白推开我之前我主动松开了他，扯了扯唇角，笑眯了双眼，遮住满眸的失望，道："就算我怕，我也会保护你的。"

昏暗的烛火在小白眼中跳跃，神色复杂莫名，他张了张唇，终究是什么都没说。

没多久便传来敲门声。我深吸了一口气，张鸣剑来了？

"少主，若是未睡的话属下有些话想同你说。"门外传来厉兴的声音，我悬着的心总算是落了地，虚惊一场，看样子张鸣剑并没有发现我的偷听，我忙起身去给厉兴开门。

可厉兴见到我却仿若我见到了张鸣剑，眉目中尽是讶然，道："夜筝姑娘，这么晚了，你怎么会在少主的房间？"

我想着厉兴是自己人也没打算要隐瞒我之前听到的，便开口道："因为我……"

"夜筝——"

我刚刚开口小白就出声唤我，我止声回头，"怎么了？"

小白并不答我，只是看着厉兴道："有什么话进来说吧。"

"是。"厉兴入了门，细心地将房门关上，走至小白跟前，道，"恕属下直言，回碧青宫之事真的不能再拖了，宫主已卧病许久，少主若迟迟不归，宫主只怕无心养病。"

小白扬唇，自嘲道：“反正也已十多年未曾谋面，也不差这一时半会了。”

“少主——”厉兴激动地上前一步，道，“属下以为还是明早就启程吧。”

小白不紧不慢地倒了一杯茶，微抿了一口，道：“整个郐城都在查李府灭门一案，你打算如何出城？”

“我们又不是凶手为何不能出城？”厉兴挺直腰板，透着几分傲然，“几个官差还是困不住我们的，少主不必忧心，属下等定会护送你和夜筝姑娘安全出城。”

“不必了。”小白将茶杯放下，“我已知晓凶手是谁，并打算拿下他再启程。”

印象中小白一直是个性情淡然的人，没想到竟会插手此事，是因为张鸣剑想要嫁祸给碧青宫的原因吗？

厉兴却不赞同，道：“少主，碧青宫素来独来独往，这武林各门派也一直看我们不顺眼，李府灭门自有武林盟主去操心，我们还是不要插手得好。”

“若凶手想要栽赃嫁祸给碧青宫，仍然不管？”

“那定不能忍！”厉兴已是满脸愤慨，恨不得此刻便了结了凶手，“少主，凶手是谁？竟如此卑鄙！”

小白站起身来，瞟了眼紧闭的房门，负手而立，徐徐道：“张鸣剑。”

“少主是如何得知的？”

小白摇了摇头，道：“不必问，你只需要按我说的去做。”

厉兴抱拳俯身，“一切但凭少主吩咐。”

小白并没有立刻同厉兴说需要他做些什么，而是让他回去休息，厉兴点了点头，眸光闪烁地看着我，道：“时候不早了，不如我护送夜筝姑娘回房吧。”

我尚未开口，小白已替我作答：“你先回吧，我还有些话想同夜筝说。”

闻言，厉兴又瞅了我几眼，一副“恍然大悟”的神情，随后退了出去。

小白还有话同我说我自然是欢喜异常，得寸进尺地拉住了他的手，兴奋道：“小白，你要同我说什么啊？”

哎呀，小白是不是发现了我想同他一道入眠，然后我今天又误打误撞地完成了他交代的任务，所以奖励我今晚睡在这里？

这样想着我便再也抑制不住唇边的笑容。

许是我眼神太过发亮，小白一脸的莫名其妙，也就忽略了我拉住他的手，道：“为何笑成这样？我只是想嘱咐你，以后那变身的戏法除了我之外绝不能让任何人看见，你不能让任何人知道你非凡人。”

“哦。”原来是我想多了，我失落地松开了小白的手臂，垂下头，像个没有讨到糖的孩童。

“夜筝，还有一件事我需要你帮我。”

我的大脑自动将这一句话简略成“我需要你”，瞬间激动抬头，讨好地说道：“你说吧，别说是一件事，便是一千件一万件我都会去做的。”

被小白需要的感觉真好。

“探查李府灭门凶手的事情你做得很好，接下来我需要你找出张震天。”

“没问题，保证完成任务！”

这个任务可比之前的简单多了，鬼魂我找不到，可是变个身跟踪个大活人还是轻而易举的。

小白满意地颔首，“去休息吧。”

我乖乖地朝门外走去，走了几步还是踌躇地回过身来，道：“那个……小白，等我找到了张震天，你可以给我一个小小的奖励吗？”

小白敛了笑，眉心微蹙，一脸严肃地询问：“你想要什么？”

“小白你不要误会，我并非不诚心帮你。”我稍作停顿，斟酌地用词，小心翼翼地看着小白，软声道，“我就是想要你……想要你抱我一下。”

不再是冷冰冰地像根木头，而是像在林间木屋那样温柔地拥住我。

我一瞬不瞬地盯着小白，唯恐错过他一丝一毫的情绪变化，而他的沉默于我而言是一种煎熬，于是我不要脸面地先下手为强，不给他拒绝的机会，说道：“你不说话我就当你默认了，嗯，我回房休息了，你也早些睡，晚安。”

语罢匆匆离去。

接下来的几天我都同欧阳雪待在一起，自从知道真相后相处起来便不如之前轻松了，她一直都在状似不经意地向我询问我同小白来自哪里又要去向何处，以及小白是否会武功。

出了林子小白便不再提剑，只是会背着琴，举止儒雅，像个文弱书生。

谨记着小白的叮嘱，我对她又有了提防的心，自然不会被她套了话去，我亦想从她嘴里探到张震天的下落，但我深知自己那点嘴上功夫只怕是会适得其反，还是等夜深了好好寻个机会跟踪来得保险。

转念一想，我又觉得欧阳雪有些可怜，她从初初的震惊愤怒转变成为张鸣剑掩盖真相，都是出于对张鸣剑的爱罢了。

若今日换成我与小白，我定会同她做出一样的选择，我这样爱着他，爱到只愿活在他的是非黑白里。

不能同欧阳雪做一对说悄悄话的姐妹了，虽不至于悲痛但到底还是有些失落伤心的。

张鸣剑每日都忙于“查案”，很少在府中出现了，不知小白是怎样同厉兴打算的，每日也只是抚琴看书一副闲暇悠然的样子，相比之下我却要累得多，白日里要谨慎对待欧阳雪，夜晚要隐了人形守在张鸣剑与欧阳雪的房门外，等待时机。

我已两日不曾睡过好觉，都是白日里偶得空闲趴在桌子上小憩一会儿，但心里一点也不会觉得疲倦，因为完成后可以得到小白的拥抱呢。

是夜，我候在欧阳雪门外已有一两个时辰，我想着今夜大抵也会毫无收获时，她却打开房门走了出来。

我眸光一亮，仗着欧阳雪瞧不见我立马走到她跟前，她紧绷着一张脸，神情凝重四下看了一番，也不掌灯，随着月光脚步匆匆地朝回廊走去。

欧阳雪先是去了趟厨房，拿了些吃食，便提了篮子一路目光警惕地进了一间房。

这应是张府用来存放武器的屋子，处处是做工精良的武器，格局亦简单得一目了然，实在是藏不了一个大活人。

难道欧阳雪不是来看张震天的?

就在我疑惑不已的时候，欧阳雪蓦地蹲下身子，从腰间掏出一把匕首将一块地板撬了起来，原来这下面竟是一个地下室。

里面一片漆黑，顺着蜿蜒而下的楼梯，欧阳雪用火折子点燃搁置在两旁的灯火，楼梯尽头竟是个小房间，除了密不透风外桌椅床柜一应俱全。

而椅子上依稀可以看到一个中年男子的身影，蓬头垢面，看起来狼狈至极。

那就是张震天?!

“爹爹。”欧阳雪一一将食物从篮子里拿出来摆放在桌面上，“我特地让人做了你最爱吃的东坡肉，尝尝吧。”

咣当一声，张震天抬手将食物扫在地上，抬手的时候我这才瞧见他的手腕处竟被铁环扣住，拖着长长的铁链，气喘吁吁，虚弱道：“滚，我就是饿死，也不会吃你们一点东西。”

我下意识地看向张震天的双脚，果然全部被铁链束缚住，我心间五味杂陈，我这个外人看着尚不忍心，这张鸣剑怎么对自己的亲生父亲下得了手?!

欧阳雪眸光闪烁，劝道："爹爹，你就吃点东西吧，你已经好几天未进食了，这样下去身体会受不住的。"

"你们还会担心我身体受不住？我看你们巴不得我这把老骨头早日入土，好随了你们的愿！我张震天到底是造了什么孽，竟生出个白眼狼！"

"爹爹你莫要这样说，这次是相公错了，只要你肯原谅……"

"住口，你去转告那个畜生，想要我原谅他同官府勾结对李兄做的一切，除非我死！但我就是死了也会向他索命，让他同我一道去阴曹地府给李兄一家请罪！"

"相公是爹爹的独子，爹爹总不会真的让他去抵命吧，爹爹放心，我会和相公尽快处理好李世伯家里的事情，不出两三日便来接爹爹出去，相公是真的知道错了，到时候定任凭爹爹责罚。"

语罢，欧阳雪朝张震天深深地俯了俯身子，出了这地下室。

不出两三日？

也就是他们打算在这两三日里对我们动手？

欧阳雪一离开，张震天便似被抽离了全身的力气，再支撑不住自己的身体，虚弱地半倒在桌子上，我看着他那因缺水而起皮的嘴唇，越发不忍就这样地离去。

若再倔强地不进食，他只怕撑不到小白来救他了。

我想了又想还是决定劝劝他，脑海里想着小白说的除了他不要在任何人面前变身的话，便走至楼梯口，默念着术语化为人形。

听到我的脚步声，张震天强撑着起身，怒道："你还回来做什么？"

"我不是欧阳雪，张……张盟主你看清楚些。"他一副快要虚脱的样子，我可不想他再浪费精力同我生气，"我同她不是一道的，我是要来救你出去的。"

张震天不语，只是强撑着身子打量着我，目光并不含蓄友好。

我努力组织着语言，试图说服他，道："我晓得我就这样突然冒出来说一通，你定难以相信，可我要是对你有恶意，就不必冒着危险一路跟着欧阳雪走到这里，直接放任你在这里就好，对不对？”

他这般宁死不屈，真不知道还能撑多久。

张震天神色微缓，“你是谁？为何要救我？”

“我叫夜筝，是小白让我来救你的。”

我一边回答一边环顾四周，却找不到任何器具的影子，出了地下室倒就是个器械屋，有各种刀剑，可万一欧阳雪还未走远，我弄出了声响恐会被发现吧，难道要用椅子来砸铁链？想想都好愚蠢的样子。

“小白又是谁？来自何门何派？同我可有渊源？”

张震天一连串问了许多问题，可我陷在怎样砸开铁链救他出去的思绪里，根本顾不得回答。

张震天作为武林盟主，其武功修为定然不低，不然张鸣剑也不会用如此粗大的铁链锁住他的四肢，将他禁锢在这个地下室里。

我兀自走过去，用了个比拿椅子砸更要愚蠢的方式，我竟然徒手拿起铁链用力地扯了扯。

简直不自量力。

我当真是个极其无用的琴妖，我连个铁链都对付不了，离陌没有撒谎，有我这样的徒弟委实会觉得丢脸。

“你这是做甚？”

我沮丧地扔掉铁链，道：“张盟主，我对不住你，我解不开这链子，今日是无法把你救出这里了。”

“你解链子的方法便是用蛮力扯？”张震天一脸的不可置信，神色又重新凝重起来，“小姑娘你何必戏弄老夫？你能这般无声无息地进了这地下室，武功定然不低。”

“不是的，我……我……”我是隐了人形才跟进来的呀，偏偏我又除了变身外什么术法也不会。

不能透露我非凡人，我着实不知道该如何解释才好了。

张震天闭上双眼，一副心如死灰的样子，道：“我不管你用意何在，我生出那么个孽障，害死李兄一家，我已无颜面苟活，你救不了我便让我死个痛快，动手吧。”

“啊？”凡人沟通起来怎的如此困难，我又是无奈又是无力，道，“张盟主，你误会了，我真的是来救你的。我不知道要怎么说你才会相信我，你就等我两天，我和小白一定会来救你出去的，这两日请你务必要吃些东西，照顾好自己的身体。”

……

“张盟主，虽然我们没有相处过，但我知道你是一个好人，所有人都对你赞誉有加，你这么德高望重，张家需要你，武林需要你，你可千万不能妄自菲薄。你不活着谁来为无辜的李大侠讨回公道呢？”

……

“我不能在这久留了，我得赶紧回去，告诉小白这个消息。”

语罢，我仔细将刚刚被他扫到地上的尚未弄脏的食物捡起来，给他搁置在桌面上。

离去前，我又回头看了张震天一眼，他依旧闭目，一动未动。

唉，也不知道我说的话他能听进去几分。

第二日。

午膳过后，小白在院子的凉亭里抚琴，微风徐徐扬起他素白的衣裳与墨黑的发，美得似入了画。

小白抚琴时是我觉得离他最近的时候，因为我就是他指下的琴呀。

一曲刚刚作罢，便有掌声传来。

“此曲只应天上有，人间难得几回闻。”张鸣剑的声音随之响起，愈来愈近，“木公子好琴艺，真不是我们粗人能比的，我这双手每日便是舞刀弄剑连舞文弄墨都鲜有，从未碰过琴弦。”

当你开始讨厌一个人的时候，他便做什么都是错的，所以即使此刻张鸣剑笑容再和煦，对小白的夸奖多么属实，我都只会在心里鄙夷他。

“谬赞。”小白手离了弦，淡笑道，“张少侠近日一直忙于查案，今日怎么这么早便回府了，是案子有消息了吗？”

张鸣剑得意道：“正是，不出意外最迟后天真相便能大白于武林，届时这出城的禁令便会解除，你们很快便可以启程上路了。”

启程上路？

这话怎么都听得人发怵，他一肚子坏水，定没打什么好主意。

小白亦笑道：“恭喜张少侠了，不知凶手是？”

张鸣剑摇了摇头，“不急，到时候你自然就知道了，相逢是缘，这些日子我忙于查案也未多招呼你们，既然你们快要离开了，那便今晚设宴，让我们把酒言欢，也算是为你们饯行，你看可好？”

“恭敬不如从命。”小白有礼地点头，又伸手优雅地抚上琴弦，道，“承蒙张少侠收留，无以为报，愿以一曲赠之，还望笑纳。”

语罢，仿若天籁的琴音飘起，我瞅了瞅张鸣剑，见他负手而立，眼神悠远，像是听得入了迷，如此看来两人倒像是高山流水遇知音。

可我也知晓这些不过是表面的和平。

张鸣剑走后，厉兴上前俯身问道：“少主，是否按你之前所说的办？”

“嗯。”

小白到底是何出身呢？和他一起走到现在，我已经明白他不仅仅是同云家小姐相恋的穷书生，他那双手除了抚琴还会执剑，他并非孤身一人，厉兴等人对他毕恭毕敬。

他不是普通人。

可这样我便越发想不明白，既然如此，他为何不带云家小姐远走高飞？他明明那样爱她啊。

“夜筝夜筝。”

“啊？”小白的声音让我从神游里抽离，“怎么了？”

“之前我同你说的可都记住了？”

就这么不放心我吗？之前两个任务我都顺利地完成了，“我都牢牢记在心里呢。”

小白仍有些不放心，“今夜务必小心谨慎。”

“嗯嗯。”我乖巧地点头，朝小白凑近了些许，道，“我一定不会让你失望的，你也不可以忘记你答应我的事情。”

“何事？”

“拥抱！”他果然未曾将此事放在心上，可他说的一切要求我都去做，我就这么一个小小的要求，不过分吧？

又是这样不置可否的态度，好吧，只要没有直接拒绝我便满足了。

“夜筝，你是从何时起有了知觉精魂的？”

云家小姐去世的那一天呀。

可我终究没有说出口，这小白心里无法愈合的伤，我不愿再触及，惹他伤心。

于是我不答反问：“你问这个做什么？”

小白像是在看我又像是在发呆，墨黑的眸蒙上一层雾，骨节分明的手轻轻摩挲琴弦，道：“这把琴自我有记忆起便一直跟在我的身边，这样想来，夜筝，你已经陪伴我很久了。”

夜筝，你已经陪伴我很久了。

这一句话不断地在我耳边回响，撩动着我的心弦。

“以后我也一直陪着你，只要，你愿意。”

耳畔唯有风声，听不见回答。

这饯行晚餐张鸣剑算是诚意十足，偌大的圆桌摆满了各色佳肴，光是看着我也就有几分饱了。

整个席间张鸣剑一直在同小白谈天说地，仿佛两人是多年挚友一般，我看着小白被张鸣剑灌了一杯又一杯，难免有些忧心，成亲那晚离陌送了我们一壶酒，可我们不过是喝了一两杯便双双醉倒，小白这样喝，真的不会醉吗？

欧阳雪将我的小心思都看在眼里，当我想要替小白挡酒时，她伸手拉住了我的手，道："有几个男人不喝酒的？夜筝，姐姐告诉你，你若是喜欢木公子，可不要替他去挡酒，会扫他兴致的，你瞧，他们现在喝得多开心。"

我将信将疑，"真的吗？可是他酒量不好。"

"自然是真的。"欧阳雪又伸手倒了杯酒递给我，"你没喝过酒吧？这是我们自家酿的桂花酿，并不醉人，你尝尝吧。"

我想要拒绝，又触到小白似有若无的眼光，便伸手接过杯子，一饮而尽。

"好！没想到夜筝姑娘这般豪爽啊。"张鸣剑说着又举起了酒杯，"我们几个男人可不能输给姑娘家，干了这杯！"

我放下酒杯就开始晃动着脑袋，身子也无力地倒在欧阳雪的身上。

欧阳雪扶着我，道："你还真是一杯倒呀，要紧吗？"

"唔。"我干脆闭上了双眼，软绵绵地说道，"雪儿姐，我头好晕呀。"

有一双手轻轻拍抚着我的背，可声音却渗着几分怪异的温柔，"没事，头晕了就睡会儿吧。"

我整个人都仿若无骨地靠在欧阳雪的身上，朦朦胧胧中依旧可以听到各种酒杯相碰的声响，而欧阳雪一下又一下地拍抚让我心里发毛。

未多久便听大家陆续趴倒在桌子上的声响，接收到讯号的我立马佯装晕死过去。

"木兄？木兄？"耳边传来张鸣剑的声音，带着些微醺的关切，"木兄可是醉了？"

……

"看样子真的醉了。"许久等不到小白他们的反应，张鸣剑的声音已经渐渐冷了下来，“真可惜，原本还有很多话想对你说呢，看样子只能他日去了阴曹地府再同你说了。”

果然如小白所料，张鸣剑打算今晚对我们下手，或许是这些日子我们表现得太过平凡无害，他也没想用多么周密的计划对付我们，用的是这样简单卑劣的手法，在饭菜酒水里下了毒。

“相公，当真要这样做吗？”欧阳雪的声音自头顶传来，似是有些不忍。

“都到了这个时候，切不可妇人之仁，难道你想看着为夫去死？我已全数安排好了，今晚便能接爹出来了。”

语罢张鸣剑又出声唤人进来。

因为闭上了双眼，双耳便变得十分的灵敏，我全神贯注地听着，似乎是进来了五六个人。

张鸣剑压低声音吩咐道：“把他们带到武器室去。”

武器室？是上次我跟着欧阳雪去的关押着张震天的屋子？他把我们带到那里去做什么？还这么一大群人过去，张震天怎么说也是武林盟主，是张府的主人，张鸣剑难道不怕这些人发现他关押了自己的亲生父亲？

虽然满心疑惑，可是小白他们都没有动作，我便不敢轻举妄动。

当欧阳雪将我交给其他人的时候，我听见她微弱的声音，道：“若没有此事，兴许我们是可以成为好姐妹的，夜筝，对不起。”

我心中顿时五味杂陈，只觉得我化为人形在凡世学到最多的便是“不得已”，小白同云小姐之间的“不得已”，此刻欧阳雪对我的“不得已”。

我被人拦腰扛起，这些人身手矫健，轻轻松松将我们带到了武器室，毫不客气地将我们扔到地上。

武器室存放着张家历代收集的名贵武器，再加上张震天被关在其地下室里，这间屋子是不允许任何人进出的，房门钥匙亦在张鸣剑自己手里。

我被摔了个结实，勉强才忍住没有出声呼疼。

“要现在动手吗？”耳畔传来那群人恭敬的询问声。

我全身紧绷，只觉得时间被拉得分外的漫长，心跳如鼓，我凝神听着，若张鸣剑动手，我要第一时间去帮小白。

有脚步声传来，随后便有从柜子里取东西的声音，继而张鸣剑异常平静的声音响起，道：“这些银针制作精良，是我爹多年前同碧青宫宫主交手时，从遇害的人身上取下来的，见血封喉，可谓利器。”

“属下知道，可是属下不太明白你现在取出这个做什么？”出声的人言语里满是不解，停顿片刻又是恍然大悟一般，道，“属下明白了，你是想拿这碧青宫的银针把这些人杀了，他日传出去别人也只会认为是碧青宫所为，同我们扯不上关系。”

出声的人声音里带着笃定，张鸣剑轻轻地笑了一声，道：“聪明，这确实是用来杀人的。”

觉得被自己的主子夸赞了，那人忙欣喜地说道：“那便将银针交给属下，属下这就动手解决他们。”

“不用了。”张鸣剑拉长声音，“我自己动手便好。”

闻言我实在无法再这样“昏倒”在地上，忍不住悄悄睁了睁眼，却见张鸣剑的目光根本不曾落在我们身上，昏暗的光线下他唇角的笑容看起来阴冷而诡异，他扬手，下一瞬手中的银针便全部射向了那五个下属。

我震惊万分，五个下属瞬间倒地，不甘又诧异地向自己忠心耿耿的主子发出了最后的声音，“为什么？”

“因为，你们知道了不该知道的事情。”张鸣剑的声音平静得像是他刚刚只是弄死了一只蚂蚁，没有愧疚，也没有惋惜。

“相公，你这是在做什么？”欧阳雪对张鸣剑的行为似乎是毫不知情，“为何要动手杀自己人？”

也只有在面对欧阳雪的时候，张鸣剑的语气才会稍有缓和，解释道：“雪儿，若一会他们看见爹在地下室里保不定会将这件事说出去，我们要彻底地瞒住这件事情只能杀人灭口，二来碧青宫素来是武林异类，不服从武林安排，他日我当上武林盟主保不定会生事端，索性一并将这些事情全部推到碧青宫身上，届时我再集武林各派力量，将碧青宫一举歼灭。”

“爹爹向来就不喜挑惹事端，他本来就对你有诸多不满，你又杀害了李世伯一家，现下你再不改改你的想法，爹爹是不会赞同你接任武林盟主之位的。”

“那便杀了他。”张鸣剑脱口而出。

“你说什么？！你要杀了爹爹？！”欧阳雪太过震惊，以至于声音不住地发抖，“他到底是养你生你的人，你怎么能这般待他？”

张鸣剑似乎已经无心再哄骗欧阳雪，来隐藏自己内心的想法，坦白道：“以我爹的性格，他这一次是绝对不会原谅我的，既然如此，我便只能来世再报他的养育之恩。雪儿，你我是要度过一生的人，我希望你能站在我这边。”

张鸣剑一席话听得我毛骨悚然，他连自己的亲生父亲都不放过，还有什么做不出来，若是欧阳雪不同意他的做法，他只怕也不会对她手下留情。

不待欧阳雪回答，张鸣剑抽剑，直指向“昏倒”在地上的我们，“雪儿，动手吧。”

我唯恐张鸣剑会像刚刚杀害那几个人一样，不给人反应的时间，又快又狠，反射性地睁开眼睛，张开双手挡在小白的面前。

我要保护小白。

我这一动，小白同厉兴等人也不再装下去，瞬间起身拿出武器。

“你们——”张鸣剑有一瞬的讶然，随即冷冷道，“倒是我小瞧了你们，想必你们之前也全是装的，你们到底是何居心？”

这贼喊捉贼的本事可真是厉害呀，明明是他给我们下毒，想要杀害我们，又想要栽赃嫁祸给别人，现在却来问我们是何居心？

真真是可笑!

小白走至我身前，一脸的泰然自若，道：“自然是为了自保。”

“为了自保你们大可在我动手前离开张府，何必演戏至此？”张鸣剑阴着一张脸，“你们是碧青宫派来的？如此也好，今夜之事倒也算不上冤枉你们了。”

“张兄误会了，我们不过是想救出张盟主罢了。”小白口吻极淡，状似不经意道，“哦，还要谢谢令夫人，不然我们也不会知道张盟主被关在这地下室里，装昏倒也不过是为了让你们带我们来这武器室罢了，毕竟这屋子的钥匙在你手里。”

小白的话句句属实，但也易惹人遐想，果不其然下一刻张鸣剑便瞪向欧阳雪，质问道：“你背叛我？！”

“我没有，相公，我怎么可能会背叛你？我这样爱你，你竟然怀疑我？”

张鸣剑似是烦躁至极，又看向小白，不耐烦地说道：“你休得挑拨离间，你既是清醒的更好，便让你们死个清楚明白。”

我不知晓张鸣剑和欧阳雪的武功怎么样，但小白同厉兴等人的武功都是不低的，况且小白他们一共有五人，对付张鸣剑他们二人应该是不成问题的。

语罢张鸣剑已挥剑刺来，厉兴上前接招，小白动作灵敏地抽过架子上的宝剑，道：“夜筝，去将通往地下室的入口打开，我们马上将张盟主救出来。”

“嗯。”

不愿给小白他们添乱，那边他们五人已同张鸣剑二人打了起来，我凭着记忆去寻那块可以打开的地板。

有了小白和厉兴等人拦住他们夫妇二人，我得以顺利地找到入口，又急忙从架子上拿过一柄短剑，打算撬开地板。

而这时除了屋内的打斗声，屋外也开始嘈杂起来，应是府里的人听见打斗的声音全部涌了过来。

我抬头看了一眼，张鸣剑脸上有着胜券在握的笑意，大声道：

“这些人是碧青宫的人，拿下他们，他们是杀害李府一家的凶手！”

张府的人自然是对张鸣剑唯命是从，一大堆人开始将小白他们包围。

我内心挣扎不已，我想要立马跑到小白身边去，可小白之前要我打开地下室的通道，我若不听他的跑过去，会不会反而给小白添乱？

是的，我应该立刻去将张震天放出来，张府的人不可能不听张震天的话，我稳定自己的情绪，加快动作撬动地板。

“雪儿，拦住那个女人。”

混乱中我听见张鸣剑的声音，“那个女人”是指我吧，我反射性地回头看了一眼，只见欧阳雪已经提剑朝我而来，姣好的容颜上再不复之前的不忍与平日的友好。

我自知没有能力亦不知该用何办法去阻止她，只能强迫自己不要手抖，速速移开地板。

然而就在我撬开了一侧，用手提起那一块地板的一头时，背部传来异样的感觉，我下意识地低头，只见到尖锐的剑头。

哦，应该是欧阳雪用剑从背后刺穿了我的身体吧。

说实话我一点都不怪欧阳雪，她同我只是立场不同罢了。

我撬开地板站起身来，朝前走了几步，剑便从我身体里抽离，我朝小白的方向唤道：“小白，我打开了，张盟主就在这下面。”

张鸣剑气急败坏的声音传来，“雪儿！拦住她啊！”

我警惕地看向欧阳雪，她苍白着一张脸，握剑的手不住地颤抖，“为……为什么你会没事？怎么会……我明明刺穿了，怎么会……怎么会一滴血都没有？”

欧阳雪似是惊吓过度，有些语无伦次。

“你拦不住我的。”我站直身子，向她展示我的毫发无伤，“雪儿姐，你也不想张盟主死的，对不对？”

我同欧阳雪沉默地对峙，这时我听见小白的声音。

“夜筝，去将张盟主救出来。”

啊？

我一个人？

虽然欧阳雪确实是拦不住我的，可是我也没有能力弄断拴住张盟主的铁链，将他救出来啊。

我苦着一张脸，分外为难。

而就在这时，那些不断涌上去将小白他们包围的家丁突然停了下来，面面相觑，说道：“盟主在下面？我有没有听错？这是怎么一回事啊？”

一语引发了众人的讨论，不再动手，目光不住地在张鸣剑和小白他们身上移来移去。

不管怎么说，张震天才是张府的一家之主，我掐准机会，忙大声地喊道：“张盟主被张鸣剑关到这个地下室了，大家快帮忙把张盟主救出来。”

引起他们内讧，我们行动就要方便许多了。

我原本以为要让这些家丁相信我说的话还是要费一番功夫的，却不想张鸣剑对自己关押生父这件事实在太过敏感，他不再试图解释，直接朝家丁们动手。

家丁们所料不及，身手亦不如张鸣剑，就这样被张鸣剑和厉兴等人一并放倒在地。

偌大的房间里倒了一地的人，张鸣剑敛了笑，看起来面目狰狞，“知道真相的人全部别想活着。”

一番打斗后小白依旧是那般儒雅温润的形象，一身素白的衣裳未沾染上任何血渍，他淡淡道：“你朝他们动手无异于自断双臂，现下以二对六，你当真觉得自己还有胜算？”

张鸣剑却是狂妄地嗤笑道：“以二对六？我与夫人可是毫发未伤，别再装了，你以为我看不出你们有两人已经受伤了？”

“无耻之徒，你有什么好得意的，我们少主一人便能将你们拿下。”

“哈哈哈，少主，真是可笑啊！”张鸣剑笑得夸张，一脸不屑地看向小白，“木子萧，你是哪门哪派的少主？你这武功套路也不像是碧青宫的人，哈哈，你看起来就像个弱不禁风的书生，你的手还是用来抚琴执笔吧，执剑只会贻笑大方。”

小白也不恼，修养极好，徐徐道：“若是张少侠的武功及人品都如同你的自信一般的高，也就不会有今日这样的结果了。”

张鸣剑气急，道：“你以为你还能平安地离开邹城？我之前早就同官差说好，今晚我会抓到杀害李世伯一家的凶手，一会他们可就到了，到时候李世伯一家的性命，这地上我张府这么多家丁的性命可就都落在你的头上了。”

“哦，是指晚膳前你派人去通知了官府的人？”

张鸣剑将武器微微放下，道：“反正你横竖难逃一死，在官差来之前我就让你多活一会儿，也让你死个明白。”

“相公……”欧阳雪这时候还未从我带给她的惊吓中走出来，声音都不太连贯，“他们是怪物，他们……”

“一会官差就来了，我在这拦着他们，雪儿，一切都在我的掌握之中，你只需速速下去杀了爹便好。”

可欧阳雪却是目光闪烁地看着我，迟迟未动。

小白轻笑道：“张鸣剑，你当真以为你那所谓的官差今晚还会过来？”

张鸣剑顿时扬眉提声，“你做了什么？！”

“没什么特别的，只是将你派去通知的人打昏了而已，估计今晚官差是来不了了。”

“你——”张鸣剑瞳孔蓦地收缩，一时之间被小白噎得说不出话来。

“对了，忘了告诉你，我之前派人去通知各路英雄豪杰，告知他们张盟主回来了，今夜会同他们一同探讨李大侠被灭门一案，缉拿凶手，我琢磨着他们应该已经快到了。不知道一会儿当所有人知道你为了一个盟主之位将自己的父亲关押在地下室里，会有什么样的反应？”

“木子萧，我不会放过你的！我就是死也会拉你陪葬。”

我心下一紧，唯恐张鸣剑对小白动手。

张鸣剑笑得诡异，道：“你一个江湖无名之辈，谁会相信你说的？只要我爹死了，一切便死无对证，你不仅要背上李世伯灭门血案，还得背上我爹的性命。”

语罢，他动作迅速，一跃入了地下室。

小白他们迅速地跟了上去，欧阳雪这时才似缓过神来，握紧了剑，眼神特意避开我，连忙跟了上去。

所有人都入了地下室，让地下室显得越发狭小拥挤。

张震天较之前两天我见到他的时候更要虚弱，别说是走动，似乎连大声说话的力气都没有了，这样的状态他根本躲不过张鸣剑的攻击吧。

小白挥剑利落地斩断了束缚住张震天四肢的铁链，我有一瞬的慌神，一股强烈的崇拜感油然而生，想我那日怎么都弄不断的铁链竟被小白轻轻松松地斩断，只觉得在他面前自己顿时变得十分的渺小。

小白、厉兴等五人同张鸣剑夫妇二人过招，无人管我，我忙上前去扶张震天，“张盟主，没事吧？”

张震天在这，对我们无疑是不利的，只要我将张盟主带出去，小白他们就没有后顾之忧，对付张鸣剑两人也就绰绰有余了。

然而张震天却看也不看我，直直地看着张鸣剑，胸膛剧烈地起伏，“孽子啊孽子！”

“张盟主，这里太危险了，我先扶你出去吧。”我搀扶着张震天，试图让他先同我离开这地下室。

可张震天却不愿意离开，“我不走，我要亲手杀了这个畜生！”

父子相残该是多让人痛心的事情，我怎么拽也拽不动张震天，而那边欧阳雪已被制住，徒留张鸣剑一人。

大势已去，张鸣剑扬剑直直地朝张震天刺来。

我未曾面对过这样的场面，只觉得一股杀气迎面而来，来不及反应，全身都像是被定住，我只能呆呆地看着。

大脑在那一瞬闪过无数的念头，若是张鸣剑这一剑伤到了张震天怎么办？若是张鸣剑的诡计得逞给小白惹上麻烦怎么办？

千钧一发之际，是小白以剑挡住了张鸣剑来势汹汹的剑。

小白同张鸣剑过招，招数太快，我看花了眼，刚刚从那一剑的惊吓中缓过神来，我尚有些惊魂不定，而张鸣剑却孜孜不倦地攻向我和张震天，刀光剑影中，我一直扶着的张震天被小白拉至身后，而我落在了张鸣剑手中。

张鸣剑用剑抵住我的脖子，而我只是呆呆地看向小白。

我知道小白一直以来就是想要救张震天出去，我也知道张震天此刻身子虚弱，我更加知道自己此刻的负面情绪显得有多么的小家子气。

可是，我还是觉得难过呀。

在我同张震天之间，小白选择了保护张震天。

厉兴等人已将张鸣剑团团围住，他一手紧抓着我的胳膊，一手将刀横在我的脖颈间，恶狠狠地说道："一命换一命，若是想要你义妹活着，就把我爹交给我。"

"畜生！你不配叫我'爹'！"张震天气得胸膛起伏，直欲上前，"赶快给我放开那位姑娘，你要执迷不悟到什么时候？"

"对不起，爹，我不能让武林中人知道我做的这些事，所以你必须得死，爹，你的恩情，我来世再报。"

然而小白的双眸里却没有一丝张鸣剑想要看到的慌乱，他甚至伸手拦住了主动上前的张震天，丝毫没有要用张震天来换我的意思。

小白一定是知道凡人的武器伤不到我，所以才这样无动于衷的，一定不是因为不关心我，不在乎我。

我觉得自己真真是矫情，明明都能猜透小白心里是怎么想的了，偏偏还是觉得全身发冷，难过异常。

小白，会担心我受伤吗？

小白一脸的平静，道："张盟主侠肝义胆，为武林作出了诸多贡献，夜筝若能替张盟主一死，亦是她的福分。"

我心里一片苦涩。

张鸣剑几近疯狂，"你莫要以为我在开玩笑，好，既然你不在乎，我这就杀了她！"

自始至终我都一动不动地盯着小白，想要知道小白会不会出剑救我，然而当我感受到张鸣剑在我的脖子上划上一剑时，小白依旧是眸光平静地看着这边。

我只觉得心痛得快要窒息。

都是张鸣剑的错，他为何要用这种手段来伤害我呢？这世上能伤害到我的人唯有小白一人。

可我舍不得怪小白，我只能迁怒张鸣剑，我恶狠狠地推开他，任凭他用剑刺我，拼命地跑向小白。

每每心冷的时候总是想要拥抱小白，因为他的身体是暖的。

张鸣剑应是陷入同之前欧阳雪一样的震惊里，竟呆了好一会儿，被厉兴等人用剑制住。

"稍等。"张震天看了看小白，朝他抱拳，道，"多谢少侠搭救，孽子就让我亲自动手收拾吧。"

小白颔首，稍稍让开，却仍旧没有看我一眼。

"爹爹！手下留情！"欧阳雪跪倒在地，哭道，"求您了，相公是您唯一的儿子，您就饶他一命吧。"

虎毒不食子，即使张鸣剑被利益泯灭了良知，可张震天最后还是没有要他性命，只是废了他毕生的武功修为。

这时厉兴走至我身边，关心道："夜筝姑娘，你怎么样了？"

我唯恐他会看到我愈合的伤口，忙伸手捂住自己的脖子，遮掩道："没事，我躲得快，只是擦伤了一点点而已。"

连厉兴都有出言关怀，小白依旧是不言不语，直至同张震天一道出了地下室，他方微微侧过头来，道："方才，辛苦你了。"

我其实是想要他像上次自己用剑刺我之后那样，对我问一句

“还好吗”，没想到却是一句“辛苦你了”。

我在心里不住地开导自己：你要知足了，至少他没有完完全全地忽视你。

于是我扯了扯唇角，笑容甜蜜却又苦涩，说不出话来，我便不住地摇头。

张震天不似张鸣剑那般狠心，他派人将张鸣剑送到一处离邬城甚远的宅子，不许他再回归武林，而欧阳雪为了陪在张鸣剑的身旁，竟自废武功，一路随张鸣剑离去。

欧阳雪对张鸣剑的感情是让人动容的。

而那之后，小白却不让我出房门，说是在地下室时大家已瞧到我被张鸣剑所伤，现下我身上一点伤痕也没有，叫人看见只怕会起疑心。

我来不及多说一句话，小白又转身离去。

我不明白小白为何会对这件事如此的上心，自张震天被带出地下室，小白便一直同他在一起，处理各种事情，我乖乖听话待在房间里，小白却忙得连看我一眼的时间都没有。

他还欠我一个拥抱呢。

独处的时候往往会抑制不住地乱想，无人同我聊天开解，我便越来越烦闷。

对啊，我怎么忘了？只要我隐了实体，不就可以出房门跟在小白身边了吗？就似最初在林子里的日子一样，虽然他瞧不见我，但我却同他形影不离。

大家都看不见我，也就看不出破绽啦。

思及如此，我的心情立马就好了起来，默念着术语，隐了实体，便出门寻小白去了。

我在张府里胡乱走了很久，又无法开口问人，最后似乎是在一间书房里找到了小白。

隔着半开的窗户，我隐隐可以听见小白悦耳的声音，不能推门进去，我便化作一只小蝴蝶从半开的窗户飞进去，然后隐了实体站在小白身旁。

张震天换了干净衣裳，看起来神清气爽，已不是当初那狼狈虚弱的样子，说道："子萧当真明日便要走吗？"

"此次在邬城已耽误了好些行程，也在府上叨扰了多日，是时候离开了。"

"你说这话我就不爱听了，此次若不是你出手相助，我只怕已是凶多吉少，我张震天不是忘恩负义之人，你对我有恩，对武林有恩，便是想在我这住上一辈子，我还怕你不乐意呢。"

小白微微垂首，是谦谨的姿态，道："那些都是我应该做的，换作是其他人亦是义不容辞，甚至会做得比我更好。"

才不是这样！就像客栈里的那些人，每个都只会猜测来猜测去，全部都是指望着张家能抓到凶手，却没有一个人真正去调查，去做。

哼，最过分的就是还不分青红皂白乱冤枉人。

张震天应是对小白的回答很满意，伸手拍了拍小白的肩膀，道："好！我最欣赏你这样的年轻人，我那孽子若是有你一半的心性，我便谢天谢地了。你索性再多住几日，我与你投缘，想要多聊聊。"

"抱歉，晚辈委实是要事缠身，他日得闲必再来拜访张盟主。"

"如此，我便不再多留。"张震天顿了顿，抿了口茶，道，"我有一个不情之请，还望子萧应允。"

"张盟主言重了，有什么事情直说便是，我若能做到，定当竭尽所能。"

张震天一副欲言又止的样子，好半天才开了口，道："唉，是我那孽子的事情，他虽然做出这样荒唐的事情，但到底是我亲生骨肉，我张家一脉单传，我着实下不了手，做不到大义灭亲，身为武林盟主，我委实惭愧。"

"你已废去他毕生武功修为，又将他送至僻远之处，这样的惩罚亦不轻。"

“我张家在武林一直以侠义著称，若此事传出去只怕……唉，父子反目并不是一件光彩的事情，若是张家名声败坏在我的手里，叫我死后有何颜面去见张家的列祖列宗？”

张震天的意思是要小白帮他隐瞒张鸣剑所做的一切？

也不知道是不是自己不够大度，我总觉得应该要让张鸣剑承担自己所做错的一切，张震天是他父亲，原谅自己儿子对自己的伤害，这不置可否，可张鸣剑还杀害了那么多无辜的人，李大侠一家，还有张家那么多忠心耿耿的家丁，对他们来说也太不公平了。

我紧紧地盯着小白，期望他不要答应张震天这件事。

而小白清俊的面容上却是一派云淡风轻，全然不见半分愤懑之色，道：“张盟主想怎么处理便怎么处理吧，晚辈不是多口舌之人，在武林中亦是无人知晓之辈，就算他日乱言，以张盟主在武林上的威望，还怕他人信我不信你？”

知道小白听不到，我开始不管不顾地朝他大喊道：“小白你为什么要这么说啊？！张鸣剑之前差点就要害死你了好不好？！”

我同小白朝夕相处了如此之久，却还是猜不透他的想法。

反正要伤害小白的人，我是绝对绝对不会原谅的。

张震天这才满意地点头，“子萧这般胸襟与度量，他日必成大器，那日看你身手不错，不知师承何门？”

“不过是幼时看了几本书，自己瞎琢磨罢了，我非武林人士，无门无派，那日在张盟主面前献丑了。”

“非也——”张震天不认同地摇了摇头，一脸严肃道，“你身手不凡，不宜妄自菲薄。你且先回去处理要事，两个月后再来邬城一趟。”

“为何是两个月后？”

“两个月后便是新任武林盟主的选举，我一心栽培那孽子，原本是想要……罢罢罢，不提也罢，你到时候来，我会极力推荐你，让你坐上盟主之位。”

“不可，在下难以担此重任，只怕会辜负张盟主的期望。”

“我只负责推荐你罢了，能不能坐上此位还需靠你个人的努力。你也无须担忧，我现下是身子尚未复原，两个月后你再来，我会将毕生所学教与你，就当是你救我一命又保住我张家名声的谢礼。”

似是怕小白会开口拒绝，张震天又接着道：“经历孽子这一事，我已身心疲惫，对武林之事已有些心有余而力不足，李兄乃我挚友，然我却无法替他报仇，我愧对友人，愧对盟主之位。卸下此位，也只为求得心安。”

小白无声地听着，没有拒绝，也没有应允。

我是可以理解张震天的想法的，一方面是因为愧疚，一方面是想要以此同小白做个交易，让他对此事绝口不提吧。

小白同张震天聊了许久，下午的时候又去寻了厉兴，告知他明日我们便离开，让他做些准备。

这样跟着小白一天既满足又失落，因为全程我并未从他口中听他主动提起过我一次，甚至连厉兴都有主动问及我的伤势，小白也只是神色淡定地回一句“无碍”。

一直到傍晚时分，小白方才推开了我的门。

我的第一反应是赶紧入屋，为免小白生气，装作一整天都乖乖待在房间里未曾出去的样子。

可是下一瞬另一个念头却无法抑制地冒出来，要是小白找不到我了，会着急吗？

抱着隐隐的期待，我默默地跟在小白身后，见他伸手敲了敲房门，出声唤道：“夜筝。”

等了许久也听不到回应，小白又道：“我进来了。”

语罢推门而入。

我一瞬不瞬地观察着小白的每一个表情，唯恐错过他一丝一毫情绪的流露。

小白环视了一圈屋内，蹙起了好看的眉头，再次试探着出声，道：“夜筝，你在这里吗？”

“我在。”我站在小白跟前，隐了实体最大的好处便是可以如此贴近，肆无忌惮地看着他，“小白，你找不到我的话会着急吗？会担心我从此消失再也不见吗？”

小白听不到我的声音，他静立了好半晌，面上并未展露我期待的着急之色，只是微不可闻地叹了一声，透着释然般的轻松。

“走了吗？也好，这本不是你该待的地方。”

这句话就像是一只有力的手狠狠地拽紧了我的胸腔，快要被小白抛弃的恐惧堙没他并不着急我离去的失望。

我化为人形，不管不顾地扑入小白的怀抱，死死抱住他，“我不走，我哪都不去。对不起，我只是跟你开个玩笑而已，你不要生气，我没有闯祸。”

有一双手落在了我的肩膀上，却不是将我拥紧，而是拉开我与他的距离。

小白看着我，墨黑的眼眸里有着无可奈何，“你太紧张了，夜筝，我并没有生气，来去是你的自由，你不必为此诚惶诚恐。”

小白的话有着奇异的安抚作用，我镇定下来，又得寸进尺地往他怀里凑，软软道：“小白，我要抱抱。”

闻言，小白身子微颤，按住我肩膀的双手一时有些无力，我得以顺利地抱紧了他的腰。

“夜筝，松开。”

在小白面前我向来是脸皮厚到连自己都唾弃自己，我越发地拥紧了他，仰着头，理直气壮地说道：“我不松，这是你之前答应过我的，说了我帮你找到张盟主你就给我一个拥抱的，我一直记着呢。”

……

“之前你一直跟着张盟主忙来忙去我就没提，现在你正好得闲就让我抱抱嘛，我一会就松开，保证不占用你太久的时间。”

短暂的沉默后那双原本搁置在我双肩的手终于垂向了两侧。

要什么时候小白才能回抱住我呢？

岁月那么长，我有耐心去等待。

第五章

身 世

那日小白来寻我是为了告诉我次日要启程离开邬城的事情，为了不引人怀疑，他用白纱简单地替我包扎了脖颈上的“伤口”。

小白手法娴熟，我真好奇他到底是如何长大的，怎么就什么都会呢？又会抚琴作画又会舞剑，现下竟连包扎伤口也会。

大概是我常常用这样饱含着崇拜意味的眼神痴痴地看着他，小白已经习以为常，甚至能泰然处之。

好在出了邬城后一路顺畅，未曾再遇风波，过了大半个月，总算是听到厉兴隐隐激动地说道：“少主，我们马上便要到了。”

这一路都是为了去往碧青宫，这碧青宫到底是什么样的呢？

未承想碧青宫竟然在一座小岛上，这是我第一次乘船，难掩兴奋，我一直拉着小白叽叽喳喳说个不停，可小白却是兴味索然，分外安静地坐在船舱里。

上岛后方知此处真乃世外桃源，岛上绿树葱葱，各种各样的花开得绚烂缤纷，一片生机盎然。

而这里的房子并非是简陋小屋，雅致大气不输外头的高墙大院。

“这里的主人是谁呀？他是怎么做到的？”我不住地感叹，“这里不过是一处小岛，这些富丽堂皇的房子是怎么建起来的呀？莫非这里的主人会术法，这一切都是幻术？”

闻言厉兴顿时挺起了胸膛，得意地说道：“夜筝姑娘，我们碧青宫已经在这岛上生活了数百年，历代宫主都是聪慧之人，你眼前看到的一切都是真的，可不是什么幻术。”

“哇——好厉害呀，你们宫主是男的还是女的？多大年纪了？”

“少主没同你说过？”厉兴诧异地看了我一眼，继而道，“我们宫主是……”

“厉兴。”然而刚刚开口便被小白打断，他木着一张脸，鲜少露出这样不耐烦的神色，“还有多久？”

“马上便到了。”厉兴指了指十米外的大门，冲那里站着的两个穿黄衫的女子说道，“快去通知宫主，少主回来了。”

站在大门处的两位女子顿时激动得跳脚，毫不掩饰内心的激动，看着越走越近的小白说道：“啊——这便是少主吧？！长得好俊俏啊，看起来同宫主有几分神似！”

“什么叫作有几分神似？少主是宫主的亲生骨肉，你应该说如出一辙才对！”

厉兴忙瞅了眼小白，唯恐他会面露不悦，旋即黑着脸对其中一位说道：“碧桃，速去通知宫主。”

被唤作碧桃的女子恋恋不舍地将目光从小白身上移开，然后开始一步三回头地奔走相告。

小白沉默不语地入了大门，厉兴在前面引路，一路上陆陆续续冒出许许多多的男男女女，全部毫不矜持地盯着小白，若不是厉兴一路散发着低气压，只怕这些人早就围上来了。

哼，看什么看，没见过美男子吗？

我心间微酸，有一种心爱之物被人觊觎之感，特别是留下来的那位黄衫女子更是一脸痴笑地看着小白。

我不爽极了，只好悄悄伸手拉过小白的手臂，想要削弱那些四面而来的视线。

小白是我的，我的！

走了挺长一段时间，穿过了假山，穿过了铺满鹅卵石的小径，才走入了一间厅房，之前被使唤走的碧桃候在那里，堆着一脸的笑，对小白道："少主，宫主在里面等你，这边请。"

从进入大门开始，小白便不曾开口说过一句话，此刻也依旧是微抿了唇，抬脚同碧桃一道走去。

我自然是要跟着小白的，可我刚刚迈了一步，碧桃便拦住了我，一脸友好的笑却说着我不爱听的话，"对不起了姑娘，你不能跟进去，能进去的只有少主，因为宫主身子不适，卧病在床，不宜见客。"

也不知道是不是我多疑，只觉得碧桃神色怪异，但人家都这样说了，小白亦没有反对的意思，我也就止住步子不再上前。

小白刚刚进去，厉兴便道："夜筝姑娘，你就在此等少主出来吧，我刚刚回来，还有些事要去交代处理，告退。"

语罢，厉兴便转身离去，留我一人在这刚到的陌生环境里。

听之前那些人所说的这碧青宫的宫主是小白的父亲？

我有了精魂以来从来只见小白独自一人，还以为他没有亲人呢。

"夜筝姑娘吧？"刚刚还一脸痴笑的黄衫姑娘在小白走后也正常了些许，毫不认生地凑过来说道，"我叫春竹，夜筝姑娘以后叫我春竹就可以啦。"

虽然说伸手不打笑脸人，可我一想到之前她看小白的眼神，便小心眼地含糊地应了声："唔。"

春竹却毫不介意，一脸雀跃，问道："夜筝姑娘同少主是什么关系？少主肯带你来碧青宫应该不是普通朋友的关系吧？"

这位姑娘眼力真好，之前应该都是我误会她了，立马报以友好地一笑，但如何回答还是让我犯难，只好垂眸道："这个你去问小白吧。”

“小白？你叫少主‘小白’？好可爱的称呼呀！”

“呃——”这碧青宫的人怎么这般的咋咋呼呼的，倒不像厉兴他们那样沉闷。

似是看穿了我心中所想，春竹又道：“我知道自己太过激动了一些，夜筝姑娘你莫要见怪呀，这碧青宫已经笼罩在一种低气压中很久很久了，现在少主终于归来了，我们终于可以从低气压中释放了，原谅我短时间内情难自禁。”

“啊？什么低气压？这同小白又有什么关系？”

“一言难尽啊，少主没同你说过吗？宫主同少主在少主小时候便失散了，近几个月才打探到消息，自从派人去接少主回来开始，宫主便一日比一日焦躁，将我们折磨得死去活来，今日少主总算是回来了，宫主该饶过我们了。”

难怪那些人见到小白后都激动得不能自已。

失散多年？怪不得小白对碧青宫淡漠得很，之前在船舱里也一直不说话，想必他心里也是有些忐忑的吧，这么多年未见的至亲，指不定小白都不记得对方长什么样子了，现在重逢想必是五味杂陈。

春竹脸上交织着愤懑和欣喜，说到某些地方夸张得像是要声泪俱下，虽然听上去很是凄惨，我却莫名地觉得有喜感。

说不出安慰的话来，我便转移话题道：“之前碧桃说宫主病了，是什么病？有无大碍？”

小白才刚刚同亲人重逢，若是亲人有意外定难以接受。

“这——”春竹挠了挠头，转了转眼眸，道，“夜筝姑娘不用担心，少主长得这般英俊出挑，一看便是天资聪颖、器宇不凡的人，宫主一定会很满意自己的儿子，宫主心情一好，身体便会好了。”

“也就是没什么严重的问题，只是心情不好？”

春竹选择无视了我的问题，笑道：“不如我带你出去逛逛吧？宫主同少主不知道要谈多久，这岛上有很多漂亮的地方哦，你一定会喜欢的。”

“可是——”

“哎呀，不要再可是了，走啦，夜筝姑娘。”

语罢不由分说地拉过我的手，将我往门外拉，我恋恋不舍地回头看向小白离去的方向，也不知道是不是心理作用导致的幻听，隐隐约约中似乎听到了女人暴跳如雷的吼声。

而之后春竹的反应证明了我并非幻听，她越发用力地拉着我，“快些走，宫主又在发脾气了！”

宫主……亲生骨肉……

原来碧青宫的宫主是个女人，是小白的母亲？

处在震惊中的我就这样被春竹拉了出去。

碧青宫所在的这个岛叫作晴岛，春竹说是因为碧青宫宫主酷喜晴天，便以此命名。

原本春竹是想要带我好好逛逛晴岛，只可惜每遇上一个人就会因为我这张陌生的面孔而迎上来，然后开始问东问西。我知道的事情不多，也回答不出个所以然来，而关于小白的事情我亦不敢乱说，怕惹得他不开心。于是最后演变成大家围在一起，你一言我一语地同我说着碧青宫的情况。

从他们口中所得知的碧青宫并不是什么我在邬城客栈里听到的那样的歪门邪派，大家都很欢乐地在晴岛上过着自己的生活，并不插手外界的事情，或许就是因为日子太过悠闲，所以他们的宫主大人便不时地拿他们开玩笑折腾。

每个人提到碧青宫宫主都是一脸欲哭无泪的样子，仿佛她就是个喜怒无常的女魔头。

听到这里，我不禁扯了扯唇角，更要感叹下世界之大无奇不有，若碧青宫宫主当真如这些人所言这般好恶作剧，那又如何会生出小白这样沉静内敛的孩子来呀？

喜怒无常……这不是离陌常常做的事情吗？

确定碧青宫宫主安入画生的孩子叫木子萧不叫离陌？

好吧，想来安入画只是个凡人，定是生不出离陌这样几千上万道行的真正魔头来。

而当我真正见到安入画时，方知三人成虎，安入画并不是什么女魔头，她只是个大小孩而已。

姐姐妹妹聚在一块儿一说便是一个时辰，我心里想着要去寻小白，可又怕打扰了他们母子俩的团聚。

小白还有安入画这样一位母亲，我是从心底里觉得开心的，平日里虽然小白总是一副云淡风轻没有多少情绪起伏的样子，但我总觉得他身上散发着孤独的气息。云家小姐下葬后，他住在林子里的那段日子，他身上那种孤独掺杂着几分绝望。

小白可以拒绝我的陪伴，可安入画是他的母亲，他该不会拒绝。

直到用午膳时候我也未曾见到这碧青宫的宫主安入画，更加没有见到小白，我自是想去寻的，可春竹拉着我的手，招呼着我用膳，安抚道：“夜筝姑娘，你不用担心，少主是宫主的亲生儿子，定是宝贝还来不及的，肯定不会有什么事情的。你先好好用膳，我唤人去找碧桃打听打听，看情况怎么样了，毕竟他们母子分别太久，如今重逢多聊聊也是人之常情。”

春竹说得十分有理，我若在这个时候黏着小白指不定会惹得小白他们不悦。

可安入画因何原因同小白失散呢？这些问题不论我怎么问，春竹不是不回答便是转移了话题。

我心里有了太多的疑问，自然有些食之无味，未多久碧桃便气喘吁吁地跑过来，一脸惊魂未定地对春竹说道：“哎呀，吓死我了，你知……”可话说到一半她好似才看到我，立马止住了话题，又道，“这位姑娘你在这啊，我还以为你会和少主一起呢。”

我眸光一亮，忙道：“小白找我了？”

“唔。”碧桃稍作思考，答道，“我只是猜测啦，之前你不是在厅堂里等少主吗？我还以为少主一出来便会去寻你，想来是没有？”

我仿若被人泼了一桶冷水，好在这也在我意料之中，也不至于太过失望，“也就是小白已经同你们宫主聊完了？那他现在去哪里了？你知道吗？刚刚你说吓死了，不会你们宫主对小白……”

小白那样的心性一般情况下都不会动手，而若安入画当真如之前她们说的那样，那发生不悦的可能性亦是不低。

春竹拉了拉我的胳膊，道：“夜筝姑娘，你甭一次问碧桃这么多问题了，她脑袋瓜就那么大，哪里反应得过来？反正宫主同少主之间一定不会有什么事情的，你根本用不着担心的。”

“我怎么就脑袋小反应不过来了？我告诉你，就是要脑袋小才聪明的，不然别人怎么都说‘头大无脑’？你见过几个头大的人聪明的呀！”碧桃气呼呼地反击着春竹，也不忘好声好气地回答我的问题，“不过春竹说不用担心倒是真的，少主应该是赶路乏了，所以先回房间休息去了。”

春竹朝碧桃翻了个白眼，道：“拜托，是‘胸大无脑’好不好？”

“你还说！哼，臭春竹，你有完没完！”

两人就这么无视我叽叽喳喳地吵开了，这碧青宫倒是个充满生气的地方，一点都不似外界形容的那样阴沉呢，春竹和碧桃拌嘴的样子倒是像极了阿七和阿九呢。

说到阿七和阿九，我便忆起了第一次看见碧青宫的人来寻小白的样子，那些人一身青衣，不苟言笑，甚至没说两句话就在小白面前动手自毙了。

想想我都有些恶寒，初初见到的和今日感受到的，到底哪一个是真的呢？

眼下最重要的是同小白聊聊，了解下他心里是怎么想的，也不知道小白吃过午饭了没有，我要不要带些吃的过去找他呢？

我一边思考着一边朝门外走。

这时那两个拌嘴的人方才停下来，默契地向我发问：“夜筝姑娘，你这是要去哪？”

“去找小白呀。”

“可是我还没告诉你少主的房间在哪里呀，碧青宫这么大你找得到吗？”

“哎，你说得对呀，我刚刚见你们俩‘聊’得正欢就没打扰啦，要不，你带我去找小白吧？”

春竹和碧桃颇有些无语地看着我。

我摸了摸头，笑弯了眉眼，玩笑道：“哈哈，怪我头太大了，思虑不周思虑不周。”

“噗——”春竹一个没忍住笑出声来。

然而碧桃却是一脸哀怨地看着我，道：“夜筝姑娘，你怎么帮着春竹取笑我啊？你可不能因为她比我多陪了你一两个时辰就同她要好些。”

这——莫非是传说中的“争风吃醋”？

一直以来都是我缠着离陌，黏着小白，现下可真真是受宠若惊呀。

“这是误会，好碧桃，你快带我去找小白嘛。”

碧桃这才结束了同春竹的斗嘴，带我去小白的住处。

碧青宫独占一岛，比起张府来说大太多太多，碧桃一路带我走了许久，方才停了下来，指着不远处对我说道：“夜筝姑娘，你从那扇门进去，然后笔直穿过院子，最里头那间房就是少主的房间了。时候不早了，我还未去采花，一会宫主就要用了，定会朝我发火的，我得赶快去了，你一个人进去没有问题的吧？”

“当然没有问题，你快些去吧。”我无碍地笑笑，朝她摆摆手，主动朝她所指的方向走去。

我刚刚走出院子，便见到一个暗紫色的身影，不停地在院子里踱来踱去，很是焦躁的样子。

“你……”

我刚刚开口，就见那身影以迅雷不及掩耳的速度跃至我身旁，身手敏捷地拽住我的手腕，另一只手捂住我的嘴巴，压低声音道："小点声！"

一切来得太突然，我有些反应不过来，视线里是一张让人惊艳的脸，细长的柳眉，大大的凤眼里面溢满风情，顾盼生辉，高挺的鼻梁，五官精致得让人惊艳，真真是个风华绝代的大美人呀。

许是见我看呆了，她这才松开了捂住我嘴巴的手，再次压低声音嘱咐道："不许大声说话。"

"嗯嗯。"我乖巧地点头，只觉得她每一个神情都是无法捕捉的风情，"姐姐，你长得好美呀。"

"姐姐？"她挑了挑眉，站直身子，自上而下地打量着我，道，"你便是同我家萧萧一起来的女人？"

萧萧？

或许是因为她长得太过艳丽，我便自动无视了她语气中的不友好，笑着答道："你说的萧萧是小白吗？如果是的话，那我就是同他一起来的女人。"

闻言，眼前的女子瞪大了双眼，道："小白？你为什么要给我家萧萧取这样白痴的名字？！他同意你这样唤他？天啊……这难道是你们之间的专属称呼？"

我一一回答着大美人的提问，"因为小白总是穿一身白衣，我觉得叫他'小白'很贴切嘛。唔，他没有同意，但好像也没有反对，我每次这样叫他，他也会理我。除了我之外，确实没有人这样叫过他，所以……也许算是专属称呼？"

大美人打量的目光变得越发火热，"你叫什么？"

"夜筝。"

"这个名字难道是萧萧给你取的？"

我略略思量了一番，我是小白的琴，这琴一直被唤作"夜筝"，所以，我的名字是小白取的应该没错。

于是我点了点头。

大美人转了转眼眸，像是在消化我刚刚所言，旋即伸手轻轻拍着我的肩膀，笑容仿若春风般的温暖和煦，"他既能以他最珍爱的琴名为你命名，你对他而言一定很重要。”

我同他的琴同名是因为我就是那把琴。

可这偏偏是我不能向凡人提起的秘密，不过她到底是谁？竟然会知道小白那把琴叫“夜筝”？

“姐姐是？”

这碧青宫的人无论老少提到小白都恭恭敬敬地唤一声“少主”的，而眼前的人却唤小白“萧萧”，莫非，她是小白的亲人？

大美人略微仰着好看的下巴，用手挑起垂至胸前的一缕发，挑眉笑道：“你猜我是谁？”

“你定是小白的姐姐！”仔细看看眉目之间还是有些神似的，“不过以姐姐的身材和相貌来看，或许是小白的妹妹？”

“哎哟——”大美人略略俯身，伸手捏了捏我的脸，笑容若盛放的桃花般娇美，“小嘴巴可真甜，难怪我家萧萧会拿我送他的琴的名字来给你取名，不错不错，虽然看起来你呆傻了一些，配不上我家萧萧的天资聪颖，但勉强还算能讨我欢心，我姑且就先不阻拦你们在一起了。”

这一大段话听下来真不知道该高兴还是难过，总觉得像是给人打了一巴掌又塞了满怀的糖果。

她刚刚说夜筝是她送与小白的？

噢，天呀，也就是说眼前这位风风火火的大美人就是我最开始的主人？若是她不曾将我送与小白，我便会在这晴岛生活，不知何日会修成人形，亦不知能否遇上离陌。

有了这层关系，我看大美人的目光便越发地亲切起来，讨好地笑道：“姐姐是什么时候把我……呃，把琴送给小白的呀？”

那日在张府小白曾感叹过我陪在他身边已经许久许久。

“应是四岁的样子吧，反正已经二十多年啦，若不是这把琴，我不知道什么时候才能寻到萧萧呢。”

大美人很是感慨，又伸手捏了捏我的脸，道：“你若是想同萧萧在一起，可不能叫我‘姐姐’，我可是小白的娘亲。”

什……什么？

眼前这位身姿婀娜，时不时露出少女般姿态的人是小白的母亲？！是碧青宫的宫主安入画？！

我竟然对着小白的母亲花痴，还唤了一阵的“姐姐”……这真叫人难以接受。

我愣愣地看着她，好半天都说不出话来。

安入画加大力道再次捏了捏我的脸，调侃道：“你一口一个‘姐姐’的，莫非是想当萧萧的小姨不成？”

动不动就捏人脸，她真的是小白的母亲而不是离陌的母亲吗？

我连连摇头，“不想不想，我不想当小白的小姨。”

“乖，叫声‘安姨’来听听，虽然本宫主貌美如花、容颜不老、肤如凝脂、仿若少女，不像是有萧萧那么大一个儿子的样子，但你还是应该唤我一声‘安姨’。”

想到自己弄了这么大一个乌龙出来，我就有些欲哭无泪，但只要安入画没有生气便是万幸，我笑得有些尴尬，“安姨，你也是来找小白的吗？”

“嘘——”安入画食指抵唇，提到小白她立马敏感了起来，“你声音小些，莫叫萧萧听见了。”

“怎么了？”我十分的不解，为何来找小白又不能让小白听见。

话音刚落我蓦地想起一件事来，“安姨，你不是身体不适，卧病在床吗？”

一路听厉兴他们说的，安入画似乎病得很严重，现下刚过了正午，日头也烈，她应该在床榻上休息而不是在烈日下看着小白的房间踱来踱去，即使她看起来活力四射全然不似有病在身。

闻言安入画脸上的笑容瞬间烟消云散，拉长着脸，冷声道：“不该问的就不要问，别仗着我给了你几分好脸色就得寸进尺。”

不得不说碧青宫宫主的威严与气场实在是太足，我被镇住，脑门上渗出一层薄汗，开口也不是，不开口也不是，倒有些手足无措了。

这般喜怒无常让我再一次联想到了离陌。

见我不吭声了，她脸上又露出几分不自在来，“咳——你别一副可怜兮兮的样子，等会给萧萧看见还以为我这个做娘的欺负你呢。”

我苦着一张脸不知该做何反应比较好，只能勉强地扬起唇角。

“其实我只是想喊萧萧一起去用茶点，但上午已经同他聊了这么久，又找他的话，他会不会觉得我很烦？”

安入画说出了她心里的忐忑，我想没有人比我更了解这种感觉，无数次我徘徊在远处默默地看着小白，想要靠近又怕靠近惹他不悦。可我觉得安入画完全不需要有这样的担忧，她是他失散多年的生母，这样的相处时光小白应是求之不得的。

“安姨，你不必担心，母子连心，你既想见小白，小白也定是想见你的。”

“真的吗？可是上午他……他……”

见安入画一副欲言又止的样子，我做出了一个大胆的建议，“你若是觉得不好开口就让我去同小白说吧。”

安入画看看我又看看自己，一副踌躇不已的模样。

我难得果断了一次，“我这就去喊小白，你稍等。”

语罢我转身就朝小白的房间走去，可刚走了几步，身后就听到安入画的声音，“喂——站住，你不要去了。”

我一心想要成全安入画心中所想，私心里亦是想要见见小白，于是我并没有停下步子，而是继续朝前走。

可是我万万没有想到安入画会一掌朝我劈来，我只是感受到一阵逼人的掌风，甚至没有来得及回头，硬生生地挨了这一掌，只觉得自己五脏六腑都快要震碎了，一个踉跄跌倒在地，尚有些反应不过来。

可下一瞬安入画便慌乱地出现在我眼前，一副难以置信的样子瞅着我，“你……你怎么不躲呢？我打你你躲开就是，硬接着做甚？”

胸腔里翻江倒海般的闹腾，仿佛一开口就要吐出一口鲜血了，我分外委屈地看着她，总算是明白碧青宫的人提起她的时候为何是一脸的欲哭无泪了。

“我躲不开……”我背后又未长眼睛，更加料不到前一刻我们还好好说着话呢，下一刻她就会一掌朝我劈来。

“你在同我开玩笑？我只用了两成功力，稍稍有点武功底子都该躲得过的。”语罢她似乎想到了什么，恍然大悟地说道，“莫非你不会武功？”

我缓慢而诚恳地点头，没想到在妖界我因为修为不高而遭鄙视，在凡间还要因为不会武功而遭嫌弃。

“你怎么可以不会武功？若是日后碰到危险怎么办？”

这是怕我会拖累小白吗？

“我不会的……唔——”一开口胸口便扯得一阵闷疼。

许是因为我们闹出的声音太大，小白的房门蓦地被打开，“你们这是做甚？”

面对小白，安入画此刻更像是个做错事的小孩子，主动道：“萧萧，我不是故意的，我不知道她不会武功的。”

小白轻叹了一声，长腿一迈，俯身弯腰将我扶起，柔声问道：“你还好吗？”

感受到小白有力的臂膀，我心间所有的疼痛都被这突如其来的温声问候泯灭，要是早知道受伤能换来小白的一句关心，我便是被安入画劈个九掌十掌的亦是心甘情愿。

我就知道，那日在邬城张府，他定不是不关心我，而是当时局势太过混乱，他来不及顾及我。

“我没事的，小白，我和安姨闹着玩呢。”我弯了弯眉眼，无碍地笑笑，“小白，自从见到了安姨，我就终于明白为什么你的容貌会这般清俊出色了，你们眉目间可相似了。”

“娘，忘了同你介绍，这是夜筝，是我义妹。”扶我站稳后，小白便松开了我的手，与我隔着不远不近的距离，同安入画淡淡地介绍着我。

“义妹？”安入画的目光不停地在我同小白之间来来回回，旋即又道，“义妹好，义妹不错呀，哥哥妹妹什么的向来便十分有爱。”语罢她还朝我挑了挑眉，“夜筝，我说得对吧？”

大抵是我对小白一直便有着非分之想，素来愚笨的我竟顿悟了安入画的言下之意，绯红爬上了双颊，一时之间我竟羞窘得有些不敢看小白。

小白却毫不受影响，只是询问安入画道：“娘，你来找我有事？”

“我素来有下午吃点茶点的习惯，所以想喊你一道去吃，你会去的吧？这些年娘亏欠你的太多了，我想要一一补回来，不如就从这茶点开始吧。”

安入画有这样好的说辞为何之前还要在院子里踱来踱去，以我对小白的理解，他定是不会拒绝的。

果然小白点了点头，道：“娘送给我的琴我一直随身带着，不如一道带过去吧，虽然分离时我尚年幼，但娘的琴音一直留在我的记忆里。这些年我一直苦练琴艺，只望有朝一日可以和娘共奏一曲。”

小白说完，安入画瞬间便红了眼眶，伸手抱住小白的头，道：“早上是我不好，对你大呼小叫了，那都是因为我见你一声不吭好像生气了，我心里急，用错了法子。虽然我假装生病骗你回来是我不对，可我想见你的心是真的。”

原来安入画是装病呀，难怪我之前问到她生病的时候她立刻翻脸。

眼前母子相拥的画面太过温馨感人，我不忍出声打扰，忙跑去房里给小白拿琴。当我将琴抱出来时，小白同安入画的情绪已稳定下来，小白轻扶着安入画，微微俯身侧耳倾听着。

我内心蓦地就升腾起一股十分微妙的感觉，之前的路上小白从未展露过一丝丝的激动，甚至谈到碧青宫宫主都透出几分怅惘，未承想此刻竟能同失散多年的母亲相处得这般好。

莫非这便是所谓的血浓于水吗？

可是管它呢，只要小白开心便好，我不再多想，抱着夜筝，也就是自己的真身朝他们走过去。

这个下午是我近来度过的最悠闲惬意的下午，有好吃的点心，浓香的茶水，最重要的是还有小白同安入画仿若天籁的合奏。

一曲奏毕，安入画看向小白的目光中满含着骄傲，仿若小白便是上天给她最好的礼物。

“萧萧，我从未觉得如此幸福，找回你，我这一生便不再有遗憾了，你答应我，这一辈子都在晴岛陪着娘，好不好？”

然而小白却是浅笑不语，修长的手指再次抚动着琴弦。

他没有应允亦没有拒绝。

在碧青宫的日子是轻松愉悦的，没有烦恼也没有争端，又不同于在林子中生活那般沉寂，每日大家都吵吵闹闹地过得好不热闹，连带着小白的笑容都变得多了起来。

许是想要给自己的儿子树立一个好母亲的形象，安入画对碧青宫中的人的捉弄大大地收敛了，以至于好些人看见小白都是一副热泪盈眶的样子。

安入画不同小白待在一起的时间便是和我待在一起，而所有话题的中心皆是小白，能有个人一起聊自己喜欢的人是件特别幸福的事情，可久而久之也会带给我压力，虽然我自有精魂之日起便同他待在一起，但共同经历的事情毕竟少，还有许多事情是不能提的。这样几日下来，我所能说的事情也就讲完了，我又不愿欺瞒她，每每只好拉着小白一起，若是问到了什么我无法回答的问题自有小白替我回答。

安入画将这一切看在眼里，看向我和小白的目光愈发地暧昧起来。

我就这样避着安入画过了五六日，第七日清晨一阵剧烈的敲门声将我从睡梦中唤醒。

“夜筝，夜筝，夜筝！”

我瞬间从睡梦中惊醒，一种不好的预感在我心头萦绕，我颤颤巍巍地问道："安姨，有事吗？"

昨日安入画问及我同小白的相识，小白说他十四岁那年路过甘城，彼时那里正闹饥荒，四处是流民，他说那时我八九岁模样，瘦得不成样子，一路沉默地跟着他，他见我可怜，便认我为义妹，后来又给我取名为"夜筝"，相处至今。

我不得不感慨小白编故事的能力，顺带膜拜下他说这些凭空捏造的话还能面不改色、如此诚恳的能力。

安入画对小白所言定是不会有所怀疑，是以看向我的目光中便透着几分同情，可我大抵是心虚，忙低下头，避开了她的目光。

她今日如此急匆匆地来敲我房门，莫不是对昨日小白所言有所怀疑了？

"这都什么时辰了，你怎么还睡着？快些起来。"

我瞅了眼窗外，只觉得天刚拂晓，尚有些灰蒙蒙的，分外哀怨地答道："可是……安姨，这天才刚亮呀……"

"你再不起身开门我便自己开门进去了。"语罢门外传来了钥匙碰撞的窸窸窣窣的声音，"这碧青宫哪间房的钥匙我可是都有的。"

我越发地心慌起来，如此急迫地要进来，莫非真的是对我有所怀疑？

我并不惧怕安入画知晓我只是一把琴的真相，我唯一害怕的只是这会不会让小白生气。

不管怎么样躲在房间里都不是办法，我还是乖乖起床在安入画打开门进来时主动将门打开，堆着笑同她问好："安姨，早呀。"

安入画早就收拾熨帖，今日换了一袭暗红色的劲装，一头青丝利落地梳成一个发辫，负手而立，说不出的精神抖擞，道："早什么早，公鸡都叫了好一阵了，我当年练功的时候可是天未亮便起了。"

"唔——"

“还愣怔着干什么？”安入画伸手拉过我的手腕，用力地将我往门外拉，“从明日起你都需早早地起来，去后院等我，我教你武功。”

“什……什么？”安入画的话信息量太大，再加上我刚刚睡醒，大脑还有些转不过来。

“萧萧莫不是看上了你的呆傻？怎么话都听不明白？快跟我去后院练功！”

我这才将她的话消化完毕，瞪大双眸不可置信地看着她：“安姨，你要教我武功？”

“你到底要我说几遍呀，真烦人，是啦，我要教你武功，我堂堂碧青宫的宫主，武功出神入化，多少人觊觎想学我都不教呢，我愿意教你是你的荣幸。”

“是是是，我当然知道这是夜筝的荣幸，可是好好的安姨怎么突然想要教我武功了？”

“还不是因为萧萧，无论我怎么软磨硬泡他都不肯学我的武功，反正你们已经成亲了，都是自家人，我教给你也是一样的。”

安入画真真是一句话比一句话惊人，“我和小白……成亲了？”

那被小白否认得一干二净的婚礼，安入画是如何得知的？

显然安入画亦是不小心说漏嘴的，一副后悔莫及的样子，“我问过厉兴了，他说你们启程的那天都穿着喜服，那不是成亲是什么？可你们现下却装作一副义兄义妹的样子，定是闹别扭了？放心放心，我这个做娘的可开明了，不会插手你们这些儿女情长的事情，你们什么时候和好告诉我一声便好。”

我倒是想要事实就如她所想的那般呢，但偏偏不是，我有苦说不出，只能不置可否地笑笑。

“虽然萧萧武功高强可以保护你，但女孩家家的还是会些功夫比较好，凡事总想着靠着男人会让人瞧不起的。”

安入画说得不无道理，想到在邬城的那一次，虽然我不需要小白的保护，但我什么功夫也不会，确实是帮不上小白的忙，若是我学了功夫，日后若是再碰到危险什么的，我就可以帮小白了。

于是我重重地点头，“谢谢安姨，我一定会努力学的！”

“好，我们现在就去后院吧！”

虽然我现在热血沸腾，但还有一丝理智尚存，“安姨……先让我洗漱洗漱换身衣衫吧。”

我便这样拥有了除离陌之外的第二个师父。

安入画不同于离陌，离陌收我为徒多少带了些不甘不愿，教我时也只是示范一遍，便懒懒地待在一旁不再理我，而安入画显然是位严师，全程都盯着我，动作一有不对，便会毫不留情一巴掌拍下来。

我战战兢兢地学着，若是给离陌知道了又要骂我没出息了，身为一只琴妖，不努力修行却学起了凡人的功夫，白白糟蹋了他给我的那几百年道行。

我原本以为日子会这样有条不紊地过下去，每日早晨早起练功，然后同小白一道用午膳，小小的午休后同安入画、小白一起品茶听琴，可我万万不该因为一时好奇，在某日练功的清晨向安入画问及了她的夫君——小白的父亲。

安入画当即勃然大怒，未给我任何反应的机会，便消失了。

自那日之后，安入画便不再理我，清晨我一个人在后院练功，等到正午她也不会出现，连小白都看出些异样来，委婉地问我是怎么一回事，我欲言又止，终究是什么都没说。

若小白知道我惹他母亲不悦了，说不定也会不开心的。

我自知闯了大祸，想要找机会跟安入画道歉，不能从小白那得知我犯错的缘由，我便向碧桃和春竹打听，可我刚一开口，她们便一脸惊恐地制止我。

“天啊，夜筝姑娘，你胆子也太大了点吧，这件事在碧青宫是绝对禁止提起的，不然宫主绝对会暴怒，不管对象是谁！”

“就是，许多年前有人议论过，不知怎么的给宫主知道了，直接废除武功逐出碧青宫了。”

我听得渗出了一身冷汗，也不敢再问下去，不知该如何请求原谅。

车到山前必有路，就在我为了请求安入画的原谅而绞尽脑汁的时候，事情终于有了转机。

是夜，我因为心事有些无法入睡便在后院散步，意外地见到了消失好几日的安入画。

这是个道歉的好机会，可是……她会不会还在气头上一点也不想见我呢？

我在走与留之间挣扎徘徊，这时我听到了安入画的声音，“过来。”

原谅我是个胆小无魄力之人，想到之前碧桃她们说的我竟然不受控制地脚软了，不敢违抗她的命令，我仿若乌龟一般，一步又一步地挪过去。

“安姨……”我讨好地笑着，决定先发制人，“我真的知道错了，我以后绝对不会再乱说话了，安姨，念我是初犯，原谅我这一次吧。”

安入画冷哼了一声，脸色虽然不至于和颜悦色，但比起之前来已缓和太多，“我心情不大好，你过来陪我说说话。”

我点头，忙不迭地走至她身旁，“安姨是有什么烦心事？”

“我这心里总是说不出来的慌，我总觉得萧萧要离开我了。”

“怎么会？小白同你失散多年刚刚才重逢，他怎么会舍得离开你？”这话并非是要安慰安入画，我当真是这样认为的。

“我每每提及让他留在晴岛，然后我将碧青宫宫主之位传给他，我们在这好好生活，再不管俗世间的纷扰，他却总是一副兴味索然、不置可否的样子。”

“或许他只是不想当这碧青宫的宫主？小白是个淡泊名利的人。”

可安入画的神色复杂，眼眸里布满不安，道：“他若是想要留在晴岛就不会插手郧城的事，他应该还是放不下……”

“放不下什么？”

安人画却不愿意多说，道：“夜筝，你给我去探探他的口风，看他是不是想要离开这里。”

“我？”我难以置信地指着自己。

“他待你是特别的，应该不会隐瞒你什么。”

我只能回以一脸苦笑，每个人都觉得我同小白之间太过微妙，但只有我心里清楚，这些暧昧不清的误会都来源于我同他之间不能说的秘密。

我是他的琴。

我开始了艰辛的探口风之路，许是因为“别有目的”，每次开口总觉得分外别扭，找不到合适的开场白。

小白的口风没有探到，可碧青宫上上下下所有人都开始忙碌起来，四处张灯结彩，俨然一副好事将近的模样。

我被这种喜悦的氛围感染，拦住碧桃询问道：“碧桃，你们这是在做什么？是有什么贵客要来碧青宫还是安姨要过生日了呀？”

碧桃震惊地退后了几步，道：“不是吧，你竟然不知道？”

我丈二和尚摸不着头脑，道：“我应该知道吗？”

“因为是你要成亲了啊！”

“啊？”我扫了眼四周忙忙碌碌的人群，指着自己，眨了眨眼，“我要成亲？我同谁成亲？”

这年头还有谁要成亲了，但本人还不知道的？

哦，对，是有这样的人的，当初我跟小白成亲就是我给他惊喜，最后才让他得知的。

可这碧青宫如此大张旗鼓怎么着也算不上是要给我惊喜吧？

“当然是同少主，不然你还想同谁结婚？”碧桃双唇颤了颤，方才凑近一些，压低声音道，“夜筝姑娘，你可千万不是移情别恋了吧？我们宫主最讨厌花心、不专一的人了，你要是敢辜负少主，只怕不能活着离开晴岛了。”

我要同小白成亲了？

我辜负小白？

我的脑子像一团打结的毛线，我努力让自己镇定下来，询问道："是谁说我要同小白成亲了？这件事小白知道吗？"

"宫主吩咐我们准备的呀，至于少主知不知道我不清楚……可现在看来你似乎一点都不知道，难道是宫主和少主想要给你一个惊喜？"

我就算再不自量力也不会自作多情到认为小白会默默准备一场婚礼给我一个惊喜，他的心里只有云家小姐，哪里还容得下一个我？

这不是惊喜，这是惊吓！

"碧桃，你快告诉我，安姨现在在哪里？"

碧桃略微思量了一番，答道："我之前听宫主说要去晴岛南面的花林看看，到时采些花来装饰厅堂。"

为了及时制止这场闹剧，我一路小跑着去了晴岛南面的花林。

"安姨，安姨，安姨！"

花林说大不大说小不小，放眼望过去是姹紫嫣红，偏偏没有我寻觅的身影。

我唤了许久才觉一股风自身后而来，下一瞬安入画的声音响起，"你不同萧萧去谈情说爱，跑过来找我做甚？"

我忙回过头来欲哭无泪地瞅着安入画，道："安姨，我何时说要同小白成亲了？"

安入画眯了眯眸，透出几分危险的气息，"你这语气是看不上我家萧萧？"

我真真是委屈，难道大家都看不出是小白看不上我吗？而最最心酸的是偏偏我满心满眼的都是小白。

"我哪里是看不上小白了，我爱小白……"

"这不就成了！"安入画出声阻止我要说的话，道，"我要你去探个口风都几天了，你一点消息也没有，还不如我亲自动手，等你们成亲了，速速给我生个白白胖胖的孙子，到时候有了儿子，萧萧就没办法离开晴岛了。"

“不行不行不行！”我连连摆手，“安姨，你快停下来，让小白知道了他一定会生气的，我不想做让他不开心的事情，也不想惹他生气。”

虽然小白一贯温润如玉，但发怒时一样是冷若冰霜的，就如那日他毫不心软地将剑刺入我的肩膀。

安入画却扬了扬唇角，一副胜券在握的样子，笑道：“你不必慌张，萧萧到现在也不曾来找我制止过这场婚礼，说明他是默认的，你呀，就安心等着做新娘子吧。”

有时候明知不可能却总会因为自己的渴望而抱有一丝侥幸，自我催眠着仿佛事情真的会按自己所希望的那样发展。

小白并非是默认了不去制止，而是他对这一切根本漠不关心，也就无从得知这场婚礼的主角竟是自己。

一直到了安入画为我们安排的婚礼当日，小白看见仆人为他送过去的喜服方才知晓。

我再次穿上这大红的嫁衣心里五味杂陈，唯一不变的是那份忐忑与虔诚。

碧桃与春竹为我梳洗打扮，看着铜镜里那施着胭脂水粉的自己只觉得陌生又熟悉。

我从来不曾奢望过可以以自己的容貌为小白着一次嫁衣。

这一切美好得就像个梦。

是梦便会醒，当门外传来闹闹嚷嚷的声响时，我便隐约觉得到了梦醒的时候了。

“碧桃，你继续替夜筝姑娘打理嫁衣，我出去看看是怎么一回事。”

春竹说完，便放下木梳出去了。

我莫名地一阵心慌意乱，果不其然，未多久春竹便气喘吁吁地跑了回来，道：“不好了不好了，宫主同少主在厅堂里吵起来了，大家不知道怎么办才好，都跑开了。”

安入画对小白一直宝贝得紧，能同小白吵起来说明不是一般的生气。

我恨不得能在他们面前变作一只鸟，立马飞到厅堂去就好，残留的理智让我提起裙摆开始奋力地奔跑。

厅堂里已是一片狼藉，放眼望过去，都是翻倒的桌椅，碎掉的瓶瓶罐罐。

小白依旧是一身素白的衣裳，清冷的神情同这厅堂喜气洋洋的颜色分外不和。

他看向我，似是觉得我身上的衣服十分的刺眼，眯了眯眸道："夜筝，那日离开林子之时我便同你说得清清楚楚，这些日子的相处我感念你对我的帮助，待你不薄，却未承想你竟然笼络我娘，逼我成婚？夜筝，是我看错了你。"

夜筝，是我看错了你。

这句话简直就像是判了我死刑。

"我……"我张了张嘴，却发现自己发不出一个音节，那些解释的话全部卡在发涩的喉咙口。

我穿着大红的嫁衣这样无措地看着他，时光就似回到了几个月前的竹林，我满腔爱意被他一剑刺破。

我突然觉得自己就像是个小丑。

所有的解释都会被他看成是辩解吧，是我愚笨，同样的错竟犯了两次。

"你用不着这样说夜筝，这一切都是我的主意。"安入画气得声音发颤，声音尖锐地说道，"李萧，我告诉你，你今天必须跟夜筝成婚！"

李萧？

她是在叫小白？

闻言，小白看向安入画，扬了扬唇，那是嘲讽的弧度，道："原来娘还知道我姓'李'啊，我还以为娘早就忘了呢。"

也不知道是不是错觉，我竟从小白的言语里听出了几分恨意，全然不似以往的温柔。

这样的针锋相对仿若之前那些母慈子孝的相处都是错觉。

“你——”安入画气得浑身发抖，单手撑在桌面上才勉强站稳了身子。

小白缓步上前，姿态优雅却带给人一种莫名的压力，徐徐道：“娘既然还记得我姓‘李’，那一定也还记得我爹吧？还记得李家的灭门案吗？我路过邬城时听到邬城李大侠一家的灭门惨案，很多记忆都涌上来了，娘，我真的想要同你一样，全部忘记便好，那样便不会痛苦了吧。”

小白原来姓李？

木子萧、木子萧，合起来确实是李萧。

原来小白亦姓李，小白家也曾遭受过灭门惨案？所以在路过邬城时，原本可以什么都不管的小白却插手查出了凶手？

小白说得云淡风轻，可每一个字都让我心疼， 我好想抱抱他，告诉他，他不是独自一人。

安入画颓然地坐在了身后的椅子上，眸光闪烁，道：“你在怪我，我就知道你还是怪我的……我打探到你的消息后原本是想要亲自去寻你，可我怕你不原谅我，便称病让人去找你。是我自欺欺人，见面后你什么都没说，我便以为你已经忘记了。”

“不，我不能说娘忘记了，娘根本就没经历过怎么会忘记呢？”小白唇角的弧度越来越大，墨黑的双眸里却是浓得化不开的哀伤，“我还未到五岁你便不告而别，那日我刚学会了一首曲子，乐师夸我有天分，我便抱着琴去寻你，想要弹给你听，想要你夸夸我。那时候我还太小，琴太大我抱不稳，我便抱一会歇一会，唯恐会摔坏了琴。”

“萧萧……”

“可是我找遍了整个李府也找不到你，爹跟我说，你不会再回来了，我不信，我抱着琴在你平日弹琴的亭子里坐了一夜，我怎么都不愿意相信，疼我爱我的娘亲怎么会突然离开我？是不是我做错了什么？是不是我惹你不开心了，所以你生气了？我那时想着只要你肯回来，无论你说什么我都会去做，只要，你回来。”

……

“是啊，你早就离开了我，我七岁的时候皇上下旨，将李家满门抄斩，爹费尽心思才保住我的命。爹常说‘男儿流血不流泪’，可我那时候太害怕了，怕得一直流眼泪。爹将我藏在垃圾车里，派人驱车一路南下，我死死抱着你留给我的琴，那个时候我真的很想你，可我有多想你，就有多恨你。”

安入画早已是泪流满面。

可小白依旧是那般淡定的样子，仿佛自己说的只是别人的故事，浅笑道：“娘，这些年，我真的恨过你。”

“你恨我是应该的，是我没有尽到母亲的责任，但是萧萧，我若是早就知道，一定会去救你的。”

“昨日已成定局，往事无法修改。”小白微垂着眼眸，遮住满眸的思绪，柔声道，“可是后来，我一直很庆幸，庆幸你早就离开了我们，比起你离开我，我更无法接受你死去。”

我一直在想小白到底有着怎样的过往，才让他养成这样沉着清冷的性子，就算他待人处事再怎么礼貌温柔，也总透着疏离与孤独的感觉。

没想到小白会这样揭开他鲜血淋漓的过往，我光是听着都鼻子发酸，不敢去细想。

“萧萧，我的宝贝萧萧。”安入画站起身来，一把拥住小白，道，“我不知道你能否理解我，我当初和你爹相爱是奔着一生一世一双人去的。我不顾所有人的反对，陪着你爹纵横沙场，出生入死，可到头来他还要娶别人！我安入画从未受过如此轻视，当时年轻气盛，感情的世界容不得一丝瑕疵，更加不用说和他人共享一个男人了。现在想来是我当初太过自私，就算要走我也应该告诉你，对不起，是我忽略了你。”

安入画当真是个刚烈果断的女子，先不论她这样的举动伤害了小白，至少她对于爱情的态度让我钦佩。

爱着一个人却保全着自己的自尊与骄傲，无法成为彼此的唯一时便潇洒地放手。

若换作是我，定做不到这般洒脱吧。

“我回到碧青宫后一心练武，再不同外界联系，后来我接任碧青宫宫主之位，对你太过思念，忍不住唤人去打听你的消息，才知道……我悔恨不已，这些年一直都在打探你的消息。”

小白的身子颤了颤，终是伸手回抱住了安入画，一声又一声地说道：“我知道你有苦衷，我知道，我知道。”

安入画应该十分感慨吧，初初分别他还只是个四岁的孩童，如今他已经经过岁月的洗礼，长成高大英俊的男人，有力的臂弯已经可以给人足够的安全感。

可即使自己抱着的男人再怎么高大，在安入画眼里应该永远只是一个小孩子，所以她轻声哄着：“你同夜筝成婚，然后我们一家三口好好地生活下去，我会用我的余生来补偿你，好不好？”

骤然听见自己的名字，我心下一紧，想要出声制止，却又不忍惊扰这母子相拥的感人场景。

小白立即将安入画拉离自己的怀抱，声音冷了下来，道：“我不会同她成亲的。”

明明这是早就知晓的答案，可是心还是无法抑制的疼痛。

“安姨，你不要再勉强小白了。”我双脚像是灌了铅，一步都走不动，也不管那远处的二人能否看清楚脸上的神情，我勉强地扬了扬唇角，扯出一丝笑来，道，“小白，对不起，是我犯糊涂了，碧青宫上上下下都在为今天而张罗着，你应该看得到的。你一直没有出言制止，我就自作多情地认为你可能是同意了。对不起，是我的痴心妄想给你添麻烦了。”

“夜筝……”安入画投来担忧的目光。

我无碍地摇了摇头，鼓足勇气看向小白，道：“小白，你信我，我真的没有要逼你跟我成亲，我只要可以待在你的身边就可以了，我也没奢望过你会像喜欢云……嗯，那样的喜欢我，你只要不讨厌我就可以了。小白，你能不能把那句‘你看错了我’收回去？我觉得很委屈也很难过。”

待在小白的身边，我学会了很多很多的东西，从前的我不会用这样长段的话来表达自己的心情。

“刚刚是我情绪太过激动了。”小白神色已有所缓和，“夜筝，抱歉。”

我心间酸得发胀，我想要告诉他，他不需要道歉，他从始至终便没有做错什么。

小白唯一的错，只是不爱我。

离开了小白的怀抱，安入画伸手抚过小白的侧脸，道：“萧萧，你若不想同夜筝成亲就不成亲，前面逼你是我不对，只要你答应我，你会一直留在晴岛……”

“别说了。”小白侧过身子，安入画搁置在他脸庞的手便随之滑落，“再过半月我就会离开晴岛。”

安入画的预感是正确的，小白果然不会留在晴岛。

“你要去哪里？”安入画压低着嗓音，似是暴风雨前的宁静。

我脑海里蓦地闪过张震天同小白说的话。

“我与张盟主有约，新任武林盟主的比武即将开始。”

“武林盟主的比武跟你有什么关系？你还想做那什么武林盟主不成？”提到“武林盟主”，安入画一脸的不屑，道，“萧萧，做碧青宫的宫主要比那武林盟主肆意快活得多。”

小白沉默不语。

安入画退后几步，微仰着下巴，紧绷着脸，透出几分威严来，“我不许你离开晴岛。”

“抱歉，娘，我做不到。”

“你是不是还想着报仇？李萧，杀你爹的人是当今圣上，皇宫里重重把守，哪是你说进就能进的？过去了便过去了，我不希望你活在过去，为了所谓的仇恨赔上自己的性命。”

安入画的话句句在理，可这样简单的道理并非谁都能做到。

小白做不到我十分的理解，若是有朝一日，小白被他人所害，便是上穷碧落下黄泉，我都一定会手刃仇人。

“娘，你对爹心存不满，对李家灭门之仇能够不闻不问我理解你。爹生我育我，杀父之仇，灭门之恨，不可不报，我希望娘也可以理解我。”

安入画怒极，说道：“你要气死我吗？！”

小白却是俯身作揖，恭敬道：“时候不早了，娘早点休息，我先回房了。”

语罢转身便要离开，安入画气得不行，软的不行便直接来硬的，她拿起茶杯朝小白砸过来，质地良好的茶杯应声而碎，四溅开来，却未能拦住小白的脚步。

安入画看得直跺脚，“你真的要活活气死你娘吗？！李萧，世界上可只有一个娘亲，你气死我了，你就没有娘了！”

我想要跟着小白离去，可是安入画那边又传来砰砰地用力倒在椅子上的声音，我忙上前伸手去扶她，“安姨，安姨，你没事吧？”

莫非是气急攻心了？

我担心得不行，安入画却朝我眨了眨眼，我瞬间明白了她的用意。

可是小白又不是傻子，同样的手段用两次他还会上当吗？

果不其然，小白依旧是大步离去，不曾回头。

“呼——”耳边传来安入画大口大口的喘气声，“我真的要被气死了，气死了！”

“安姨，小白已经走远了，你现在说他他也听不见了。”我善意地提醒，让她可以不用白费力气再演戏了。

安入画却朝我翻了个白眼，道：“我知道他已经走远了，所以现在是真的气——死——我——了！”

我只能无辜地看着她。

安入画当真算得上是一位江湖奇女子，这把年纪还有着不亚于年轻女子的外表不说，依旧保持着少女般风风火火的心性。

原本悲伤沉重的氛围便被她这一瞪而消散了不少。

我看着她尚挂着泪痕的脸上已是咬牙切齿般的愤慨，忍不住再一次感叹，她这样心性的母亲到底是如何生出小白那样的儿子的呢？

回去的路上，我兀自看着夜空，想到今晚的一切，各种思绪汹涌而来。

我心疼小白有那样沉重的过往，然而我似乎什么忙也帮不上，就连想要安慰安慰，都似乎找不到合适的措辞。

我无力地叹了口气。

小白应该也只会想要一个人静一静吧，我硬是凑过去安慰，更像是在揭他的伤疤，何况我之前还惹他生气了，指不定他都不想见我。

可是……还是想要陪着他。

对了，我可以隐了实体去陪他呀，这样小白看不见我，但他不会是独自一人。

我就这样赖在小白的房里，默默陪了他一夜。

虽然在他人眼里，小白看起来总是温柔无害一脸浅笑的模样，可他若是执拗起来，谁也无法改变他的主意。

比如离开晴岛去郧城，比如去参加武林盟主的比武，这是任凭安入画如何地软磨硬泡、威逼利诱都改变不了的。

所以我不再帮着安入画劝小白留下，我只向小白传达我要同他一道离开的想法。

于我而言，凡世间所有的事皆没有可为或不可为，有的只是小白想做或不想做。

小白放不下仇恨，小白想要报仇，那么，我定竭尽所能为他报仇。

我同小白离开晴岛那日，安入画也不知道是闹小孩子脾气还是真的病了，躺在床上不愿去送小白亦不愿同他告别。

“娘，待我替父亲雪冤，报过灭门之仇便回晴岛与你共享天伦之乐。”

语罢，小白朝安入画紧闭的房门深深地鞠躬，像是一种无声的承诺。

好半晌房内才传来安入画的声音，“夜筝，你进来。”

我诧异不已，几度怀疑是我听错了或者是安入画叫错了名字。

我带着自我怀疑地推门走了进去，安入画倚靠着床头，倒真有几分抱恙之色。

“安姨，你身体不舒服还是让小白进来看看吧，或许……”

“不必——”安入画打断我的话，伸手取过右手食指上的指环，递至我面前，“这是碧青宫的信物，你拿着。”

“不可不可！”我连连摆手，“既是信物这样贵重的东西，夜筝何德何能收这样贵重的礼物？”

“叫你拿着便拿着，说这么多做甚？虽然萧萧说不会娶你，现在满脑子都是报仇估计也装不了其他的东西，可我还是看好你，你同我投缘，又和我当年爱琴一个名字，你对萧萧的爱意我看在眼里，你是我认定的儿媳妇。”

语罢她伸手将指环搁置在我的掌心。

“安姨……”我感动得几欲落泪。

“你跟在萧萧身边可要保护好自己，好歹我也亲自教了你武功，可别丢我的脸。遇到危险的时候别想着去帮萧萧，你这皮毛也帮不上什么，你就保护好你自己别添乱便好。”

我重重地点头，几度哽咽无法言语。

“报完仇了就早点给我把萧萧带回来，别两个人在外面玩疯了。好了，我要说的都说完了，你走吧，我乏了，想要好好睡一觉。”

语罢她径自躺好，侧身向着床内，不再看我。

虽然安入画爱捉弄人，又像个小孩般喜怒无常，但她真的，是极好极好的人。

言语此刻已变得苍白无力，我唯愿不负她所托。

第六章

再　遇

我们就这样离开了晴岛，安入画虽然没有为小白送行，但派了厉兴跟随我们去了邬城。

李大侠一案已经告终，邬城早已恢复了正常的出入交通，武林各路英雄豪杰都为了此次比武而来，放眼望去，整个邬城都是熙熙攘攘的人群，一片繁华热闹。

张震天早就派人等在了城门口，一见到我们便热情地迎了上来，一路将我们迎至张府，张震天早就备好了酒水，以贵宾之礼相待。

比武的日期将近，张震天整天忙进忙出的，又为小白引荐各位武林前辈，还要抽出时间传授小白功夫，忙得不亦乐乎。

晴岛之事过后我想问题不再像以往那般的天真简单，我铭记着安入画所言，每日小白同张震天去忙时，我便独自一人苦练她教给我的武功。

明日便是比武之日了，今夜小白同张震天一起在大厅里宴请各位武林好汉，一路畅饮。我索然无味，为了不给小白添麻烦，索性回了住房的院子里，择了一粗壮的枝干，坐在树上会觉得离天空近一些，视野也更开阔，更利于我思考问题。

知道了小白身上所背负的仇恨后，我能够理解他许多行为的真正意义，可还有一事未解，那就是小白为何会出现在平城？为何会以琴师的身份在舞榭楼抚琴？为何在同云家小姐相爱后眼睁睁看着她死去而不带她走？

我想得入神，一道低沉沙哑的嗓音蓦地在我耳边响起："你学我。"

我坐在高高的树干上，怎么可能会有声音如此的清晰在耳？我吓得身子一软，直接跌下树去。

下坠的过程中大脑像是坏掉，变身的术法怎么也想不起来，我绝望地闭上双眼，做好摔个屁股开花的心理准备却落入一个有力的怀抱。

难道是小白救了我？

我惊喜地睁眸，清冷的月光下，我对上一双带着浅红的双眸。

高挺的鼻梁，薄唇轻扬，这……这不是魔界的王子殿下——离陌吗？

惊喜直接变成了惊吓，"师……师父？"

离陌冷哼一声，挑眉道："你还记得我这个师父啊。"

我对离陌已经有了足够的了解，忙道："我怎么可能不记得师父呢？师父这般英俊潇洒、玉树临风，凡是有幸目睹过师父英姿的人都绝不会忘记师父的！我在凡世间的这些日子每日都挂念着师父，可一想到自己辜负了师父对自己的期望，便又觉得没脸见师父了。"

这些话果然受用，离陌将我搂紧了一些，道："那为何为师觉得你见到我是一脸惊恐？"

"那是因为师父你吓我！"说到这我便委屈，"我好好地坐在树干上，师父突然出声，我还以为自己肯定要摔个屁股开花呢。"

“你才到尘世多久，便将我教你的东西全部忘光了？”离陌一顿斥责，面上哪里有半分愧疚，“我可有说错？你坐在树干上难道不是在学我？”

我在心里翻了个大大的白眼，莫非这坐树上的行为已成为“离陌专属”了不成？

“自然是在学师父，我这是用行动在向师父表明我对师父的思念。”

我笑得谄媚，环顾了下四周，这才发觉离陌竟悬在半空中抱着我，若是以往我定会觉得没什么大不了，可在凡间待的这些日子我还是懂得了许多，比如，此时若有人路过看到我就这样悬在半空中定会吓个半死。

离陌满意地扬了扬唇，我忙道：“师父，你先放我下去吧，去我的房间，这么久没见到师父了，我想同师父好好聊聊。”

这几个月我越发地能感受到离陌对我的好，他曾一声不吭拿自己的精元救过我，教我术法，脾气不好却从未做过伤害我的事情。

平常没见到不觉得，此刻看见他倒真觉得有几分想念。

我一入了房，就将张震天送来的糕点献宝似的全部堆在离陌的面前，笑呵呵地说道：“师父，你快尝尝，这些东西可好吃了，凡人寿命虽短，可一生中能经历的好吃好玩的东西很多，倒也不遗憾了。”

离陌却是一脸嫌弃地看着面前的糕点，“这些东西有什么好吃的？”

“你就尝一口嘛。”我兀自拿起一块糕点递至离陌唇边，软软道，“就吃一口好不好吗？师父都未尝过怎知不好吃？”

许是被我磨烦了，离陌就着我的手轻咬了一口，随即侧过头不看我，一脸嫌弃地说道：“难吃死了。”

我一腔热情被泼了冷水，也只好悻悻地放下糕点，又将它们自离陌眼前移开。

或许觉得自己的话太不给我情面，片刻后离陌又回过头来，道："你若是对吃食感兴趣，他日我带你去访故友，他的手艺当属仙魔两界翘楚，琼浆玉露，可比这凡尘俗物好太多。"

琼浆玉露我听说过，说是凡人喝了可以延年益寿呢。

我立马高兴了起来，眼神发亮地看着离陌，"约定了，师父，你不可以骗我。"

离陌若能带我去访那故友，我必定要带回许多吃食给小白，那样小白便可以活得长久些。

"这又非难事，你若想去，现下我便可以带你去。"

"我当然知道师父法力无边无所不能，带我去吃山珍海味不过是再小不过的事，但现在夜筝不想去啦。"我讨好地看着离陌，转移话题询问道，"师父，你今日怎么会来？你是来寻我的吗？"

离陌笑得意味不明，不答反问："是又如何，不是又如何？"

我牢记着他的话，坦诚相待，"是的话我会觉得很高兴，不是的话我会觉得失落，但是没有关系，无论如何我见到师父了便好。"

"既然如此你还问这么多做甚？"离陌语气有些不耐烦，眼神里却分明透着几分喜悦，"我碰到你那松鼠朋友，她同我说你跟那凡人未能顺利成婚。"

离陌说着又四处打量了下我的房间，笃定地说道："这房间里只有你一人的衣物，看样子你们确实不住在一起。"

"啊？"莫非就为了看看我和小白是不是住在一起才来寻我？"师父见到阿九了？阿九还好吗？有没有怪我……"

当日我离开得太过匆忙，也不知道阿九有没有生我的气。

"那并不重要，夜筝，这些日子发生了什么，你不打算告诉为师？嗯？"

离陌每次要拿长辈的身份来压我时，都会一口一个"为师"，我了然于心，开始简要地同他描述我离开林子之后的经历，忽略我同小白相处的那些细节。

离陌难得有耐心地一一听着，在听到张鸣剑那件事时，不仅不体谅我当时的无助，还毫不留情地骂我愚蠢，听到我在晴岛同安入画学习武功时，嘲讽道：“出息了啊，还学起了凡人的武功来了，这般好学怎么不见好好跟我学习术法？”

我就知道离陌定是会这样说的，正想着要如何回答他的问题，耳边即传来了敲门声。

“夜筝。”小白的声音隔着房门传来，“你睡了吗？”

“没有！”我欣喜地作答，随即忐忑地看向离陌，他素来不喜看见小白，此刻会不会生气？

思及如此我并没有立刻起身去开门，小白的声音又传来，“若是未睡能否让我进去，我有话同你说。”

我颇有些为难地看着离陌，离陌却是微仰着下巴，冷冷道：“你既然想去开门那开便是，我未现出实体肉身，那凡人看不见我也听不见我说话的。”

难得离陌如此的通情达理，我感激地看了他一眼，忙起身去给小白开门。

我将小白迎进来，为了避免他坐到离陌的位置，引导他在离陌对面的位置落座，有离陌在一旁看着，总觉得有几分尴尬。

应是宴席上饮了不少酒，小白身上透着微醺的酒气，清俊的面容隐隐约约透着些红，分外好看。

我看得入了神，耳边蓦地响起离陌一声冷笑，“瞧瞧你这痴傻的样子，他怎么会喜欢你？”

我真的很想问问离陌说话可不可以不要这么毒，明明我是他唯一的徒弟，就不能待我好些吗？

我尽量让自己的神情自然些，忽略掉离陌，询问道：“小白，你要同我说什么呀？你面色有些红，没有喝醉吧？”

小白神色无异，摇头否认，并无半分醉意，这样看来小白似乎酒量不错，那成亲那夜为何会饮了一杯便醉了？

是酒不醉人人自醉，还是说，离陌的酒有问题？

我来不及细想，小白便从腰间掏出一个指环。

这个指环我认识，是离开那日安入画交给我的，可这毕竟是碧青宫的信物，太过贵重，我拿着总觉得心慌，便将指环转交给了小白，也未曾同小白说起那日安入画同我说了什么。

小白将指环递至我眼前，道："夜筝，这个指环你戴着。"

"什么？"我分外地疑惑不解，继续说道，"小白，这个指环是你母亲的，意义对于碧青宫而言有多重要你又不是不知道，我不可以要，更不可以戴着。"

小白目光诚挚，道："夜筝，这个指环是我娘送给你的，意义不同，你将她送与你的东西转手交与我，委实不妥。"

虽然小白说得也有道理，可我想了想还是委婉地拒绝道："小白，安姨是你娘，这个指环既然是安姨的，我将它给你便没有什么不妥。"

小白皱起了好看的眉头，"你是不愿意要它吗？"

小白言语中透着几分不悦。

既然小白这样说了，只是戴个指环而已，我戴便是了，何必惹得他不开心？

于是我点了点头，伸手去接指环。

我尚未触及指环，离陌便出声制止道："不可以。"

我顿住，反射性地朝离陌看去。

离陌眉心紧蹙，满脸地不赞同。

"夜筝？"小白看不见离陌，自然也理解不了我此刻的失神，"怎么了？"

我忙收回落在离陌身上的目光，莞尔一笑，接过小白手中的指环，道："那我就收下了，小白你放心，我一定会好好收着的，绝对不会弄丢的，指环在我在！"

我信誓旦旦地同小白担保着，而那边离陌已是十分的生气，沉声道："夜筝，我再说最后一遍，把指环还给他。"

一个指环而已，为什么离陌如此的抗拒？小白还在这里，我不方便同离陌说话，壮着胆子让自己不去回应离陌。

小白轻轻点了点头，道："这指环象征着碧青宫，碧青宫在江湖上虽算不上有威望，但也足以令人心生惧意，你留着它，若将来有个万一，说不定能派上用场。"

给我指环是为了保护我？

我的心顿时一片柔软，受宠若惊到说不出话来。

"夜筝！"离陌怒喊出声，濒临发火的边缘。

这样装载着小白对我关心的东西我怎么会舍得扔掉？无法直言向离陌表达我的想法，我只好用动作表明我要收下这个指环的决心。

于是我右手拿住指环，想要将它戴在我左手的食指上，而我刚刚将指环拿起来，一道光袭来，我握不稳，指环直接滚落到地上。

我忙起身去捡地上的指环，然而离陌却施法将我定在原地，无论我怎么挣扎都走不动一步，我终于忍不住朝离陌发火，"你干什么呀？！"

小白带着几分茫然地看着我，"夜筝，你在同谁说话？"

我不想要欺瞒小白，况且现下这状况我也骗不了他，离陌若不松了我，我还不定要站到什么时候去。

挣扎无用我索性不再挣扎，叹了口气，看向小白，道："我在同我师父说话，他定住了我的身子，我现在动不了了。"

我如离陌所愿碰不到指环了，他的怒气就仿佛消散了个七七八八，听到我同小白说的，便阴阳怪气地说道："怎么突然跟他说起我了，这下不怕我吓到他了？"

"我从来就没有怕你吓到过小白好不好？"我很是无语地跟离陌解释，不知道他到底是生的哪门子的气，也不忘记要帮小白正名，"小白不是胆小之人，他知道我不是凡人，但还是跟我相处得很好。"

"哦？你的意思是我胡乱揣测了？"离陌扬唇，眼里却毫无笑意，单手抵在桌面上撑着自己的下巴，漫不经心地说道，"如此，我倒要看看我到底吓不吓得到他了。"

下一瞬离陌便朝小白慵懒地抬了抬手，小白的身子便不受控制地悬浮起来，他并没有看小白一眼，只是目带挑衅地看着我。

小白一脸讶然，没有太过惊慌，仿佛一切尚在他可接受的范围中，询问道：“夜筝，这是怎么一回事？”

“小白，你莫担心，我师父跟你闹着玩呢。”我安抚着小白，随即好声好气地对离陌说道，“师父，小白只是一个普普通通的凡人，你堂堂魔界的王子殿下何必要捉弄他？把他放下来，然后化作实体肉身，让我同小白介绍介绍你，好不好？”

“怎么，你怕了？”

是的，我怕了，我怕小白肉体凡身承受不了离陌的怒火。

我怕因为我的错误而惹得小白受到伤害。

可我不仅脑子笨嘴也很笨，一时之间不知道该如何是好。

好在离陌似乎玩够了，我听到小白的声音传来，“夜筝，这便是你的师父？”

小白目光直直地落在离陌的身上，也就是说，离陌已变作了实体，所以小白可以看到离陌，听到离陌的声音了。

我动了动却发现自己的束缚仍未解开，对小白道：“是的，他就是我师父。”

我试图让离陌可以和小白友好相处，又朝离陌介绍道：“师父，这是小白，他叫木子萧。”

小白待人接物素来有礼得体，此刻虽然因为离陌小白还悬着身子，却也没有半分的恼怒，也不曾有往日我见到的那些妖怪见到离陌时的惶恐不安，不卑不亢地说道：“在下木子萧，见过夜筝师父。”

可离陌却看都不看小白一眼，这也就算了，他略一抬手，小白周身竟冒出一圈火焰。

“小白！”我的心瞬间被提到嗓子眼，恨不得可以走至他身前替他阻拦那些火焰，“你有没有被烧到？”

那样近的距离，即使皮肤没有直接接触到焰火，一定也会被那炙热的温度灼伤。

火焰氤氲了空气，模糊了小白的神情，再好的脾气受到如此对待也做不到笑脸相迎，小白沉声道："这是何意？"

然而离陌的回答是让小白彻底地消失在这个房间。

没有一丝声响，小白就这样凭空消失在我的视线里，我的心一下子被拽紧，急忙朝离陌问道："小白呢？你把小白弄到哪里去了？"

离陌眯眸，整个人笼罩在一股低气压里，冷声道："这般咬牙切齿，若我说我把他杀了，你是不是要扑过来杀了我？"

把他杀了……

那个瞬间我有种整个世界轰然倒塌的感觉，我呆若木鸡地看着离陌却触到他眼里那若隐若现的悲伤。

离陌为什么会觉得悲伤？

因为我？

这让我缓过神来，离陌不是那种滥杀无辜的人，更何况他很清楚小白于我的重要性，我相信他不会真的那样做。

冲离陌发火他只会更加生气，于是我深吸了一口气，道："师父，我不知道你为什么突然这样生气，但我知道如果你生气了一定是夜筝做错了，是夜筝不对，你告诉夜筝，夜筝改，你别生气了，好吗？"

"非要等到我生气才这样吗？"离陌咬字极轻，就那样慵懒地坐着看着我，"之前便乖乖听我的话也就不至于这样了，为何非要等我生气了再来后悔认错？"

"所以师父就是因为我接了小白的指环便要生气？"我实在无法理解为何我接个指环他要这样的生气，不高兴我都可以理解，可他犯得着对小白动手吗？

"不然？"离陌坦然承认，"我都说了几遍叫你不要接那个指环，你却固执地非要接，罔顾师命，不应惩罚吗？"

"容夜筝问一句，那个指环是碧青宫宫主安入画的，同师父应该没有丝毫的关系，师父何至于如此生气？”我收敛起言语中所有尖锐的部分，好声好气地说，“再者，师父便是要惩罚，惩罚我就够了，何必那样对小白？小白并未冒犯师父分毫。”

“你这是在替那凡人声讨我？”

好几个月未见，我并不想一见面又闹得不愉快，“夜筝没有，夜筝只是无法理解罢了。”

许是我认错态度良好，离陌的怒火终于得以平息，解释道：“我不让你接那个指环是为了你好，那物与你不和，会为你招致不幸。”

“师父是如何得知的？”

“我此番来找你也是算到你近期会有一劫，念在师徒一场，我想助你逃过此劫。”

离陌不会编造些这样的谎言来骗我，可那指环赋予了小白对我的一片关心，对我而言意义太过重大，让我为了那简简单单的一句“与你不和”而放弃，我实在是办不到。

可我同离陌拗下去只会引发他的不满，我颔首，道：“是夜筝错得离谱，不知道师父的良苦用心，师父大人有大量，不要同我生气了。”

离陌冷哼一声，“为师岂会同你一般见识？”

“太好了，师父既然不生气了，那便松开我吧，这样定着好难受。”

离陌脾气是冲，但好在来得快亦去得快，我话音刚落，他便解开了我的束缚。

重获自由，我不着痕迹地扫了一眼指环的位置，然后对离陌感激涕零，“谢谢师父，师父你待我真好，夜筝能有你这样一位师父真是三生有幸，哦不——是十生有幸！”

可离陌就是别扭，明明听着开心，却还要故意拉长一张脸道：“你变脸倒是快，前面不还怪我伤到那个凡人了吗？”

“不会的，师父是堂堂魔界王子殿下，才不会同区区一个凡人动手呢。”我将脸凑过去笑得谄媚，“师父，你说我说得对不对？”

我都把脸凑过去了，离陌当然不会放过，旋即便伸手捏了捏我的脸，道：“你心里想什么我还能不知道？你放心，我什么也没做，不过是送他回房休息了而已。不过——”

“不过什么？”

“你若是再惹我生气，啧啧啧，我可就不保证下次那火焰不会烧到他的皮肤。”

离陌呀离陌，你拿小白来威胁我，这样合适吗？

奈何我早已屈服于离陌，心里有多愤怒，我面上便笑得有多灿烂，“怎么会？夜筝一定会乖乖的，一定不惹师父生气。”

离陌又重重地捏了捏我的脸，方才心满意足地松开。

之后和离陌的相处，为了不触碰雷区，我绝口不提小白，就想着等离陌什么时候离开了，我便去寻小白，看看他怎么样了。

这么多月同小白的相处我早就习惯了他的作息时间，所以当离陌仍然在我房间精神抖擞的时候，我禁不住瞌睡来袭，头一下又一下地点着，离陌的脸变得越来越模糊。

我亦不知自己到底是如何睡着的，次日醒来我躺在柔软的被褥里，大脑有瞬间的迷糊，然后立刻清醒。

我太诧异了。

昨夜我明明在桌旁瞌睡，醒时却在床榻上，所以，是离陌将我抱到床上的？

而更诧异的是，以离陌的性格他竟然会放任我入睡而不是将我吵醒？

“师父？”我坐起身来，视线里再无离陌的身影。

我无奈地叹了口气，我同离陌之间除非是他来找我，我却是找不到见他的法子的。

我想起了爷爷那次转交给我的纸鸢，下次再见到离陌我定要再问他讨要一些。

离陌不见了，我忙起身去将昨夜滚至角落的指环捡起来。谢天谢地，它还在原处，应是离陌料我不敢违抗他所言吧，我小心翼翼地捡起，将它放置在枕头下。

今天是比武的第一天，也不知道是什么时辰了，小白出发了没有？昨夜离陌这样待他，他定会有些恼我，怕不会来找我的吧？

这样想着我忙动身去梳洗，想着等会儿多问几个人，自己赶去比武的地方吧。

可这注定是个不平凡的早晨，令人诧异的不仅是离陌将我抱到床上的温情，还有小白突至的关心。

我刚刚走出房门便见小白疾步走来，目光上上下下地打量着我，道："夜筝，你可安好？"

我怔怔地看着那双墨黑的眸子，心间一片欢喜。

自从不再顶着云家小姐的容貌，我再不曾见小白用这样的眼神看过我。

我鼻子发酸，迷离了双眼。

"莫不是你师父伤着你了？"小白的语气变得急切起来，道，"可是因为你收下指环让他生气了？我昨夜见你怎么也握不住那指环，应是你师父的原因吧，那个指环……"

我连连摇头，甜蜜地扬唇，道："我师父没有伤我，小白你放心，我师父虽然是魔界的王子殿下，脾气大了一点，可他一点都不坏的。昨夜他也没有真的伤到你，对吧？"

小白颔首，"昨夜不知怎的我就躺在了自己房间的床榻上，身体不听使唤，直至今日清晨方才醒过来。"

一醒过来便来看我有没有受伤？

我忍不住上前一把抱住小白的脖颈，满心的喜悦无法压抑，"小白，你待我真好！我从不敢奢望你会紧张我，我觉得好开心啊，好想变成蝴蝶绕着你飞呀。"

小白却是僵住身子任我抱着，缓缓说道："那个指环……"

"我不会让师父看见的，这么重要的东西我定会将它收好的。"

我尚未说完，本能地感受到一道炙热的目光，果然，离陌就在不远处静静地看着我。

离陌就那样站着，静立又不容人忽视。

我像个做错事被抓了个现行的小孩子，忙松开了小白，退了两步，弱弱唤道："师父。"

小白顿时明了，顺着我的视线看去，颇有些迷茫地说道："你师父在这？"

我家小白心胸真真是宽广，这言语中并无半分对离陌的怒意。

可我还来不及回答，离陌便连衣角都未动地出现在我面前，唇角微扬，皮笑肉不笑地说道："怎么，看见我不高兴？怪我打扰你们了？"

我背脊发凉，讨好地笑道："哪里，我还以为师父又不告而别了，之前醒来没看见师父，还失落了好一阵呢。"

离陌一声冷笑，不置可否。

我不死心地想让离陌和小白的关系得到缓解，便道："师父，现个身啦，不然小白看不见你。"

"哼，我为何要为了那个凡人现身？"离陌微仰着头，一副高不可攀的模样。

我唇角抽了抽，见小白还是一脸迷茫的样子，唯恐他会多想，笑眯眯地说道："小白，我师父说昨天是他对不住你，所以不好意思现身。"

"喂——"离陌瞬间黑了脸，咬牙切齿道，"夜筝，你活腻了是不？竟然敢胡乱编排我？！"

可我打从心眼里觉得离陌是不会真的把我怎么样的，便一鼓作气地朝小白说道："我师父有时候就像个小孩子一样，你不会生气的，对吧？"

也不知是不是相信了我的话，小白淡淡道："昨日之事大抵是个误会，他是你师父，做任何事定是为了你着想。"

我家小白就是大度，不仅不怪离陌还帮着他说话呢。

我升腾起一种名不正言不顺的自豪感，而那边离陌已然是一副要撕了我的神情，手一抬狠狠给了我一个爆栗。

我疼得几欲落泪，为了不让小白察觉出异样，只能硬生生地扛着。

“时候不早了，今天是比武第一日，我需出发了。”小白说着从腰间掏出一个锦袋，递给我，“你师父难得来一趟，带他去逛逛邬城吧，凡世自有凡世的好。”

我接过锦袋细细掂了掂，只觉得里面都是沉甸甸的银子，那股自豪已经升腾成骄傲。

小白当真是细心体贴思虑周到啊。

估计离陌整个心思都在怎么弄死我比较好上，倒也没为难小白，我恋恋不舍地瞅着小白离去的身影，真想同他一道去比武，为他呐喊加油。

可身边还立着一尊黑脸的大佛，我忙摇了摇手中的锦袋，道：“师父，你别生气了，夜筝有银子了，带你去大吃大喝，体验凡世的潇洒快活好不好？”

离陌却是嗤之以鼻，“我倒看不出你这么喜欢银两，这才多少你就高兴成这样？你想要多少我给你便是。”

“是是是，我晓得师父神通广大，便是金山银山也不在话下。”我唯唯诺诺地点头，故作可怜兮兮地说道，“好师父，快带夜筝去吃东西吧，夜筝都饿得前胸贴后背了。”

离陌再次毫不留情地敲了敲我的额头，仿佛这样才终于让他消了气，道：“走吧。”

我走了几步突然意识到一件事，便停了步子道：“师父，你还是现个身吧。”

离陌挑眉，“为何？”

“邬城这么大，市集上可都是人，大家看不到你，定会觉得我脑子有问题的，认为我一直自言自语或者是对着空气说话。”

离陌似是想了下那个画面，饶有兴味地笑道：“那亦有趣。”

我一阵恶寒，毫不怀疑离陌为了看我笑话而那样做，便又换了个说辞，奉承道："师父，这邬城的姑娘可欢喜俊俏的儿郎了，每每若是哪个姑娘家家身边站了个容貌出众的男子，总能引得别人艳羡的目光。像师父这样丰神俊朗、美貌无边的男子，若是跟我站在一起，其他人肯定会羡慕死我的。"

……

"我知道这样有些虚荣啦，师父就满足夜筝一次吧，让夜筝骄傲得意一回吧！"

"既然你这般苦苦哀求我，那为师便允你一回。"

我就知道，离陌其实很好搞定的，只要好声好气地哄着便是。

可邬城虽大，今日集市里却不似往日那般热闹，来来往往的人极少，别说是青壮年，连个老弱妇孺都少。

离陌瞟了一眼，嘲讽道："这便是你说的繁华热闹？"

我面上有些挂不住，忙拖着离陌朝各个摊贩走去，"没有行人没关系，有卖家就好嘛，我跟你说，这家烙饼可好吃了。"

虽然人少，我们还是逛了不少地方，吃了不少东西。

包子摊的老板将包子递给我，道："姑娘，你夫君看上去可是身手不凡的样子，干吗还在这瞎逛？赶快去参加比武，说不定能闯出些名堂来呢！"

夫君？

离陌？

我真是吓得连包子都不敢要，背脊一阵发凉，道："老板你误会了，这是我师父，可不是我夫君。"

原本担心离陌会生气，没想到他竟意外地朝包子抬了抬下巴，冷声道："老板，再买几个。"

老板笑开了花，看着我们的眼神越发暧昧不清。

这老板也真有趣，让离陌去参加比武，真的公平吗？

说到这里我便分外地思念小白，也不知道他现在怎么样了，比武顺利吗？大家都说此次高手云集，他会不会受伤呢？

真的好想去看小白比武啊。

一路上离陌都是一脸嫌弃地看着我，对于我吃的东西更是一脸鄙夷，硬要我递到他的唇边说尽好话才肯尝那么一点点，不承想竟主动吃起了手中的包子。

我实在是捉摸不透离陌的喜好，更加猜不准他的心思。

人家都说女人的脸便是六月的天，说变就变，我觉得这句话拿来形容离陌却也是贴切妥当的。

明明之前都是一副提起小白，提起要去看比武就不开心的样子，这会儿却突然主动地对我说："你既这么想看比武，去看便是，你也不用同我这般心不在焉地逛着了。"

"师父同我一道去看比武？"

"不然？"离陌微微瞪了我一眼。

我难以置信地看着他，目光又触及他手里的包子，难道这包子真的那么好吃，所以离陌便心情大好同意陪我去看比武啦？

我激动地拉住了离陌的胳膊，目光闪烁，分外诚恳地说道："师父放心，若是日后你想吃这家的包子，无论风雨，夜筝一定给你去买。"

离陌眼角抽了抽，很是无语地看着我。

因为这场比武，城南已成为邬城最热闹之地。

原本的空地已搭起了五个擂台，各门各派的人如火如荼地在上面进行着比武，人群中不时地爆发出各种喝彩的声音。

离陌是极其反感这样喧嚣的场景的，从我们到了这里开始，他便一直环抱着双臂，不悦地皱着眉头，一副"生人勿近"的模样。

唯恐离陌会不悦而走，我一手拉着他的胳膊，一边四处探寻小白的身影。

纵使眼前人山人海，我依旧可以一眼认出那擂台上翩翩的白色身影，他就似笔墨浓稠的画，让其他人都失去了颜色。

我整颗心都被擂台上小白的一招一式牵动着，每见他打败一位对手，我都恨不得冲上去拥抱他，扯着嗓子在下面为他呐喊。

“啊——又赢了！”我拉扯着离陌的手臂，激动得不住地蹦跶，“师父，你说小白是不是特别的厉害？！”

我急于想要同人分享这份喜悦，但奈何身边只有一个离陌，相比较我的满腔热血，离陌浑身冷得像是冰块，不屑地冷哼，嘲讽地说道：“这般上蹿下跳的，我看你不是琴，倒像只猴子。”

我哪里像猴子了？！

这一盆冷水泼下来，我也只能压抑着自己的情绪，偷偷在心里腹诽几句，重新将目光落在小白的身上。

此次对战的对手已经接了小白好几招，似乎比上个对手要厉害些许，眼见着对方已经有些不支，小白仍是一副轻轻松松的模样，我双手交叉抱拳抵在唇边，就等小白获胜后为他鼓掌。

而这时身边传来一道男声，颇有些愤愤不平的口吻道：“这个穿白衣的到底是何人？什么门派？竟然打败了五师兄！”

“听说叫什么木子萧，你急什么？这比武才刚刚开始，日后高手多不胜数，他就算打败了五师兄，也撑不到最后。”

陡然听到小白的名字，我下意识地朝声援处看去，便见两个蓝衣的男子一脸鄙夷地瞧着擂台上的小白，不住地讨论着。

“你说他到底是来自什么门派，这武功也看不出路数，也从未在江湖上听过此人，就像是凭空冒出来的，为何还这般嚣张，真是气死人了！”

我才真是气死了！

小白待人向来彬彬有礼，他们哪只眼睛看见小白嚣张了？！

秉承着小白说的不要惹事，我一直抑制着自己心里的怒火，直直地看着他们，希望他们可以感受到我炙热的目光，从而停止这毫无事实根据的对话。

可也不知道是他们讨论得太过忘我，还是我的气场太过薄弱，我的目光显然未起任何作用。

“是张盟主引荐的吧，听说上次李大侠一案，他出了不少力，算是个大功臣，现在各门派的掌门都对他欣赏有加。”

“岂有此理？这难道不会有失公平吗？就因为张盟主的引荐，他一介无名之辈就妄想当新盟主？真是不知天高地厚，他如此品性，就算武功高强，也不配继任武林盟主，统领武林。”

我实在是忍不住了，松开离陌的胳膊，用力地拍了拍说得正欢的人的肩膀，怒气冲冲道：“你——道——歉！”

蓝衣男子侧过头来，皱眉道：“哪来的野丫头，乱说什么？”

“你才是哪来的野人呢！自己无知还看谁都不顺眼，没本事上台比武就在下面胡说八道，小白哪里嚣张，哪里品性不好，哪里不配做武林盟主了？”

眼前的人显然是被我这一长串的话给怔到，好半晌才反应过来，一张脸涨得通红，瞪大眸子看着我，道：“凭你也敢教训我？！”

“我没有教训你，我只是想要你为刚才说的话道歉。”

小白在我心里如同神一般，我决不允许这些人随随便便诋毁他。

闻言，眼前的人竟激动地一掌朝我袭来。

我所料不及，只能怔怔地看着，大脑里瞬时闪过无数的念头，本能地想要向后退去，双手却突然不听使唤地扬起，我尚来不及思考到底发生了什么事，刚刚欲攻击我的人已经倒地吐出一口鲜血来。

熙熙攘攘的人群立刻退开去，让出一个小圈来，另一男子连忙上前扶住那倒地的男子，焦急地唤着：“师弟！师弟！”

那被唤作“师弟”的人却连话也说不清楚，只是不可置信地看着我。

“恶女，你伤了我师弟，必须给我一个交代！否则雾仑派绝不会善罢甘休！”

我讶然地看着自己的双手，难以相信眼前的人是我动手打伤的，下一刻脑海里闪过一个念头，我忙看向一旁的离陌，却见他一脸无谓地立着。

我晓得离陌是为了我好，可是现下这么多人看着，又扯上什么雾仑派的，该如何解决是好？

“我没有伤你师弟……”我徒劳地辩解，想要缓解眼前男子的情绪，“这是个误会，你快些带你师弟去看大夫，我一定会……”

“不必再假惺惺！”男子放下自己的师弟，站起身来，伸手欲拔背后的武器。

我瞬间感受到了离陌身上传来的杀气，那男子像是被人定住了身子，拔武器的动作怎么也完成不了。

“不——”我忙上前拉住离陌的手臂，“师父，你一定要冷静，这里人好多，你不要冲动……”

以离陌的性子和能力，我毫不怀疑他会轻轻松松弄死所有朝他动手的凡人，这样事情一定会闹大，扰乱了这场比武，小白定会生气。

可离陌却看也不看我，视线里只有他轮廓分明的侧脸，眼眸微眯，语气森冷，道：“凭你，也敢动我的人？”

我身子一顿，一时喉咙发紧，劝阻的话怎么也说不出来。

我从未想过离陌会这般维护我。

人群中顿时议论纷纷，就连擂台上各个比武的人都停了下来，我死死拉着离陌的胳膊，这时一道浑厚的声音传来。

“何人闹事？”

是张震天的声音。

张震天在武林的威慑力可想而知，沸腾的人群顿时安静下去，顺着张震天所立的评判台让出一条道来。

失去了人群的庇护，一下子成了视线的焦点，我下意识地朝擂台上的小白看去，隔着些距离，他脸上的神情我看不真切，隐隐约约可以看见他微皱的眉心。

完了完了，小白定是生气了。

离陌在我的安抚下情绪有所缓和，收敛了一身骇人的杀气，任由我抱着他的胳膊，微仰着下巴，一脸无谓的模样。

蓝衣男子恢复了自由，一脸愤恨地朝台上的张震天道：“盟主，我同师弟二人好好看着比武，这恶女竟然众目睽睽之下出手打伤我师弟，盟主定要还我师弟一个公道，还我雾仑派一个公道！”

“我没有——”我松开离陌，朝前走了一步，对张震天解释道，“张盟主，是这两个人先出言不敬的，他们一直在说小白的坏话，我听不下去，想让他们道歉，他们却动手想要伤我。”

若不是离陌出手护我，只怕这一刻躺在地上吐血的人便是我了。

我一边说着一边偷偷瞄着小白，正触及他不赞同的目光。

远远的，张震天朝我笑了笑，带着些安抚的意味，然后伸手朝人群轻轻拍抚了几下，笑道：“原来是夜筝姑娘呀，这位姑娘我认识，是个善良脾气好的人，这其中定是有些误会，二位少侠看在老夫的面上，莫往心里去。”

张震天既表明了立场，人群里立马有人应和着说道：“不是这位姑娘的错，我刚刚明明看见是那位雾仑派的弟子先动手打人的。”

“是啊是啊，我也看见了，你一个大男人打人家小姑娘，还不许人家小姑娘自保啊？哪有这样的道理？”

我简直就要感动得热泪盈眶。

可是那雾仑派的弟子哪里肯就此息事宁人，大声道：“盟主此言有失偏颇，我师弟现在伤重是不争的事实，难道让我们就这样算了？”

“你师弟真的是夜筝姑娘打伤的？”张震天抚了抚自己的胡子道，“事已至此，当务之急是将你师弟送至医馆就医，速速疗伤。”

语罢，张震天便唤了两人过来背扶着受伤的雾仑派弟子。

那人还要说些什么，张震天又看着我道：“我竟不知道夜筝姑娘有如此好身手，不如上台比试比试？”

“我？”我诧异地伸手指着自己，难以相信自己听到了些什么，“张盟主是要我上台比武？”

开什么玩笑？就我那在碧青宫学了点皮毛的功夫，能打赢过谁呀？

而那边张震天却早已侧身做了个“请”的姿势，人群开始闹嚷起来，我为难地看看小白，又看看离陌，想要他们帮帮我。

可是下一刻，身体却不听使唤地直飞上台，我瞅着眼前长发高高束起的道袍男子，窘迫得想哭。

一定是离陌干的！

这下怎么办？一定会让人打个半死，我根本不会什么武功啊！

就像是能窥听到我的心声一般，离陌的声音在我耳边响起，沙哑而充满磁性，“有我在，你怕什么！”

而眼前的道袍男子双手抱拳作揖，道：“武当派弟子张痕，请多指教。”

我已是骑虎难下，只好学着他的样子，笨拙地朝他作揖，道：“……夜筝，请多指教。”

什么指教不指教，我更想说的是——请手下留情。

有了离陌的帮助，我在众人惊诧的目光中一路获胜，顺利地进入了最后一场比武，这是一种我从未有过的新奇体验，从最初的忐忑不安到最后变成了跃跃欲试。

我享受每日同小白一道在擂台上比武的时光，有一种并肩作战的微妙感，也不知是我太过幸运还是张震天有安排过，这几天一路比过来，我竟未碰到过小白。

明日便是最后一场比武了，我偷偷观察过了，剩下的几位对手虽然强劲，但我自信他们是敌不过小白的。

明日过后小白便能如愿以偿地当上武林盟主，我虽拿不准这同他复仇有何关联，但我唯一能做的便是义无反顾的追随。

是夜，此时我坐在小白的别院里经历着人生一大不可思议的事件——小白、离陌和我一起用膳。

这几日小白忙着比武，离陌又不待见小白，我已好久不曾同小白一道用膳，傍晚的时候，我试探着询问了下离陌的意思，未承想他竟然答应了。

小白从来便不是小肚鸡肠的人，纵使初见的时候同离陌有些不愉快，也并不影响他一贯待人和善友好的态度，倒是离陌不仅对小白视若空气，时不时更是出言讽刺。

一顿饭我吃得食不知味、如坐针毡，真真是自作孽不可活，早知道还不如不同离陌开口呢。

席间厉兴脚步匆匆地走进来，道："少主，朝廷里来了人……"

可厉兴尚未说完，小白便扬手制止，朝我浅浅一笑，温声嘱咐："夜筝，你好好陪你师父，我去处理一些事。"

语罢，小白微微俯了俯身子，便起身同厉兴一道离去。

到底是什么人来了小白要急着去见？

之前我同小白是形影不离的，明里暗里我总跟着他，也就没有秘密，离陌来了不过十来日，我怎么觉得我同小白之间变生分了呢？

我望着小白离去的身影兀自失神，好半晌才从自己的思绪里抽离，却见离陌睁着一双浅红的眸子一瞬不瞬地看着我。

今晚的离陌亦是反常的。

换作是平日里他定要阴阳怪气地说上我几句，可现下他却是低低地叹了口气，道："夜筝，陪我走走吧。"

我猜不透缘由，忙点头应允。

离陌这一走便差点要走出郳城，眼见着城门就在不远处，我伸手拽住离陌的衣摆，道："师父要出城？可这城门已经关了，还是明日再出城吧。"

离陌侧身回眸，挑眉道："我看你倒是越活越像个凡人了，我若是想出城，岂是这一道城门所能阻挡的？"

是嘛，这样的口吻才像是离陌嘛。

我连连点头，神情夸张地说道："别说是一道城墙，便是十万道也定奈何不了师父！"

离陌没有接话，只是静静地看着我，清冷的月光洒了他一身。

在深夜的邬城街头陷入这样莫名的沉默里，我微仰着头与他对视，只觉得气氛迥异又透着些尴尬。

我斟酌着应该开口说些什么，离陌却蓦地上前一步，俯身朝我伸手，那骨节分明的手弯成轻抚的弧度，我身子一僵，目光灼灼地盯着他越来越近的手。

想象中的碰触并没有来临，离陌的手在我的发顶顿住，手掌轻掠过我的发顶，然后收回来，手里却多了一片枯黄的树叶。

“秋天了，树叶都落了。”

所以他刚刚的动作是为我拂去头上的落叶?

好吧，应是我刚刚思绪太过紧张才未曾注意到发上落了树叶。

“唔。”我扯了扯唇角，笑道，“谢谢师父。”

离陌扔掉手里的树叶，背过身子去，道：“夜筝，我有些事情需要离开，你待在那凡人身边需万事小心。”

离陌一身黑衣，在我的视线里便只有一个模糊的背影，“发生什么事情了？”

“你管好自己同那凡人便是，我的事情不需要你操心。”

“哦——”我失落地应了声，“师父不想说，我不问便是。”

虽然这些日子我都因为要同离陌待在一起，没什么机会可以黏着小白，而希望离陌可以早些离开，可真真听到他说要走了，内心却隐隐有些不舍。

不想再看着离陌的背影，我又绕到他的身前，状似不经意地问道：“那师父这次走了何时再来看我？”

“你想我来看你？”

“当然啊！”我重重地点头，“师父还会再来看我的对吧？师父每每总是来无影去无踪的，我想要寻你也寻不到，自然只能等师父来看我了，要不然，师父再给我一只纸鸢吧？”

离陌薄唇微启，顷刻间，无数纸鸢飞入我袖间，我欣喜万分，他这般有求必应倒让我越发地不舍，“师父现在便要走？不能多待一会吗？对了，师父不是说我近期会有劫难，不能待我渡过此劫再走吗？”

“我不会让你有事的。”离陌说着便取下腰间佩带之物，拉过我的手，他掌心里的东西便瞬间化作一串手链，圈住我的手腕，“夜筝，这犀牛角我已佩带千年，沾染着我的灵气，你可拿此号令一众妖魔，为你所用。”

我呆呆地看着手腕上的手链，只觉得这份礼物太过贵重，“师父，你还是拿回去吧，我要号令妖魔做什么？再说我每日都同凡人待在一起，哪里见得到什么妖魔呀？”

“城郊偏远之处往往会有修炼的生灵，日后我若不在你身边，你可拿此去寻求帮助。”

我细细抚摸着手链，心间仿佛流淌着一条温暖的河流，可感激的话尚未来得及说出口，夜里的风竟吹折了枯干直接砸中了我的头。

“哎哟——”我疼得叫出声来，却见离陌站在原地无动于衷地看着我，许是他之前待我太好，让我不满他现下的冷漠与忽视，抱怨道，“师父，有树干掉了你怎么也不帮我躲开呀？”

这些日子我已经习惯了离陌的保护，每次擂台上的比武他从未让我伤到一分一毫。

离陌挑眉，眼眸里却多了一分深意，“我能护得了你一次两次，能护得了你一生吗？你执意同那凡人在一起，便不要妄想我能时刻在你身边。那凡人若爱你，定会护你周全。”

离陌最后一句话一直在我耳边回响，我只能提高音量来掩饰自己的心虚，赌气道：“我不要谁护我周全，我自己可以保护我自己，师父，我没有你想得那么弱，这次劫难就算你不在我身边，我也会安然度过的。夜筝一定会让师父刮目相看的。”

离陌低低地笑了声，声音似是流水潺潺般悦耳，“如此，我便拭目以待了。”

语罢他又俯身伸手，恶狠狠地戳了戳我的额心，嘱咐道：“我走了，明日那什么比武你不许参加。”

离陌的声音越来越飘渺，渐次弱下去，最后仿若消失在风里一般，连同他本人再寻不到踪影。

我不是位对师父言听计从的好徒弟，离陌走后我将搁置在枕头下的指环拿了出来，慎重地戴在左手的食指上。

这指环里满溢着小白对我的关心，它是我的护身符。

我还是决定参加这最后一场比武，怀抱着一丝侥幸，或许……或许我能帮小白除掉一个对手呢。

这样也算是帮到小白了。

唯恐小白会先行离开，天色还朦胧一片时我便候在小白门外，深秋的清晨是有些凉的，可一想到等会便能见到小白，血液就似着了火。

果不其然，当小白打开门出来，墨色的眼眸中弥漫着诧异，道："夜筝，你怎么会在这里？"

"我想同你一道去比武呀。"我动了动，缓和站得僵硬的身子，莞尔笑道，"小白，我师父离开了，从今天开始再让我当你的跟屁虫好不好？"

小白无奈地摇头，下一瞬目光便落在我左手的指环上，"你打算戴着它去比武？"

我颔首。

小白眸色复杂，闭目再睁开时已恢复一片清明，"也罢，我信你能自保。"

自保？

是担心我在比武上会受伤吗？

可小白却不愿再多说，轻松地转移了话题。

离陌之前说得都没有错，没有了他的帮助，我这三脚猫的功夫根本打不过任何一个参加比武的对手。

擂台上我只能用安入画教我的那些慌乱地躲避着对手的攻击，可还是敌不过对方几招直接摔倒在地。

对方并没有给我再次站起来的机会，长枪直接抵住我的喉咙，他自上而下地俯视我，上扬的唇角是掩饰不住的得意，“一直听闻夜筝姑娘武艺非凡，现下莫非是故意让着在下？”

人群中传来一阵唏嘘声，输了便是输了，我满脸狼狈，挣扎想要站起身来，可对方的长枪却久久没有收回。

“这是碧青宫的指环——”只见他眸光闪烁地盯着我的食指，道，“你是碧青宫的人，如此年轻，莫非你是碧青宫宫主的女儿？”

我知晓这些所谓的武林正派一直视碧青宫为异类，可我真真切切在碧青宫同那里的人相处过，我并未觉得他们有任何的不好。

故此，我不会否认。

人群顿时沸腾起来，慌乱无措间是厉兴上台扶住了我，压低声音在我耳旁道：“夜筝姑娘莫慌，有少主在，你不会有事的。”

闻言我悬着的心终于着地。

第七章

坠 崖

小白赢得了比武，成了新任的武林盟主。

幸好那日我在擂台上惨败的事件只是一个小插曲，若是影响了小白的比武，我真不知该如何弥补才好。

小白自比武胜利后就变得繁忙起来，我想要像往常一样伴他左右，厉兴却总会拦着我，说是比武之后很多人对我充满好奇议论纷纷，这时候我若跟着小白，只会让他办事不便。

我琢磨着也是，也就不打算再光明正大地跟着，我可以隐了身再跟着嘛，却不料厉兴竟然不跟着小白了，反倒是时时跟着我。

我苦着一张脸，问道："厉兴，你平日里不是都跟着小白的吗？现在跟着我做甚？"

像是早就知道我会问这个问题，厉兴答道："少主怕你一个人太过无聊，嘱咐我陪着你。"

难道你陪着我，我就不无聊了？

我颇为无语地看厉兴一眼，他对小白向来言听计从，这既是小白的吩咐，我只怕是赶不走他。

虽然厉兴的陪伴让我觉得有负担，可内心深处还是隐隐有几分窃喜的，小白对我，似乎越来越上心了，现下还会担心我一个人太无聊了呢。

可厉兴实在是太无趣了，他所谓的陪着我，就是日日陪着我待在自己住的别院里吃吃喝喝再同我面面相觑。

“厉兴，不如我们上街去吧？”我试探着开口。

厉兴抱臂摇头，道：“我们还是待在这最好，万一少主要寻我们，待在这里要方便许多。”

……

“保不定少主会需要我去做些什么，我还是在这待命吧。”

“厉兴，其实你可以去跟在小白身边待命，没必要陪着我的。”既然我们两个的目的都为了跟在小白身边，何必坐在这里相顾无言呢？

厉兴依旧坚定地摇头，“少主让我在这陪着你，我必须陪着你。”

“那你陪我上街吧。”

“夜筝姑娘，我说过了，我们还是待在这里最好。”

我从来不知道厉兴是这样固执死板的人，无论我明着说还是婉转着说，最后永远只会绕回待在别院里等小白召唤的结果。

这哪里是陪伴，这明明是囚禁！

我倏地站起身来，厉兴吓了一跳，仰头看着我道：“夜筝姑娘，怎么了？”

我拿过桌上茶水所剩无几的茶壶，在他眼前晃了晃，道：“我去添点茶水。”

“我去吧，夜筝姑娘在这等我便好。”

厉兴说着便伸手来接我手里的茶壶，我忙提着茶壶躲开他的手，道：“让我去吧，我已经好几日不曾出过这个院子了，我只是去厨房添点茶水和糕点，这都不可以吗？”

“可是——”

“别可是了，你也不清楚我的喜好，还是我亲自去厨房最好，反正我一会就回来。”

厉兴眼里仍有几分犹豫，终究还是点了点头，“夜筝姑娘快去快回，免得少主寻我们。”

我又不出这张府，小白怎么可能找不到我？何况小白主动寻我的可能性委实是不高。

我一路慢悠悠地走至厨房，两个下人正在厨房一边忙活一边聊着，全然没有发现我的存在。

“这都添了几回茶了，今天可真够忙的。”

“可不是嘛，真没想到那什么少将军会在府上住这么久，说来真奇怪，朝廷可一直是不干涉武林之事的。”

“那少将军洛青英可不是普通之辈，他爹可是当朝的大将军呢，木盟主也真是不顺，刚当上盟主朝廷就来找事，幸亏我们老爷已经卸下盟主之位了。”

“你说到底是发生什么事了？我刚刚去大厅的时候发现各大门派的掌门可都来了。”

“不管是什么事都轮不到我们来操心，还是好好干活吧。”

少将军洛青英？

我脑海里蓦地冒出几个月前在林子中听见的那些话。

“木子萧，我家姑爷可是大将军之子，追究起来定灭你全门，哦——我倒忘了，你不过是一介没爹没娘无人要的孤儿，灭了你也就……”

这个洛青英难道就是云家小姐要嫁的夫婿？

天呀，他来找小白难道是为了云家小姐的事情？同那些云家派来的人一样来找小白麻烦的？

难怪这些日子小白都不让我跟着他，应是想独自解决这些难题与危险。

我的心一下子就提到了嗓子眼，哪里还顾得上什么添茶不添茶，厉兴又是否在等我，扔下茶壶就往大厅的方向跑去。

大厅的门紧闭着，显然是有大事在商讨的样子。我虽忧心小白的安危，但也清楚地知道冒冒失失地跑进去定然不好，门窗都关得死死的，我便是想用术法隐身或是幻化作其他的动物进去的机会都没有。

我在门外焦灼不安，懊恼地拍了拍自己的头，早知道刚刚就应该在厨房等着那两个忙活的下人，然后同他们一道进去添茶，也就有了顺理成章进去的理由。

现下便也只能在这里等着刚刚那两人过来了，我探头小心翼翼地贴近大厅的门，试图听听看里面的人到底在说些什么。

虽然微弱，但也能听到一个陌生的男声，道："木盟主，我说了这么多，可就等你表态了。"

这个声音便是洛青英吗？

他要小白表什么态？

可门那边却久久未有小白的声音。

又有一声音道："盟主，既然少将军如此有诚意，说不会插手武林之事，云家家仆既惨死在碧青宫手下，那我们也应该给少将军一个公道，而且碧青宫本就是武林异类，作恶无数，死有余辜，我建议盟主下令，讨伐碧青宫，给少将军一个交代。"

"是啊，盟主，少将军来邬城好几日了，手上又有确凿的证据，却一直等我们弄完比武再提，显然不是找茬为难我们。"

听到这里，我也算是明白了大半，洛青英应该是为那日被厉兴等人杀死的云家人而来，可是真的就只是为了给云家人讨个说法？难道洛青英不知道小白就是那个云家小姐深深爱着宁愿死也不肯嫁别人的人？

我想得太入神，直至被人从身后捂住嘴巴才回过神，我身子一僵，熟悉的声音在我耳边低声道："是我，夜筝姑娘，邬城已不安全，我送你出城吧。"

是厉兴。

首先我并不明白邬城为何已不安全了，其次，就算是不安全了，我怎么能抛下小白独自离开？

我摇了摇头，伸手按在门上，若是厉兴要强行带我走，我便推动门，那样里面的人便能发现我了。

而下一刻，门里面继续传来的声音让我终于明白了厉兴的良苦用心。

“盟主，先将那夜筝抓起来吧，比武时有人清清楚楚地看到她戴着碧青宫的指环，且她在比武时有用到碧青宫的招数，她就算不是碧青宫的宫主也定同碧青宫宫主关系匪浅。”

“说得对，我看就应该先把她抓起来，仔细拷问碧青宫的所在之地，再一举歼灭。”

我听得后背发凉，委实不明白这些所谓的武林正派为何这般讨厌碧青宫，让我感到庆幸的是这些人并不知道小白同碧青宫的关系，那样，小白就不会有什么危险了吧。

“走吧。”厉兴稍稍向后拉了拉我，在我耳边道，“这里很危险。”

他并未松开捂住我嘴巴的手，不能言语，我依旧固执地摇了摇头。

有小白在我怎么会有危险呢？他是武林盟主，各门派听他的号令，他一定会保护我的呀。

门里面终于传来了一道我熟悉的声音，张震天道：“子萧，你的人品我信得过，你与碧青宫绝无关系。可夜筝是你义妹，你打算如何解决这件事？”

我屏住呼吸，凝神等待着小白的回答。

小白是那样的学识过人善于言辞，他一定有办法让大厅里的人明白他们误会了我，误会了碧青宫。

云家仆人之死明明是云家仆人自己先挑起来的。

于是我等呀等，门内传来各种各样陌生的催促声，我紧张得心跳都快要停止跳动了，终于等到了小白的回答。

“诸位放心，我木子萧定大义灭亲，手刃夜筝。”

大义灭亲，手刃夜筝。

手刃夜筝，大义灭亲。

我觉得自己顿时就像被抽离了三魂七魄，只剩下行尸走肉般的躯体。

我木然地松开按住门的双手，怔怔地转过身，对上厉兴的双眼，声音发颤：“厉兴，你告诉我，我是不是听错了？”

我眼前一片迷离的水雾，模糊了他眼眸中的不忍。

厉兴不答，只是强行拉过我的手，不容拒绝地带着我朝张府外奔去。

我就像个布娃娃，任由厉兴拉扯着，喃喃自语：“厉兴，你早就知道那个什么洛青英来了是不是？所以你这几日才陪着我，所以你刚刚才说危险要我走，你早就知道了对不对？”

可我不信，不信小白会要杀了我。

是啊，笨蛋夜筝，你怎么可以随随便便听了几句话就怀疑你一直深爱着的人呢？

他现在是武林盟主，这么多人向他施压，他不这样说的话又能如何说呢？

小白定是为了保全我，与他们周旋才故意这样说的。

对，一定是这样的，厉兴是听了他的吩咐才陪伴着我的，一定是他怕我有危险想让厉兴保护我，不然此刻厉兴怎么会急匆匆地带着我逃离这里呢？

我相信小白，他一定是在同那些人演戏，我不能给他添乱，我会乖乖地躲起来，不让他为难。

这样想着，我的心立刻死灰复燃，我用力地擦了擦湿润的眼眶，对厉兴道：“厉兴，我们走快些。”

我强迫自己冷静地思考，只要同厉兴出了城，让他安心地离开我，我便可以隐了实体再回到小白身边去。

这样小白便可以一面同那些武林门派四处寻我，又不用担心会真的伤到我，既然死在林子里的那些云家人总要有个人出来承担责任，那不如就让我来担负吧。

可事情从来不会按照我所想的那样去发展，我同厉兴刚刚出了郧城，尚来不及支开他，那些武林各派便蜂拥而至。

我仓皇地回头，小白立在人群前头，微抿着唇角，喜怒不明。

“盟主，不需要查了，云家仆人的命案定是这夜筝所为，不然她何至于心虚逃跑？幸亏发现得及时！”

我不需要解释，也没必要解释，我在意的仅仅是小白对我的看法，而真相是什么，小白一清二楚。

我目不转睛地看着小白，试图从他的眼神里得到一丝我该如何配合他的讯息。

厉兴动作谨慎地移至我的身前，环顾着四周，压低声音道：“夜筝姑娘，一会我尽力拦住他们，你别管我，速速回碧青宫。”

厉兴的挺身而出让我心中五味杂陈，我从未想过在我身处险境时他会这样维护我。

我感激他的维护，更加不想要连累他，面前站着的可是一大群的武林高手，厉兴武功再好，亦没有胜算。

那些人隔着一二十米的距离同我们对峙着，一个个摩拳擦掌就等小白一声令下了。

有人认出了厉兴，道：“那不是盟主身边的随从吗？为何会同碧青宫的妖女在一起？难道说他也是碧青宫的人？那盟主岂不是……”

此言一出那些人开始面面相觑，人群中一阵唏嘘的声音。

小白好不容易才当上武林盟主，我不能让其他人因为这件事而猜忌他，于是我伸手掏出厉兴放在身侧的飞镖，自他身后抵在他的脖间，扬声对对面的人道：“你们不许过来，再过来我就杀了他。”

我佯装做自己挟持了厉兴的样子，这样就可以让小白和厉兴撇清同我的关系，也就不用为难了。

“夜筝姑娘。”厉兴不赞同地动了动，想要从我手上挣脱。

我一手用飞镖抵住他的脖子，一手紧紧拉住他的左手，压低声音安抚地说道：“厉兴你别动，一会你同他们走就是，别担心我，他们伤害不到我的。”

我是琴妖，凡人的武器伤不到我的。

我这一句话终于引得了对面那群人的注意力，一个个瞪圆了眸子看着我，怒道：“妖女，你现在只身一人还如此猖狂，未免太不把我们看在眼里了，识相的便束手就擒，别再做无谓的挣扎。”

我真受不了他们这样自以为是的解读与说辞，大声反驳道：“你们口口声声说自己是武林正派，做的事情又正直到哪里去了？我离开郧城便是心虚逃跑？你们一大群人商讨着要杀我，还不许我自保吗？”

我得想个法子拖延下时间，找个机会用纸鸢传个消息给离陌。

另一个人却按捺不住，冲上来嚷道：“同她废话这么多作何？当日她伤我雾仑派弟子，我看在张盟主的分上才不同她计较的，今日我非好好教训教训她！”

语罢此人飞身而来，有了第一个动手的人，其他人便纷纷响应，眼看着他们靠近，情急之下我只能“挟持”着厉兴朝小山上走，小山上树木众多，只要有了东西遮挡，我便可以隐了实体消失在众人面前。

自始至终小白都是一言不发地站着，没有丝毫要阻拦他们的意思。

我觉得自己真真是矫情，明明知晓小白的立场艰难，却还是自私地希望他可以稍稍表示下对我的担忧，不要一脸的漠然，好像我便是铜墙铁壁一般的无坚不摧，又像是我的生死都同他无关。

他们一开始还忌惮着厉兴的安全不敢轻举妄动，奈何我这三脚猫的功夫实在是撑不了多久，握着飞镖的手被人用暗器打中，我条件反射地松开了厉兴，而这样间隙所有人都携了武器朝我攻来。

厉兴担忧地看了我一眼，想让我继续“挟持”他，我朝他无碍地扯了扯唇角，伸出没有受伤了的左手重重地将他推了出去。

我是琴妖，他们伤害不到我的，伤害不到我的。

我一遍又一遍地在心里默念着，仿佛这样身体上的伤便一点都不疼了。

仿佛这样就可以不去计较小白眼睁睁地看着我被各种刀剑刺伤的无动于衷。

打不过我只能拼尽全力地朝山上奔跑着，无数次地抑制着在众人面前变身逃走的念头。

小白说过的，切不可让其他人知道我非凡人，若是被他们知道我是货真价实的“妖女”，指不定会为难小白。

我从未想过自己能跑这么快，原来当无法后退时，我们都会比自己想象中的要强大。

可身体却像是要反驳我的想法一般，那些暗器留在我的身体里，伤口便不能痊愈，鲜血无法抑制地流淌。

我不知道自己跑了多久，全身上下又被刺中了多少剑，我头也不回地奔跑，直至跑至一处断壁，再无处可走。

我向下看了一眼，并未深不见底，依稀可以瞧见底下盘旋的石路。

也罢，跳下去是最好的选择，我可以在跳下去之后幻变成鸟儿飞走，也让这些人以为我已殒命，这件事也就终了。

思及如此，我便冷静下来，转过身来，想要在离去前看小白一眼。

“妖女，看你还往哪里逃！”有人冷笑一声，提了剑便要朝我刺来。

“且慢。”

在一片冰冷的武器碰撞的声音中我终于听到了小白低沉悦耳的声音。

我欣喜地朝他看去。

小白却看也不看我，只是朝众人微微俯了俯身子，道：“夜筝是我义妹，诸位请退后，容我同她说几句，再亲手了结。”

我懂小白话里的意思，他这样说一定是为了拖住众人，然后找机会让我安然离开。

我的心那么小，只要他有一丝丝的关心，我便能够被填满，我目不转睛地看着他徐徐朝我走来，忽略掉他身后剑拔弩张的人群，忽略掉身上汩汩不断的鲜血，世界静谧得仿若只剩下彼此。

我不能让小白被我身上的伤口吓到，等他过来了，我一定要告诉他，我一点都不疼，我什么事情都没有，我等下跳下去变成鸟儿飞走便好，这样他就不用为如何面对身后的人而发难了。

我看着他在我面前站定，就等着他一句压低声音的问好。

可小白俊脸紧绷，墨黑的眸子若清幽的湖水，不辨喜悲，扬声道：“夜筝，数月前云家仆人之死，可与你有关？”

我仿佛听见心碎裂开来的声音，耳畔响起巨大的嘲笑声。

夜筝啊夜筝，你到底在奢望些什么呢？

除去云家小姐，小白的心里也就装着复仇罢了，他为了复仇才当这武林盟主，又怎么会在众人面前关心你？

我长久的沉默让他的目光透出几分急迫，“是还是不是？”

我不知道自己是生性如此，还是爱让我变得卑微，此时此刻我的第一反应仍是说服自己不要那么矫情地斤斤计较，应该配合小白演好这场戏，“是又如何，不是又如何？”

“若是，我便亲手了结你，给少将军，也给武林一个交代。”

这是在演戏，夜筝，你不要难过。

我拍抚着自己的胸口，好似这样就可以将充斥在心间的难过抿去，“是我，所有的一切都是我做的，同碧青宫无关，同任何人都无关。”

小白黑眸闪了闪，提剑朝我靠近了几步，他薄唇轻启，咬字极轻地说道：“夜筝，谢谢你，我没想到你竟愿意帮我至此。”

我喉咙干涩，说不出话，只能摇头。

“洛青英早就找上门来，他是朝廷的少将军，这是助我复仇的好机会。夜筝，你告诉过我，凡人的剑伤不到你。”

我心间的难过早就发酵成悲伤，顷刻崩溃决堤。

我终于相信，这一切都是小白计划好的。

我突然就想到了很多很多，想到那日小白将指环送与我，我感恩戴德地收下，甚至不惜惹怒离陌。

想到离陌离开那日，我们一道用餐，厉兴告诉小白朝廷来人了，他便避开我离去。

想到我戴着指环去参加比武的清晨，小白目光幽深却不曾开口阻止。

想到离陌说我近期会有一劫，想到离陌不让我收下这个指环。

原来如此！原来如此！

那么这些日子小白让厉兴陪着我，是怕我会隐了实体无法再唱今日这一出戏吗？

我并不介意小白利用我去达到自己的目的，可是作为一颗棋子，不能提前告诉我吗？

小白明明知道的，只要他开口，我什么都愿意为他去做，何须这般处心积虑地算计？

我垂首看着自己流血不断的身躯，因着小白喜欢白色，我便学着他着一身素白，现下鲜血在衣裳上肆染开来，像是一朵又一朵怒放的蔷薇。

我突然觉得自己或许错了，凡人的武器也是可以伤害到我的，不然此刻我又怎么会觉得全身疼得撕心裂肺？

“呲——”

小白一剑刺进我的胸口，然后将我向后推。

我浑身无力被推着就要掉下这断壁，眼前一片模糊，我看不清楚小白脸上的神色，只听见他低沉的声音，轻声说着：“掉下去后换个身份再来寻我。”

自林中那一剑后，我从未想过今生今世小白还会刺我第二剑。

我全身又疼又冷，我觉得自己若是掉下去说不定会死的，我想伸手拉住小白的手，却一点力气也没有。

“小白，我觉得凡人的剑也是可以伤到我的。我好疼，疼得快要死了。”

我不晓得小白有没有听清楚我的话，因为，我已被他推下断壁。

小白，我觉得我这次可能要死了。

我可能无法换个身份再来寻你了。

你，可会难过？

我像是坠入无边无际的黑暗里，身子沉得像是被人用钉子死死地钉住，动弹不得。

仿佛像是回到了自己刚有了精魂的初始时候，噢，不，甚至更糟糕，我无法移动身体，除了黑暗，我仿佛不复存在。

我……是不是已经死掉了？

想到之前的种种，我已是心如死灰，罢了，我真愿自己死透了才好，这样便不会被记忆所累，心如刀绞了。

也不知道到底过去了多久，我耳边竟然传来了一道陌生的男声。

“咳——这位姑娘身子可有起色了？”

这声音低沉，却又透着些提不起力气的虚弱。

这时另一道声音恭敬地回道：“这位姑娘伤得太重，这些天了伤口也不见好，怕是……撑不下去了。”

我撑不下去了吗？

凡人的武器不是伤不了我吗？为何我的伤口没有自动愈合？

我可是琴妖啊。

我试着睁开眼睛看看在我身边说话的人是谁，可无论如何努力，上下眼皮都死死黏在一起，无法分开。

这时又有一道年轻的声音响起：“主子，属下有一言不知当讲不当讲。”

“咳——你说。”

“主子救了这位姑娘，又替她疗伤已经是仁至义尽，万万不可再因为她而耽误行程，圣……”

“好了。”被唤作“主子”的人打断这道声音，“再等五日吧，五日后她若毫无起色我们立刻启程。”

虽然无法睁眼看看这位虚弱的救命恩人长什么样子，可哪怕他现下扔下我，我亦是感激涕零的，毕竟我掏心掏肺对待的人如此伤我，而这个陌生的人却愿意伸出手温柔待我。

小白……

一想到他，就仿佛身体的伤口再次被撕裂开，我痛到想要蜷缩着身子。

我仿佛被锁在这具身躯里，唯一存在的感官只有听觉，剩下的便是无尽的黑暗。

也不知道过去了多久，耳边传来一道熟悉的女声，她冷哼道：“夜筝啊夜筝，你这模样未免也太狼狈了些。”

这声音是落影，她为什么会出现在这里？

我开不了口，却觉得身子蓦地一凉，似乎是身上的棉被被落影一把扯开了，“啧啧啧，伤得这么严重，你当真是琴妖吗？”

我无可辩驳亦找不到这一次伤口不会自动愈合的原因。

“你是殿下的徒弟，身体里又有殿下的几百年的修为，被凡人伤成这样也真真是丢脸，若被其他人知晓殿下有你这样一个徒弟，只怕会颜面尽失。”

我本就伤重疼痛不已，落影却还来落井下石，她这语调倒是同离陌如出一辙，极尽挖苦讽刺，若是日后我好全了，定要跟离陌告上一状，让他替我好好说说这落影。

思及如此，我才发现自己竟不知不觉中已经把离陌当作自己的靠山，可若是被他看见我现在的样子，只怕也会同落影一般地数落我吧。

是我没有听离陌的话，固执地要戴上那个指环，固执地要去参加比武。

落影说完这些话后并未离开，冷冷的声音再次响起，“夜筝，我晓得你全部听得到，我索性坦白跟你说了吧，殿下在南海征战，我原本该一同前往，陪他驰骋战场，可就因为怕你有危险，殿下让我留在你身边保护你，我不能抗命，也没办法看你一帆风顺，于是你被凡人围攻时我并未出手相助，我就想让你尝些苦头。”

落影不会明白，伤我的不是那些刀枪冷箭，而是小白啊。

“夜筝，你晓得殿下待你多好吗？你却为了一个凡人沦落到这个地步，当真愚蠢，我很后悔，初见那次，我就该杀了你。”

她指的是在林子中，她不顾我的安危，强行拿我当盾牌保护离陌那次吗？

那次若不是离陌，我确实早就死了。

可确实是因为她，才让离陌误以为我舍命救他，收我为徒。

为什么落影要如此仇恨我？

“夜筝，我不愿救你，可我不得不救你。”

语罢我感觉到一股热流源源不断地涌入我的身体里，顺着血液蔓延开来，似乎在安抚着我身体的伤口。

我试探着动了动，依旧是动弹不得，伤势并没有任何好转。

“怎么会？”落影的声音里透着几分难以置信，“为何你的伤口不会愈合？！”

自林子中被小白刺了一剑，离开了林子，我是受过一些伤的，而伤口每每不久便会愈合，这一次却为何不行？

是因为我万念俱灰一心求死吗？

落影的手急切地拉扯开我的衣服，探向我的伤口，“莫非伤你的并非凡人？”

小白怎么可能不是凡人？

“这是……”落影的手蓦地落在我的手腕处，也不知道是不是我的错觉，我竟觉得她的声音在颤抖，“殿下的犀牛角怎么会在你身上？”

离陌走之前将犀牛角化作一串手链赠予我，说是沾染着他的灵气，可以号令一众妖魔，为我所用，这般贵重的礼物也难怪落影会如此震惊。

“在这样险峻的战事中，他竟然把犀牛角给了你……”落影的声音无比干涩，再无以往张扬犀利，“殿下竟把你的命看得比自己还重要……”

闻言，我的心针扎般地疼。

离陌待我这般好，我却将一颗心全部扑到了小白的身上，不曾去了解过离陌身上到底背负了些什么，他这次离去前，若我可以多问问，哪怕他不愿意说也固执地问问，知晓他此番离去万般惊险，我定不会收下这犀牛角的。

落影注入我身体的那股暖流瞬间消失，她的声音恢复了以往的凌厉，甚至带了些恶狠狠地说道：“就算殿下会责怪我，我也会前去护他，夜筝，你最好乞求殿下平安无事，否则，我定会让你痛不欲生。”

她应该是走了吧，我再也没有听到她的声音。

我脑海里浮现了许许多多有关离陌的画面，他面色苍白靠在树干上的样子，黑衣浸满鲜血，可他紧抿着唇，一言不发。

用自己的精元救我，失去了术法，也依旧在我面前表现得毫无异样的样子。

明明要去做那样危险的事情，却把护身之物给了我，我夜筝何德何能值得他如此待我呢？

离陌从不示弱，我好像就忘了他也会受伤，我于离陌何尝不是小白于我？

巨大的愧疚感汹涌而来，就快要将我湮没。

我收敛了自己的悲伤的情绪，开始一遍遍告诉自己，我不能就这样死去，我一定要醒过来，对于离陌我还有很多很多话要跟他说。

而且……小白还在等我啊。

我再次萌生了强烈的求生意识，只是这一次不仅仅是为了小白，还有离陌。

我开始拼命挣扎，试图打破这梦魇般的束缚，即使成效甚微亦决不放弃。

每隔几个时辰会有大夫过来查看我的伤口，我听着他们言语中的交谈来了解自己的伤势，也可以推测出我的救命恩人非富即贵，他不但让大夫医治我，还顾及我女儿家的身份，留了个婢女照顾我，替我换药擦身。

有几次我甚至听到了他们提及了“朝廷”二字，那么他们会跟洛青英有关系吗？

这一日我又听见了推门而入的声音，耳边响起的不是救命恩人的声音而是那日劝他启程的属下。

“她还没醒？”

婢女回道：“是的，便是连半句梦话也没有说过亦不曾翻身。”

“主子心善，但我们不能由着他，耽搁了日程圣上怪罪下来，大家都担待不起。”

圣上？

是小白一心要复仇的皇帝？

那人又接着道：“我看她这样子也是活不成了，等天黑了，我唤几个人过来，你跟他们一道把她送至附近的村民家里，银两我会备好，她若是死了，也有钱下葬。”

婢女有几分犹豫，“可是……主子若是问起来可如何是好？”

“这简单，若是主子问起来便是说她死了或是自己醒了离开了都可。”

我心下一紧，若是这样我岂不是连救命恩人都会见不到？

这可怎么行？！

我急得不行，倏地睁开眼来，久违接触的光线刺得我眼睛生疼，视线里只有模糊的轮廓，什么都看不分明。

我醒过来了？！

“唔……”我试着张唇发声，可是太久未曾饮水，喉咙干涩发疼，费尽力气也只发出破碎的音节。

婢女立刻迎上来，欣喜道：“姑娘可是醒了？”

我依旧看不清楚她的脸，只能用力地点头。

“姑娘莫急，我立刻去唤大夫。”

真好，我活过来了。

离陌，你也一定要平平安安的啊。

小白，这些日子，你可有担忧我？

大夫不久后入了屋子开始为我诊疗，我浑身乏力但庆幸感官都渐渐开始复苏，依稀看得清眼前的事物，视线里有年近四十的大夫，立在床侧担忧瞅着的婢女，还有坐在凳子上一脸漠然的年轻男人。

良久大夫收回为我号脉的手，道：“姑娘身子已无大碍，性命已是无忧，只是这番伤重，筋骨尽损，怕是要好生休养，日后……也恐会落下病根。”

“谢……”我费力挤出破碎的字眼，喉咙犹如针扎。

“姑娘稍等，我去给你倒水。”婢女体贴地倒了杯茶水递至我唇边，喂着我喝了下去。

即使喝了一大杯水我依旧说不出话来，只能感激地看着她。

“周大夫，具体要如何休养能否请你列个单子？”婢女微俯着身子询问大夫，“这姑娘还这般年轻，若是落下病根以后大半辈子还怎么过？”

“这病根怕是免不了，如何休养还是后话，她尚未好透，你仍需要给她擦身换药，药也是每日要喝的。”大夫回答得直接，嘱咐一番后便站起身来，提着药箱离开了屋子。

大夫一走，婢女又连着喂了我好几杯水，而这时一直未曾吭声的男人看向婢女，道：“迎夏，依旧按我之前说的去做。”

之前说的？

把我送走吗？

因着刚刚连喝了好几杯水，我终于找回了些声音，“等一下……”

男人皱眉看向我，无声地询问。

“你家主子会过来吗？”除了那日听到过一次他的声音外，他再没有来看过我，我并不介意被他们扔下，只是想亲口对救命恩人道声谢罢了。

“你怎知我有主子？！”男人倏地起身拔出腰侧的佩剑指向我，目光警惕而凌厉，道，“你到底是谁？有何阴谋？可是受人指使？”

我愣愣地看着那泛着寒光的剑，身子不受控制地瑟瑟发抖。

恐惧不住地从心底涌出，那大夫说我日后会落下病根，我只觉得这就是我的病根，明明凡人的剑伤不到我，可当我一看见这指向我的剑，便疼得撕心裂肺。

若是小白知晓他刺向我的剑已成为我的心魔，他是否会有哪怕一丝的后悔？

见我沉默男人逼近我，剑尖落在我的眉心，“如实招来，否则我现在就杀了你。”

我强迫自己镇定下来，好半天才发出声音，“我昏迷的这些日子虽然睁不开眼，却偶尔可以听到你们说话……”

男人目带审视。

“我只是想亲口跟他说声‘谢谢’罢了，别无他意……”

许是见我说话太过艰难，声音沙哑犹如鸭嗓，迎夏上前轻轻拉了拉男人，劝道：“邱修，把剑收起来吧，这姑娘看着并不像坏人，何况她伤得这般重，做不了什么的。”

我不知道自己的解释邱修到底听进去了几分，他终是收回了剑，冷声道：“我家主子岂是你想见便能见的，你既醒了便早些离开，若不想也无妨，反正明日我们便走了，你要留就留吧。”

语罢邱修亦离开了房间，他一走迎夏便取了药箱过来给我上药，见着我身上的伤目光闪烁，“姑娘是遇到歹徒了还是被仇家寻仇？这下手未免太狠了一点，别说你一个弱女子，怕是个寻常男人也是受不住的。”

我只能苦涩一笑。

伤我的非仇人亦非歹徒，而是我挚爱之人。

迎夏只当我是喉咙干痛说不出话来，体贴道：“我知你现在说话困难，你不必答我，好生休养。”

自我醒来后迎夏就一直忙前忙后地照顾我，替我换完药又去给我熬了汤药，还去厨房煮了些粥，动作轻柔地喂我吃下。

两个时辰后已是暮色四合，而我终于好了些，勉强可以坐起身子了，而我刚一动迎夏立刻上来扶我，“姑娘莫动，当心拉扯了伤口，不仅会流血只怕会留下伤疤。”

我摇了摇头，“我并不介意。”

左右不过是一副皮囊，只要小白欢喜，便是千疮百孔又如何？若他不喜，完美无瑕亦毫无意义。

“姑娘生得漂亮，留了疤多少有些遗憾……”迎夏顿了顿，又安慰我道，“不介意也好，能活着已经是万幸了，你可能不知，我们遇着你的那天，你浑身是血，伤口触目惊心，那样子简直是凄惨……”

我不愿意回忆，开口道：“迎夏，你们当真明日便走？”

“嗯，我一会便去找大夫，让他把接下来十天半月里你要用的药材备好，也会要他把你日后需要注意的事项列清楚，主子心善，会给够你银两，待我们走后，你可以好好生活。”

“迎夏，可否劳烦你一件事？”

“姑娘请说。”

“能否请你和你主子说一声？他是我的救命恩人，我理当当面致谢的。”邱修那般提防着我，自然是不会帮我的，我只能找迎夏。

“这……”迎夏面目露为难之色。

“你只需帮我向他禀明便好，若是你主子不愿，便劳烦你告知他，日后有机会，我必定会报答他的救命之恩。”

迎夏终于应允，“好，你且等等我。”

迎夏离开后房间里便只剩下我一人，我忙拿出离陌留给我的纸鸢，将我对离陌的关心与询问通通倾诉，然后忍着疼痛挣扎着起身，走至烛火边，将纸鸢燃尽。

来回不到二十步我却走了将近半盏茶的时间，浑身冒着虚汗将我的发丝濡湿，我心里隐隐有些不好的预感，我的伤口不会自动愈合了，那么我的术法呢？还能用吗？

我忙念着口诀，可我的身子一丝变化也没有，也无法隐去自己的实体，多番尝试后我不得不承认，此时此刻的我与凡人一般无二。

未多久迎夏推门而入，眉目间隐约含笑，我便知应该是救命恩人愿意见我了。

果不其然迎夏道：“姑娘，我家主子说了，你要是愿意现在便可以前去见他，只是……你这身子撑得住吗？”

“撑得住的。”便是撑不住也要撑啊。

我在迎夏的搀扶下走出了屋子，每走一步身子都仿佛要散架，我只能咬着牙，好不容易迎夏领着我进了一间屋子，我的后背早被汗湿。

屋子的内部结构十分的简单，迎夏扶着我冲屏风恭敬道：“主子，她来了。”

“嗯。”他轻应了一声。

借着跳跃的烛火，透过屏风我只能看见一个稀薄的影子，我朝着他跪了下去，诚恳道：“多谢贵人救我一命。”

“你伤得重，不必跪着了，坐下吧。”

闻言，一旁的迎夏忙过来扶我，落座后他依旧纹丝不动地坐在屏风后，许是因为身子虚弱，他说起话来比邱修要平易近人得多。

我对他是满怀感激的，若是没有他，我如今还不知身处何处，“不知我该如何称呼贵人？”

总不能一直唤着“贵人”吧，可看着邱修和迎夏对他的态度，我只能斟酌着字句，唯恐言语不当冒犯了他。

他不答反问：“你呢？敢问姑娘芳名？又为何会受此重伤？”

“我……”我动了动唇，垂下头，声音发涩，“我没有名字。”

掉下断壁之前小白曾对我说让我换个身份再去寻他，如此一来“夜筝”这个名字便不能用了。

是啊，在江湖上“夜筝”二字便等同于“妖女”“祸害”，人人得而诛之，自然是不能再用了。

“哦？”

我不愿骗他，只能含糊道：“我全身上下的伤是至亲至爱之人给的，我是死过一次的人了，往事不堪回首，在这世上我没有亲人，没有过往，只剩自己了。”

为了不连累小白，我要撇清楚和他的关系，而为了可以重新回到小白的身边，我需要一个新的身份。

这其实才是我执意要见这位救命恩人的原因，我想要向他谋求一个新的身份，我知道他身份高贵，知道他与朝廷有关，而小白之前也表示了他会回朝廷，况且现在的我失去了术法，联系不到离陌，只能期盼这位心善的贵人可以再帮我一把。

如果能留在这个贵人身边，我总会和小白重逢的。

而我甚至期盼着，能通过这个贵人，助小白复仇。

我明明知道小白不可能会爱上我，可我还是，什么都愿意为他做。

屏风那头没有了声音，我从椅子上起来，再次跪了下去，这一次额心抵地，“我无处可去了，求求你，让我跟在你身边，让我当婢女也可以，或者厨娘？再或者我也可以给你当车夫，我什么都可以去学的……”

屏风那头传来一声低笑，他温声道：“你还能学着驱车？这倒是有趣。”

“……只要你可以收留我。”

我匍匐在地，这下是连屏风上影子都瞧不着了，耳边似乎传来了衣裳摩擦窸窸窣窣的声音，片刻后有如玉珠转动般温润的声音自头顶传来，“如若你被人心所伤也不必绝望，只当多了层护障，而人心啊……并非不可掌控。”

这番的答非所问倒让我不知道他想表达些什么，从地上仰起头来，视线里是一张年轻出色的脸，没有离陌的张扬也不似小白那般清俊透着几分病态的阴柔，而在这样的秋日里，他竟已经穿上了狐裘，越发衬得面色苍白，身子虚弱。

我颇有些迷惑地看着他，“这话是什么意思？”

似是没料到我会这样问，他微怔，随即轻咳了一声，浅浅一笑，温和道：“便是愿意收留你的意思。”

“真的？”我难以置信，他竟如此轻易地答应了。

“不可！”这时邱修不知从何处蓦地冒了出来，眉心紧蹙，急切道，“主子，这女人来路不明，万万不可留在身边！”

而他只是淡淡扫了邱修一眼，四两拨千斤道：“邱修，有你在，我定不会有危险，对否？”

“这——”邱修被问住，一时之间竟说不出话来。

老天待我还是极好的，总让我绝处逢生，只是日后我不再是小白的琴，那么我会是什么？

贵人的车夫？

但愿驱车不似离陌教的术法那般难学。

第八章

安　歌

迎夏一路将我扶回了屋子，满面含笑，道："主子愿意留下你可真好，日后你我相互做伴，也就不无聊了。"

她如此迅速接纳了我，我心头涌过阵阵暖流，仍有些难以置信，如此我便算是有了新的身份和停留之处了吗?

迎夏显然情绪高昂，连话也变得多了起来，"对了，你说你没有名字，那我日后该如何称呼你？"

"我……不知。"

要割舍掉"夜筝"这个名字我心里是不舍的，仿佛不叫"夜筝"，我同他之间便再无关系了。

"这个也不急。"迎夏安抚地轻轻拍了拍我的手背，嘱咐道，"你早些休息，既然你明日要同我们一道离开，许多事情都要准备，你且放心，我都会替你收拾妥当的。"

我万分感激地道了谢，在她要离去之前询问道："迎夏，不知贵人是什么身份，我又该如何称呼他？"

闻言，迎夏立刻警惕地环顾了下四周，用食指抵住唇，示意我不要继续说下去，随即压低声音，小声道："你莫要问了，主子的身份是不容人随意揣测的，等到主子想告诉你了，你自然会知晓，至于称呼……你自然是该同我们一道叫声'主子'的。"

可这世间在我夜筝心里唯一的主人是木子萧。

罢罢罢，左右不过是一个"称呼"，既然我都要做婢女或车夫了，叫声"主子"亦是理所应当。

这一夜我睡得极不踏实，不仅是因为身上的伤口太过疼痛，也忧心着离陌的安危，便又挣扎着再烧了几只纸鸢，而躺在床榻上我总会控制不住地想此时此刻小白可入睡了。

他"亲手杀了我"可有让那少将军洛青英满意?

当上了武林盟主会不会太过操劳?

少了我这颗棋子，可有其他人为他所用?

待在林子里的那段时光我是不懂何为"愁苦"二字的，那时候最大的困扰不过是如何能不惹暴躁的离陌生气，如何能待在小白的身边，我蓦地想起我执意跟着小白离开林子的那日，他嘱咐我外面的世界复杂，今时今日我才真真有所体会。

诸事烦心，这一夜我不曾合眼。

翌日天刚微亮，迎夏便推门而入，替我换药又招呼我吃了早餐，随后搀扶着我往外走，"行李我昨夜就让人放在马车上了，路途会有些颠簸，幸亏周大夫也同我们在一辆马车，你要是不舒服可要说出来。"

周大夫也一道走?

这样想来，这周大夫并不是我这新主子给我请来的，而是一直随侍他左右的，也对，这主子看起来身子不大好，确实是需要个大夫候在身边的。

因为伤口的原因，我走得缓慢，同迎夏走到院子时大家已经是蓄势待发的样子，我随意一扫，人群中那雪白的狐裘尤其显眼，他立在宽敞的大马车旁边，邱修恭敬候在他身边，像是在报告些什么，而周围有四个青衣男子正牵着马站得笔直。

这阵仗可比小白出门时要大得多。

我想着要去给新主子打个招呼，又怕打扰到他谈事，便隔着一段距离远远地看着他。

许是感受到了我的注视，他忽然侧头朝我看来，面色并无不悦，浅浅一笑，而这时一旁的邱修亦停止了说话。

想来是正事谈完了，我琢磨着我左右都是要上马车的，索性直直走过去，想同他打个招呼再一道上马车。

我正思索着要开口说些什么，他已经开了口，“身体可好些了？”

我如实作答：“似乎并没有好一些。”

像是没想到我会如此作答，他一时没有答话，而一旁的邱修亦是愣怔地看着我。

“我……不应该这样回答？”我探寻地瞅着他，迎夏在一旁扯了扯我的衣袖，仿佛……我又说错了。

他瞧了我一眼，似乎是觉得有些好笑，正要说些什么，一张唇却咳了起来。

迎夏忙松开我道：“主子，快些上车吧，外头风大。”

他轻轻颔首，一旁的邱修忙上前扶他上马，我亦准备抬脚上马车，可刚刚抬脚，邱修便怒视着我，扬声斥道：“你在做什么？”

我被他吓了一大跳，心肝都颤了颤，连脚都忘了收回来，故作镇定地答道：“上马车啊……”

“不成体统！”邱修眸光似剑，“主子的马车岂是你能坐的？”

我顿觉委屈不已，明明之前迎夏扶我出来时便说了一会我们是坐马车的，怎么现在又不让我上了？我转了转眼珠，扫了一旁高大的马匹一眼，难道是要让我骑马？

哼，这邱修分明就是在针对我。

邱修还要训我，主子却伸手挡了挡，温声道：“她到底是个姑娘家，伤又一直都未好，你不该这样凶她。”

我瞬间就像是找到了靠山，委屈地看向他，弱弱道："主……主子……我身上的伤还疼着，是骑不了马的……就算非得让我骑，能不能等我伤好之后再骑？"

"谁说让你骑马了？"他眼底隐有笑意，唇角微扬，"怕是你想骑，我这也没备你的马匹。"

我暗叫不好，这主子昨日才应承收留我，今日就要反悔不成？

既不让我上马车也不让我骑马，我总归是不能走路跟着他们吧？

我越发委屈了起来，这时迎夏再次扯了扯我，道："我们赶快上车吧，不然让主子受了寒风就担待不起了。"

我疑惑地看着迎夏，只觉得这些人说话真真是矛盾，一会说要上马车，一会又不准我上马车，这到底是让我如何是好？

主子已经弯腰上了马车，像是看透了我内心的想法，又探头冲我笑道："你的马车在后头，快上车吧。"

闻言我立刻别过身子往后头瞅了瞅，便看见一辆马车停在眼前的马车后面，顿知自己闹了个大乌龙，一时之间恨不得钻进地洞里，尴尬地扯了扯唇角，"呵呵呵……是我误会了误会了……主子快上车，莫管我……"

语罢，我立刻挽住迎夏的手朝后面的马车走去，可稍稍一提速就牵动了伤口，我痛得直抽气，亦不敢停下来。

待上了马车我才发现车上还坐着俩人，一个人是替我疗伤的周大夫，另外一个据迎夏介绍是负责一行人膳食的秦嬷嬷。

我在马车上坐定，越发觉得跟了个了不得的主子，出行不仅有一队随从，便是连厨娘和大夫都准备好了，这阵仗可是比小白的出行要大上许多。

日子就这样一天天过去，从大家的言谈中得知，此行我们是要赶往京城，我越发觉得自己是跟对了人，到了京城或许我很快就会和小白重逢。

我从未去过京城，亦不知道路途有多远，就这样赶了二十来天的路，可京城似乎依旧遥远。

而我又似乎回到了从前的体质，身上的伤口开始快速地愈合，这让给我上药的迎夏震惊不已，双目瞪得犹如铜铃，“这……这也太神奇了一点吧……怎么可能会好得这样快？”

即使迎夏待我再好，我自然是不能暴露我琴妖身份的，我讪讪地笑了笑，道：“多亏了周大夫医术高明。”

虽然隐身和术法似乎还未复原，可我这身子已是好了个七七八八，因着此行目的是京城，我便愈发地想留在这里，怕大家觉得我一无是处，我便开始跟着迎夏学这学那，还跟着秦嬷嬷学着下厨。

一旦有了信念便是什么都能够克服的，如果这些都是通往寻找小白的路上必须要做的，我都可以做。

唯一让我担忧的是，即使我得空便放了纸鸢，可离陌那边却是半点回应也没有，我不敢深思下去，一想到他可能有危险，我便心乱如麻。

这天赶了大半日行程，大家在林中寻了处停下，打算用了午膳稍作休息再出发，我没什么胃口，匆匆扒了几口饭，见二位车夫正在远处交谈，我便坐上了驱车的位置。

那日为了可以留下来，我曾经说过我可以学着驱车的，以防万一他会让我实现承诺，这些日子我都有撩开车帘观察车夫驱车。

动作姿势我已经记全，便开始坐在车夫的位置开始演练，当然为了安全起见，我是不敢真的碰到马鞍的，只是在空气中比画着。

这样的比画太过乏味，好在我之前跟着迎夏学了好几首歌谣，便轻声哼着比画着。

一遍一遍练习着，直到觉得动作已有七八分像我才停下来，略一侧头却猝不及防地对上一双眸，我的新主子正披着狐裘含笑看我，也不知看了多久。

“主子……”我忙唤道。

“嗯。”他轻应了声，“你方才是在做甚？”

“驱车啊！”这么明显他难道看不出来吗？我不免有几分沮丧，“我学得不像吗？”

他却不置可否，只是兀自开口道：“你说你没有名字是吗？”

“嗯。”

“我刚刚听你唱歌突然想到了一句话，‘疏缓节兮安歌’。”他顿了顿接着道，“日后你便唤作‘安歌’如何？”

“疏缓节兮安歌……”我喃喃重复着，迷茫地看着他，“这是什么意思？”

“便是从容歌唱的意思，愿你日后都能如此。”

我笑弯了眉眼，忙道：“安歌谢谢主子给我取名。”

安歌。

小白，自此我便算真的换了身份姓名了。

“疏缓节兮安歌”，小白，你这般儒雅满是书卷气的人会喜欢这个名字吗？

唯愿你欢喜。

就这样又过了十来日，这里的人开始唤我“安歌”，迎夏一脸艳羡地看着我，“主子亲自给你取名了？安歌，你当真是幸福啊。”

我无法感同身受迎夏的喜悦，随着伤口的痊愈，这几天我的术法亦渐渐开始复原，只是我这心却是越发沉重，眼看袖间的纸鸢已经所剩无几，而离陌却依旧没有半分回应。

他断不会这么久都不理会我，那么很有可能他是出事了。

不行，我必须想个法子去探探离陌的消息。

我抚上手腕处的犀牛角，离陌赠予我时曾说过，拿此我能号令一众妖魔，我只需寻个机会往人烟稀少适合修炼的丛林深处走，定能找到些妖魔鬼怪，到时候方能打听离陌的消息。

只是迎夏几乎日日同我形影不离的，我完全寻不到一点可以离开的机会，愈靠近京城街市亦愈发繁华，与野外隔得远，我也寻不到什么妖怪。

这日在赶路中却忽遭天变，风雨欲来，整个天空皆是一片压抑的灰黑，明明不过正午，却犹如夜幕将至。

我因仗着身体已好全了，便同车夫一道坐在马车外，眼看着前面主子乘坐的马车渐渐减速停了下来，车夫亦立刻驱停了马车。

邱修驾马停在马车窗前，俯身恭敬道："主子，这天看着马上就要下暴雨了，赶路怕有危险，约莫还有半个时辰的样子有个驿站，不如暂且在那歇下，待天气好转再赶路，主子觉得如何？"

"嗯。"主子轻应了声，"便照你说的做。"

邱修得令便立刻驾马在前引路，一行人快马加鞭赶往这附近的驿站，这些日子的赶路也已陆续去过许多驿站了，或用膳或更换马匹，而据我观察，驿站往往都在郊外，我琢磨着这是个不错的去探寻离陌的机会，仰头瞅了眼这乌压压的天，只觉得这场暴雨来得十分及时。

"安歌。"马车里的迎夏唤了我一声，随即撩开一半的车帘，道，"快些坐进来，当心淋了雨。"

我原本还想着记点路，一会去探离陌消息时能方便些，现在只能恋恋不舍地瞟了几眼周遭的景色，随后入了马车。

马车一路颠簸，窗外已是电闪雷鸣，未多久暴雨如瀑，哗哗哗地打在车顶，我自有精魂以来不曾遇着这么大的雨，颇有些惊奇。

这雨一下便是一个时辰，主子立在厅堂里，披着狐裘看着窗外如注的大雨，薄唇紧抿，一脸忧思惆怅。

主子没走，一群人没得到指令都只能陪他立在这厅堂里，我站在迎夏身侧，抬头瞟了主子好几眼，不知道自己什么时候才有机会离开。

"主子……"

我忍不住开了口，可我刚一开口，邱修凌厉的目光便朝我扫过来，仿佛我这一开口便是犯了死罪，喝道："无礼。"

我那些到了嗓子眼的话便又生生压了下去，而主子侧头看我，唇角笑容浅浅，温声道："安歌有何话想说？"

“我只是见主子像是心情不大好的样子，想要安慰几句。”

“哦？”主子语调微微上扬，似是有几分好奇，“安慰我什么？”

“主子定是怕这雨耽搁了行程吧。”这般急匆匆地赶回京城怕是有要事。

主子摇头，“非也，我忧心的是雨势这么大，若再下上个一天一夜，有些地方恐有洪涝之患。”

原来他是在忧国忧民啊。

这样一比对，我越发觉得自己之前的想法过于狭隘，我这位主子当真是心怀天下，而眼下我的心里便只有小白与离陌。

可这一扯到社稷民生的事情我便插不上嘴了，我扯了扯唇角，试图暗示不要再继续站在这里，“主子，便是一直在这看下去雨也不会停，不如你先去休息休息？”

我话音刚落，邱修便上前俯身道：“主子，已经是这个时辰了，就算是雨停了也不方便赶路了，不如今晚就在这驿站睡一宿，明日再出发吧。”

这是我自认识邱修以来从他嘴里听过的最让我舒坦的话了，若是今夜能睡在这驿站，我并不急着这一时半会找机会去打探离陌的消息，大可以等夜深了大家入睡了后再行动。

主子沉默了片刻道：“如此也好，你去将房间分配下，大家累了一天先回房休息吧。”

这场大雨一直下到了傍晚才停，晚上我同迎夏住一间屋子，待到她入睡后，我方用术法化作了一只小鸟从半开的窗户飞了出处，一路往林子深处飞去，可飞了许久，莫说是什么妖魔鬼怪了，便是连半个鸟兽都不曾看到。

我愈发苦恼，这可怎么是好？若是寻不到什么妖魔鬼怪，我定是连半分打听到离陌消息的法子都没有。

“唉。”我立在树干上，扑了扑略带湿润的羽翼，惆怅地看着这月色下的林子，抱怨道，“此处真就没有半个修行的妖怪吗？”

这时一道尖锐的声音自我头顶传来，“你怎么会说话？！”

我下意识地抬头望去，便见一只浑身黑色不知道是什么品类的鸟瞪大眸子瞅着我，我继续扑棱了两下，觉得它这个问题真真是有趣极了，反问道：“你不也会说话吗？！”

像是被我问住，它张着尖尖的嘴，好半天也没发出声音。

我终于回过神来，惊喜地问道：“啊——我晓得了，你是在此修炼的妖怪？”我兴奋地张开双翅，朝它所站立的树干飞了过去，“我寻了许久也没听到半分声音，还以为此处没妖怪修炼呢。”

“此处有没有妖怪修炼我可不知道，我并不是在这修炼的，我此番不过是路过这里。”它答完便睁着眸子打量我，颇有些怀疑地问道，“你是麻雀妖？你可也是要逃难？”

“逃难？”为了回答它的问题，我直接化作了原形，坐在雨水未干的枝干上，答道，“我是琴妖，并未在逃难。”

“魔界大乱了你竟还不逃难？！”它眸中写满不可思议，“你该不会还没有听说吧？！”

我一手抚上了手腕处的手链，本想着亮出身份向它打探离陌的消息，但见它一副有个惊天秘闻要说的样子，便打算先忍一忍，询问道：“听说了什么？”

它尖细的脑袋警惕地环顾了下四周，随即飞到我的肩膀上，凑到我耳边，小声道：“魔界王子殿下造反了，正同魔王在南海大战呢，现在妖魔两界都在忙着站队，若是选错了主子，怕是免不了灰飞烟灭，像我这种不愿掺和进去的妖怪都在忙着选地避世呢。”

许是夜里太凉，我听见自己的声音在发抖，“这怎么可能呢……”

我的声音渐渐没有底气地弱下去。

怎么没有可能？

细细回想，我第二次见到离陌，他浑身鲜血，以他的修为这世上又有几人能将他伤得这般重？

而落影他们追来，清楚地提到魔王对离陌下了“诛杀令”。

我偶尔提到魔王，他亦是自嘲地笑笑，并不会多说。

其实还有很多细节可以探寻，只是当初的我，全部没有深究罢了，难怪落影看到这犀牛角在我身上会如此震惊，难怪她说离陌处在险峻的战事中。

他是我的师父，算到我有一劫，便想方设法护我周全，而我呢，却连他是否安然都不知晓。

我忍不住一把把它从我肩膀上抓下来，急切道："那结果呢？你快告诉我结果是魔王赢了还是王子赢了？！王子他……还活着吗？"

"哎哟，你轻点，你弄得我快散架了！"它不满地抱怨，我赶紧松了些力道，它便接着道，"你这般关心王子，莫非是站在王子那边的？我劝你要么找一处藏起来，要么表明对魔王的忠心，王子殿下……怕是已经死了，魔王正四处追杀王子殿下的余党呢。"

"你说什么？"我声音发颤，仿佛听不懂它这段话。

它耐心地重复了一遍，"王子殿下应是已经死了，我听闻他战死在南海，死状惨烈，至死也不愿向魔王低头道歉。"

他战死在南海，死状惨烈。

这句话不断地在我脑海里回响，像是强迫我一定要接受一般。

我仿若万剑穿心，这一种痛一点也不亚于我跌落悬崖的撕心裂肺，我死死捏住那犀牛角幻化的手链，眼前一片雾蒙蒙，什么也看不真切。

离陌……死了？

所以即使我身体里有着他给予的几百年道行，落影仍治不好我的伤？

所以这段时间我才一直像个凡人一般，伤口无法愈合？

所以以前烧掉一只纸鸢就会立刻出现在我面前的离陌，却在我烧了那么多纸鸢后音讯全无？

耳边传来迷惑的问询声，"诶？说得好好的，你哭什么哭？现在是哭的时候吗？逃难要紧啊！"

可我要如何接受，我那无所不能的师父就这样死了？

我还有那么多的谢意和愧疚都来不及向他传达。

师父，你不可以死，夜筝还什么都没有学会，你不可以丢下夜筝。

师父，日后没有了你，再没有人会疼夜筝了。

师父，我乖乖的，我以后再不偷懒了，你让我学什么我便学什么，一定不会让其他妖怪耻笑你收了个愚蠢的徒弟。

师父，求求你了，不要死，好不好？

回到夜筝身边，好不好？

我心如刀绞，没有了离陌，我仿佛失去了在这个世间唯一的倚仗。

“你莫哭了！”它着急地用爪子挥了挥我的脸，“那边有声音，莫不是魔王派来的妖怪？也不知道我刚刚说的话被听见了没有，我不管你了，我得逃命了！”

语罢它扑棱了两下翅膀，便消失在我的四周。

有新的妖怪来了？

我听到内心深处侥幸的声音，或许刚刚那个妖怪说得不是真的呢？或许离陌还活着呢？

我揉了揉眼睛，擦干眼泪，竖耳倾听声音的来源，不远处的树下立着五个黑衣人，若不是我聚精凝神，只怕也发现不了他们。

这模样看起来倒不像是妖怪了，只是如果是凡人的话，怎么会在这个时辰出现在这样僻静的地方？

为首的男人负手而立，低声道：“你可看清楚了，当真是九皇子的人？”

另一男子俯身道：“千真万确，我曾与九皇子府上的人交手数次，断不会认错。”

九皇子？

便是小白一心要复仇的皇室？

想到或许能为小白探查到一些他想要的消息，我便越发凝神听着。

这时为首的人似是陷入了沉思。

另一人问道："既然九皇子也插手了，我们是否还按照原计划进行？"

为首的人冷哼了一声，"不必，我们姑且在这等等。"

"等等？"另一人忙道，"可我们追了这么久，好不容易等到十二皇子住了这驿站，今夜若不动手，明日他们进了城，城里人多口杂，只怕再难寻得如此好的动手机会。"

住了驿站的十二皇子……

今日住在了驿站的只有那好心救了我一命的新主子，原来，他竟是十二皇子。

难怪邱修会如此防备我，难怪我昏睡时有听到他们提到"朝廷"二字，难怪每个人都不许过多地询问他的身份，难怪需要如此急切地赶回京城。

我原本便猜测他是官家子弟，未承想他竟是身份尊贵的皇子，然而这也说明了，我只要留在他的身边，未来指不定就帮上小白些什么了。

而这些人又是什么人？为什么要对十二皇子动手？

我得把这些都弄清楚，才好回到驿站同十二皇子通风报信，权当是报答他的救命之恩。

为首的人答道："既然九皇子的人已经过来了，我们何不坐享渔翁之利？"

"老大你的意思是？"

"没错。"为首的人声音里有几分掩饰不住的得意，"待九皇子的人除掉了十二皇子，我们再进去留下证据，在皇上面前参上一本，既能为大皇子除掉了十二皇子，也能借此除掉九皇子，岂不妙哉？"

这段话信息量太大，我花了好一会的时间才理解通透，只觉得头皮发麻，一阵心凉。

看样子这些人便是大皇子派来的，可无论是大皇子还是九皇子，他们跟十二皇子都是手足不是吗？为何要对自己的同胞手足下手？

在邬城时我曾亲眼看到张鸣剑为了一个武林盟主之位，灭了李大侠满门，又将生父囚禁在不见天日的地下室里，我原本以来这已是最丑陋的人心，原来皇室的阴谋诡计可以重重叠叠得更复杂。

大皇子和九皇子想要除掉十二皇子，只怕是为了那万人之上的皇位吧。

“老大好计谋！”一黑衣男子忙夸赞道，“如此我们不费什么力气也能在大皇子面前立功了！只是……”他顿了顿似是有几分犹豫，“老大，这十二皇子弱不禁风既没靠山又无仰仗的，这些年说好听点是在南方养病，但其实不就是流放？为何大皇子和九皇子还要如此为其劳神？”

另一黑衣男子嗤了一声，替为首的人答道：“你这榆木脑子，圣上连下三道诏令唤十二皇子回京，打的虽然是为皇太后庆生的幌子，只怕……背后别有深意，皇上……”

“闭嘴！”为首的人稍稍扬声喝道，“皇上岂是我等可随意讨论的？莫要不知轻重，当心脑袋不保。”

“是……”

刚刚说得兴起的男子立刻惶恐地闭嘴。

为首的人问道：“你们之前说九皇子的人打算何时动手？”

“丑时一刻。”

“马上就要丑时了，你们都精神点，待他们除去十二皇子后我们立刻以驿站店小二的身份冲进去，这个锅九皇子是背定了。”

丑时一刻？

我倒吸了一口冷气，这样想来那九皇子的人定然已经候在驿站附近了，我必须马上赶回去，将刚刚听到的一切都通知十二皇子。

这样想着我便立刻飞身下树，这时刚刚在讨论的黑衣男子们全部朝我这边看来，“谁在那边？！”

我暗叫不好，太过着急竟然忘了使用术法，一时间杀气四起，几人已经开始亮出武器，在这样的黑夜里他们必然也看不清我的脸，于是我忙变作了一只鸟，朝驿站的方向飞去。

身后传来黑衣人们的诧异声，“这怎么可能？！我刚刚明明有看到个白色的人影！”

“不好！身手这般了得也不知道是九皇子还是十二皇子的人，定是将我们刚刚的话听了去了。”

为首的人怒道：“还愣着做什么？还不赶快给我追，无论是谁，格杀勿论！”

眼看着那些人朝驿站的方向追来，我只能更奋力地挥舞着翅膀。

夜筝，飞得快一点，再快一点，十二皇子救了你，现在是你报恩的时候了。

来不及查看九皇子的人到底埋伏在何处，我仓皇飞到了十二皇子的房门口，许是怕夜里风凉，他的门窗皆是紧闭着，我没法飞进去，只好化作人形开始拍打着他的房门，“主子，醒醒！”

而不过一瞬，旁边的房门却倏地开了，邱修蹙眉怒视我，一手已按在自己的佩剑上，压低声音道：“待了这么久竟没学到半点规矩？这个时辰，竟敢打扰主子休息！”

九皇子和大皇子的人马上就要来了，邱修醒了也好，毕竟他才有能力护住十二皇子，“邱修，你快把主子喊起来，有危险……”

“闭嘴！”邱修的剑已毫不留情地抵在我的脖颈间，冷声道，“主子仁慈待你好，可于我而言，你的性命对于主子的睡眠不值一提，再多说一句，我便杀了你。”

感受到脖间利剑的寒气，我又开始条件反射地发抖，可是这一次，无论心里有多惶恐，我都要将自己听到的告知十二皇子，我夜筝并非知恩不报。

我瑟瑟发抖，勉强自己抬手再次去拍十二皇子的门，“主子……”

刚刚开口唤了不到一声，邱修的剑便在我脖间划出一道淋漓的口子，“我并非在吓你。”

言下之意便是若我执意继续敲门他当真会杀了我？

我忙抚上自己脖颈的伤口，害怕邱修看到我自动痊愈的伤口，与他沉默对峙。

“安歌？”门里传来十二皇子低沉的询问声，“可是你在门口？”

我找到了救星，那些邱修带来的恐惧便少了几分，忙道：“是我，主子！我有要事跟你说，你快出来，你再不出来，邱修要杀了我了……”

这一行人中邱修独怕十二皇子。

果不其然听到十二皇子醒了，邱修立刻收回了自己的剑，愤然地瞪了我一眼。

未多久房门便被打开，十二皇子披着狐裘，往日里竖起的黑发此刻披散着，衬得他整张脸越发苍白，他拢了拢狐裘，目光落在邱修身上，沉声道：“邱修，我早就说过，我既决定留下安歌，便认定她是自己人，她到底是个姑娘家，你切不可拔剑恐吓她。”

邱修不甘心地垂下头，一言不发。

有了十二皇子的这一长段话的维护，我越发坚定了要助他脱险的信念，“主子，有人要杀你，这里已经不安全了，我们需要速速离开！”

闻言，邱修立即抬头，道：“一派胡言，现在是丑时，你是睡糊涂了？”

十二皇子不满地扫了邱修一眼，随即目带安抚地看着我，温声道：“不要怕，安歌，你好些说，你说有人要杀我，是谁？你又是如何得知的？”

“要杀你的人是大皇子和九皇子！”

十二皇子的神情瞬间冷凝了下来，目带审视地看着我。

唯恐时间来不及了，也顾不得十二皇子是什么反应，我接着道：“不久前我在林子里看到一群人，他们是大皇子派来的人，说是九皇子也派人来驿站埋伏了，要等九皇子的人动手了，他们再坐收渔翁之利。”

我觉得我说得已然十分清楚，十二皇子聪慧，不会听不明白。

邱修收回去的剑再次拔出，这一次不是脖颈，而是直指我跳跃的心脏，他目光冰冷，话却不是对我说的，“主子，我早就说了，她的身份并不单纯，不要听她的，小心有诈。”

“我没有撒谎，我刚刚说的都是真的！”我看向十二皇子，“快走，他们人手很多，我们打不过的！”

就算邱修他们会功夫，可是十二皇子、迎夏、秦嬷嬷、周大夫都不会啊。

而他敛去了面上所有的神色，直直地看着我，声音褪去以往所有的温暖，唯剩冰冷，“这个时辰，你去林子做什么？”

他这话，便是相信了邱修，怀疑我了。

我捂着脖子上已经痊愈的伤口，无力道：“你不信我？”

不同于小白的质疑，十二皇子不信我，我的内心除了失落与无奈外，也并没有太多的情绪。

良久，十二皇子方道：“非我不信你，而是，你需要解释清楚。”

我还未来得及开口，就有打斗的声音从院子里传来，邱修提了剑，那些随从亦听到声响瞬间出动，朝十二皇子靠拢，个个提剑，神情警惕。

邱修唤了两个人一道前往院子查看情况，又留了两个人保护十二皇子，走之前狠狠瞪了我一眼，无声地警告。

许是见惯了这样的场面，十二皇子面色平静，甚至嘱咐了人去将迎夏等女眷护送上马车，自己才在侍卫的护送下往马车的方向走。

那么我呢？

他必不会再留我在身边了吧？

也罢，我懒得解释亦不知该如何解释，这信息我已传达到位，也算是报答了他的救命之恩了吧，待他平安离去后，我便隐了实体去寻离陌，如今我已恢复了术法，大可以来去自如。

可是十二皇子却回头看我，道："还愣着做甚？速随我一道上马车。"

一起上马车？

"可是……"你不是怀疑我别有用心吗？

"莫说了。"他眉心微蹙，月光下他的脸色越发苍白，"解释的话待平安离开此处再说。"

耳边的打斗声越发激烈，我连连点头，小跑着跟了上去，只觉得十二皇子当真是个极心善的人，即使此刻我浑身是疑点，他却仍然愿意留我在身边。

可这一夜注定是危机四伏，生死攸关时每一秒都变得无比漫长，眼看着马车已在眼前，却有一群蒙面的黑衣人从天而降，将我们包围。

侍卫低声道："主子，我们会想办法拖住他们，主子速上马车，尽管开启暗器开关，不必管我们性命。"

现下我才终于明白，十二皇子为何总是一人独坐马车，一是因为他身份高贵，二来怕是那马车上机关重重。

我并未随他一道上马车，而是停下了步伐，打算直面那些黑衣人，我多多少少是会些碧青宫的功夫的，能帮十二皇子拖住一时便是一时，也不枉他好心待我一场。

见状，十二皇子扬声唤我，"安歌！"

"主子快跑。"我无碍地笑笑，"现在到安歌报恩的时刻了。"

耳边都是刀剑杀戮的声音，来不及等十二皇子反应，我转身冲向了那些迎来的黑衣人。

只是我这三脚猫的功夫果然是敌不过这些训练有素的高手，我看到那些我叫不上名字的武器刺入我的身体，我觉得冰冷，却并没有不可忍受的痛楚。

果然，只有小白给予的伤，才会痛啊。

这一次的打斗比我之前碰到的任何一次都要激烈，我像个行尸走肉一般，一次次被击倒又一次次地站起来，直到仓皇间我瞥见十二皇子已经上了马车，紧绷的那根弦蓦地松了下来，我再次被狠狠击倒在地，这一次我没有再试着站起来。

可十二皇子似乎并没有能够顺利逃脱，保护他的侍卫一个个倒下，越来越多的黑衣人不断涌上来，这阵势怕是除非那马车安了翅膀，否则他难以全身而退。

我挣扎着想要再次站起身来，耳畔忽有哒哒的马蹄声，我暗叫不好，邱修这会也不知跟外面的人搏斗得如何，这些骑马而来的人更加不知是敌是友，我怕是拼了这条命也是护不住十二皇子的。

随着马群一道而来的是飞舞的箭，纷纷射向包围着马车的黑衣人，而已经半坐在地上的我，自然未能幸免。

为什么会射杀黑衣人？莫非来的这些人是十二皇子的人？

我一边抬手按住箭身，想要把它拔出体内，一边回头看向这群骑马而入的人，而这一看，我的世界瞬间停滞，落在箭身上的手一软，再无半分力气。

月色下一身素白的小白骑着马，世间万物再无颜色。

朝思暮想的人出现在眼前，我瞬间热泪盈眶，伴随而来的是从胸口处蔓延开来的剧烈的疼痛。

真奇怪，明明之前伤口不疼的，可是在见到小白的这一刻我却疼得发抖。

我近乎贪婪地看着他，依旧是那副清俊的容颜，而他的眉目之间不辨喜悲。

我张了张嘴，想要唤他的名，却一个字也说不出来。

小白啊小白，这些日子你可有担忧过我？

我想让他靠近我一点，因为此刻我浑身乏力，仿佛又回到了跌落断壁后的那些日子，我有很多很多话想告诉他，想让他安慰安慰我，想让他帮我一道去寻离陌。

可他就那样冷漠地坐在马上，一如领着武林各派将我逼下断壁的那日，在我的期盼中他的目光终于与我的目光相遇，他眸光闪烁，薄唇紧抿，却没有上前的动作。

小白的漠然让我心如刀绞。

我不知道时间过去了多久，直至身子被人重重地踩在脚下，将我拉回了现实世界，身边蒙面的黑衣人已被和小白一道的人全部拿下，耳边传来一道熟悉的男声。

“马车里可是十二皇子？臣来晚了，请十二皇子责罚。”

我顺着声音看过去，这张脸我是记得的，他是洛青英。

小白为何会跟洛青英一起？他可是……云家小姐的未婚夫啊。

而也是这番话让我彻底从见到小白的惊喜与恍惚中醒过来，小白当初将我推下断壁，为的就是要给这洛青英一个交代，难怪之前小白明明看见我了，却无动于衷，只怕是因为若是让洛青英发现了我，定不会放过我。

小白定是想要护我。

我忙垂下头，唯恐被洛青英发现。

身后传来一声轻咳，十二皇子的声音传来，“洛将军既是来救我的，何故要扣押我的人？”

下一刻我感觉到众人的视线纷纷落在我的身上，洛青英的声音再次响起，“十二皇子说的可是这位姑娘？”

“咳——洛将军速让你的人放开她……”

许是得了洛青英的命令，压在我身上的力气陡然消失，甚至有人试图将我扶起来，而我浑身冒汗，直不起身子，一是因为不想被洛青英发现，二是因为身上的伤口疼痛难忍。

我一直低垂着头，视线里是汩汩流淌着的鲜血，好奇怪，为何小白一出现，我的伤口不再自动愈合了？

我听到洛青英的声音越来越近，“想必这位姑娘伤得太重怕是要昏过去了，你们速速将她扶起来。”

可洛青英的手去扶我的力道不轻，绝不像是在扶一个伤重的人，也不知是因为他们皆是粗枝大叶的男人，还是因为洛青英并不把十二皇子看在眼里，所以，扶我不过就是走一个场面。

因着这力道我没能忍住，疼得直抽冷气，下一刻视线里出现素白的衣摆，小白好听的声音在我耳边响起，“将军，未免节外生枝，我以为我们应立即询问这些活口，刺杀皇子，事态严重。”

我心里流淌过阵阵暖流，小白这番话定是在为我掩护。

可是洛青英却兀自道：“不知怎的总觉得姑娘有些眼熟，姑娘能否抬头？”

当然不能！

小白说得清清楚楚，“夜筝”那一死，便算是了却了云家仆人之死，他让我换个身份去寻他，我万不可在这被洛青英逮到，这里没有悬崖断壁，我没办法金蝉脱壳。

我慌乱不已，大脑一片空白，寻不到一丝法子。

“夜筝？！”小白蓦地扬声唤了我一声。

听到这久违的称呼，我身子颤了颤，反射性地抬头，对上小白的眸光，那里面有太多我读不懂的东西。

“你竟未死？！”小白欺身凑近，一把按在了射入我左肩还未来得及拔出的箭身上，这拉近了我们两人的距离，他小声道，“你若是换好身份了，定不要承认你是‘夜筝’。”

闻言，我乖巧地摇头，大声道：“你认错人了，我不是什么‘夜筝’，我叫……啊——”

我还来不及报出自己的新名字，小白便动作利落地拔出了箭，我看见鲜血喷涌而出，溅到他素白的衣服上。

我身子一软，再无力支撑，重重地跌倒在地，视线越来越模糊，只看到小白的裤脚，因着之前磅礴的雨沾染上了泥水，再不复我记忆中的素白。

“安歌！”我听到十二皇子的声音由远及近，透着关切和担忧。

而我固执地看着小白的方向，耳畔是他清冷的声音，“将军，此事尚有疑点，若夜筝当真未死，此次我也决不手软。”

是啊，你不会手软。

小白，于我，你又何曾手软过？

我掏心掏肺爱你，你为何这般待我？

小白，我好痛啊。

我的伤口你看不到吗？

我再次醒来时已身处囚牢，我挣扎着坐起身来，却发现四肢被铁链束缚住，我苦笑一声，只觉得这模样像极了初初在郛城被囚禁的张震天，不用照镜子，我也能想到此刻自己有多狼狈不堪。

我是被洛青英认出来所以成了阶下囚？

那么小白呢？

我环顾四周，除了门外看守的侍卫，这里被看押的似乎只有我一人，小白应当是平安无事吧。

如此也好，我便立刻隐了实体去寻小白，告诉他这些日子发生的一切，可我无数次地默念术语，身体依然牢牢被束缚住。

术法再次失效了。

我只能颓然地垂头，视线里是斑驳的血迹与丑陋骇人的伤口，也不知和上次掉下断壁的伤哪个来得重，只是这次，应是凶多吉少了，小白无暇顾我，又失去了离陌的庇护，只怕连心善的十二皇子也不会管我了吧。

我本就不是什么志向远大的妖，有了精魂后想做的也不过长伴小白左右，可小白……似乎并不需要我陪伴。

我好累啊，不如就此睡去，重新变回他的琴，亦可日日伴他左右。

也不知道过去了多久，来了两个新的侍卫换掉了之前看守我的侍卫，片刻后牢门被打开，我听到侍卫走进来的声音，没有抬头，直到耳边传来一声熟悉的低唤。

“夜筝。”

我觉得自己定是伤得太重出现幻听了，不然为何此刻竟听到了小白的声音。

我忙抬起头来，视线里的小白穿着暗蓝色的侍卫的衣服，这是我第一次见他穿白色以外的颜色，敛去了几分温润，添了几分深沉。

“小白……”我声音发涩，一开口嗓子便生疼。

他一动不动地看了我许久，随即蹲下身子，朝我伸出手来，却未触及我又收了回去，声音微微发颤，似是有些难以置信，“怎么回事？夜筝，你的伤是怎么回事？”

“你问的是哪一处的伤呢？”我已许久未曾同他交谈，哪怕嗓子就此废掉，我也会回答他的问题，“小白，我身上的伤太多了……我不知你问的是哪一处……”

有些是邱修给的，有些是来刺杀十二皇子的人给的，还有些……是他给的。

小白的脸色倏地苍白，他眉心紧蹙，眸光闪烁，似是极力在压制自己的情绪，“夜筝，你不是说凡人的剑伤不到你，那为何……”

他似是说不下去，问话戛然而止。

我未曾看过小白对我露出这样的神色，他从来都是漠然的，温润轻柔得如高山流水那般遥不可及。

他这是……在担心我？

我定然是无药可救了，纵然这一身伤都因他而受，可只要他露出哪怕一丝担忧的情绪，我便仿若置身云端。

我知我现在的样子一定很丑，我努力地扬唇，想要挤出个无碍的笑容，可是看着他闪烁的眸子，就犹如有人在我身上的伤口上撒盐，甚至狠狠蹂躏我的伤，我痛得喘不过气，整个身体都反射性地开始蜷缩，奈何四肢被束，无法环住自己，我只能瑟瑟发抖。

“小白……”我开始疼得冒汗，“好痛，我好痛……”

“伤口痛？”他蹲在我面前，俯身靠近我，“我该如何帮你疗伤？夜筝……是我不好……告诉我，我该如何做？”

他靠得近，属于他特有的清香将我萦绕，恍惚间我又回到了在竹林的那些日子，我顶着云家小姐的脸，他待我如珍似宝，每一夜揽着我入眠。

“抱抱我……”许是因为这段日子受了太多的委屈与苦楚，又或许是因为我刚刚将他语气里的担忧听得分明，便开始提那些往日里不敢开口的妄想，“小白，你抱抱我，我便不痛了……”

他却愣住了。

疼痛未让我落泪，他这片刻的迟疑却让我瞬间红了眼眶，委屈与辛酸铺天盖地朝我袭来，我固执地看着他，一遍又一遍地重复，“抱抱我，小白，我痛得快要死掉了，抱抱我。”

泪水与汗水模糊了我的视线，就在我快要睁不开眼时，他终于倾身，将我拥入怀中，因着我双手被束，他便一手揽着我的腰，一手轻轻擦拭着我额上的虚汗，声音发颤，“夜筝，对不起。”

这是自我没有了云家小姐那张脸后，他第一次主动抱我。

我摇头，心满意足地贴着他的胸膛，若不是双手被铁链捆绑，此刻我定要紧紧环住他的腰，“你不用道歉。”

这一切，都是我心甘情愿的啊。

“你的伤……为何不会痊愈了？”小白的声音自我头顶传来，“现下我要如何做？我不知琴妖的伤该如何医治。”

不会痊愈的原因我亦不知，可我不忍他太过自责，便随口扯了个谎，“许是……许是我那琴身出了问题，那是我的本体，它若有碍必然会影响到我，只要它无碍了，我便会好了。”

闻言小白似是放下心来，声音平缓了些，“如此便好，日后我自当愈发小心谨慎对待你的琴身，许是我这些日子赶路，磕碰了琴身。”

我便当他是在承诺日后会好好待我，满心欢喜地仰头看他，强撑着气力问道：“小白，你可是来带我走的？”

我失去了术法，他若是不带我走，我定是离不开这里的。

可他没有回答。

我的笑容僵在唇边，讨好地说道：“小白，我什么都按你说的去做了，背负着云家仆人的死掉下断壁，换了个身份、名字来寻你，你说的，我都乖乖做了，带我走，好不好？”

最后三个字几近乞求。

“夜筝，我来是想告诉你，接下来少将军会派人过来审问，你既然已有了新的身份，万不可承认你便是‘夜筝’。”

“为什么？”我开始哽咽，“小白，我不想留在这里，你带我走，求求你。”

而这时门外另外一个侍卫忙出声道：“有人来了，少主快出来！”

我这才知道门口另外一个侍卫是厉兴。

“夜筝，你且再忍忍，我定不会让你留在这里。”揽住我腰的手松开来，他接着道，“夜筝，我需要你留在十二皇子的身边，日后，你便是‘安歌’。”

语罢，他抽身离去，迅速锁好牢门，同厉兴一左一右垂首立在牢门口。

视线里只有他的背影，我心如刀绞，几欲昏厥。

他大抵不会明白我此刻的心情，亦不会在意吧。

牢门再次被打开，有三个官兵模样的人大步走了进来，居高临下，睥睨地看着我，问道：“你就是夜筝？”

我不住地摇头，喃喃道：“我不是夜筝，我不是夜筝……”

他让我当“安歌”，我便是“安歌”。

可为首的人狠狠地给了我一鞭子，我听到皮开肉绽的声音，为首的人又道：“我们少将军都觉得像了，你还否认什么？速速承认了，我们好交差，你也少遭些罪。”

“我不是夜筝，你们认错人了，我是安歌，十二皇子身边的安歌。”我咬着牙，机械性地重复。

“我看你能嘴硬到几时？！”

伴随着他声音落下来的，不仅有狠戾的鞭子，还有这些官兵的脚。

我死死咬着下嘴唇，血腥味在口腔里蔓延开去，我努力不让自己发出闷痛的声音，小白就在外面，他听到了，一定会难受的。

所以，再痛我也忍着。

可人心总是矛盾的，我既想要忍着不让他担忧，又奢望着目睹我受折磨的他可以站出来护我。

直到一盆盆冷水浇在我的身上，浇灭了我所有的奢望。

小白，我觉得或许这是我能为你做的最后一件事了，因为我，似乎快要死了。

恍惚间我好像听到了小白的声音，“再打下去，恐要出人命，到时候十二皇子问起来怕是不好交代。”

“你一个看门的懂什么，我们奉的是少将军的命令……”

我已经无力再睁眼，也不知道是不是因为麻木了，身体的疼痛忽然缓解了，自手腕处有股暖流四散开来，仿佛一个结界将我护住。

这时我竟听到了一个久违的男声，透着暴怒。

“该死，他竟敢如此待你！”

离陌！

是离陌的声音！

我想要睁开眼睛看一看，想要张唇唤一句“师父”，却无论如何也使不上力气。

我觉得我马上就要陷入混沌，可是内心却再无半分惶恐不安。

我晓得若是离陌来了，我便安全了。

第九章

归　来

“夜筝，活下去，你听见没有，我不准你死，为师不准你死。”

我听见离陌的声音，陡然地睁开双眸，四周却是一片白茫茫，哪怕看得见半分离陌的影子，“师父，你在哪？为什么我看不见你？”

而这里又是哪里？

离陌没有回答，声音再次传来时已经透着暴怒，“夜筝，我走之前是如何跟你说的？”

即使此刻见不到离陌，我也能想象他的表情，定是阴沉着一张脸，如满山风雨。

我蓦地心虚起来，他的嘱咐声声在耳，而我全部未曾遵守，“师父说我近期会有大劫……不让我接碧青宫的指环，你走之后，让我不要参加比武……”

离陌冷哼了一声，“你又是如何做的？”

我微微咬住下嘴唇，不敢吭声。

“怕了？”

“师父不要生气好不好？”我晓得离陌向来吃软不吃硬，连忙认错，“夜筝知道错了，夜筝下次再也不敢了。”

我本就看不见离陌，现在连同他的声音也消失了，我的心瞬间被揪了起来，“师父，夜筝真的知道错了，你不要不理我好不好？师父怎样骂我都好，只要让我听见你的声音就可以，你不出声我害怕……”

怕这不过是场虚妄的梦境，怕他当真如那妖怪所言，已经战死南海。

良久的沉默后我终于再次听到离陌的声音，“你倒是喜欢认错，每每都是话说得好听。”

“可每一句都是夜筝的肺腑之言。”许是晓得离陌待我的好，有离陌在时我总会放大我的委屈与软弱，“师父，我好痛，那些伤口真的好痛……”

离陌一副教训的口吻，“你便是要尝了苦头才会长记性。”

可手腕处有暖流随着他的话一道流遍我的全身，耳边再次响起离陌的询问声，已多了几分轻柔，“现在呢，还那么痛吗？”

离陌的嘴硬心软让我想要落泪，恍然察觉这些护住我身子的暖流都是由手腕处那串犀牛角化作的手链传来的，一个念头浮现在我的脑海，“师父，你……莫不是在这犀牛角里？”

所以，我才看不见他？

离陌再次沉默。

“师父，以往我怕你不悦，什么都不敢多问，可师父也知道，夜筝愚笨，很多事情，你都不告诉夜筝，夜筝又比不得师父能读人心，我猜不通透，想不明白。”

……

“你要去南海征战也不愿告诉我，若不是昏迷中听到落影提及，我恐怕到现在都会傻乎乎地以为师父在某处逍遥。”自我掉下断壁后我曾认真思考过同离陌的相处方式，只觉得之前我对他太过敬畏，不曾好好交心，“师父，你对夜筝而言，是非常非常重要的存在，夜筝知道自己道行浅薄，帮不上师父什么，可日后若有什么事情，能否请师父告诉我？夜筝不想从别人口中知道师父的消息，实在愧疚自责，后悔不已。”

当那妖怪说离陌已经战死时，我的世界仿佛坍塌。

“是多重要的存在？”离陌的声音沙哑低沉，轻柔若阳春，“会比那个凡人更重要吗？”

我说这一长段话为的是让离陌对我敞开心扉，未承想他的重点却落到了这样一句话上，我一时之间竟不知道该如何回答。

离陌又道：“你不必回答，为师不想知道。”

他又加重了“为师”二字的发音，我试着去揣测他的心思，隐约觉得我若是回答了，他定不会欢喜，于是接着道：“师父，我休养了好一阵术法才恢复，我去寻妖怪打探你的消息，它说……它说你已战死在南海……师父，你现在怎么样了？能否告诉夜筝？”

离陌定是受了伤的，如若不然，他为何迟迟不现身？

“哼，我离陌没有那么不堪一击。”

若是在过往我一定会顺着他的话好好把他的能力夸赞一番，可我脑海里浮现出他浑身是血面色惨白的样子，便道：“你骗我，如果你安然无恙，你此刻定会出现在我面前，狠狠地戳我额头训斥我，你若是安然无恙，在他们对我动手时你便会出现，你会带我离开。”

离陌同小白不一样，我笃定他会维护我，落影咄咄逼人瞅着我时，他会替我阻挡视线，比武当日我与人起了冲突，他身上杀气必现。

“师父，求你不要瞒着夜筝，你对夜筝而言，真的很重要很重要……让我见见你好吗？我真的很想师父。”

“你才是骗子。”他的声音多了几分沙哑，充满了苦涩，那么不像我认识的魔界王子。

“我没有骗你，师父，你留给我的纸鸢我都小心翼翼地收着，现在只剩下三只了，你一直没有回应，我真的很害怕你再也不出现了。”

……

我掏心掏肺说了这么多，离陌却仍是沉默，我鼻子发酸，委屈地哭了起来，“我以为这个世上谁都会疑我伤我，但唯独师父不会，现在，师父也不要夜筝了吗？”

“别哭了，我讨厌你的眼泪。”手腕处蔓延开来的暖流安抚着我身体的每一处伤口，“夜筝，这便是我。”

“什么？”

“我与魔王在南海一战，我三魂七魄被打散，如今只有一魂一魄在这犀牛角里，现在无法替你了结那些对你动手的凡人，但你莫怕，待我好了，定叫他们百倍奉还。”

“师父大笨蛋！”我抬起手腕，朝那犀牛角大声吼道，“大笨蛋，为何这个时候你想的还是我的事情？！我不要你替我报仇，我只要你好好的，你告诉我，我要怎么做才能帮你找到余下的魂魄？还有魔王为什么要……”

“这些不用你管。”不待我问完，他便出声打断，“夜筝，我哪怕只有一魂一魄，也会护你安全。”

我哪怕只有一魂一魄，也会护你安全。

手刃夜筝，大义灭亲。

小白和离陌的话不住地在我脑海里回荡，各种情绪萦绕在我的心头，令我百感交集，“可是师父，我总该为你做点什么。”

“无论我说什么，你都会去做？”

“只要夜筝能做到，定替师父达成！”离陌对我恩重如山，哪怕是要将我的三魂七魄给他，我都是愿意的。

“我要你离开凡世，再不见那凡人。”

我颓然地垂首，“夜筝做不到。”

“呵——”离陌的声音陡然尖锐起来，“你身上的伤哪一道不是拜他所赐？他何曾怜惜过你？他不过就是一个自私虚伪的小人，一个大男人竟需要利用你一个女人来复仇？”

“不是你想的这个样子！”哪怕是心在抽痛，我亦不愿离陌这样形容小白，“是我跟他说凡人的剑伤不到我的，而且这一切都是我心甘情愿的，师父，你若是有了所爱之人，便会懂得我此刻的心情。”

我什么都可以不与人争辩，唯独跟小白有关的，不能，哪怕，对面是离陌。

我以为离陌会继续痛斥我一顿，他的声音却变得悠远起来，低低的，仿佛在自言自语，“我宁可永远不懂。”

语罢，离陌再没有声音。

我再次醒来的时候，仍然在冰冷的牢笼里，我对着手腕处的手链说话，却听不到离陌的声音。

那之后我又受了几次审讯，只是那些鞭子落在我的身上时，总会有道暖流护住我，免我疼痛。

我知道，那是离陌。

每每有侍卫出现时，我总会仔细端详，期望着那是乔装进来看我的小白，可每一次都只能失望地垂下头。

小白啊小白，你说过不会让我留在这里了，那么我还需要等多久呢？

我迫切地需要离开这里，只有离开了这里，我才知道要如何帮离陌。

我就这样盼啊盼啊，也不知道过去了几日，终是盼来了他。

那日我半昏半醒间，耳边一阵喧嚣，随即牢门被打开，十二皇子披着狐裘立在我面前，他身侧是洛青英，而洛青英身侧立着小白。

唯恐会让人怀疑我跟小白的关系，我只能将视线落在十二皇子身上。

十二皇子上下打量着我，随即掩唇轻咳道：“我不过是卧床了几日，少将军便将我的人伤成这样了？”

洛青英面上并无半分惧意，淡淡作答："臣自小在军营中长大，下属也习惯了战场上的厮杀，下手没个轻重，还望十二皇子多多体谅。"

我颇有些疑惑，将军的职位应该大不过皇子，为何洛青英似乎并不在意十二皇子的身份？

"他并非少将军所寻之人。"十二皇子说完，便对上我的双眸，柔声道，"安歌，我带你回家。"

真好，我终于可以离开这个牢笼了。

捆绑我多日的铁链终于被解除，邱修将我从地上拉了起来，动作并不轻柔，我疼得直皱眉。

"既然十二皇子都说了这是在你身边服侍多年的婢女，想必是臣眼拙，一时看花眼了。"洛青英顿了顿，又道，"木盟主，你的义妹夜筝已死，平城云家仆人之死便就此了结了，木盟主深明大义，他日见了皇上，我必会如实禀告。"

我尚未听到小白的回答，十二皇子便道："你们若还有事要谈我便不作陪了，我这婢女看起来伤得可不轻，我看我还是先带她去看大夫比较好。"

"这牢里阴寒，确实不适合十二皇子久待。"洛青英侧了侧身，给十二皇子让出道来，"臣便不送了。"

我被邱修提扶着跟在十二皇子的身后走出这牢房，不敢回头看小白一眼，唯恐会让洛青英起疑。

真好，刚刚洛青英夸赞小白了呢。

十二皇子会亲自来牢里救我出去本就在我意料之外，出了牢笼被扶上了他的马车，这更令我震惊不已。

我踌躇着不敢上前，他的马车一直不许我们靠近，何况我现在一身脏兮兮的，只怕也不方便上车。

十二皇子侧头看了我一眼，似乎是察觉我内心的想法，浅笑道："无碍，你莫要多虑，周大夫已经在马车里候着了，你不上车他如何为你看诊？"

“可是……”我垂头扫了眼自己已经破烂兮兮布满干涸血痕的裙子，而他披着的狐裘那般洁净高贵。

“可是什么可是？莫再惺惺作态，连累主子吹了寒风！”邱修毫不客气直接将我提上了马车。

现下的我本就连靠自己的力量站着都有几分勉强，十二皇子朝我伸出了手，将我扶进马车，安抚道：“邱修脾性如此，一时半会改不了，日后我会多说说他，你莫在意。”

马车里很宽敞，布置陈列很是精致，我颇有些局促地落座，便对上了周大夫闪烁的眸子，“安歌，你受苦了。”

不知为何看着此刻的周大夫我竟想起了救过我一命的爷爷，便乖巧地笑了笑，“没事，我还活着呢。”

周大夫提着药箱细心地为我诊断，而我一侧头就看见十二皇子若有所思地看着我。

我虽然看起来伤痕累累，但这些日子有离陌的保护，伤口已缓和了些，只是仍旧十分奇怪地不会自我痊愈，我想许是因为离陌如今魂魄尽散，才让得了他修为的我如此。

而关于十二皇子会来救我，我内心有许多的疑惑，毕竟遇刺那夜他显然是疑心我了，我被洛青英认出入狱，他对我的身份不起疑吗？

若是不疑，我自不必入狱，若是怀疑，为何今日又会亲自来救我？

“主子……”我轻唤了声，“那夜你说待安全了再听我解释，我……”

“不急。”十二皇子出声打断，“你刚出了囚牢，一切等回了住处再说。”

这时周大夫又道：“幸好这次不比上次筋脉尽损，你只是伤了些皮肉，伤口我不便帮你处理，等回了住处，让迎夏帮你收拾收拾，换身干净衣服，再给伤口清洗消炎。好在马上就要入冬，这气温低了，伤口发炎溃烂的机会便会少些。”

我连连点头，见十二皇子已微微闭目养神，便不再多言。

一下马车便见迎夏候在住处门口，她看着我瞬间红了眼眶，忙扶着我哽咽道："那些人怎么对你一个姑娘下得了手……安歌，你命好苦啊，旧伤未好如今又添新伤，看得我心肝都疼……"

我摇头笑道："没事，迎夏，你忘了吗？周大夫医术高明，我上次伤那么重都很快好起来了，何况这次周大夫说我还没上次严重呢。"

"你啊，为何对自己总这般没心没肺？"

我只能回以一笑。

我的心肺皆给了小白，若要计较这些，怕是一日也无法再待在他的身边了。

迎夏小心翼翼助我沐浴更衣，帮我上药，和我聊着我被关押之后的事情，那一晚场面极其混乱，好在洛青英和小白及时赶到，才让十二皇子免于被刺，只是那些行刺的人见大势已去，全部都自尽了，未留下一个活口。

而十二皇子自那夜开始发起了高烧，在床榻上躺了几日才缓和了些，现在我们处在临近京城的小城，有了那晚的事件，为了安全，十二皇子与洛青英都入住了当地知府家中。

洛青英也住在这里？

也就是小白也住在这里？

思及如此我便愈发高兴起来，只是可惜我目前术法尚未恢复，不然定要隐了实体去寻他。

待处理完伤口又喝了药，我便要迎夏带我去寻十二皇子。

"你伤这么重还是好好休养，去寻主子做甚？"

我坦诚道："迎夏，我被抓入囚牢，有很多事情需要跟主子解释清楚。"

"也对，我都不知道那夜你是何时跑出去的，更不知道你怎么就受伤了。"似是想到了什么，她的表情瞬间凝重了起来，"主子去接你回来前，曾吩咐了我们，日后不许提起你是数月前被我们救起来的，得说你在主子身边侍候好几年了，安歌，主子这般维护你，你的身份……是不是并不简单？”

“迎夏，待我跟主子解释清楚了，我再回答你如何？”

在凡世生活的这些日子，我已逐渐适应了三思而后行，再不会想说什么便说什么了。

迎夏点了点头又过来扶我，“我带你找主子吧。”

走过几道长廊我才到了十二皇子所在的屋子，这一幕和我上次昏迷醒来寻他有几分相似，他依旧在屏风后面，只露出个稀薄的影子。

“迎夏，去添壶热茶吧。”他支开了迎夏，随即道，“安歌，过来。”

十二皇子能允许我入了屏风，我颇有些受宠若惊，忙不迭地走了进去，他正坐在案前，放下了手中的书卷，拍了拍身侧的矮榻，温声道：“你有伤便不要站着了。”

我下意识地环顾四周，唯恐此刻邱修会凶神恶煞地冲出来，斥责我如何如何地大不敬。

他洞悉我的想法，浅笑道：“你且安心坐下，邱修替我办事去了，一时半会不会回来。”

我心下一松，在他身侧入座，按着时间顺序整理着自己的思绪，开口道：“那日夜里我……”

“那日夜里的事情不必再提。”十二皇子出声阻止我，“你已知晓我的身份，这里又临近京城，许多事情未钉板之前便不可随意议论，以免招惹杀机，你明白吗？”

我似懂非懂地点了点头，那日行刺的人都自尽了，看十二皇子也不像是要找自己兄长麻烦的样子，于是不许我提了？

这样也好，我省得编排些谎言来骗他了，毕竟我是琴妖，我师父是魔界王子殿下这事说来他也是不会信的。

我斟酌再三，开口道：“主子，我尚未来得及和你解释，洛……那少将军又要关押我，为何主子还愿意救我？”

十二皇子沉默。

他原本就没有非跟我解释不可的义务，他不开口，我亦不再强求，俯身恭敬道："不管主子为什么救我，安歌都十分感激主子的救命之恩，日后主子有需要的地方，安歌义不容辞。"

"不必了，我于你的恩情在那夜便还清了。"他温和的声音自我头顶上方传来，"那夜你能舍命护我，我便信你对我并无恶意，而这一次，你要谢的人并非是我。"

我疑惑地抬头，"那安歌应当谢谁？"

"木子萧。"

这三个字让我内心一紧，巨大的喜悦自我心间蔓延开来，"主子的意思是……你救我是因为木……木盟主？"

十二皇子颔首，随即眸光幽深地看着我，"他便是你说的挚爱之人？"

"是。"

"我并不打算瞒你，他与我之间做了交易，为此，我今日方去牢里救了你。"他拢了拢身上的狐裘，接着道，"你的前尘往事我不会过问，你若要一个容身之处，我许你，自此，你便是'安歌'。"

而我在意的全部是他的前半句，"主子能否告诉我，你与木盟主做了什么交易？"

小白说过不会让我留在牢里，他实现了对我的承诺。

他心里是有我的。

"这便不方便说与你听了，安歌，你现在要思考的是留在我身侧，抑或离开这。"

"我要留在主子身边。"

在牢里小白曾说，他需要我留在十二皇子的身边。

十二皇子颔首，道："安歌，你心里不必怨恨，他伤你亦出手救你，你们便算是两清了，不如将过往通通忘却。"

"对他我从未怨恨。"

一切都是心甘情愿的，怎么会有怨恨？

何况现在他竟然为了救我，同十二皇子做了交易，我已是感到欢喜不已。

“你的身子可还撑得住？”

不料他突然将话题落到了我的身体上，这是在问我现在需不需要休息？我忙点了点头，“撑得住的。”

“那一会的晚宴你便同我一道出席吧。”

“晚宴？”

“少将军和木盟主明日会启程先走，既是你挚爱之人，你且远远看上几眼，权当告别。”

我瞬间红了眼眶，十二皇子心思竟如此细腻，“主子，你真好……”

“为何哭了？”十二皇子叹了口气，道，“先前在牢里看你，也不见你落泪，怎么现下三言两语竟哭了？你可万不能在晚宴上如此，到时候洛少将军若是起疑，我不定保得住你。”

也不知是不是我的错觉，他说到后面时竟透着些自嘲。

可现在我哪里有心思顾那些，我满心想的是一会我可以见到小白了。

小白到底和十二皇子做了何交易？我好想知道啊。

作为十二皇子的婢女，我是做好了整场晚宴安静站着的准备的，毕竟自我留在十二皇子身边，便被邱修和迎夏教导着这不许那不许的。

未曾料到，十二皇子竟在他身侧加了个矮几让我落座，我颇有些受宠若惊，整个宴席上的人都侧目向我看来唏嘘不已。

我心虚地垂下头，唯恐引来洛青英的目光，小声道：“主子，这样怕是不妥。”

“无碍，你伤得重，不应站着。”

可……这样下去大家都有意无意地瞧着我，让我根本没有机会远远地看看小白啊。

我张了张唇，最后什么也没说。

这次晚宴就设在知府的家中，座位排序极其讲究，我虽看不出个所以然来，但席间上菜也好，在座的人说话的语气、措辞都比之前我与小白在邬城时张鸣剑设宴要小心谨慎得多。

自始至终我都没有听过小白开口说过一句话，他坐在洛青英的下座，一身素净的白衣，隐匿在昏暗的光线里，微微颔首，一副恭敬聆听十二皇子与洛青英交谈的模样。

我很是羡慕知府府上的婢女们，可以在席间游走，为宾客上菜添酒水，可以离小白那般近，甚至还能交谈上几句。

而我，便只能局限在这一方矮几里，连抬个头都得小心翼翼。

我右手抚摸着左手手腕上的犀牛角手链，心绪有几分焦灼。

不行，我得寻个法子同小白说上几句话，关于离陌的事情，我现在只能期望他能助我。

晚宴人多怕是没有机会了，待到宴席散了，洛青英亦入寝了，我再偷偷去寻小白好了，这样想着，我便松懈了几分，安静地候在十二皇子身边，也不再将视线飞往小白那处了。

约莫过去了一个时辰，耳畔忽然响起了十二皇子压低的声音，“安歌，那夜你舍身护我，今晚，我便实现你一个心愿。”

“唔……”我稍稍凑过去些许，“什么心愿？”

十二皇子未答我，只是蓦地扬声道：“常听人说洛少将军不仅武艺了得，棋术亦是精湛，不知能否赐教一二？”

“十二皇子这样说便是折煞臣了，精湛谈不上，不过是闲暇时候的爱好罢了，承蒙不弃，谢皇子愿意与臣切磋交流。”

“如此，不若现在就寻个僻静处对垒一番？其余人等大可继续在晚宴尽兴。”语罢十二皇子压低声音对我道，“你有一个时辰的时间去见木子萧。”

我感动不已，没想到十二皇子竟愿意为我与小白创造见面的机会，这不免让我更加好奇他们之间的交易到底是什么，眼看着他已起身，我忙感激道：“多谢主子。”

那边洛青英亦站起身来，朝十二皇子作揖道："却之不恭。"

待十二皇子与洛青英离席，我忙抬头看向小白，却见他与厉兴正起身离席。

十二皇子今晚并未让迎夏出席，刚刚同洛青英离开时亦带走了邱修，此刻席间少了两尊大佛，一派言笑晏晏，也再无人注意我，我顿了顿，便不着痕迹地慢慢退席。

绕过长廊，我依稀按着小白离去的方向走，幸好这知府的府邸不大，加之下午我便同迎夏打听了小白的位置，顺着迎夏提供的信息，未久我便看到一抹熟悉的身影。

是厉兴。

他像是在等我一般，见着我没有半分惊讶，上下打量了我一眼，眸光中似有不忍，侧身道："少主在等你。"

这五个字令我惊喜不已，忙环顾四周，见没有其他人在方才走过去，推门而入。

自掉落断壁后我与小白一别近两月，之前的见面亦无法好好交谈，这一会面，我瞅着他素白的衣衫，清俊的面容，竟恍如隔世。

隔着几步远的距离，我提着一颗心不敢太过靠近，只能仔细端详着他的神情。

唯恐他会斥责我过来寻他，我先开口道："小白，十二皇子会拖住洛青英一个时辰，我走过来的时候也留心注意过了，没人看见我过来。"

小白墨色的眸子闪了闪，随即道："你……变了许多。"

我下意识地伸手抚了抚脸，喃喃道："变丑了吗？"

"以你以前的性子做事从不会这般谨慎……罢了。"小白顿了顿，叹了口气，询问道，"我将琴身仔细护养了一遍，你的伤可好些了？"

他在关心我！

我明明是感受到幸福的，可不知为何身上的伤竟隐隐作痛起来，我努力地扬唇，朝他凑近一些，他的关怀让我忘记了之前的种种，仿佛又回到了在竹林的那些日子，于是仰着脸看他，半真半假地说道："好是好多了，仍然有些疼，小白，你抱抱我，也许就没那么疼了。"

他将双手背在身后，紧皱眉头。

意料之中的拒绝，仍旧让我的心微微刺痛，我垂下头去，"我晓得你不愿。"

我纵使为他万事做尽伤痕累累，他的心里也只能容下一个云家小姐。

"坐吧。"也不知道是不是我的错觉，他的声音格外温柔，"身子不舒服便不要站着了。"

闻言我便同小白一道落了座，问道："小白，你同十二皇子做了什么交易？他为何愿意救我？"

"你无须知晓，这本就是我欠你的。"小白蓦地眸光幽深地瞅着我，声音低沉沙哑，透着几分沉重，道，"你同我走至今日也该清楚我想要做什么，日后的情况只会比当前更加凶险复杂，夜筝，你本不必同我蹚这凡世的浑水，现下你若要走，还来得及。"

"我不走！"我激动地伸手去扯他的衣袖，"小白，我不怕凶险亦不怕受伤，我唯一怕的便是再见不到你。"

……

"你不是说需要我留在十二皇子身边吗？我都听你的，我会留在他身边的。"我恳切地看着他，唯恐他犹如新婚第二日他刺我那剑般决绝，"许多事情你若不喜我问，我便不问了，我只有一个小小的要求。"

"你说。"

"小白，日后……日后你若想做什么能否提前告知我一声？"想到被众人围攻那日，我睫毛颤了颤，"没有任何心理准备被那么多人追杀……我也会伤心，你刺向我的剑，虽然伤口会愈合，可我……也会觉得痛。"

小白垂眸，"抱歉。"

“小白，你若真的觉得抱歉，能否帮我一个忙？”我敛了笑，分外严肃地看着他，“我师父有难，我需回林子一趟，可我不识得路，你能否派人同我一道去？”

当时厉兴去林子接小白时去了好几个碧青宫的人，现下我唯一能想到救离陌的方法便是去寻爷爷。

“你打算何时走？”小白沉思片刻道，“这里已临近京城，你若是能自己用术法去最好，若派人同你一道，一来一回最快也要一个月。”

我讪讪地笑了笑，也不敢向小白坦诚自己术法并未恢复，含糊道：“越快出发越好，我不认得路，术法也派不上用场，十二皇子好说话，我离开一个月他也定是会应允的。”

良久，小白终于点了点头，“今夜我便会安排好。”

盘旋在心头的一件大事已办妥，我双手托腮看着他，满眸眷恋不舍道：“小白，日后我们见面是不是都不方便了？”

他成了洛青英眼前的红人，而我是十二皇子身边的婢女安歌。

不待小白答话我又道：“小白，还有些时间，你能抚琴给我听吗？”

再见到小白后我的伤口越发地疼了，再聊下去只怕他会察觉出我的异常，我不忍他担忧我，只能转移他的注意力。

只要能待在他的身边，听他抚琴亦是绝顶幸福的，何况，他抚的琴便是我啊。

之前聊了那么久，我觉得有些口渴，便伸手去拿桌上的白玉壶，刚刚伸手便被小白拦住。

我委屈地撇嘴，“小白，我渴。”

“那里装的是酒。”他起身去拿琴，又唤门外的厉兴去添茶。

接下来的时间我听小白奏了几首曲子，喝了半壶茶，也见小白饮了些许酒。

那一杯杯酒下肚，小白依旧面色如常，我心里突然冒出些疑惑来。

新婚那日离陌送来了一壶酒，小白不过饮了一杯便醉了一宿。

为何今日却不会醉了？

为了尽早救出离陌，得了小白的应允后，我一直候在十二皇子门外，等到洛青英离去了，方才敲了敲门。

十二皇子见了我问道：“这么晚了，还有何事？”

我恭敬地俯身，“主子，安歌明日想回平城一趟。”

“平城？木子萧同你说了什么？你见了他一面便要回平城？你这一去，可是不回来了？”

“要回的。”我忙抬头看着他，“主子答应过安歌，可以在身边给安歌留一个位置，可不能食言。”

十二皇子挑眉，眸光中多了几分考量，蓦地笑道：“我应承过你的，自然都作数，只是……你所去为何？”

十二皇子于我有恩，我不愿欺瞒他，便道：“我师父有难，我需回去助他。”

“你师父在平城？安歌，你师父是谁？”

我按住手链，“主子，待我师父好了，我带他来见你。”

其实我很担心十二皇子会追根究底地细问下去，但他只是沉默了片刻，随后垂下眼帘，沉声道：“好，你需要在一个半月赶回来，到时你入了京城，便去‘仰月楼’，我会让人在那等你。”

我默念着“仰月楼”这三个字，将它铭记在心里，只觉得十二皇子当真是极好说话的人，不仅没细究我离去的原因，甚至还安排好了我归来的接应，我心下对他的好感便又多了几分，便莞尔感激地笑了笑，“谢谢主子，我定准时归来。”

他侧过身子只留给我一个单薄的背影，淡淡道：“夜深了，没有其他事情的话，便退下吧。”

他身子一直不大好，今日又是去牢房接我，又是晚宴下棋的，想必是累极了，我不忍再打扰，连忙退了出去。

待救好了离陌，我一定要请他医医十二皇子这身子，他还这般年轻，若要这般病怏怏过一辈子委实可惜。

只是不知为何，总觉得自牢房出来后，十二皇子看我的眼神便多了几分幽深，像极了之前武林盟主选举时小白看我的眼神。

莫非……

我晃了晃头，不让自己继续胡思乱想下去，于十二皇子而言我不过是被人摒弃无依无靠的一介凡人，哪里有什么可以被他利用的？

定然是我多想了，定然是。

第二日我一直躲在远处，看着洛青英与小白启程离开。

今日小白也是骑马，依旧一身素白，腰间佩着剑，自他当上武林盟主后整个人都变了许多，以往他总是背着琴，坐在马车里，含蓄内敛得像个孱弱的书生，如今骑马佩剑，俨然是仗剑天涯的少侠。

这一别怕是两三个月才见得到了，我心里生出些不舍来，暗暗下定决心，待离陌好了，我一定要更努力地帮小白实现复仇的心愿，然后再同他一道回晴岛，好好度过余生。

一直到他们离开了知府府邸，我方回了房间，昨夜小白曾叮嘱过我，一定要等到他们出城了，我才能去寻他给我留的引路人。

我在房里待了一阵，未久迎夏推门而入，手里揣着一个纹绣袋子，眸光闪闪地看着我。

“唔……”我瞅她有些不开心，又不晓得是为何，“迎夏，你怎么了？”

迎夏叹了口气，将袋子递至我手里，没好气道：“这是主子让我交于你的，并嘱咐你一路小心，最好随身带些伤痛药，免得受了伤无人照料。”

“主子想得真周到。”我打开袋子，里面是沉甸甸的银两，但见迎夏面色并无好转，便直接问道，“迎夏，谁惹你不开心了？邱修吗？”

迎夏瞪了我一眼，好半天才道：“安歌，原先主子留下你，我是真心想与你做伴的，但现在看来，只是我一厢情愿吧，你什么都不与我说，这刚从牢里出来，身上大大小小全是伤，你不好好休养，又是要去作何？”

这一长段话虽是埋怨，我却听出了几分关心来，心下一暖，忍不住环住了迎夏，“我的好迎夏，谢谢你关心我，我并非要瞒你，我……”

“好了，你莫说了。”然而我一要解释来龙去脉，迎夏却又摆手拒绝，“主子说了，你的事情我不必多问，想来你身份并不简单，我知道得越少对我越好。”

我整个眉心都皱了起来，坦然道：“迎夏，我不说你不开心，可我要说你又不听，我糊涂了，你到底想说什么？”

“我……”迎夏张了张唇，最后转身去了搁置药箱的地方，一面道，“我希望的无非就是你能回来，平安回来。”

我点头，“迎夏，你且放心，我自当平安归来。”

于是午后，再同十二皇子告别后，我背着行囊去与小白给我安排的叫作郑均的引路人会合。

就这样踏上了去往平城的路，我的心里有些忐忑，却无半分畏惧。

离陌，你看，没有了你的庇护，没有了小白的陪伴，夜筝一个人也可以做很多事。

我抬手，将手链贴近脸庞，试着感受离陌的气息，“师父，以后，夜筝也可以保护你。”

可是毫无回应。

自从我出了牢房，穿梭在身体里的那股暖流便像是功成身退了一般，我再察觉不到离陌的存在。

离陌，你可千万不能有事。

一路马不停蹄地赶到了平城，已经是二十天后了，我身上的伤已痊愈，术法亦恢复了个七七八八。

我让郑均在城里的客栈等我，我独自回了林子。

顺着记忆的脉络，我找到了之前与小白居住的木屋，这里依旧是我们离去时的样子，往事一幕幕在我脑海里划过，我在门口立了良久，终是没有踏进去。

以前我在林子里行走，总觉得无穷无尽永远没有尽头，现在想来大概是一层又一层的结界交接在了一起，于是眼前的景象几乎每每都不一样。

我道行不够，要怎么才能找到爷爷住的地方？

没有方向感地寻了大半天，以往吵吵闹闹的林子竟是连个旁的生物都没有看到，也不知道是不是因为离陌和魔王一战，那些妖怪们或战斗或避世去了？

“阿九！”我大声唤着，“阿九，我回来了，你在吗？”

可是回答我的除了树叶摇晃的声音，再无其他。

而这时我忽觉身后传来阵阵森冷的气息，只觉得头皮发麻，下意识地想要回头，却有东西缠绕住我的手脚与脖颈，令我动弹不得。

我勉强垂下头，视线里疯狂生长的青丝，恐惧瞬间拽紧我的心脏，颤抖着发出声音，“谁？”

“呵——”一丝冷笑自我身后传来，“妹妹可真健忘，这么快就不记得姐姐了？”

记忆里那微凉带着湿润的触觉重新爬上我的心头，令我浑身冰冷。

我回来寻爷爷和阿九，不承想先遇到的却是曾经差点吃了我的青蛇，只是这一次离陌再也不会慵懒地躺在树干上，三言两语便帮我喝退她。

冰凉的手自我身后伸出，轻轻地触摸着我的脸庞，青蛇缓缓道：“我的好妹妹，可是忘了你姐姐我了？”

“没有……”我大脑迅速转动着，思索着该如何挣脱青蛇的束缚。

“记得便好，记得便好。”她语调上扬，懒洋洋道，“那日一别，我还以为再无相见之日呢。”

……

“看来，被我吃掉是你的宿命呀，不然怎么又会让我碰到你呢？”

“不——你不可以吃掉我。”我强迫自己冷静下来，“殿下是我的师父，你若是吃了我，殿下不会放过你的，你犯不着为了吃我赔上自己，这样不值得的。”

青蛇却是不住地冷笑，缠着我脖颈的青丝越发紧了些，“真真是可笑，现在妖魔两界谁不知道殿下已死？你竟妄想拿殿下来唬我，你既是殿下的徒弟，就该让我看看你的本事。”

“你胡说！我师父没有死！”

我胸间仿若燃起了一团熊熊烈火，泯灭了所有的惧意。

离陌最好面子，我决不允许像青蛇这样的妖怪来奚落他。

我默念着术法，想要化作一把利剑斩断青蛇这一头缠人的发，而青蛇却早有防备，青丝如藤蔓般将我的身体全部捆绑，我觉得下一刻自己就要被绞断。

耳边传来青蛇的轻笑声，“哟，妹妹这是生气了啊？怎么，就这点本事也敢跟姐姐我生气？”

我的嘴巴亦被她的发丝捂住，发不出任何反驳的声音。

我这次大概是难逃被吃掉的厄运了，数次面临死亡，我总觉得遗憾的是以后再见不到小白了，可这一次，我内心另外一个遗憾更加地浓稠。

我死不足惜，可是我若死了，魂飞魄散的离陌该怎么办？

他总是独来独往，会有人去救他吗？

“你你你……你放开她！”

就在我绝望地以为自己将被青蛇这样吃掉之时，耳边传来尖锐而熟悉的声音，我抬眸看去，就见不远处的树干上立着一个毛茸茸的小东西。

是阿九。

我发不出声音，只能挣扎着晃动自己的头，示意阿九赶快离开。

阿九不会是青蛇的对手，她此时出现无非是送死。

青蛇懒洋洋地答道："我今日胃口不佳，姑且饶你一命，快滚。"

我努力朝阿九眨眼，向她传达讯息：快走！阿九！

阿九瑟瑟发抖地立着却一丝要走的意思都没有，"夜筝是殿下的徒弟，若是被殿下知道了，定……定不会饶了你……"

"哟，我看你亦是巴不得被我吃掉嘛。"话音刚落便有青丝疯狂地生长，紧紧缠绕住阿九小小的身子，拉至我的身侧，"那我便将你们俩一道吃干抹净，且看我们那不知是生是死的殿下如何绕不过我。"

不——

我只能在心里悲惨地叫喊，我宁愿自己被青蛇吃个十遍八遍，也不愿连累阿九同我一道成为她的腹中之食。

发丝将我缠得越来越紧，我甚至觉得已经陷进我的皮肉里，只觉得疼痛不已，而这时那股熟悉的暖流又开始在我的体内穿梭，抵抗着青蛇的发丝。

"啊——"

身后传来青蛇压抑的痛呼声，我略略垂眸，视线所及是一片血红色的光，离陌沙哑低沉的声音蓦地响起，"青蛇，今日便是你的死期。"

听到离陌的声音，我的心倏地落了地，仿佛即使面前便是刀山火海，我也一定能平安无恙。

缠绕住我和阿九的青丝瞬间松开，我忙伸手去接阿九，免得她跌到地上，一把将阿九抱在怀里，我摆脱了青蛇的束缚，得以转身面对着青蛇。

青蛇一张脸苍白毫无血色，身子瑟瑟发抖，连着退了好几步，匍匐在地，颤抖道："殿……殿下……"

离陌不愧是魔界的王子殿下，只闻其声便将青蛇吓得丢了魂魄，我抱着阿九，趁着青蛇不备缓缓向后移，我并不质疑离陌的能力，只是他如今只有一魂一魄在犀牛角里，连个实体都没有，要如何对战青蛇？

我捂住阿九的嘴巴，不过退了四五步，久久等不到离陌反应的青蛇缓缓抬起头，带着些小心翼翼地探寻，道：“殿下在何处？”

我下意识地看着手腕处的手链，除了幽幽红光，再没有别的反应。

“呵——”青蛇立即站直了身子，声音较之前要更为森冷，“我就说殿下早就死了，怎么会在这里？我倒是小瞧了你们两个，竟还有这装神弄鬼的本事。”

我浑身僵硬，紧紧地将阿九护在我的怀里，半个字都说不出来。

而这时候青蛇张了张唇，吐出猩红的舌头来，那张苍白的脸渐渐褪去人形，而变成蛇的样子，“我要将你们撕个粉碎，再吞进肚子里！”

“放肆！”

离陌的声音再次传来，犀牛角泛着的红光蓦地幻化作一把利剑的形状，已满满都是杀机。

我实在是捉摸不透现在的情况，只能警惕地盯着青蛇，再次听到离陌的声音，不知道她会作何反应。

可我没有等到青蛇的反应，这时一道红色的身影从天而降，立在我与青蛇的中间，一手随意地叉腰，一手轻轻晃动着手里的鞭子，漫不经心地说道：“收拾你这种妖怪，哪里用得着殿下亲自出手？！”

这个窈窕的身影我自然是认得的，这是落影。

我听到青蛇的声音变得尖锐起来，“魔王和殿下已经反目，你……你帮着殿下便是跟魔王作对，是要被……”

她话尚未说完，落影已是一鞭子挥过去，潇洒利落，直接劈断了青蛇半截身子，随即飞身过去，与青蛇打斗起来。

落影招招狠决，青蛇毫无招架之力，隔着不远的距离我看到鲜血四溅开来，忙捂住了阿九的双眼，安抚道："阿九，你莫看。"

阿九许是被吓得魂魄未定，只是伸出爪子拽着我的手，不言不语。

耳边回荡着青蛇的惨叫声，未久风平浪静，落影收回鞭子朝我走来，见状我悬着的心终于落了地，正欲道谢，她却半跪在地，恭敬道："殿下，落影寻得你好苦，请殿下现身。"

危险消除，犀牛角上泛着的光渐渐微薄到消散不见，这些日子我已习惯了离陌的突然消失，又想着落影对离陌一片忠心，斟酌再三，开始坦诚道："落影，师父……现如今只有一魂一魄在这犀牛角里，他无法现身。"

落影抬头，眸光闪烁，像是在对我说话，又像是在自言自语，"我赶到南海时，他们都说殿下已经魂飞魄散，我是不信的，我一直在拼命追寻殿下的气息，殿下可是疯了？他刚刚是想耗尽这一魂一魄护你？"

听到这里，我已然明白了落影从天而降的原因，之前离陌为了护我触动了这一魂一魄，落影应该是感知到了，才赶到的。

此时此刻我的心因为落影刚刚的话而变得沉重无比，离陌这个傻瓜，我夜筝根本不值得他这样为我。

千言万语堵在心间，我深吸了一口气，道："谢谢你救了我和阿九，落影。"

落影却是一脸阴沉地站起身来，"你没有资格谢我，我杀青蛇，是因为殿下，与你无关。"

这时缓过神来的阿九已经从我怀里跳到了右侧的肩膀上，凑到我耳边道："她好凶，夜筝，我们快些走！"

可我不能走，落影对离陌如此熟悉，那她一定会知道爷爷在哪里，现在只有爷爷能救离陌了。

思考间落影再次拿出了她的鞭子，这一次，缠住的是我的脖颈，冷声道："夜筝，上一次我离开时便说了，殿下若有个万一我定不会放过你。"

阿九用力拉扯着那根鞭子，急切道："你松开夜筝，夜筝是殿下的徒弟，你这样殿下才不会放过你！"

也不知道她是不是听进去了阿九的话，颓然地松开了鞭子，喃喃道："或许你才是聚集殿下魂魄的最好办法。"

我哪里懂得什么聚集离陌魂魄的办法呢？忙摇了摇头，道："落影，你可认识师父身边会治病的爷爷？我觉得爷爷一定能救师父的，早前我受伤时师父便是带我去爷爷那救治我的，便是为了找爷爷救离陌，我才回了这林子。"

落影没有回答我，而是开口道："我们得先离开这里，殿下刚刚为了护你强行牵动了自己的一魂一魄，我能感应到，那么魔王的人也能感应到。"

犹记得之前离陌伤重，浑身是血，便是因为魔王下了"诛杀令"，可何处才安全我并不知晓，只能期待地看着落影，"那我们现在该怎么办？"

落影扬手一挥，有淡薄的光芒笼罩着我，随后道："这结界维持不了多久，我想我知道你说的'爷爷'是谁，我们现在便走吧。"

我点了点头，随后侧头看向肩膀上的阿九，"阿九，谢谢你刚刚在青蛇面前护我，幸好你没事，不然我都要愧疚死了，我现在要跟落影去救师父了，等师父好了我再来寻你。"

阿九瞪着一双圆溜溜的眼睛，道："夜筝，我要和你一起去！"

"不行！"我立即拒绝，"你刚刚也听到了，随时会有魔王的人追上来，你跟我待在一起不安全，我……我现下没有能力保护你。"

"夜筝，我们是好朋友，好朋友都是患难与共的，有松果一起吃，没有就一起挨饿，所以我一定要跟你一起去！"阿九说着说着便凑到我耳边，小声道，"这个落影看起来好凶，你独自跟着她我不放心！"

一旁的落影蹙眉，满脸不悦，不耐道："莫再啰唆，夜筝，你到底是不是真心想救殿下？”

我的目光在落影和阿九身上来来回回，难得碰到能够引路的落影，现在确实不是纠结带不带阿九走的时候。

罢了，等到了爷爷那里，我便将阿九留在爷爷那，应当也是安全的。

何况那时指不定离陌便已经好了，只要有离陌在，定会护我们周全。

思及于此，我便对落影道：“我们走吧。”

有落影同行是极好的，既能让我少绕些弯路，我也能从她那里得知，离陌跟魔王之间的事情。

我想要了解离陌，了解他身上背负着的一切。

会比小白的过往还要沉重吗？

有了落影领路，我们很快寻到了爷爷的住所，当视线里出现记忆里那破旧的屋子，我激动得不行，忙小跑着上前，大声唤着：“爷爷！爷爷！”

阿九立在我的肩膀上，小声道：“夜筝，你说的能够救殿下的人真的住在这里吗？可是这里……完全不像是有人住的样子。”

我初次见到这屋子亦是这样的感觉，我随小白进入凡世已有半年，这里仍旧同过往一般无二，时间在这里并未留下任何痕迹。

“夜筝？”有熟悉的声音从院子里传来，“我等你很久了。”

是爷爷的声音！

我激动地朝院子的方向走，爷爷依旧穿着一件灰色的长衫，两鬓斑白立在门口，目光不似记忆里的和蔼从容，多了几分严肃。

“等我很久了？”我有些摸不着头脑，“爷爷你等我做什么？”

闻言我多少是有些惭愧的，犹记得我要离开时爷爷曾表示过希望我留下来陪他，这次若不是因为离陌出了事，我也未曾想起过爷爷。

站在我身后的落影不耐烦地说道：“我们此番来就是为了救殿下，你在这扯些有的没的做甚？”

“不许你这样跟爷爷说话！”

我蹙眉瞅了落影一眼，怕爷爷心里不悦正欲解释，爷爷无所谓地摇了摇头，先我一步开口道：“夜筝，我等你便是为了阿陌的事。”

我讶然道：“是为了师父的事情？爷爷你知道师父出事了对不对？”

爷爷颔首，“阿陌那孩子太倔，我就知他会……罢了罢了，现在说什么都晚了，夜筝，你可知阿陌在哪？”

我抬手露出手腕上的犀牛角，“爷爷，师父有一魂一魄在这犀牛角里，我见不着他，但如若我遇险，我总能感应到他。”

爷爷目光深沉地伸出手，抚过那串犀牛角手链，“这里确有阿陌的气息，我早便料到他会去寻你。”

所以爷爷刚刚才说等了我很久了？

而爷爷既然说了一直在等我，定是有法子救师父的。

思及如此我悬着的心终于落了地，询问道：“可是爷爷，你怎知师父会来寻我？”

耳畔传来落影的冷哼声，讥讽道：“明知故问。”

自认识以来我总能在落影身上感受到敌意，奈何实力不如人，我纵有再多不满亦只能在心里腹诽，于是全当没听到。

“你既是殿下的下属，为何总要针对夜筝？”阿九一半身子藏在我的背后，朝落影探出头去，我能感受到她竖起的皮毛，“你定是在嫉妒夜筝，嫉妒殿下待她比待你好。”

我很感激阿九对我的维护，只是她这般挑衅，落影委实令我忐忑不安，我忙侧头看向落影，试图缓和落影的情绪，却见她那张脸一时红一时白，最后紧抿着唇，沉默不语。

这样的神情……似乎是默认？

我顿觉自己太过迟钝，落影对我所有的敌意皆由离陌而起，我张了张唇想要解释，却不知道该从何说起，况且以落影的心性，只怕我说了她会愈发地不高兴。

好在这时爷爷开口道："夜筝，阿陌最不喜劳烦别人，可上回为了救你却向我开了口，你既是他唯一的徒弟，身上定会有他一两件亲近之物，就如这犀牛角，他佩戴了上千年，沾染着他的灵气，是以才能凝聚他的一魂一魄。"

我了然地点头，"爷爷可有办法凝聚师父的魂魄？"

爷爷盯着我，目光如炬，"夜筝，你便是办法。"

"我？"我难以置信地指着自己，"爷爷莫逗夜筝，夜筝若是有办法凝聚师父的魂魄，此刻便不会出现在这里了。"

爷爷倾身向前，朝我靠近了些许，沉声道："夜筝，你的血能为阿陌的魂魄引路，你可愿意？"

"自然愿意！"我脱口而出，"要用多少血？怎么用？爷爷你跟我说，不管流多少血，只要能救师父，我都是愿意的。"

离陌为我做了那么多的事情，终于有我能为他付出的了，我又怎么会不愿意呢？

爷爷唇角微微上扬，满眸欣慰，语气变得柔和起来，"夜筝，阿陌没有看错你。"

我忙撩起了自己的衣袖，伸至爷爷面前，果敢道："爷爷这便来取夜筝的血吧。"

"不急，我还得告诉你，这取血不是一滴两滴也不是一日两日的事情，阿陌的魂魄何时能凝聚是未知的，可能是三两日，又可能是两三年，更有甚者，两三百年都是有可能的，夜筝，你可做好心理准备了？"

我不懂爷爷为何要不断地询问我，离陌是我的师父，又待我这般好，我怎么可能会有犹豫？

许是爷爷担心我会觉得疼？

思及如此我便莞尔笑了笑，故作轻巧地说道："爷爷，流血对夜筝而言没什么大不了的，你可能不知道，我在凡世的这些日子常常流血呢，我都习惯啦，不信你问落影，上次我摔下断壁，流了很多血呢……"

说到这里，我蓦地想起一件事，便问道："爷爷，说来十分奇怪，我既是琴妖，凡人的武器应当伤不到我才对，可是近来我却频频被凡人的武器所伤，伤口不能自己愈合，而且术法亦失灵了……"

爷爷尚未回答，阿九已经开始在我肩膀上气急败坏地叫出声了，"天哪，夜筝，你在凡世竟过得这么糟糕，我早让你同我们一道修行，你非是不听，那个叫小白的凡人真是坏透了，你可万万不许再回到他身边去了。"

我与小白之间的事情并非三言两语便能说清楚的，于是我扯了扯唇角，"好啦，我知道阿九最关心我啦。"

而那边爷爷已经开始抬脚进屋，"随我来。"

我连忙跟上，落影警惕地立在院子里，唯恐魔王的人会寻至此。

入了屋子，爷爷便取来了刀，他在我手腕处划了一道口子，鲜血蜿蜒而下全部被犀牛角吸收，发出淡淡的光芒。

爷爷一脸严肃认真我亦从容，唯有阿九瞪着一双圆溜溜的眸子马上就要落泪，仿佛那刀划在了她的身上。

片刻后伤口一直不曾愈合，爷爷便悉心为我包扎了伤口，似是知道我内心的困惑，主动道："这非一般的伤口，且今后你日日都需割腕取血，阿陌魂魄一日不凝聚，你这伤只怕就不会愈合了。"

"那爷爷可知晓我之前被凡人所伤亦无法愈合的原因吗？"这委实令我困扰，只有寻到了原因，我方才知道如何避免。

爷爷深深地叹了口气，侧过头去，意味深长道："夜筝，我知道，可我不能告诉你。"

"为何？"

"很多时候伤害便是出现在真相揭开的那一刻，早日知晓于你并无好处，万事万物皆有因果，该你知晓时你自会知晓。"

"可……"我并没有爷爷那样的心境。

“作为补偿，我告诉你一个故事怎么样？”

“什么故事？”

爷爷目光悠远起来，“阿陌的故事。”

闻言，我立刻将自己的伤口到底为什么不能愈合的原因抛到了脑后，我来找爷爷除了要救离陌外，便是想要从爷爷这多了解离陌一些，原本还想着该如何开口，现下爷爷自己主动提了，自然是极好的。

我终于有机会问出心里的疑问，“爷爷，师父不是魔王的儿子吗？为何魔王会要杀师父？”

爷爷娓娓道来，“很久很久以前，那时候三界混乱，魔王嗜血好斗，经常挑起三界的战斗，他身边多的是仰慕他的妖魔两界的女子，亦有众多的子嗣，可即使是这样，他也强行把一凡人女子带回了魔界，这凡人便是阿陌的母亲。”

离陌的生母竟然是凡人！

“他母亲本就觉得屈辱，更何况魔王对情爱更是不屑一顾，生下阿陌没有多久，她便去世了。”

“那师父……是怎么长大的？”那时候离陌只怕还是个无助的婴孩，我猜测道，“想必魔王虽然对情爱不屑一顾，但对自己的骨血还是很看重的吧？不然师父怕是难以安然至今……”

可越说到后面我便越没有底气，若是魔王看重自己的骨血，又怎么会对离陌下“诛杀令”，弄得他魂魄尽散？

爷爷摇了摇头，“魔王的世界里只有杀戮，你可能难以想象为了培养一个接班人，他放任自己的儿子互相残杀，成王败寇，只有绝对的能力才能做他魔王的儿子，而阿陌为了活下去付出的代价，所经历的生活非你能想象。”

我鼻子发酸，眼眶发热，整颗心都在为离陌而心疼着。

我回想起第一次见到离陌时，他提起自己的身份时自嘲，想起第二次见他时，他浑身杀气差点杀了我。

我终于理解了他所有的阴晴不定与暴躁易怒，在那样的环境中长大，我又怎么能够要求他温柔又平易近人呢？

他恨魔王，我全部理解。

可即使是这样成长起来，表面冷漠的离陌其实拥有最柔软的内心，我初初能感知到这个世界，便是他给予了我最温柔的对待。

“夜筝，阿陌这一生很苦，爷爷希望你，不要令他伤心。”

我重重地点头，“夜筝亦舍不得让师父伤心。”

第十章
风　起

我与阿九、落影同爷爷待了好几日，爷爷与我聊了许多与离陌相关的事情，可关于我的问题爷爷却绝口不提，我虽会好奇但已是心满意足，此行的目的便是为了离陌，而关于我的伤口为何有时不会愈合，爷爷既然不想说，我便不勉强。

十二皇子嘱咐过我一个半月内需要回到京城，时间已所剩不多，何况郑均还在平城等我，于是我再次询问了遍给离陌凝魂的事情，便同爷爷告辞了。

这次爷爷没有留我，只是意味深长地说道：“夜筝，我早知阿陌与魔王会有一战，可我从未阻止，因为这是他的执念。而你，好不容易有了精魂却不愿修行，要在凡世折腾，我虽看着可惜，但也不会阻止你，因为这是你的执念。”

我抱着阿九，颇有些迷茫地瞅着爷爷，“爷爷若是有什么想说的能否直接告诉夜筝？夜筝愚笨，听不明白。”

我要在凡世折腾不过是因为小白，他在哪我便在哪。

爷爷连连摇头，侧身负手而立，有风袭来扬起他灰色的长袍，说不出的仙风道骨，我听见他的声音糅杂在风里，“夜筝，很多道理旁人说了你未必能懂，也未必能听得进去，总归是要让自己去经历一番才能透彻的懂得。”

“这个我明白，就像食物再美味，也只能自己尝过才知道合不合自己的胃口。”

“倒也没有错，你此行有伴我便不遣小花送你了，日后你在凡世当铭记一切不过过眼云烟，爷爷希望你不必太过执着，苦了自己。”

爷爷指的是我对小白的执念吗？

我不曾同爷爷提及过我同小白之间的种种，可爷爷却仿佛什么都知道。

爷爷真的是凡人？

我正欲多问几句，眼前哪还有爷爷的身影？他仿佛顺着这风离去了。

一路回到了我之前同小白居住的林子，我便蹲下身子将阿九放了下来。

“夜筝，你要走了吗？”阿九看着我，伸出小爪子按住我的手，“你莫走了，同我回家吧，凡世好危险，你都说了自己会常常受伤，况且魔王的人指不定会寻过来，你还是同我一道修炼吧！”

我揉了揉阿九毛茸茸的脑袋，答道：“阿九，现在到处都很危险，你以后不要独自在这林子里转悠，还有……日后不管我是被青蛇、红蛇还是白蛇抓住了，你都不要冲出来，好好保护自己，明白吗？”

阿九耷拉着耳朵，垂下头去，“你还是要走？”

“我还会回来的，阿九，我能不能请你帮个忙？”

闻言阿九抬头，“什么忙？我做得到的话一定帮你，做不到……我就找我七哥四姐，反正一定会帮你的。”

我忍不住扬唇，恨不得把阿九抱在怀里好好揉弄一番，“你要是有空就帮我照看下林中那屋子，以后我若是回来了，还想住那呢。”

那屋子里处处都是我与小白的记忆，即使那时我顶着云家小姐的脸，可那时小白的温柔足以让我回味一生。

那是属于我的，谁都夺不走的记忆。

“那个很简单啊！”阿九似是松了口气，随即挺起胸膛神采奕奕地说道，“夜筝你放心，等你下次回来，我保证那里干干净净的，你随时都可以住。”

“谢谢你啦阿九，那我走了，下次见。”

告别了阿九，离开了林子，落影却一直跟在我的身边，眼看着马上就要入城了，我斟酌再三还是开口道：“唔……落影，你要去哪里？”

落影扫了我一眼，道：“我知道你想说什么，若不是因为殿下，我也不想跟着你。”

“因为师父？”我猜测着落影的心思，“落影，我比你更想救师父，爷爷说的我都会照做，我会每日割腕为师父凝魂的。”

“你这点道行连自身都难保，若是魔王寻过来，谁来保护殿下？”

落影说得十分在理，可我日后要待的是凡世，她待在我身边怕是不方便，何况以她的心性我哪敢要求她到时候考虑下我的处境与立场啊，于是我斟酌着开口道：“那个……落影，我在凡世有凡人的身份，嗯……就是不能让其他人知道我是琴妖，你若是跟着我……别人会起疑吧？”

到时候回了京城都没有办法跟十二皇子交代呢，现下我在他身边亦只是个婢女的身份，以落影的性格定然会对十二皇子不屑一顾，到时候邱修怕是容不得我留在十二皇子身边了。

落影嘲讽地看了我一眼，“你当我同你一般愚昧？谁有兴趣跟你一起掺和在凡世里？你做什么我都不会管，我只想保护殿下，而那些凡人也看不到我。”

闻言，我便放下心来，还想同她开口说说我们一会要见到的郑均，谁知我刚刚张唇，落影便不耐烦地揉了揉耳朵，消失在我面前，唯留下一句“啰唆”。

我蓦地想起了离陌与爷爷，道行高的人似乎都爱一言不合便消失。

郑均在客栈等着我，早就备好了马车，没有片刻逗留，我们驱车赶往京城。

在赶路的途中我日日割腕为离陌凝魂，一开始每天割腕过后我都会期待地盯着犀牛角许久，然而它却半点动静也没有，我渐渐明白了爷爷说的这不是一朝一夕的事情，离陌苏醒的日子是未知的。

但他总会醒的，我相信。

我重新用纱布包裹着手腕，有了这半个月的操作，我包扎的动作已经十分熟练，甚至也已经习惯了手腕处伤口的隐隐作痛。

期间落影很少出现在我身边，只是偶尔会在我割腕的时候出现，目光炙热地盯着犀牛角，在看不到想要的结果时不发一言地离去。

就这样我跟郑均顺利抵达京城。

郑均与我面对面站立，压低声音道：“少主曾吩咐过，为了避免引人耳目，入了京城我们不便再走在一起，姑娘，前方不远处就是‘仰月楼’，郑均就此别过，你万事当心。”

我抬头看了看前方，依稀可以看见“仰月楼”的牌匾，“这一路谢谢你的照顾了，你现在……是要去寻小白了吗？”

郑均颔首，“姑娘既已顺利回到京城，我自然应该去找少主了。”

我向前迈了一步，反复地抬头又低头，有些话呼之欲出。

郑均许是看不了我这扭捏样，便道：“姑娘有话便请直说。”

“嗯……劳烦你替我传句话，我与他已快两个月没见面了，我……我挺想念他的，要是他方便能不能来见我一面，或者我去寻他也可以。”

我晓得这京城规矩多，就怕没得到小白允许做了什么，他又同我生气，所以想让郑均替我传传话。

许是没料到我会这样说，郑均愣了片刻随即尴尬地掩唇轻咳了咳，连语气都有些不自然了，“这话我会转达的……咳——若少主有回应了，我再想办法告诉你。”

“嗯！”我欣喜地点头。

京城是我见过最繁华的城市，人声鼎沸，比邬城选举武林盟主时还要热闹上几分，我仰头看着“仰月楼”那硕大的牌匾，抬脚迈了进去。

刚刚进了店门便有店小二热情地迎上来，“这位姑娘看着面生，您是头一次来吧？今儿个是想来用膳还是听戏啊？”

这还能听戏？

我眸光发亮，忙道：“我要听戏。”

“好咧，姑娘是想要包厢雅座，还是坐这大厅里？距离表演开始还有大半个时辰，您且先吃点糕点茶水打发打发时间。”

我环顾了下四周，这大厅里密密麻麻全是人，差不多已经满座，好在我就孤身一人，便是要同人凑个一桌我亦是不介意的，毕竟坐这大厅里还是要显眼一些，十二皇子只说让我来这“仰月楼”，说是会有人在这等我，可也未曾告诉我那等我的人会是什么模样。

“我要坐这大厅里。”

店小二上下打量了我几眼，“姑娘确定不要包间？我看姑娘您就独自一人，这大厅里毕竟人多口杂……”

这是在担心我的安全？

我摇了摇头，“没事，这里是京城，哪儿会有什么乱七八糟的人？”

我在凡世这么久，听人提起京城皆是一脸向往，说这是举国最安定繁华的地方了。

店小二瞟了瞟四周，随后才对我道：“姑娘有所不知，早一阵这新上任的武林盟主木子萧受邀入京了，这原本江湖和朝廷都是互不干扰的，这武林盟主似乎有意归属朝廷，于是乎，这京城可来了不少江湖人士。”他说着说着声音便越来越小，“姑娘若是要坐在这大厅里，切记离那些佩剑的人远些。”

闻言，我这心便像是提到了嗓子眼，一提到这些江湖人士，我脑海里冒出来的便是郛城的那场追杀，这些正义人士一个个义愤填膺，恨不得将我碎尸万段。

这下坏了，我若是在这里被人认出来，可再没人护我了。

我垂着头跟着店小二坐到了僻静的角落里，出行时迎夏给了我一袋沉甸甸的银两，如今还剩了一大半，我思考着这已经是入了京了，便不再省着，将自己感兴趣的吃食都点了个遍。

店小二整张脸都快笑成一朵花了，“姑娘这么大手笔为何不要个雅座包厢？那里边可比这儿安静得多，一会看戏时姑娘也方便细细品味欣赏。”

“我喜欢热闹，大厅坐着热闹。”

在包厢坐着虽然免了被江湖人士认出来的危险，但估计也断绝了十二皇子的人看见我的可能性，我总不能独自一人在包厢坐到地老天荒吧？

店小二也不再多言，恭敬地俯了俯身子，便忙活去了。

没有面纱也没有折扇，我寻不到东西遮面，便只好半垂着头，小心翼翼地环顾四方，漫无方向地寻着十二皇子的人。

不用别人说，我也知我现下的样子定然是畏畏缩缩一副可疑的样子，哪里像是优哉游哉来看戏的？

我就这么瞟着瞟着，蓦地发现不远处坐了两个清瘦的着华服的公子，一人一手按在桌子上，一手撑着自己的大腿，腰杆挺得笔直，昂首挺胸到僵硬。

而另外一个人则微曲着身子，双眸四处飘着，那模样看起来比我还要畏缩几分。

察觉到心虚的人并非我一个，我顿时便安心了不少，觉得自己也不见得有多引人注目了。

“仰月楼”人多，大厅的座位排得也很密集，隔着一张桌的距离我能清楚地看见那两个年轻公子的侧脸，甚是清秀好看，全然不像是男儿郎。

这样想着我便对他们俩多了几分关注，时不时都会看上两眼。

“公……公子……”我见那眼神四处飘着的人轻轻扯了扯那昂首坐着的人的衣摆，“我们都出来大半日了，不如早些回去吧，这外面待久了……总归……总归不安全……”

这样看来一个是随从一个是主子了。

那主子不耐烦地说道：“诶，我说你胆子怎么这么小啊？”顿了顿又拍了拍随从的手，安抚道，“莫怕，凡事都由你主子我担着，出不了什么差错的，何况我们既然已经出来了，也不差这一时半会儿。”

“可是……”那随从仍旧是满面担忧。

“哎呀，刚店小二都说了一会会有琴师抚琴，我们听完就回去怎么样？”

“公……公子想听人抚琴何必在这听？”随从似乎是想到了什么，满眸放光，道，“公子，我听人说了，这刚入京的武林盟主木子萧，不仅武艺了得，更是抚得一手好琴呢！”

猛然听到了小白的名字，我的兴趣越发浓厚，全然顾不得寻十二皇子的人，一门心思都在他们的对话上，想从他们嘴中得知小白到了京城后都做了些什么。

我与他分别太久，若得不到他的近况，总觉得他会离我越来越远。

那主子颇感兴趣地挑眉，“当真？你是如何得知的？”

听见这主子质疑小白的琴艺，若换作以往我定然早就冲过去激动地告诉他们小白的琴艺有多精湛了，可有了之前邬城发生的种种，我懂得了这样的行为有多冒失和唐突。

我忙竖着耳朵凝神听着这随从会如何说，却见他小心翼翼地凑到那主子的耳旁低语，说着说着那主子便点了点头，扬唇笑了笑，道："如此，倒真要找个机会好好聆听一番了。"

那随从闻言喜笑颜开，忙道："那公子我们现在就回去吧，我现在就遣人去请木子萧木公子，听木公子抚琴岂不比在这听人抚琴舒适快活？"

这两个人到底是什么人？竟然想听小白抚琴就能马上听？

我愈发地好奇，却见那主子用折扇敲了敲随从的头，嗔道："就想着把我拐回去，你这精明用在讨我欢心上岂不更好？"

"公子——"

"莫说了莫说了，我今儿个就非得听完这'仰月楼'的抚琴再回去，你若再吵闹，我便把你扔在这外边，不带你回去了。"

那随从瞪着一双眼，仿佛马上就要落泪，委屈兮兮地说道："我不说了便是，公子可千万不能把我扔在这外面。"

这主仆倒是有趣，原本是猜测，现在我已有七八分把握这两位定然是女扮男装偷溜出府的大家小姐，不然这随从也不会千般劝万般劝地让自己的主子赶快回去。

没有多久表演便开始了，只是先登场的并不是琴师而是一身戏服的戏子，身段婀娜，步步生莲，一亮嗓便吸引了所有人的目光，我胡乱往嘴里塞着糕点，凝神听着戏。

然而可惜的是……我只觉得他唱腔哀婉动人，唱的是什么却全然没听懂，环顾四周只见众人皆伸着脖子，一副听得入迷的样子，我只能尴尬地吃着糕点，心下想着，待有机会一定要同小白一道来听，他那般学富五车，定然能为我解释这戏曲唱的是什么。

约莫过去了半个时辰，耳边传来一道惊呼声，我略一侧头便看到一个身形高大的男人往那对主仆所坐的位置落座，冲那主子笑道："美人独自出来看戏？需不需要我好好陪陪你？这戏我可看过很多遍，内容熟得很呢。"

随从的脸蓦地涨红，忙起身站在自己的主子面前，小小的身板将自己的主子护在身后，斥道："休得无礼！离我家公子远些！"

“哎哟，这暴脾气可真叫人欢喜，只是我看上的是你家公子，你急个什么劲？”那男人笑得越发轻佻，伸手去捏随从的下巴。

“你——”随从气急，整张脸红得快要滴出血来，向后仰着脖子，想要避开男人的碰触。

男人亦跟着站起身来，笑得更欢，“这急红眼的样子挺像只小兔子的，你若是羡慕，可以跟你们家公子一道跟了我。”

“啪——”

那主子直接自随从身后站出来，狠狠地用折扇拍打了那男人捏住随从的手，厉声道：“登徒子，放开她！”

这拍打对男人而言似乎有些无关痛痒，他目光炙热地盯着那主子，意味不明地抚摸着自己刚刚被打的手背，用一种油腻腻的语调说道：“公子？我看是美娇娥吧，你可长得真好看，生起气来更是别有一番风情，爷喜欢，爷喜欢！”

那主子气得不行，胸膛剧烈起伏，“闭嘴，你再多说一句，我必定灭你九族！”

“好大的口气啊，这里是京城你就把自己当成是皇家贵族了？竟然还跟爷说什么灭九族。”男人却笑得更加猖狂，伸手直接拽过那主子的手腕，拉近自己，“我不仅不闭嘴，我还要动手呢，你能拿我怎么办？”

那随从都快急哭了，颤抖着拍打着男人的手，“你放开我家公子……”

岂有此理！

我实在是看不下去了，这男人也太过厚颜无耻了，光天化日之下就欺负人家姑娘，而这“仰月楼”明明处处是人，大家都只是侧目看了几眼，却没有一人出手相助。

顾不得会不会成为众人视线的焦点，引来江湖人士的注目，我急忙倒了一杯热茶起身上前，趁其不备泼到男人的脸上。

男人始料未及，被烫得不行，立刻松开了那主子，赶紧捂住了自己的双眼，嗷嗷叫唤。

我立即将那主子拉至自己的身后，嘱咐道："你们快走。"

只要这两个姑娘家能走我便没有后顾之忧了，现下我的术法已经恢复了，这男人也奈何不了我，若是把我绑了，我隐了实体或是幻化作其他什么的逃走便是。

可这两个姑娘显然没有回过神，一个个都愣怔地看着我，半天未走，而这边男人已经缓过来，闭一眼睁一眼，面目狰狞地冲我道："你们几个小丫头都当爷我好欺负呢，我这就把你们三个全部绑回去！"

我总算是体会到了什么叫作"恶人先告状"了，愤怒充斥着我的胸腔，我张开双手将那两个姑娘护在自己身后，"明明是你欺负别人在先，现在怎么颠倒黑白是非了？"

"我欺负人？！"男人扬声道，"你问问这在座的各位，我有欺负她们吗？"

在座的人面面相觑，却没有人有开口的意思。

而这时戏台子上的音乐戛然而止，大厅蓦地安静下来，所有人的注意力全部挪了过来，我听到一道温润的男声自舞台上方传来，"'仰月楼'是供人放松休息的地方，大家都是来看戏的，莫闹不愉快了，这位爷就当给我莫言一个面子，今天的事情别计较了，我继续唱戏给大家听可好？"

莫言这样一说，那些之前还观望着的客人立刻帮腔道："就是，别闹了，好好看戏吧。"

"小二啊，我们来这'仰月楼'可不是看人吵架的啊。"

舆论因着莫言一句话全然倒向了我们，甚至之前毫无反应的店小二也立即上前拉扯着那男人，男人许是被众人围攻脸面下不来，恶狠狠地瞪了我们一眼便出了这"仰月楼"。

这男人一走，随从立刻挽住自己主子的手，语带哽咽地说道："奴婢该死，是奴婢没有保护好公……公子……公子责罚奴婢吧。"

"好了，不怪你，是我执意要出来的。"这主子十分大度地没有计较，情绪缓和下来，她亲昵地拉住我的手，笑道，“刚刚多谢姑娘仗义了，在座这么多男人都不及姑娘你勇敢，敢问姑娘芳名？是哪家府上的千金小姐？我一定要重重感谢姑娘。”

我连连摆手，突然被人用这样崇拜的眼神盯着怪不好意思的，“咳——言重了言重了，我就是一普通人，可不是什么千金大小姐。”

现在危险解除了，我立刻就怂了几分，微微垂着头，只怕被人认出来。

“那姑娘可有什么想要的东西？我定差人送到你手上。”

“这……”

“你且放心，这普天之下能叫出名字的东西，我都能替你寻来。”

我瞅着这姑娘满眼执着，一副得不到我答应便不罢休的样子，忙笑道：“好啦，我现下真没有什么想要的，若日后我有什么想要的了，定告诉姑娘，可否？”

闻言那姑娘轻轻颔首，“如此，便一言为定了。”

许是把我当作了救命恩人，这姑娘待我十分的热情，不住地询问我所住何处，我都只能含糊地作答，并非我有意相瞒，实在连我自己亦不知晓，若寻不到十二皇子的人，我都不知今晚该住在何处。

好在这姑娘也没能跟我聊上多久，便被自己那吓破胆的随从劝走了。

我在“仰月楼”待到了天黑，没有遇到认出我是“夜筝”的江湖人士，可也没有什么十二皇子的人来找我。

就在我失落不已地走出“仰月楼”时，有一道颀长的身影拦住我，微微俯着身子，道：“姑娘，我等你许久了。”

我诧异地看着他，这是一张陌生却又有些熟悉的脸，这声音……似乎是下午唱戏的莫言？

等我？

为何？

莫非莫言便是十二皇子的人？

“等我？”我难以置信地指了指自己，“你会不会认错人了？”

莫言轻轻笑了笑，道：“自然是等你，安歌姑娘。”

他唤我“安歌”，看来真的是十二皇子的人，想到我在“仰月楼”待了一整日，怎么也没有想到我要寻的人便是舞台上最耀眼的“戏子”。

“太好了，我等你一天了，还以为找不到你了呢！”我忙凑近了些，“你是什么时候看见我的？为何现在才来找我？”

莫言稍稍扫视了下四周，随即压低声音道：“什么话待我们上了马车再说吧，这里不便交谈。”

“嗯。”

我跟在莫言的身后走了二十来步便看到一辆朴素的马车，自我入京城以来，街上着华服的人挺多，马车更是常见，莫言的马车停在这，倒也不打眼。

我们刚在马车上坐定，不待莫言说明去向，车夫便驶动了马车，于是我开口问道：“我们现在去哪？”

莫言答道：“十二皇子府上。”

“十二皇子不住在宫里？”我去往平城之前的饯行宴上，依稀有听见洛青英和十二皇子提起宫里的事情，我当时还以为十二皇子是住在皇宫里呢，思及于此我便越发疑惑，“可是莫言，若是十二皇子在京城有府邸，为何还要我去‘仰月楼’？我自己直接回去不就可以了吗？”

我当初寻思着定是因为皇宫守卫森严，我无名无姓地进不去，十二皇子才说让我去“仰月楼”，派人在那等我。

莫言摇了摇头，“姑娘有所不知，这府邸是十二皇子此次回京不久后皇上赏赐的。”

“原来如此。”我点了点头，又想到了之前的疑惑，问道，“你是何时认出我的，为何不早点来找我？”

“便是在你为长公主出头时认出来的。”

"长公主？"我讶然地张唇，"你是说之前在'仰月楼'里那女扮男装的姑娘是长公主？"

难怪那姑娘生起气来会说要灭那男人九族，原来身份如此尊贵，只是……莫言是怎么认出来的？

那大厅里全是人，我与那长公主坐的位置算得上偏僻，长公主又乔装成了男儿郎，委实不打眼啊。

似乎是看出了我内心的疑惑，莫言道："今儿个长公主出宫时十二皇子便得了消息，所以才有了之前的闹剧，那男人亦是我安排的人。"

"什么？！"我此刻只觉得莫言的话让人难以消化理解，"为何要找人……欺负长公主？长公主若计较起来那男人岂不是死路一条？"

"他今日便会离开京城，此生不会再踏入京城一步。"莫言顿了顿，接着道，"昨天木公子便差人告诉了十二皇子你今日会入京，恰逢今早得了长公主出宫的消息，才会有今日'仰月楼'那一出，为的便是让你出手相助，让长公主承你一个人情。"

郑均本就是小白的人，他提前将我们入京的时间告诉了小白，这无可厚非，只是十二皇子从何肯定我就会维护长公主呢？

"万一……我当时没有站出来呢？"

莫言笑了笑，意味深长地说道："这便是一场赌，十二皇子赌你心善。"

我心情复杂，也不知道该开心还是该难过，讪讪地笑了笑，接着问道："那为何要让长公主承我一个人情？"

莫言只是摆了摆手，"这我便不得而知了，这其中自然有十二皇子的考量，我只是听从吩咐罢了，像我们这种为人下属的，只管将主子的吩咐办妥便好，主子的心思轮不到我们来揣测。"

自从认识了十二皇子，我倒是越发不能理解这些凡人，说话大多都是说一半留一半，谈及什么都是一副讳莫如深的样子，也不知是人心复杂，还是这宫廷礼节太过繁琐。

莫言不想说我便不问了，我已托郑均给小白传话了，若是能够见小白一面，这些疑问我当面问他便是。

小白会告诉我的，我之前同他说过了，日后他若有需要我的地方告诉我便是，万不可像之前那般瞒着我。

既然是让长公主承我人情，那之后的事情自然与我相关。

之后的路上我便不再提起与这些相关的事情，只是同莫言讨论了些戏曲上的事情，他应当是真心喜好戏曲的，同我交谈时他的双眸一直有着璀璨的光芒，煞是好看。

许是太晚又或许是要避人耳目，莫言并未带着我从正门而入，而是走了后院的门，刚刚下了马车便有一身仆人装扮的人候在那里，替我们打开了门。

看着莫言同我一道往府里走，我忍不住询问道："莫先生也住这王府里？"

"非也，我只是来回话的。"

这样看来十二皇子今夜还未入寝，于是我便笑了笑，道："甚好，那我便同你一道去吧，我刚刚回来，理应去跟主子问安。"

闻言莫言神情多了几分古怪，"姑娘原本不打算去请安？"

我颔首，"我有些乏了，想早点睡觉呢。"

莫言的神情越发古怪了起来，"你此次独行一月有余，回来第一件事自当是跟十二皇子汇报沿途的情况，这些……你不明白吗？"

"我现下明白了。"果然到了京城这规矩便越发多了起来，"如此，莫先生我们快些走吧，耽搁了主子休息便不好了。"

今日奔波了一日，我还未寻到时机替离陌割腕凝魂，得快些回房才行。

我一路跟着莫言入了十二皇子的书房，此时已是初冬，京城的夜已有了瘆人的凉，然而当我入了书房却只觉得温暖如春，想来十二皇子畏寒，这书房都铺满了地暖。

莫言恭敬地俯身，垂首道："见过十二皇子。"

十二皇子披着狐裘坐在榻上，闻声抬头看来，目光落在我身上，上下打量了片刻，浅浅笑了笑，道："可有受伤？"

我莞尔，"不曾，谢主子关心。"

十二皇子颔首，这才将目光落在一旁的莫言身上，询问道："事情可进展顺利？"

莫言作揖，答道："很顺利，至于长公主和安歌姑娘说了些什么，十二皇子可以详细问问安歌姑娘。"

我亦没有想过要隐瞒些什么，既然莫言提到了我，我便接过话，答道："长公主把我当了救命恩人，一直追问着我想要什么。"

"你可提了？"

我摇头，"这本不是什么大事，再说安歌也没有什么想要的东西，便什么也没说。"

"如此甚好。"十二皇子眼角眉梢都是满意的神色，"再过不久我会安排你们见上一面，到时候要说些什么我会提前告知你。"

我满心疑惑，便问道："安歌不知主子为何要这样做？为何要长公主承我人情？"

十二皇子不置可否，"这些你可以问问你的义兄木子萧，这是他的计策。"

小白的计策？

那同他的复仇有关吗？

如此也好，我便有了见小白的理由。

"夜筝，你打算何时为殿下凝魂？"

耳边蓦地传来落影的声音，她立在我面前，目光阴沉地看着我，全然不顾莫言和十二皇子还在这房间里。

不满我的沉默，落影凑近一些，语气越发森冷，"你若为了这些凡人耽搁了殿下的事情，我现下便杀了他们。"

"不可！"我惊呼出声。

“何事不可？”十二皇子蹙眉看向我。

为了避免惹人生疑，我忙避开落影的视线，掩唇轻咳了一声，“咳——主子听错了，我……刚刚是咳嗽呢。”

宽大的衣袖下，我的手心虚地握成拳，好在这时莫言又道：“上月……”

可莫言才刚刚开口便被十二皇子扬手制止，随后他扫了我一眼，淡淡道：“安歌，长途跋涉想必你已经很疲累了，不如早些下去休息吧，门口的婢女会带你去寻迎夏。”

在凡世这么久我多少学会了些察言观色的本事，显然刚刚莫言要说的话十二皇子并不想让我听到，也好，我便顺着十二皇子的话离开这里，也免得落影做出些出格的事情来。

“安歌告退，主子也早些休息。”

我忙退了出去，由着婢女带着去找迎夏，一路都装作看不见落影的样子。

翌日。

我是被迎夏唤醒的，她轻轻拍着我的手臂，“醒醒，安歌，不能再睡了。”

我挣扎着坐起身来，揉了揉惺忪的眼，模糊的视线里只有迎夏一人，“其他人呢？”

昨夜我跟着婢女回了居所才知道在这京城十二皇子这府上的婢女可不像是之前赶路那般只有我同迎夏两人，光是我住的这间房间便有六个婢女，除了我和迎夏之外还有四个人，只是昨夜太晚了，我回房时她们已经睡了，也就不方便打扰她们休息。

是以，昨晚我同迎夏也并未叙旧，但奈何落影在一旁一副要吞人的模样，我只得寻了个理由又外出了一趟，终于是折腾到了个僻静无人的地方，为离陌割腕凝魂。

回去时见迎夏披着外套瑟瑟发抖地立在门口，一见着我便压低声音道：“我还担心你迷路找不到这屋子了，正想去寻你呢。”

我感动不已，忙上前握住了迎夏的手，触及一片冰凉，“谢谢迎夏关心我，这夜里凉，我们赶紧进屋吧。”

她点了点头，“本想问问你这一路状况，看样子明日再聊比较妥当。”

我从回忆里回神，视线已是一片清明，迎夏在我床榻边坐下，答道：“其他人已经做事去了。”

也对，这府邸如此大，想必有许多做不完的活，思及现在自己亦是十二皇子的婢女，我忙掀开了被子，道：“抱歉，我睡过头了，唔，我今日需要做些什么？”

迎夏按住了我的手背，“不急，主子吩咐了，你刚刚回来不清楚府里的规矩，这几日我带你熟悉熟悉便好。”

“辛苦迎夏，你说什么我保证牢牢记在脑子里，省得以后我做错什么，邱修恼我没规矩，连累你受骂。”

“你呀——快些起来洗漱吧。”迎夏嗔了我一眼，起身给我让出道来，“与其说是带你熟悉熟悉，其实是跟你一道熟悉。”

我一边穿鞋子一边问道：“同我一道熟悉？”

“可不是嘛，这些年主子都是住在燕城，主子性格随和，这天高皇帝远的，也没有京城讲究，在燕城也没有多少婢女仆人，现在府上多了好多生面孔，我同你一样，都不认识呢。”

我诧异地扬眉，“为何一直住在燕城？”

可迎夏却似乎比我更加讶然，“你竟不知？”

“我应该知晓吗？”我亦是一头雾水，我对凡人的认识都以小白为中心，若不是他要复仇，我此生亦不会来京城。

迎夏眼珠转了转，沉默了半晌，随即凑到我身侧，小声道：“主子自小身子不好，也不受……皇上喜爱，是以一直住在燕城养病，今年才下旨召回的。”

我了然地点头，仔细一思量我也能察觉出十二皇子确实不受宠爱。

“这些年皇上也没有说过要给主子封王建府，这次一回京，皇上却说主子那夜……被刺，为了表示自己对主子的关心，便将这府邸赏赐给主子了，重新修建和打扫用了不少的时间，我们也是近期才住进来的，可不比你早多少。”

“迎夏，那主子被刺的事，皇上派人追查了吗？”

迎夏摇头，“这件事皇上没有再提了，主子似乎也不打算追究。”

这我便不能理解了，皇上若是真心关怀自己的儿子，难道不应该找到谋划行刺的主谋吗？

我只能为自己的疑问找个合理的解释，“是因为那些人都服毒自尽了，皇上不知道线索，我能作证啊，这件事是大皇……”

我尚未说完，迎夏便捂住了我的嘴，呼吸急促道：“安歌！不可胡言乱语，这里是京城，很多话说了便是死罪。”

我只能睁着眼发出“呜呜”的声音，直到迎夏松开捂住我嘴的手，我方小声道：“可是迎夏，虽然说我们在京城，可这里……是主子的府邸啊。”

在自己的府邸说话还要这般小心翼翼？

“隔墙有耳。”迎夏一脸凝重地解释道，“皇上赐了这府邸，也赐了很多奴才婢女，哪些是可以信任的，哪些是不能信任的，这还是个未知数。”

闻言我便越发同情起十二皇子了，父子兄弟之间相互提防猜忌，连住在自己府上，还得这般小心翼翼。

“我晓得了，我以后不说了。”我神情郑重地拍了拍迎夏的肩膀，道，“迎夏，日后这些话我都只同你说，保证不会跟其他人提及了。”

迎夏略一垂头，目光落在我的手腕，因我抬手的动作而露出了缠绕着的纱布，“安歌，你的手受伤了？找周大夫看过了吗？”

我忙收回手来，含糊道：“没事，小伤而已，我先去洗漱啦。”

接下来的日子我几乎就是同迎夏待在一起，将这府邸里里外外熟悉个透彻，若十二皇子吩咐了便去跟前伺候，但这段时间十二皇子似乎挺忙的，一直忙着会客。

迎夏时常会叹气，担心十二皇子这样频繁地会见客人身子会撑不住，偶尔也会跟我感叹以前在燕城的生活是如何的简单快活。

我只能随口应答着，毕竟眼看着五日便过去了，小白那边却是半点消息也未传来。

是他不想见我吗？

还是郑均并未将我说的话告诉小白？

抑或是因为我成日待在这十二皇子府上，小白不便来见我？

我越思考心绪便越复杂，既焦灼又失落，忍不住想去问问十二皇子现在小白住在何处，他若不方便来见我，我可以去见他的，反正我现在术法已经恢复了，我可以悄无声息地去见他，不让任何人知晓。

这日我同迎夏一道候在书房里侍候十二皇子，这书房温度宜人，我在这静谧的空间里有些昏昏欲睡。

“安歌。”

耳边蓦地传来十二皇子的声音，令我的瞌睡醒了大半，忙答道：“安歌在。”

十二皇子搁下笔，“有些日子未见皇祖母了，明日你便随我入宫请安吧。”

“什……什么？”我震惊不已，随即求助地看向一旁的迎夏。

这些日子我早就因着迎夏耳濡目染了这皇宫的条条框框有多复杂，我非八面玲珑之人，若是随十二皇子入宫，只怕会给他惹祸。

迎夏触及我的眼神，忙俯身道：“主子，还是让迎夏陪主子去给太后请安吧，宫里规矩多，安歌的性子怕是不适合待在宫里。”

十二皇子扫了迎夏一眼，淡淡道：“迎夏，茶凉了，你去换一壶吧。”

迎夏留给我一个“爱莫能助”的眼神，便恭敬地退了出去，我只能讪讪地看着十二皇子，试图改变他的想法，“主子，安歌以为迎夏所言句句在理，入宫什么的主子还是带上迎夏比较合适。”

“你亦是我的婢女，随侍左右，不也是你应当做的吗？”十二皇子顿了顿，接着道，“入宫也好，不入宫也罢，你要做的都是谨言慎行，如此便不会有太大的差错。”

十二皇子主意已定，我也只能接受，苦恼地询问道：“主子为何心血来潮要带我入宫请安？”

“因为——明日亦是长公主给太后请安的日子。”

我回了京城后十二皇子有详细问过我那日和长公主交谈的内容，“主子是想让我去见长公主？”

“确切地说……是制造一个让长公主看见你、发现你的机会。”

“可是……长公主见到我不会起疑吗？为何我一个婢女会出现在‘仰月楼’？”

闻言十二皇子目光中露出几分赞赏来，“你能想到这层我已经很欣慰，届时我会告诉她你是我在燕城的婢女，你便说那日是替我上街办事便好。”

“主子，想让我跟长公主说什么？”

十二皇子朝我招了招手，“你且过来，我说与你听。”

为了此次的入宫，我一夜未曾好眠，在床榻上辗转反侧，反复斟酌着迎夏教与我的那些，唯恐会出了差错。

可当我真的入了宫，那新鲜感与好奇感全然将担忧冲了下去，触目皆是鎏金铜瓦，每个景观都精雕细琢，我未曾见过这样辉煌的建筑，跟在十二皇子身后，不住地抬头瞟着，一路随行的邱修不满地看了我好几眼，恨不得我把头埋进衣襟里。

待入了太后居住的长安殿，我便乖巧垂首，视线里唯有十二皇子的衣摆，刚刚听引路的嬷嬷说了，长公主也在里面呢，我莫名地便有了几分心虚，就怕自己一会表现得不够自然，让长公主起了疑心。

“孙儿给皇祖母请安，皇祖母万福金安。”

“奴婢给皇太后请安，皇太后万福金安。”

“奴才给皇太后请安，皇太后万福金安。”

我规规矩矩地跪拜在地上，耳边传来一阵愉悦的交谈声，依稀可辨是长公主的声音，我便将头俯得越发地低。

“是景儿来了啊。”耳畔传来太后语调平缓的声音，听不出什么情绪来。

景儿？

入了京城后我对于皇家的消息也耳濡目染了些，这天下复姓“慕容”，看样子十二皇子的名字是慕容景？

长公主轻笑了一声，道：“真巧，我这刚要走，十二弟便来了，看样子老天爷也想让皇祖母时刻有人陪呢。”

“你呀，这才陪了哀家多久，就急着走了？”太后的责备里充满了宠溺，和之前跟十二皇子说话的口吻截然不同。

我听迎夏说长公主只比十二皇子长了两三月，因为是当朝圣上的第一位公主，所以备受宠爱，从刚刚太后那两句话的口吻来看，太后显然更喜欢长公主。

我下意识地微微抬了抬眼，因为跪在了十二皇子的身后，我看不清楚他脸上的神色，唯有那灰白色的狐裘，竟露出几分萧瑟孤单的感觉来。

“哎呀，皇祖母，若不是早就约好了琴师，沁儿当然想多陪陪皇祖母。”长公主语调软软地撒娇，随即道，“皇祖母别光顾着跟我说话，十二弟身子不大好，可别再让他跪着了。”

太后似乎这才想起十二皇子还跪在地上，于是缓缓道：“沁儿说得是，景儿便起身吧。”

“谢皇祖母。”

“谢太后。”

我同十二皇子一道起身，便一直铭记着迎夏说的，小心地垂首候在他身后。

这时耳边又传来太后的声音，“景儿来找哀家有事吗？”

十二皇子恭敬答道：“只是自父皇封了府邸给孙儿后，孙儿已有一段时日不曾见过皇祖母了，今日前来一是想向皇祖母请安，二是再过不久便是皇祖母的寿辰了，孙儿想问问皇祖母可有何欢喜的寿礼，孙儿定竭尽所能献给皇祖母。”

太后低低地笑了声，道：“难得你有这份孝心，到了哀家这个年龄哪还看重什么生辰寿礼，只要国泰民安，你父皇龙体安康，享享这天伦之乐，哀家便心满意足了。”

可这话听起来真真是矛盾，若太后想享天伦之乐，为何同十二皇子说话的时候语气这般疏离？

“皇祖母，十二弟这些年虽然一直住在燕城，可心里也一直记挂着您呢。”长公主语调轻快，“沁儿先回长乐宫了，皇祖母要是想到了什么欢喜的寿礼可得一并告诉沁儿，接下来就让十二弟陪陪您，沁儿告退啦。”

“你呀，到底什么琴师让你这般心急火燎的？你若是执意要走，便带景儿一道走，哀家也图个清静。”

“这怎么行？！”长公主的拒绝脱口而出，随即又似乎意识到不太好，补充道，“沁儿并非不愿，只是十二弟特意入宫来看望皇祖母，沁儿怎么能坏了十二弟的一片好意，让他伤心。”

或许长公主是在为十二皇子说话，可是这屋子里毕竟立着不少的婢女奴才，她这样直言不讳地说出来，想必十二皇子的处境会变得尴尬。

若是太后真的想要清静清静，刚刚就不会挽留长公主，明明十二皇子才刚刚入殿，话也不过说了三两句，太后却明显在赶十二皇子走。

而长公主这番说辞也似乎透着几分不愿意带十二皇子一道去她的长乐宫会会那位琴师的样子。

十二皇子……当真如此不受宠？

太后悠悠道：“景儿，哀家乏了，想要小憩一会，你可会觉得伤心？”

十二皇子忙答道：“孙儿不会，请皇祖母安心歇息，孙儿这便同皇姐一道离开，不打扰皇祖母。”他顿了顿便冲长公主问道，

“敢问皇姐请的是宫中哪位琴师？”

长公主讪讪地笑了笑，道：“不是宫中的琴师，想必十二弟不会感兴趣的，是刚入京不久的新任武林盟主木子萧。”

骤然听到小白的名字，我再控制不住自己，条件反射地抬头朝长公主看去。

不同于那日在“仰月楼”的少儿郎装扮，她穿着繁复的襦裙，梳着精致的发髻，那娇俏的面容上此刻浮上几分小女儿家的娇羞。

这样的神情我是熟悉的，不安感蓦地浮上我的心头。

而此时长公主蓦地与我四目相对，她显然是认出我来了，睁大杏眸，一眨不眨地看着我，我亦是讶然地看着她。

昨夜我便思考了许久今日见到长公主该作何表情，于是在讶然过后我扬唇浅浅笑了笑，复而再次垂下头去，唇角的笑容已经变得苦涩。

我无法控制自己不去回想长公主刚刚提及小白时候的表情。

犹记得在“仰月楼”时长公主便因着婢女的话对小白有着浓厚的兴趣，我没有想到这么快她便把小白邀到自己宫殿里抚琴了。

只是这是第一次还是已经是很多次了？

我想到自己托郑均向小白转达自己想见他一面的念头，他却只回了个“不便”。

可是为何不便？

因何不便？

他在长公主的宫殿抚琴便是方便了吗？

我的胸腔里像是被人泼了浓厚的醋与辣椒，全是辛辣酸楚的味道，只能极力地压抑着现在便不管不顾地冲去长乐宫的念头，乖巧地站立着。

这也不能怪小白的不是吗？长公主是金枝玉叶，若是她让小白去抚琴，小白自然不能不从。

所以我不应该难过的。

耳边传来十二皇子的回答：“木子萧？我之前在驿站遇险，也多亏他与洛少将军及时赶到，没有想到他不仅武艺超群，竟然琴艺也卓然？皇姐若是不介意，我也想前去聆听一番。”

可长公主的注意力显然还在我的身上，我能感受到她灼热的视线落在我的身上，不答反问：“十二弟，她……她是你的婢女？”

十二皇子侧头瞄了我一眼，淡淡道：“皇姐指的是安歌？安歌自然是我的婢女，这些年在燕城一直服侍我，皇姐看到安歌为何如此震惊？莫不是安歌有什么地方冲撞了皇姐？安歌初入京城，许多事都不懂，还请皇姐莫要责怪。”

这话音刚落太后便又道：“怎么了沁儿？这婢女同你有渊源？”

长公主笑道：“不是，沁儿只是瞧着有几分眼熟罢了，呵呵——沁儿终日在这皇宫里，别说燕城了，便是连宫门都没出过，怎么会同十二弟从燕城带回来的婢女有渊源呢？”

长公主自顾自地解释了一大通，像是怕太后还会接着问忙道：“十二弟既然感兴趣那便同我一道去吧，皇祖母既然乏了，我们便不要打扰皇祖母休息了。”

期间似是为了不引起太后的怀疑，长公主再不曾看我一眼。

我跟在十二皇子与长公主的身后离开了太后居住的长安宫，内心的情绪十分矛盾复杂，我既盼着快点到达长乐宫，见见我心心念念的小白，哪怕不能同他说上话，只是远远地看上他几眼我亦心满意足。可我又害怕在长乐宫见到小白，见到小白为长公主抚琴的样子。

我本就不是什么心胸宽广之人，坦白地来说，我此时此刻竟开始嫉妒起长公主来。

若我也可以想见小白便能见到，那该有多好呢？

第十一章
嫉　妒

刚刚出了长安宫的殿门，十二皇子便止了步子，冲正要上步辇的长公主道：“劳烦皇姐稍等片刻，我此番入宫给皇祖母带了些吃食，刚刚聊天竟忘了这事，我这就送进去。”

我正欲抬脚跟上，十二皇子又道：“安歌，我同邱修进去便好，你身上有伤，便在此等我吧。”

“有伤？”我一头雾水，莫不是十二皇子看见我缠着纱布的手腕了？

“那夜在驿站你舍身护我，身子养了这么久也才刚刚好，便在此候着吧。”

四目相对间十二皇子给了我个眼神，我立刻懂得了他的言下之意，张了张唇想要配合地作答，已经立在步辇处的长公主却说话了，“十二弟你快些去吧，你这婢女既然重伤初愈，少走动亦是好的，十二弟果如传闻，宅心仁厚，对婢女家仆关照有加。”

我忙恭敬地俯身，“安歌听命。”

待十二皇子一走，长公主立刻走至我身侧，压低的声音带着几分欣喜，道：“安歌，你可还记得我？”

我对上她闪烁的眸子，浅浅笑了笑，“安歌记得的，那日在……”

“嘘——”长公主忙做了个噤声的动作，倾身靠近我，越发小声地说道，“你现下知道我的身份了，那日的事情可万万不能说出去，不然我定会被父皇母后责罚的！”

我颔首，“安歌保证不说。”

随即想起什么似的，长公主又道：“便是我那十二弟，你的主子也万万说不得。”

“长公主放心，安歌定不会说的。”

长公主松了口气，“安歌，你既是十二弟的婢女，那日又为何会出现在……咳——那里？”

我故作为难的模样，将昨日十二皇子为我准备的说辞背出来，“安歌初入京城只觉得热闹新鲜，听人说‘仰月楼’许多表演极其精彩，便趁着出府办事的机会偷溜过去了，也请长公主莫要告诉我家主子。”

我这话音一落，长公主俨然一副遇到知己的模样，若不是四处还立着婢女指不定就要拉着我的手了，“这外面有趣的事情可比宫里多多了，你放心，这便是你我二人的秘密了，我之前跟你说的话也还作数，你日后若有什么需求尽管开口，我定会应允你。”

你以后能不见小白不让他给你抚琴吗？

这句话自我心底升腾而起就缓缓压下喉去，我摇了摇头，“安歌什么都不缺，长公主既然对宫外事物感兴趣可听说过碧湖的听音阁？说是每月初十听音阁都会有琴师歌者表演，听音阁就建在碧湖的中央，观众们只能在自己的船坊或岸边远远聆听，都说是余音绕梁仿若天籁呢，若是有机会，真想去听听。”

“竟这般有趣？”长公主挑眉，雀跃道，“这好办，这才刚刚月初，等到初十我寻个理由带你一道去碧湖听音阁。”

“当真？”

长公主微微仰着下巴，加重语调道：“本宫说话一言九鼎！”

“何事一言九鼎？”

耳边传来十二皇子的声音，长公主反射性地拉开了与我的距离，道：“呵呵，只是同你的婢女投缘，随口聊了两句罢了，既然十二弟来了，我们便走吧，这时辰木盟主应当到我宫里了。”

闻言我立即垂下头，遮住满眸的情绪。

我们到达长乐宫的时候，小白已经立在宫殿的前院了，我站在十二皇子的身后抬头看向他，初冬的风凛凛扬起他的墨发和素白的衣摆，他眉目如画，薄唇清扬，冲着长公主笑得温柔浅淡。

哪怕就是一眼，都没有看过我。

我的心，不可抑制地疼。

我立在十二皇子身后，只能看到长公主的背影，即使看不到也能想象她此刻应当是笑靥如花吧，耳边传来她的声音，娇娇柔柔的，“天气这般冷，木盟主为何不去厅里？要是受了风寒可怎么好？”

“木子萧见过长公主、十二皇子。”小白薄唇微扬，俯身作揖，随后道，“多谢长公主关心，长公主院里的景色甚美，前几次都未曾有机会好好欣赏，还请长公主莫要见怪。”

“怎么会见怪呢？”长公主脚步轻盈地迈向小白，“现下是初冬，等到入了春，我这院子的景色便更好，到时候天气暖和了，木盟主便在这院子里抚琴与我听，好不好？”

最后那三个字长公主咬字极轻，有着化不开的娇羞。

我目光灼热地盯着小白，我渴望着他能像每次拒绝我那般拒绝长公主，哪怕是顾及身份不便直接拒绝，我也希望他可以侧过头去，含糊其辞或是笑而不语。

可是小白依旧冲着长公主笑得那么好看，声音悦耳如潺潺的流水，“但凭长公主吩咐，实乃木子萧的荣幸。”

我的心像是被成千上万的针扎着，密密麻麻地疼。

为什么啊小白？

你不是爱着云家小姐吗？你的心里不是只有云家小姐吗？

那你为什么要对长公主这样温柔？像极了在竹林与我相处时的日子。

我只觉得初冬的风全部灌入我的耳，呼呼作响模糊了其他人的语调声音，我用右手死死按住自己左手腕的伤，试图利用这样的疼痛让自己冷静下来，一遍遍告诉自己，不可以冲动，不可以给小白还有十二皇子制造麻烦。

接下来他们说了些什么我却是听不太清了，只能低垂着头亦步亦趋地跟在十二皇子的身后，随着他们入了屋，候在十二皇子的座位旁，听着他们三人交谈，再不敢抬头看小白一眼。

直到小白的琴声响起，我复而抬头看去，他修长分明的手指拨弄着琴弦，所有的声音就此泯灭了，唯有他婉转悠扬的琴声。

只有这样的时刻我才能在小白身上寻到过往的感觉，仿佛还是那些岁月静好的旧时光，我只是他搁置在梨木案上的琴，而他是我的主人。

这一下午的时间我无数次地抬头看着我心心念念的清俊容颜，可是小白便是连一个不经意的眼神都未给过我。

一个时辰过去后，十二皇子开口道："多亏了皇姐才让我听到这样的佳曲，木盟主这般儒雅又有一手好琴艺，武艺亦卓然超群，当真是难得一遇的人才。"

小白不卑不亢地微微颔首，"十二皇子谬赞，木子萧愧不敢当。"

"我看你明明是当之无愧。"长公主笑道，"父皇素来惜才，我看啊，你只怕会要在这京城定居了。"

不待小白作答，十二皇子便掩唇轻咳了一声，已是面露疲态，道："时候不早了，我也该回府了，多谢皇姐款待。"复而看向小白，问道，"木盟主此次入宫可备了马车？需我载你一程吗？"

"备了的，多谢十二皇子好意，若是十二皇子不介意，我们可一道出宫。”

我心里满满的都是失落，原本想着若是小白可以乘坐十二皇子的马车该多好，我便可以更近地看看他同他说说话了。

长公主连连叹息了几句，一半埋怨一半玩笑地说道：“你们这就都要走了？剩我一人岂不无聊？”

一旁的婢女忙上前道：“公主，木盟主在这长乐宫待了挺久了，是时候离开了。”

长公主嗔了婢女一眼，“好啦好啦，本宫知道了！”

回去的马车上一片寂静，我原本以为十二皇子要闭目养神到回府，谁知他突然半睁着眸子唤我，“安歌。”

“安歌在。”

“你应该可以看出来吧，我这皇姐……怕是看上了你的义兄木子萧。”

长公主对小白的爱慕表达得那么明显，又有谁会看不出呢，我只能闷声道：“看出来了。”

“只怕再过不久，他便是长公主的人了。”

“什么？”我的大脑一片空白。

十二皇子将眸全部睁开来，面容平静看不出什么情绪来，“虽然木子萧身份背景太过普通，可目前朝廷很想统领江湖，或许让他成为驸马亦不是不可能。”

“驸……驸马？”我双唇颤抖着，仿佛听不懂他的话般地重复着，“他……他要和长公主成亲？”

这怎么可能呢？除了云家小姐小白怎么可能会娶别人呢？

就连那场我费尽心思的婚礼，也不过是因为我顶着云家小姐的脸啊。

我再也无法冷静，我迫切地需要得到小白亲口的答复。

我需要他告诉我，他不会和长公主成亲的，绝对不会。

一路沉默无言地回到了府邸，许是看出我情绪不太对，十二皇子准许我先回房歇息，不必在他跟前侍候，我恭敬地俯了俯身便退了下去。

然而我并没有回房，我寻了个无人的地方幻化成小鸟飞出了府邸。

先前在长安宫时我曾听他们说起小白入京后住在城南张震天故友的旧宅里，便振翅朝城南的方向飞去。

可我好笨，在这冬夜里扑腾了许久依旧没能找到小白居住的宅子，直到耳边传来一声熟悉的冷笑，“夜筝，你在殿下身边待了这么久，就这么点能耐？”

这落影当真是逮着机会便嘲讽我，甚至是这般只闻其声不见其人的嘲讽，反正她说的也是实话，我无力辩驳只能更用力地扑腾着自己的翅膀。

“若不是担心你冻坏了明日无法为殿下割腕凝魂，你便是冻死了也与我无关。”

落影这话的意思是愿意助我寻找小白？

我正欲开口询问，一阵风将我卷起，随即将我重重地摔在地上，待我再次睁开眼时已是温暖的室内，摇曳的烛火下，我看到小白披散着墨发一身单衣立在床榻的烛火前。

许是听见我摔倒的声音，小白回头朝我看过来，侧身垂头，那一头墨发便遮住了他大半张脸，结实的胸膛若隐若现，他紧盯着我，薄唇紧抿。

我扑腾着翅膀站起来，想要唤他的名字，一开口才发现自己忘了变回人形了。

小白仿若有所察觉，试探地唤道：“夜筝？”

他认得我！

即使我是一只小鸟，即使我什么都没有说，他还是第一眼便认出了我。

我激动不已，忙变回了自己的样子，隔着两三步远的距离目光灼热地看着他，我明明有千言万语要说，此刻却不知从何开口。

小白站直了身子，拢了拢自己的领口，叹了口气，“你怎么来了？”语罢他抬脚迈向衣架去取自己的外袍，“这个时辰你待在我这终究是不便，万一十二皇子府上的人发现你不在可怎么是好？夜筝，快些回去吧。”

“我不要！”我顿觉委屈，不管不顾地从身后拥住他的腰，将脸贴在他的后背上，隔着薄薄的单衣我能感受到他温热的体温，“我不要走，我要留在你身边，我是你的琴，你为何总是要把我推给别人？小白，我不喜欢这些见不到你的日子，不喜欢你离我越来越远的感觉，如果我还是像从前一样待在你的身边的话，你就不会……”你就不会去见长公主了。

最后那句话我却没有底气说出口，因为，便是连我自己也觉得是天方夜谭。

小白怎么可能会因为我不见长公主呢？

小白身子瞬间僵硬，他没转身要挣脱我的手，沉默了片刻方道：“松开。”

他的声音低沉透着几分冰冷，脑海里蓦地响起他下午同长公主说话的语调，那样的温柔，我眼眶发热潮湿了他的后背，倔强地将他抱得更紧，“我不松。”

小白低低地叹了口气，他依旧未曾转过身来，声音却柔和了许多，“夜筝，你我之前不是已经说得很清楚了吗？你现下是怎么了？为何……哭了？”

就这样从背后拥着他，不用去看他的神色，我的胆子忽然就大了许多，“因为你骗我，小白，你是骗子！”

“我如何骗你了？”

“你是同我说得很清楚了，你说你心里只有云家小姐，她是你心里的朱砂痣，是求得不得不可触摸的梦，所以你没有办法爱我，我都接受，我不奢望你爱我，可是小白……你怎么可以爱长公主？”

如果他可以忘记云家小姐爱上长公主，又为何不能爱我？

“胡闹。”小白低喝了一声终于挣脱了我的手转过身来，眉头紧皱，“我何曾说过我爱上了长公主？”

“可是长公主喜欢你啊，十二皇子说……你也许会成为驸马。”

“他还说了什么？”小白神情严肃，“夜筝，初十那日你可约好长公主了？”

“没说什么了……初十的事情你也知晓？”

小白颔首，“此事是我同十二皇子共同策划的，为的是还那日他救你出牢笼的恩情，夜筝，你需万事小心，绝不能有差池。”

闻言我委屈的心情消散了大半，竟隐隐约约泛出几分甜蜜来，我想牵他的手，最终只敢拽了拽他的衣袖，“你放心，小白，你的事我拼尽全力都会做到。”我顿了顿，接着问道，“可是……我不太明白，你既然是帮着十二皇子的，为何我从长公主的言语中却听出来你在为洛青英办事？”

这洛青英可是云家小姐的未婚夫啊。

小白一点也不介意吗？

那洛青英难道会不知晓小白同云家小姐的过去吗？

这些疑问就像是乱成一团的毛线，我这简单的脑袋委实理不出个所以然来。

小白别过头，目光变得悠远起来，“夜筝，我所做的一切都是为了复仇，李家的灭门惨案，我父亲受的那些屈辱我都会通通讨回来。而你刚刚提的那些问题，非我不愿告诉你，而是现在不是说的时候。”

每每小白用这样轻柔的语调同我说话，总会让我难以抗拒，无论他说什么我都只能乖巧地点头。

小白轻轻拍了拍我拽住他衣袖的手背，带着些安抚的意味，眉目温柔地看着我，“回去吧夜筝，莫要让人起疑了。”

我撇了撇嘴，闷声道：“小白，我还要在十二皇子身边待多久？皇家规矩好多，我不习惯。”

“我晓得让你在十二皇子身边待得不自由，夜筝，你且等等我，待我再强大些，待我成功复仇，我便还你自由，凡世数十载与你而言不过须臾。”

我想小白还是不懂，我要的自由不过是伴他左右，凡世数十载与我而言是不是须臾我不确定，可没有他的每分每秒都无比漫长。

“走吧，夜筝。”见我不语，小白再次开口催促。

我目光灼热地看着他，“小白，你不会爱上长公主的对不对？你不会成为驸马的对不对？”

……

“你若是不回答我，我便不走。”

“对，我不会爱上长公主。”他顿了顿，薄唇微张像是在说给自己听一般，“我这一生一世都只会爱水蓉一人。”

他的话让我既快乐又难过，可至少他不会爱长公主啊。

可是后来的我才明白，小白虽说了他不会爱上长公主却未曾说自己不会成为驸马。

我恋恋不舍地松开了手，装作离开了的样子隐藏了实体依旧立在这房间里。

我好不容易才见着他，就让我任性地多看他几眼，就像我最初有了精魂的时候，便是日日这样无声无息地陪着他。

可我消失了，小白也没有立刻就寝，他在床榻上静坐了许久，也不知道是在思考还是在失神。

片刻后他脱下了单衣，露出了结实紧致的上身，我心跳倏地加速，只见他将单衣反转过来，修长的手指划过衣背，仔细一看那里隐隐约约还可以看见我泪水浸染的轮廓。

此时此刻静默的小白心里装着我？

我的心突然没来由地剧烈地疼，像是坠下断壁的那日，又像是被关在牢里的时候，疼得撕心裂肺不可抑制，我甚至无法站立，颤抖着蜷缩在地上。

为何？

是因为小白在伤心吗？

那么，我之前不能自动愈合的伤口也同小白有关吗？

那些爷爷不愿意告诉我的真相到底是什么？

我疼得浑身冒汗甚至睁不开眼，而我的头顶上方又传来了落影的声音，“夜筝，为了一个凡人值得吗？”

我疼得说不出话来。

“我等不了了，夜筝，我会再去寻找救殿下的办法，我走以后你要记得为殿下割腕凝魂，你若是敢因为这个凡人而耽搁了为殿下凝魂的事情，我定——”

“杀了我吗？”我费力从喉咙口挤出这几个字。

“不——”落影声音森冷，“我会杀了这个凡人。”

……

“那样，你便会痛不欲生。”

我疼得不行亦不欲与落影争辩，离陌是我的师父，我怎么会不救他？

落影那晚后便离开了，我心痛的感觉却好几日才缓解，那之后我曾试图隐了实体再去寻小白，可是迎夏与我形影不离，我寻不到离开的机会，偶尔从十二皇子的言语中得知，近来长公主因皇上不悦，已不怎么招小白入宫抚琴了，我莫名地松了口气。

很快就到了初十这日，碧湖听音阁的表演会从午后持续到戌时，我在心里反复排练着十二皇子交代我的那些话，就等着长公主登门了。

以之前偷偷女扮男装出宫的行为，我以为长公主会悄悄给我报个信，让我找个机会溜出去，未承想她却大大方方地直接登门了。

我候在十二皇子身侧，看着长公主落落大方地走进厅堂，触及我的视线时她朝我眨了眨眼。

“皇姐今日怎么有空登门？”十二皇子起身招呼着长公主落座，“为何不早些派人通知我一声，我好做足准备，免得怠慢了皇姐。”

“这些客套话就不必说了。”长公主扬唇，那双眸比她头顶的步摇还要闪烁，“我倒是有一事想请你帮忙。”

“皇姐请说。”

“我此番是要去看望姨母，可我贴身婢女病了，不便随侍左右，上次入宫我同安歌聊得很是投缘，皇弟能否将安歌借我一日？”

闻言我已是对这位长公主佩服得五体投地，她不是千方百计要瞒着别人出宫吗？这样直接登府就不怕十二皇子说与别人听？

再者，若不是十二皇子就等着她把我接走，她这样的理由不惹人怀疑才怪，堂堂一个长公主怎会只有一个贴身婢女？

于是我尴尬地看着他们演完这场戏，在十二皇子和煦的笑容下同长公主走出了府邸。

许是上次乔装男人失败，这一次长公主放弃了女扮男装的念头，带着我上了候在十二皇子府前的马车，一路驱往碧湖听音阁。

听音阁的表演之所以如此叫座，一是所有的演奏者都是翘楚，二是因为它需要你坐在其他船舫上，隔着碧绿的湖水来聆听，演奏者的轮廓若隐若现，越发地撩人心弦。

一直到马车停了下来，我方知此行竟只有我同长公主二人，“公……公主……只有我们二人会不会不太妥当？”

“你且放心，我都了解过了，这来听音阁都非寻常之人，何况一会我们要个包厢雅座，不会有人打扰我们的。”

我怕的自然不是有人打扰，这里处处都有小白与十二皇子布下的人，断不会有“仰月楼”那样的危险，我怕的是一会长公主听到小白谋划的那些会怒不可遏，无法控制自己的情绪，到时我怕是劝不住长公主。

我这边还忐忑着，长公主却已抬腿下了马车，大步朝停靠在岸边的船舫走去。

这船舫分了上下两层，一层已是坐满了人，而二层全部是一间间或用屏风或用木窗隔开的小房间，两两相邻。

刚刚入了船舫，小二便迎了上来，满脸堆笑，歉然道：“对不住了二位姑娘，今儿个你们来得晚了些，我们船舫没有空位了，也马上要开船了，请两位姑娘下船，下月初十再来。”

这些都是排练过的台词，我指了指二层两个相邻的房间，道："那不是还有两个空房间吗？"

长公主顺着我所指的方向看过去，随即扬声道："对呀，那明明有两间空房，为何不让我们坐？"

小二解释道："那位置早就有人订好了，虽然只有两位，但那位客人喜好安静，便将相邻的房间也包下来了，所以当真是没有空位了。"

这些对白早就在我心里演练过，于是我熟练地说出了台词，"可错过这次还要等上一个月呢，不如就让我们坐那客人旁边吧？那位客人喜静，我们保证不会发出一点声音的，这样你们既不会得罪那位客人，也能多收一份钱，我们也能听到演奏，岂不是皆大欢喜？"

小二一脸为难："这……"

长公主道："我们在这僵持着总归不大好，你这马上要开船了，便让我们坐过去，我们保证不会吭声让你为难的。"

长公主说完还递了一大锭银子过去，微微仰着下巴，道："你开个价，多少银两都可以。"

小二讪讪地笑了笑，收下了银两已经做出了"请"的姿势，一路将我们往包厢引一路嘱咐道："二位姑娘行行好，可千万别出声，这位贵客可是我们得罪不起的主，二位姑娘想吃点什么，我立刻给二位上好，一会不方便服侍二位，还请二位莫见怪。"

长公主倒也配合，点了一大堆东西后拉着我坐了下来，道："你坐着吧，我今日本就是想要谢谢你的，你且忘记我的身份，只当我是你的朋友，用不着太拘束，不过……我倒是挺好奇的，这位得罪不起的贵客到底是谁？"

是你的长兄大皇子。

只是这话我自然不能说，耳边传来了脚步声，我忙压低了声音道："公主……那位贵客好像来了。"

只听到店小二恭敬热情地将人迎进我们隔壁的包厢，果不其然在听到大皇子的声音时长公主动作一滞，略显慌乱。

不能发出声音，我只好投过去一个关心的眼神，长公主摇了摇头，避开了我的视线。

船舫朝着听音阁的方向开去，透过木窗依稀可以看见听音阁了，湖面吹来的风越发森冷，长公主拢了拢披风，也不再紧张兮兮地听着隔壁的谈话，惬意地吃着糕点，悠然地看着窗外。

演出开始前半个时辰，隔壁房间的大皇子都在同另一位男子谈些无关痛痒的话题，长公主听了片刻后有些兴致不高，提笔写了一行字递给我：也就这看表演的形式新鲜点，琴艺可不如木盟主十分之一。

醋意就像是针密密麻麻地扎在我的心间，我抬手掩唇笑了笑，不再言语。

而这时那中年男子忽道："明日九皇子为皇太后准备的寿礼便要从宁江的码头上岸，转陆路运输入京了，大皇子打算何时动手？"

大皇子冷哼了一声，道："自然是在这寿礼入京之前，等到入了京可就不便动手了。"

闻言我抬眸瞅了眼长公主，她显然已经将刚刚的对话听得分明，身子僵了僵，却反应极快做了个噤声的动作，许是怕我太过慌乱而发出声音。

"大皇子所言极是，人手已准备妥当，只要大皇子一声令下，明日即可动手。"

"嗯，切记先不要走漏风声，免得被我那九皇弟察觉寿礼已经不见，这离皇祖母的寿辰可还有些日子，莫给他时间再去准备了。"

"属下明白。"男人顿了顿，又故意道，"得手后可要立即将这九皇子准备的寿礼挪到十二皇子的府邸上？"

"不急，这个还待商量，我这十二弟久别京城，这行踪还有些不可捉摸。"

既然已经提到了十二皇子，我便故作愤慨地站起身来，睁大眸子，一副惊诧惶恐的样子，长公主忙拉住我的手，不住地摇头，用口型冲我说道：“别动。”

“大皇子真是聪慧过人，先夺了九皇子准备的寿礼，让皇太后和皇子苛责失望于他，过后再让大家知晓这寿礼是被十二皇子拿的，一石二鸟，妙哉妙哉。”那边厢房中的男子已经是赞不绝口，“只是这十二皇子自小便不受宠，大皇子何必将他看在眼里？”

“哼，你莫不是个猪脑子。”大皇子言语中透着几分狠决与不悦，“我这十二弟在燕城住得好好的，父皇招他回来当真就只是为了皇祖母的寿辰？这又是召回又是送府邸的，父皇的心思最是难猜，纵我从不将我这十二弟放在眼里也不得不防，索性跟我那不争气的九弟一并收拾了。”

“大皇子所言极是，臣受教了。”

长公主紧抿着唇，浑身气得发抖，这下倒是我怕她做出什么过激的事情，惹得隔壁的大皇子知晓了我们的存在，坏了小白和十二皇子的计划了。

于是我忙俯身凑在长公主的耳边，小声道：“长公主可千万要冷静，若是被大皇子发现就危险了。”

长公主的胸膛剧烈地起伏，仿佛还在消化着刚刚听到的一切。

“长公主，我一面之词恐难服众，你可要替我们家主子说话，万不能让我家主子白白被人冤枉啊。”

长公主沉默了许久方在纸上写道：“莫慌，我断不会让十二弟背这个锅。”

而那边的包厢已经开始聊起了具体的行动计划，我和长公主沉默地聆听，瞅着长公主将重要的信息记录在纸上，我便知我今日的这出戏，总算是唱完了。

我看着长公主那一脸凝重的样子，却恍惚间看到了自己。

她亦是喜欢着小白的吧？

若有朝一日她得知这一切都是小白的算计，也会同我那般心伤吗？

而心伤过后呢？是像我甘之如饴地成为棋子，还是与他决绝？

最开始我是不明白为什么十二皇子和小白会选中长公主，之后在对皇家的情况逐步了解后才知晓，在这场皇子之争里，长公主是最合适的人选。

长公主的生母皇后唯有长公主这一个女儿，自小便受了皇上和皇太后的宠爱，对于其他目光灼热盯着皇位的皇子而言，长公主既无威胁，又成了想要拉拢的对象。

长公主素来与各位皇子都维持着不远不近的关系，大皇子抢夺九皇子寿礼再嫁祸于十二皇子的行为若由长公主来指出，并不会让皇上觉得她在故意偏袒谁。

我也试图问过十二皇子，为何要将事情变得如此复杂？既然早知道大皇子有这样的心思，在大皇子来栽赃嫁祸时逮他个正着岂不是更好？何必要牵扯进来长公主，费尽心思演戏？

而十二皇子只是轻咳了声，慢悠悠地说道："何必过早暴露，引饿狼扑食？"

坦诚地讲，当时我并未听明白。

后来连着几日我都未曾听到什么后续，就在我以为要等到皇太后的寿辰过后事情才会有进展时，在皇太后寿辰的前四日，大皇子被皇上关了禁闭。

许是一切都在意料之中，十二皇子的神色并没有多大的起伏，目光依旧落在手中的卷轴上，也没有让我和迎夏退出书房。

邱修道："皇上封锁了消息，大皇子到底因何事被罚尚不得而知，但看九皇子和大皇子同时被召见，估摸着也就是这件事了，看样子皇上对大皇子还是偏爱有加，出了这样的事情仍旧顾全大皇子的名声。"

"你错了。"十二皇子抬头，"父皇顾及的不过是他皇室的名声，即便皇子之间的暗争是满堂皆知的事情，他也想要压下来。"

邱修点了点头，面上又有了几分不甘心，道："可这样主子费心布的局便浪费了，此事并没有对九皇子造成多大的影响，而皇上对大皇子的惩罚亦不轻不重的，只怕日后主子仍是无法省心。”

对哦，若是长公主揭露此事可以在皇太后寿辰过后，那时九皇子在太后皇上面前失了颜面，而在大皇子嫁祸十二皇子时揭露，可以让十二皇子处在弱者的位置上，就像上次遇刺的事情皇上赐了府邸，这次的事情皇上也应该会赏赐点什么来安抚十二皇子吧。

这样，十二皇子才是坐收渔翁之利的人。

思及于此，我便期待地看向十二皇子，想知道他会如何回答。

十二皇子说道：“非也，事情未牵扯到我的身上也好，被父皇关注并不是什么好事，若非父皇突然召我回京，我又怎会在驿站遇刺？若非父皇赐我府邸，大皇子又怎么会想嫁祸于我？”

这样一听亦是十分有道理的，十二皇子看上去单薄病弱的样子，心里却比谁都清楚明白。

那么，在这皇子之争里，十二皇子到底是图个自保，还是想要那万人之上的皇位？

“主子英明。”

在太后寿辰的前日，九皇子登门了。

我听迎夏说起过，这九皇子的生母是西域藩国来的公主，见了九皇子本人后觉得他像生母多一些，生得浓眉大眼，肤色亦偏麦色，倒看不出和十二皇子有任何相似的地方。

偌大的厅堂里，九皇子噙着笑，一副关爱手足的神情，令随从双手捧着个木盒，冲十二皇子道：“这是些滋补身子的药材，都是前些日子我舅舅托人送入京城的，我想着十二弟自小身子不大好，便想送给你补补身子。”

若不是那次驿站的行刺是我亲耳所闻，我定然想不到九皇子这样温和的脸面下藏着那样恶毒的心。

只是这样细想来，这皇家每个人真真都是演技了得。

“咳——”十二皇子轻咳了声，婉拒道，“这药材必然珍稀得很，无功不受禄，臣弟受之有愧。”

“诶——”九皇子蹙眉，示意随从将木盒搁置在十二皇子身侧的案几上，道，“你我兄弟一场，我便是给你再珍稀的药材也是应该的，你再推托便是不给我面子了。”

十二皇子扫了眼迎夏，示意她收下木盒，随即朝九皇子作揖道：“如此便多谢皇兄了。”

“不必如此客气，其实我今日前来，是想跟你商量个事。”

“皇兄请讲，臣弟洗耳恭听。”

九皇子没有说话，目光从我和迎夏身上扫过，我忙垂下头，免得被他发现我一直打量着他。

十二皇子轻笑了声，“皇兄不必在意，这两个婢女都是在我跟前服侍多年，规矩都懂，定不会乱嚼舌根，皇兄想说什么便说吧。”

片刻后我方才听到了九皇子的声音，“如此我便直说了，大哥被父皇关禁闭的事情想必十二弟也有所耳闻吧？”

“嗯。”

“十二弟可知道这其中的缘由？”

“不知。”

“同你我都脱不了关系。”

十二皇子意味深长地说道：“哦？竟与你我有关？”

“可不是嘛。”九皇子加重了语气，“这么多年我对大哥一直都是敬爱有加的，却不知是何处得罪了大哥……哦，想来你还不知道，此次大哥被父皇关禁闭，是因为他试图劫走我为皇祖母准备的寿礼，再到皇祖母寿辰之日令我难堪，只是未承想这件事竟被出宫去看姨母的沁儿撞到了，沁儿性格直，直接捅到父皇那去了，这才让我免了一难啊。”

十二皇子饮了口茶，故作讶然地答道：“竟有这种事？想必这其中必然有误会，皇兄大可不必放在心上。”

“证据确凿如何会是误会？”九皇子扬声道，“十二弟这般说不过是觉得此事与你无关罢了，你这些年不在京城，回了京城也不同我们这些兄弟走动，自然不知道其中凶险。我本不欲让你知晓这些事，但又怕你这性子吃了亏，我索性直接同你说了吧，大哥之前是打算劫走我准备的寿礼嫁祸于你，在皇祖母寿辰之日让我难堪后，再让父皇迁怒于你。”

“这……”

“我所言句句属实，你也可以去问问沁儿，看九哥我有没有骗你！”

九皇子眉心紧锁，他本就生得浓眉大眼，这一锁眉便透出几分迫人的怒气来。

十二皇子放下茶杯，“臣弟断没有怀疑皇兄的意思，皇兄莫动气。”

闻言九皇子眉目间的凌厉瞬间化作了苦楚与委屈，煽动道：“大哥此番欺人太甚，十二弟，你我都处在劣势，理应团结起来，此次若再不反抗，只怕日后大哥这禁闭解除了，你我的处境会更加糟糕。再过两日便是皇祖母的寿辰了，你我应该抓住此次的机会还大哥以颜色……”

“皇兄。”十二皇子开口阻断九皇子的滔滔不绝，“父皇最想看到的应该是我们兄弟和睦吧，大皇兄此番是做错了，也受到了惩罚，此事就这样翻篇吧。”

“十二弟这便是在说我心胸狭隘了？”

“臣弟万不敢有这般心思。”

“这京城可不是燕城，你若是不主动出击，只怕会被吃得渣都不剩。”

十二皇子扬了扬唇，淡淡道：“皇兄放心，我身子自小不大好，最适合在燕城静养，待过了年，开春暖和些了，我便回燕城了。”

“哦？”九皇子沉声问道，“十二弟说得可是真的？你……当真会回燕城？”

“皇兄，这些年，我都独自生活在燕城啊。”

闻言，九皇子点了点头，起身道：“如此，你便权当我今日未曾来过，十二弟想要独善其身是好事，为兄祝你愿望成真，告辞。”

语罢，也不待十二皇子反应，九皇子径直抬腿离去，转身的瞬间我依稀可以看见他唇角弯成不屑的弧度。

九皇子离去后，迎夏去为十二皇子添茶，询问道：“主子，我们当真来年开春便回燕城吗？”

十二皇子喃喃道：“燕城多好啊，那里的冬天从来没有京城这般凛冽。”

“主子可是觉得冷了？需要再添些炭火吗？”

十二皇子摇了摇头，道：“这京城是真的冷，不只天冷，人心更冷。”

我的视线里都是他轮廓分明的侧脸，满是落寞，这样萧瑟的语气蓦地令我也觉得冷了起来。

是啊，京城好冷。

小白，我们何时可以离开这里？

第十二章

陪 伴

很快就到了皇太后寿辰这日。

本来今日侍候十二皇子入宫的人是迎夏，但我听闻小白也会出席寿宴便和迎夏换了，入宫的马车上十二皇子看穿了我的心思，道："安歌，你可知道今晚的寿宴不仅有皇室内眷，朝堂群臣都会参与？从座位的排列来看，你同木子萧是连近身的机会都没有。"

我可以隐了实体跟在他左右啊！

便是寻不到这样的机会，哪怕是远远看上一眼，我都是心满意足的。

直到入了宴席我才懂得，这皇太后的寿宴排场有多大，光是宫内亲属女眷便将内厅坐满，文武朝臣全部都在外殿，也就只有几位跟皇室沾亲带故的大臣才有幸坐在内厅。

幸运的是十二皇子的座位在内厅中央的位置，而小白跟着洛青英坐在内厅尾端的位置，虽然看不清楚他面上的神情，但好歹也能看见他的身影啊。

到底是皇家的寿宴，案桌上琳琅满目的器皿盛着丰盛的膳食，坐在十二皇子两侧的皆是我未曾谋面的皇子们，我听着十二皇子与他们寒暄，悄悄抬头看向最上头台阶上的位置。

这个灭掉小白满门的人，一身龙纹华服，隔得太远，我看不清他的五官是否如我幻想的那般凶神恶煞，皇上和皇后一左一右地坐在皇太后两侧，时不时垂首凑近皇太后，仿佛在用心聆听，而皇后身侧坐着的是一身桃红色华服的长公主。

未多久那些谈笑声突然戛然而止，落座的人亦全部站起身来，我忙稍稍退后了些，这才发现是皇上站起了身，微俯着身对皇太后说了一段生辰祝词，话音一落，内厅所有人皆跪拜在地恭贺皇太后生辰。

我跟随着众人跪拜在地上，而外殿的祝贺声亦绵绵不断地传来，整齐划一，气势十足。

之后便是精彩的表演，隔着表演的人群我时不时看向小白的方向，见他一直微垂着头同洛青英交谈着些什么，似乎并未察觉我亦在场。

爱一个人大抵是如此，哪怕他所交谈的是于自己毫不相关的事情，也依旧会十分好奇他所交谈的内容。

就这样过去了半个时辰。

一阵阵震动引起的酥麻从我的左手腕处传来，起初我以为这只是厅堂中奏乐的声音过大而引起的，便没有多关注，直到那表演停了，那震动的感觉越发清晰。

左手腕……离陌？！

我忙垂首撩开衣袖，包扎的纱布下那串犀牛角化作的手链确实在不断地晃动，我倏地心跳如雷，颤颤巍巍地伸手抚上去，那震动的频率让我几欲喜极而泣。

我割腕凝魂快三个月了，这是第一次犀牛角有反应。

我小心翼翼地捧着自己的左手凑到自己面前，一瞬不瞬地盯着它，仿佛下一刻离陌就会从这犀牛角里脱身出来，墨发黑衣，似笑非笑地看着我，挑眉数落我抑或恶狠狠地戳着我的额头。

“师父……”我嘴唇发颤，每个字都在发抖，“是你吗？你回来了吗？”

也不知道是不是魔怔了，恍惚间我似乎真的听到了离陌的声音，我匆匆将犀牛角贴近耳朵，终于听见了那久违的声音。

“好吵。”

低沉悦耳，带着些午后阳光的慵懒，沙哑中透着些许不耐烦，这是离陌的声音。

我鼻子发酸，“是觉得这里吵吗？对不起，师父，我马上带你离开。”

“安歌？”

十二皇子的低唤声将我拉回现实，模糊的视线里我有些看不清楚他的表情，却仍旧将左手紧紧贴着自己的耳朵，唯恐错过离陌说的每一个字。

“怎么好端端地突然哭起来了？”

我忙用右手揉了揉双眼，视线一片清明，只见十二皇子眉心紧蹙，正不住地打量着我，问道：“你刚刚在自言自语些什么？是身子不舒服？”

我这才彻底回过神来，幸亏这宴席表演不断，又坐满了人，不然我刚刚的样子定会惹人生疑，我压抑着内心汹涌的情绪，努力让自己看起来不慌不乱，开口道：“主子，这宴会……何时结束？”

十二皇子压低了声音，说道：“这个自然由父皇做主，安歌，你到底怎么了？”

“安歌……安歌觉得腹痛如绞……”我夸张地皱着眉，将右手抚在腹部，“主子能否容许安歌小退一会，让安歌……如厕？”

“你能找着位置？”

“我能的！”语罢方觉自己答得太过果断，“便是不能，这宫里四处都是人，安歌张口问问便是了。”

“这宫里可不比府上，多得是你不能去的地方和不能冒犯的规矩，你……”

“主子放心，这些迎夏都教过安歌了，安歌定不会给主子惹麻烦的。”犀牛角那头再没有离陌的声音，我心急如焚，朝十二皇子作揖道，“安歌先行告退。”

随后不待十二皇子反应，便匆匆从婢女进出的偏殿退了出去，殿外便是观景园林，借着月色我忙走过去，然后隐了实体，终于不用担心会被来来往往的宫女们看见起疑。

“师父！”我取下犀牛角，虔诚地捧在掌心里，“你回来了对不对？太好了师父，我终于等到你了！”

可是那犀牛角却半点反应都没有了，仿佛之前感受到的震动和听到的声音不过是一场臆想。

“师父，我知道你嫌厅内吵，这里可安静了，你出来见见夜筝好不好？夜筝有很多很多话想告诉你。”

可回答我的依旧是一片沉寂。

我的心却被期待的火烧得越发滚烫，我刚刚明明感受到了离陌的存在，他回来了，一定是他回来了。

为何没有反应了？是因为魂魄还没有完全凝聚好？

思及如此我立刻拆开手腕处的包扎，没有丝毫犹豫拔过头顶上的发簪用力划开那些尚未愈合的伤口，将淋漓的鲜血滴在犀牛角上。

犀牛角再次开始震动，我心下一喜，忙用力地挤压着伤口，恨不得鲜血喷涌而出。

“师父，见见夜筝好不好？”

可是掌心里的犀牛角却再次恢复了平静，任凭再多鲜血滴上去，除了全部吸收，它再无反应。

我的心瞬间跌落谷底，全身的力气都像是被人抽掉，无力地蹲下身子，埋首环住自己的双腿。

“师父，你说得对，夜筝就是愚笨至极，不知道该如何做你才能快些回来。”

“师父，刚刚是你的声音对不对？夜筝求求你了，你再跟夜筝说几句话吧，哪怕是骂骂我也可以啊，夜筝已经很久很久没有听过师父的声音了。”

“师父，再这样下去，夜筝忘记你了怎么办？我这么笨，要是师父再不回来，我说不定会记不得师父的声音，也记不得师父的样貌了……”

“出息了啊，还敢威胁起为师来了。”

是离陌的声音！

我慌乱地抬头，隔着两三步的距离，离陌一身黑衣立在那里，微微垂首看我，轮廓分明的脸一半洒满月光，一半隐匿在夜色里。

那似笑非笑带着浅红的凤眼，不是离陌还能是谁？

“师父！”我几乎是立刻从地上弹跳起来，哪里还记得他是喜怒不定暴躁的魔界王子，不管不顾地朝他扑过去，死死抱住他的腰，埋首在他胸间，以往他的气息总让人害怕，如今我却恨不得被这专属于他的气息萦绕包裹，“师父终于回来了，夜筝好想你。”

被我抱住的离陌身子僵硬如石，我的耳边响起了如雷的心跳声，分不清是离陌的还是自己的。

他是在生气我抱他吗？

我心里多了几分忐忑，却固执地将他环得更紧，“我害怕师父不回来，虽然你常常会冷脸骂我，可我知道在这个世上，再没有人比师父待我更好了。”

他一次又一次将我从生死边缘拉回来，明明为我付出了那么多，却始终一言不发。

我很清楚，这个世上不会有人比离陌待我更好，哪怕是小白也不会。

可离陌依旧沉默不语，他不说话，我便揣摩不到他此刻的心情，只能心虚地缓缓松开他的腰，从他怀里抬头看他，视线里是他完美的下颌线，此刻正紧绷着，我讨好地说道：“好嘛，师父不愿我抱着，我松开便是了，师父莫生气……”

然而下一刻一双有力的臂膀将我整个人拦住，一个搁置在我的腰间，一手按住我的后脑勺，将我压回他的胸膛，我听见离陌的声音从头顶响起，低沉沙哑，“笨蛋。”

这样的久违的嫌弃竟让我觉得无比幸福，乖乖地在他怀里点头，“师父说我是笨蛋我就是笨蛋。”

“你这张嘴，就会说些花哨的话。”

“只要师父平安无事，师父想听什么话我便说什么话。”原则什么的，在离陌面前我本来就没有过。

“把你之前说的再说一遍。”

“师父说我是笨蛋我……”

“不是这句。”

“师父不愿我抱着……”

“不是这句。”

“这世上再没有比……”

“不是这句。”离陌的声音里隐有不悦。

“那是哪一句吗？”离陌一直按着我的后脑勺不松，我也没法抬头，“师父直接告诉我不就得了？”

离陌这古怪的性子却不肯直说，“你再仔细想想。”

我只好绞尽脑汁回忆着，就怕惹得这个魔界王子不开心，试探地开口道：“师父，夜筝好想你。”

“嗯。”离陌的语气瞬间好转，搁置在我后脑勺的手缓缓地抚了抚我的发，问道，“有多想？”

“好想好想好想好想好想好想好想好想好想……这么多的想。”

“噗——”离陌无情地嗤笑了我匮乏的形容能力，没有答话只是用下巴摩擦着我的发顶。

耳边是他有力的心跳声，整个人被他揽在怀里，渐渐从见到离陌的喜悦中回过神来的我突然生出几分不适来。

我们这样抱着……似乎不太妥当？

就在我思考着要如何自然地结束这个拥抱时，我听到离陌的声音再次响起。

“夜筝，我也很想你。”

这语调轻柔得完全不像离陌，我的心跳忽然漏了半拍，不安感从心底摇曳而生。

我有些慌，说不出原因。

而下一瞬怀抱的虚无感让我的注意力立即转移，我忙睁大眼睛，却发现视线里离陌的身体变得透明起来。

“师父？！”

扣住我后脑勺和腰的双手失去了束缚我的力量，我从他怀抱里退出来，仰头看他，他的脸苍白得毫无血色，身子若隐若现，仿佛随时都会化作一缕烟消散掉。

“怎么会这样？师父，我现在该怎么办？师父你不要消失！”我试图去拽他的手，却只拽到一片虚无。

“慌什么！”离陌却是一派平静，甚至安抚我道，“我没事，不过是魂魄凝结尚需要时间罢了。”

是魂魄还没有凝结好？

我想到之前离陌没有反应了，是我重新割腕滴了很多血才看见离陌的，于是我垂首，将之前因为激动而扔掉的发簪捡起来，对准自己的手腕。

“住手。”离陌试图扼住我握簪子的手，却因为身体变得虚无而直接穿过我的手，我一抬头便见他盯着我伤痕累累的手腕，眉头紧蹙，眸光闪烁，“你这是在做什么？夜筝，你手腕上的伤是怎么回事？”

我晓得他定是在担忧我的伤口，便弯了弯眉眼，笑道：“师父，我不疼，爷爷说了，我的血可以助你凝魂，你看，你现在不就出现了吗？师父莫怕，只要再多流些血，你便会彻底好的。”

你舍身护我那么多次，这一次，就让我来照顾保护你。

“笨蛋！”离陌却是怒不可遏，“谁允许你这样做了？！为师在你眼里便是这般不堪一击吗？！便是没有你的血，我……”

“我知道师父英明神武无所不能，哪怕没有夜筝也可以安然无恙，师父，一直以来夜筝都不敢违背你的指令，只是这一次即使你再生气，我也不会停下来，因为这是我唯一能为你做的了。”

“你——”

离陌现在的状态根本阻止不了我，我已经将簪子抵在尚未愈合的伤口上，再用力戳一戳便会有鲜血流出来，“师父你知道的，夜筝既愚笨道行又浅，除了爷爷说的这个办法我也不知道能怎么做。”

“好，夜筝，我不会再阻止你，把簪子放下好吗？”离陌的声音轻柔起来，“凝魂是需要时间的，你的血适量便好，多了也是无益，我现在的状态只是因为累了，我需要回犀牛角里了。”

我半信半疑地盯着他，“那我又见不到师父了吗？师父何时才会好个完全？”

他应该是意气风发的魔界王子，翻手为云覆手为雨，不应该被束缚在这犀牛角里。

离陌静静地看着我，不答反问：“夜筝，你不是就想学个变身的术法，然后同那凡人长相厮守吗？为何……要费尽心思救我？”

“师父虽然什么都不说，可你为夜筝做的那些，夜筝都是知道的。”我扬唇浅笑，“师父待夜筝恩重如山，只有师父安然无恙，夜筝才能安心同小白长相厮守。”

满天的星辰仿佛揉碎在他的双眸里，月光穿过他的身体，透出几分悲凉来。

离陌沉默片刻，蓦地咧唇笑了，眼底却是一片冰凉，冷声道：“夜筝，你若是不能只对我好，倒不如待我如个陌生人。”

他的怒气让我既疑惑又委屈，忍不住抱怨道：“夜筝打心底里敬爱着师父，怎的师父又生气了？这世上哪有人能做到只对一人好？便是师父也做不到，为何要为难我？”

“你又怎知我做不到？”离陌俯身逼近，“夜筝，我离陌能做到只对你好，你呢？”

离陌便是离陌，哪怕是魂魄不全，也依旧霸道。

“你可以吗？”

我……我自然是不可以的，对小白好仿若使命般融在我的骨髓里，那是自我有了精魂便有的习惯。

我正想着该如何回答才能缓和离陌的怒气，他那半透明的身子已经消失得一干二净。

压迫感骤然消失，我松了口气，小心翼翼地将犀牛角重新戴在手腕上，我出来已经挺长一段时间了，是时候回去了，免得不好向十二皇子交代。

无论如何离陌总算是回来了。

我从出来的偏殿回去，皇太后已经不在宴席上了，远远地便看见皇上正同众皇子们交谈，气氛好不热闹。

我默默走回十二皇子身侧，尚未来得及开口，便听到皇上的声音传来，“十二啊，新府邸住得可还舒服？你畏寒，可还觉得冷？”

十二皇子忙朝着皇上的位置跪俯着身子，“回父皇的话，炭火烧得旺，府邸温暖若春，儿臣觉得十分舒适。”

皇上点了点头，“如此，你便在京城长久地住下去吧。”

话音一落，满堂瞬间寂静无声，衬得皇上的声音越发洪亮，“十二啊，纵然燕城是个养身的福地，可毕竟不比这宫中，有医术精湛的御医随时候诊，你皇祖母年事已高，至亲之人都在这京城，到底京城才是你的根，这燕城啊——你就不必再回去了。”

我垂头可以看见十二皇子的唇已经紧抿成了一条直线，整个后背都挺成僵硬的线条。

依稀还听得到他同迎夏说的那些话，他说京城太冷了，待到来年开春，便回燕城去，或许在十二皇子的心里，这京城从来不是他的家，燕城才是。

“儿臣多谢父皇的好意。”十二皇子叩首拜了拜，随即道，“只是儿臣这些年都生活在燕城，深知资质平庸亦闲散惯了，父皇政事繁忙，儿臣留在京城怕帮不上忙，心中有愧。”

皇上声调平缓，一副谈论天气的口吻，字词中却强硬无比，不容人忤逆，“朕这些日子会斟酌个合适的职位给你，日后便多同你的兄弟们学学，如何在这朝堂上为朕分忧。至于你说的资质平庸，有句话叫作‘勤能补拙’，还有句话叫作‘虎父无犬子’，你既是朕的儿子，就应该也定有为国分忧的才能。”

皇上这番话说得真是滴水不漏，连血脉都搬出来了，十二皇子就算再不愿留在京城，也定然说不出一个拒绝的字眼来。

我环顾了下四周，所有人的视线都似有若无地落在十二皇子身上，甚至有些弥漫着明显的敌意。

十二皇子俯身一拜，“儿臣谨遵父皇教诲。”

皇上满意地颔首，“不必跪着了，起来吧。”

十二皇子重新落座，我凑过去，“主子，我回来了。”

十二皇子置若罔闻。

“主子？”我试探着再唤了一声，然后猛地拍了拍自己的脑袋，先前我为了方便同离陌交谈隐了实体，后来又因为离陌的怒气慌了心神，竟忘记了现出实体再进来。

这里四处都是人，在这里施展术法显然是不妥的，我懊恼地咬了咬唇，又再次从偏殿退出去。

原本想着找个无人的地方现出实体再回去便好，可今夜当真是个不平静的夜晚，所有的事情都一件件接踵而来。

我无意间瞟到一抹素白的身影，长身玉立，那是小白。

小白也离席了？难怪刚刚在厅堂内未见到他，只是他一个人待在这长廊里做什么？

可管他到底要做什么呢，他独自一人出来了，这对于我而言是个极佳的机会，我终于能够同小白说上几句话了。

离陌归来了，又能同小白交谈几句，今夜当真是圆满极了。

可当我走近了，那粗壮柱子遮挡的部分便慢慢显露出来，那一身穿着桃红色华服的窈窕淑女，不是长公主又能是谁呢？

清冷的月色和长廊里晕黄的灯光洒在两人的身上，才子佳人，如斯美景。

我停在两人面前，他们看不见我，我只是个多余的存在。

“木盟主……”长公主柔柔地唤了声，说不出的娇羞，“你此番平复西部之乱，可一定要万般的小心。”

平复西部之乱？

小白要去征战了？

是刚刚我离开宴席时发生的事情吗？

“谢长公主关心。”

“那是自然的。”长公主微仰着下巴，眸光里写满了崇拜，随即压低声音道，“其实西部之乱已平复得差不多了，父皇此番是为了试探武林是否真心归于朝廷，还有……”

长公主声音微不可闻，扭捏了半天也没有把话说出来。

小白蹙眉，“长公主有话不妨直说。”

长公主垂下头，金步摇在脸侧晃动，“木盟主……父……父皇已经答应了我，若你能胜利归来，便会许你官职……你我……会更登对一些……”

我的心坠入了冰冷的湖底。

我早看出了长公主对小白的喜爱，却未曾料到她会这么早地说出口。

等不到小白的回答，长公主蓦地抬起头，睁着一双水盈盈的眸子看着小白，“木盟主，沁儿心悦于你，你可知？”

期待小白回答的，不仅是长公主，还有我。

我从来没有这样渴望过，小白会坚定地说他只爱云家小姐一人。

可是我盼啊盼啊，小白只是颔首，缓缓道：“长公主放心，微臣必定凯旋。”

笑容在长公主唇边蔓延开去，如一朵盛开的蔷薇。

小白啊小白，你现下，是在应允长公主吗？

可是你答应过我的啊，你不会爱长公主的。

回去的马车里，一片沉寂。

我的心绪混乱，如一团错乱的线团，怎么也理不出线头。

想到长公主在长廊里的告白，心间酸楚难受，可是一想到小白马上要奔赴战场，我又担忧无比。

我的心开始蠢蠢欲动，即使之前长公主言语中表明这场战事并无多大的危险，我依旧想要同小白一起奔赴战场。

可是……我跟去的话小白会生气吗？

而我现在的身份是十二皇子身边的婢女“安歌”，十二皇子会允许我跟在小白身边吗？

我想要去见见小白，问问他，他对长公主的回答意味着什么？待他凯旋，他是否会和长公主在一起？

关于西部的战事，十二皇子应该也是了解的，这样想着我便试探地唤了声：“主子。”

“嗯。”十二皇子连眼皮都没睁开，只是从鼻子里溢出一声，一副极不欲开口的样子。

他浑身都散发着低气压夹杂着微醺的酒气，我那些直白的问话便先压了下去，关怀道：“主子，可是酒意上头了？需要喝些温水吗？”

他这次寿宴倒是喝了不少酒，我现了实体回到内厅时，他一言不发地饮酒，甚至没有问我为何去了那般的久。

“不必。”

“主子，那安歌稍稍开点车窗吧，借着夜风也许酒气就散了，喝醉了的话会很不舒服的。”

醉酒的难受感我体会过，和小白成亲那夜喝了离陌送来的酒，我第二日醒来还觉得头脑昏沉，十二皇子身子弱，只怕会更难受。

“便是连你都管着我？”十二皇子倏地睁开眼来，不同以往的温和，双眸带着凌厉，“我慕容景在你们眼中便如草木吧？我的想法，我的喜好，我的一切，通通都不重要。”

我愣了愣，一时之间连解释的话都说不出来。

可我也算是明白了，十二皇子此番并不是醉酒，约莫是为了皇上让他留在京城的事情而烦心，我便出声安慰道：“主子是因为不想留在京城吗？虽然皇上让你留在京城，没有顾及你的真实想法，但约莫也是出于一个父亲的关爱，想让你离他近一点，见面也方便一些，所以主子也不要太往心里去，毕竟是父子。”

这皇上想让十二皇子留在京城大概就像是安姨想让小白留在晴岛一般吧，为的都是可以骨肉相聚，享享天伦之乐。

“关爱？哈哈哈——咳——咳——”许是太过激动，十二皇子一张唇便剧烈地咳嗽起来。

我想给他顺顺气，又想起他不喜人碰触，一双手伸出又收回了，也不知该如何是好，只好连声说着：“主子莫动气，莫动气。”

一番剧烈的咳嗽后，十二皇子的情绪反倒是缓和了，他无力地倚在马车上，脸上因为刚刚的咳嗽而泛红，“安歌，你难道真的不明白父皇为何让我留在京城吗？”

“不是为了天伦之乐吗？安歌愚笨，安歌不知。”

“皇家哪里有什么天伦之乐，父皇让我留在京城，不过是将我推到风口浪尖，让我成为众矢之的。”

“怎么会……”

即便十二皇子再怎么不受宠，“虎毒不食子”，皇上为什么要这样对十二皇子？

“因为父皇召我入京，便有了驿站的遇袭，此番父皇在寿宴上当着众人的面让我留在京城又表明要给我一官半职，我那些手足们又怎么会轻易放过我？”

脑海里回想起那一日九皇子登门表明要同十二皇子一道回击大皇子，而之前大皇子亦设计陷害九皇子与十二皇子，皇上在寿宴上的这番举动，确实会让所有人的注意力挪到十二皇子身上，把他当成敌人吧。

“那皇上为什么要这么做？为了大皇子吗？”现在原本要回击

大皇子的九皇子只怕也会将矛头对准了十二皇子，日后十二皇子在京城的处境只怕会变得十分艰难。

十二皇子却摇了摇头，道："父皇这一切都是为了自己。"

……

"父皇看重的只有他的这片江山，任何皇子过于强大他都会不安，而我是他这一众皇子中最无权无势、无所倚仗的一个，扶持我不会给他造成威胁，又能削弱其他皇子的势力，他当然愿意做。"

"太过分了！"我忍不住为十二皇子打抱不平，"这样主子的处境会有多危险皇上不知道吗？上次在驿站主子便差点……这京城看起来十分危险，主子还是寻个理由回燕城去吧。"

"这些话我本不该同你说，你便当我是喝醉了胡言乱语吧，待下了马车便通通忘掉，万不可跟其他人提起，安歌，你可明白？"

我乖巧地点头，"这些规矩安歌明白的。"

"嗯。"十二皇子重新闭上眼睛，"我乏了，就说到这吧。"

"可是主子……安歌还有话想说。"他的问题聊完了，我的问题还没有解决呢，"安歌想同木盟主一道去往西部，主子能应允吗？"

"你如何得知他要去西部？"十二皇子倏地睁开眼睛，"父皇说起此事时你并不在殿内，你离开内厅便是为了去见他？"

我连忙摆手否认，"主子误会了，我是在回来的时候听到了长公主和木盟主的交谈才得知的，并非欺瞒主子。"

十二皇子看我的目光带着审视，随即神情凝重地说道："安歌，你如今既是我的婢女，就该铭记自己的身份，木子萧在京的身份十分微妙，我不便与之扯上关系。"

"主子说的我明白，可我担心他此去会有危险，主子你放心，我若是跟去了，定不会让其他人知晓我的存在，不会牵扯到主子的。"

十二皇子沉了脸，"你若要回到过去的身份，现在便可以离开，若要留在这里，便不可肆意妄为。"

我并非不想回到过去的身份，而是不能，留在十二皇子身边，是小白希望我做的。

无力感再次涌上了我的心头，我垂下头没有再说话。

之后的几天我都十分忙碌，许是那一晚皇上说的那些话让这些皇亲国戚以及群臣们觉得十二皇子这个备受冷落的皇子重获恩宠，一时之间上门拜访的人络绎不绝，可忙坏了我和迎夏等一府邸的婢女。

离陌再次出现时我正在给客人上吃食，吓得我差点没握紧手中的盘子。

他就立在我身侧，冷哼了一声，满是嘲讽地说道："出息了啊夜筝，好好的修行不做，非要跑到这凡世给人当婢女？就这么喜欢伺候人？"

我身子一僵，一动都不敢动，这厅里可都是人，离陌这突然出现让我不知道如何是好。

好在这厅里的人似乎都看不到离陌，我的心才落了地，一垂首便见这来拜访的李大人还有张大人颇有些疑惑地盯着我，才发现自己似乎僵硬了许久，忙将吃食放下，迅速退到一旁候着。

可离陌显然不会顾虑我的处境，他立在我身前，语气已经从嘲讽变为了生气，"竟敢不搭理为师？"

我不想被人当作自言自语的神经病啊！

"长道行了啊夜筝，都不把师父放在眼里了啊！"下一瞬离陌便毫不留情给了我一个爆栗。

"啊——"我条件反射捂住脑门痛呼出声，既委屈又害怕地瞪着离陌。

哼，坏心眼的离陌，我早说过了这样会很痛，可他依旧对我下手，还说会对我一个人好，大骗子，我才不信！

可我这一出声厅里所有人都循声看来，十二皇子蹙眉问道："安歌，怎么了？"

我心虚地垂下头，夸张地揉了揉自己的额头，“回主子，我突然觉得头疼……”

十二皇子十分体贴道：“那便退下去休息休息吧。”

“是，主子。”

我忙往外退，只想找个无人的地方好好同离陌交谈交谈，毕竟距离我上次见到他，已经过去了四五日。

可身后离陌的声音已经是怒不可遏，“‘主子’?！夜筝，你莫不是有什么伺候人的癖好？那什么‘小白’不要了，现在又瞧上了这么个娇弱的小白脸？”

离陌对我恩重如山！恩重如山！恩重如山！

我不住地在心里默念着，保持着自己的理智，直到走到无人的后院，隐了实体等着离陌过来。

离陌双手环臂，怒极反笑，“夜筝，你今日不跟我解释清楚，什么小白小黑主子的，我通通杀个干净。”

“你现在被困在这犀牛角里连个自由都没有，我才不信你可以杀掉他们！”我双手叉腰，瞪大双眼仰头看着离陌，“师父你现在就应该心平气和好好休养，不能再动不动就‘杀杀杀’地恐吓别人了！”

许是没有想到有朝一日我敢这般嚣张地同他说话，离陌愣了半晌，冷峻的脸便气得通红，最后咳出声来。

我立即便后悔了，离陌现在连个魂魄还没凝聚好，我不该因为小白就这般气他，忙上前去一边拍着他的背一边道歉，“对不起对不起，是我不好，师父，你莫往心里去，担心影响恢复。”

“咳——咳——”

“都是夜筝的错，师父说什么都是对的，师父想知道什么，夜筝全部都告诉你，师父千万别气坏了身子。”离陌穿得十分单薄，那裸露在外的皮肤更透出病态的苍白来，我愧疚得不行，“看师父这样，夜筝真的很心疼。”

……

“师父，刚刚那人叫作慕容景，是十二皇子，我给他当婢女这件事说来话长，但是师父，我并没有什么伺候人的癖好，这世上唯有伺候师父才让夜筝觉得是天经地义的事情。”

离陌与我而言，何止是再生父母般的重要。

可离陌闻言却咳得越发厉害，甚至背过身子，只留给我个背影。

我拍抚着他的背，依稀可以看见他泛红的双耳，只觉得离陌咳得当真厉害，竟连耳朵都咳红了。

离陌终于安静下来听我说来龙去脉，为了防止他对小白有偏见，小白利用我的事情我都轻描淡写地带过去了，详细地描述了小白不得已的苦衷。

好在离陌听完后也没太大的情绪，只是扫了我一眼，冷冷道：“也就是在木子萧召唤你之前你都要在这什么慕容景身边当婢女？”

“是又不是……”我小心翼翼地瞅着离陌的神色，补充道，“这十二皇子人可好了，并没有把我当婢女使唤来使唤去的，刚刚我一说头疼他便让我去休息了，所以师父你不用担心我过得辛苦。”

“谁担心你过得辛苦不辛苦了，我巴不得你日日头疼才好。”语罢又重重地戳了戳我的头。

我捂着头泪眼朦胧地看着他，“师父，疼……”

“反正疼你也不长记性，或许还不够疼？”离陌已经不满足于戳我额头，甚至过分地伸手来捏我的脸，“要换个方式罚罚你，你才能把为师的话都放在心里。”

我的眼泪就快要夺眶而出，“师父，你身子是不是已经好透了？”

这力道哪里还有之前半分虚弱的样子，看样子他除了被困在犀牛角里没有自由外，身子倒是好全了。

而我话音刚落，离陌立刻拉长着一张脸，道：“没有，离好透还远着呢，所以接下来你都该好好伺候我，如你所言，只有伺候我才是天经地义的事情。”

离陌抬眸扫了我一眼，然后朝我伸出手，“我觉得手臂有些酸疼，不如你先帮我捶捶手臂吧。”

“好的，师父。”

我认命地挪过去，开始给离陌捶揉着手臂，也不知道是不是自己的错觉，总觉得他那面若冰霜的俊脸上隐隐透着笑意。

离陌定是在捉弄我。

可除了不甘之外，我的内心更多的是欣喜与铺天盖地的安全感。

真好，这个我所熟悉的魔界王子离陌又回来了，我清楚地知道他虽会捉弄我，却从不允许任何人欺负我。

何况现在我身处十二皇子府上，便是入寝也是有一屋子的室友，能够独处的时间极少，刚刚我亦同离陌说清楚了，待有凡人在场时，我是不便与他交流说话的。

这样想着我便乖巧地笑了笑，讨好道：“师父，你看这个力道合适吗？”

“嗯。”

可我许是这段日子习惯了离陌被束缚在犀牛角里的姿态，忘记了他的本性，他一个魔界王子断不会轻易让人称心如意的。

翌日，我是被谈话声给吵醒的，睁了睁眼，模糊的视线里依稀可以看见周大夫离去的背影，我只觉得自己看花了眼，又或许仍在梦里，便用力地拍了拍自己的额头。

“你醒了？”迎夏的声音在我耳边响起，一抬眸就见她在我床侧坐下，关切地问道，“为何打自己的头？可是觉得头疼？”

我怎么好意思说自己只是想查看下是否是梦境，于是讪讪地笑了笑，试图坐起身来，“没有头疼，迎夏，现在是什么时辰了？我是不是又睡过头了？”

迎夏却按住我的双肩，将我又压回到床上，“你别管什么时辰了，你病得这般严重，主子都说了让你好好休息，今日你便别起了。”

“我生病了？”我一头雾水瞅着迎夏，除了刚刚清醒的那一点点迷糊与昏沉，我觉得自己身子好着呢，哪里有生病？

“可不是嘛，安歌，你对自己的身体也太马虎了，觉得不舒服应该早些告诉我的。”

“诶？”我并没有觉得不舒服啊。

迎夏细心给我盖好了被子，又道：“我今日唤了你好几声你都未起，过来查看发现你面色潮红，伸手探了探你的身子才发现烫得惊人，便立刻去禀告了主子，也唤了周大夫来为你看诊，他说你因为受风寒而发起了高烧。”

“刚刚我看见的周大夫是来给我看病的？”

迎夏点头，“他给你开好药便走了，我还以为你不晓得他来过呢。”

“我当真病了？”我仍觉得难以置信，我这一身舒爽并未觉得哪里不适。

“你正高烧呢，脑子糊涂也正常。”迎夏同情地看了我一眼，又叹了口气，“这京城的冬天当真是太冷了些，真让人怀念燕城。”

我觉得迎夏说得对，我脑子是糊涂了，这真真假假的都分不清楚了。

“日后你有哪不舒服可一定要告诉我，周大夫给你开了药，我先去给你熬了，再给你去厨房煮些粥，准备些清淡的吃食，你且好好躺着等等我。”

迎夏嘱咐完以后便离开了，徒留我睁着眼盯着房顶发呆，陷入对自我的怀疑中。

“发什么呆呢？”

离陌的声音在我耳边响起，我一翻过身子便见他正躺在我床榻和迎夏床榻连接处，一手撑着头，一副美男卧床的姿态似笑非笑地看着我。

我已经习惯了离陌的突然出现。

这屋子住着我和迎夏还有其他四个皇上赐给十二皇子的婢女，床榻是两两连在一起的，而我和迎夏的连在一起。

“师父。”自我暗示的力量实在是太过强大了，迎夏一说我病了，我现下声音都弱了几分，怕离陌离得远听不清楚，我便裹着被子朝离陌的方向滚了滚，凑到他跟前，答道，“我没有在发呆，我只是在思考。”

面前是离陌放大的俊脸，不复之前的慵懒随意而是愣怔地看着我，我看见他的耳郭漫过粉红色。

离陌这样的表情我觉得很是稀奇，便靠得更近些，同他之间的距离只隔着一床被子，我还从未同离陌躺在一张床榻上过，原来这个角度看他这样有趣。

“师父，你耳朵怎么红了？”

而我话音一落离陌索性连脖子都红了，却莫名地暴躁起来，怒道：“你离我这么近做什么？退回去退回去，为师喜欢矜持的徒弟！”

我哪里又不矜持了？！

若不是怕他赏我一个爆栗我还真想好好争论一番，但感受到他温热的呼吸才惊觉彼此的距离真的是太近了一些，若不是有这床被子，我整个人都像是嵌在了他的怀抱里。

于是我立刻心虚地朝后挪，一直挪到了床的边缘，然后弱弱地说道：“师父，你莫凶我，我病了。”

离陌却是不禁笑出声来，我退回到床边他便不再局促，挑眉道：“病了？”

我点头，“是的，正发着高烧，我刚刚就是在思考，怎么这高烧我一点感觉也没有？不过看迎夏那紧张的语气估摸着也不是什么小病，所以师父这些日子夜筝怕是伺候不了你了。”

像昨日那般捶手又揉肩的，我只怕是做不了了。

离陌却笑得越发灿烂，扬唇道：“你错了，这病便是让你来伺候我的。”

“什么？”

“这慕容景倒真是个不苛待婢女的主子啊，你这一病便让你休息了，日后你身边就不会有凡人来来往往的，你伺候我也就方便多了。”

我倏地睁大眸子，难以置信地说道：“师父的意思莫不是这病是你使得术法？所以我一点不适感都没有？”

离陌慢悠悠地点了点头，笑容越发狭隘，“能想通倒也没有愚笨到无药可救，日后你便专心伺候我便好，毕竟你说得对，只有伺候我才是天经地义的，夜筝，你只能伺候我。”

他特意加重了最后一句话，我怎么就忘了呢？这离陌除了暴躁易怒以外还霸道无比。

偏偏我满腔愤懑都只能含在嘴里变成气鼓鼓的腮帮子，一句话也说不出来，裹在被子里盯着他。

谁知道离陌却笑得更欢，伸手向我探来，食指戳了戳我的腮帮子，笑道：“嗯？生气了？为师说得不对？”

他这么一戳我便泄了气，“对对对，师父说得都对。”

“那还愣着做什么？虽然你按摩的手法不佳，但也还过得去，现在就帮我捶捶背吧。”

这分明就是在折磨我，我这才刚醒连个早餐都还没吃呢！

离陌道：“还不过来？”

我垂死挣扎了一番，道：“夜筝不敢过去，师父刚刚说了，喜欢矜持的徒弟，不喜欢夜筝靠得太近。”

而离陌的回答是直接连人带被将我整个人卷了过去，沉声道：“一切以为师当下的心情为准，懂了吗？”

离陌的言下之意便是大方承认自己的善变了，好想知道其他人的师父是不是也如同离陌这般爱折腾自己的徒弟。

我认命地想要掀开被子出来，给离陌捶背，可是才刚探出半个身子，离陌又迅速将我裹在棉被里，低声训斥道："怎么穿得这么少？"

"少吗？师父，睡觉本就只着单衣啊。"

"胡说，为师便不这样。"

我见过离陌睡觉的次数屈指可数，何况还都是靠卧在树干上，"师父，睡床上和睡树上是不一样的，总而言之……师父不让我出被子，我如何帮师父捶背？"

……

"难道师父想让我在被子里给你捶背？"我揣测着离陌的心思。

"咳——咳——"

离陌开始剧烈地咳嗽起来，整张脸都红了个通透。

我只觉得这十二皇子的府邸真是神奇，离陌亦跟着咳嗽得频繁起来了。

除去入睡的时间，我同离陌差不多是形影不离的，他不让我再为他割腕凝魂，说是他的魂魄已经凝聚好了，可在我好奇他既然好了为何还日日跟着我时，他便会沉着一张脸，似是而非地问道："夜筝，你这是在赶为师走？"

我整张脸都皱成了苦瓜，"夜筝哪敢，师父误会了。"便是借我十个，哦不，就是一百个胆子我也不敢啊。

可有离陌在也很好，他的术法凡人无法识破，我不用守着"安歌"这个身份，倒也过得轻松自在，偶尔兴致来时离陌也会带我出门，我就盼着把离陌给哄开心了，说不定在小白出征西部之前，我能去见上一面。

我这一"病"就"病"了个十来日，十二皇子也没有唤我去跟前侍候，我落得自在，但一看见迎夏着急担忧的眼神，我便愧疚不安。

这夜入睡前迎夏又来探了探我的额头，担忧道："每日夜里摸着只觉得你体温正常了，第二日起来又烫得不行，你这高烧反反复复了一直不见退，可怎么是好？”

“没事的迎夏，我不难受。”

迎夏没好气地看了我一眼，“真不知你是在跟我逞强还是烧糊涂了，身体烫成这样怎么会不难受？”

我莞尔笑了笑，打趣道：“真的，一点不难受，每天都光明正大地偷懒不用干活啦，主子也不会说我，怎么会难受啊？”

“主子忙着朝堂议事，才没有闲情管你偷不偷懒呢。好了，时间不早了，你好好休息，明日我再去请周大夫来给你看看，就怕你烧坏了脑子，成日里胡言乱语的。”

也不知道是不是不喜欢热闹，每每晚上迎夏与其他婢女们回房之前，离陌都会消失不见，于是此刻我只能愤懑地盯着左手腕的犀牛角。

明日见着离陌我定要同他好好说说，给我换个别的“病”什么的，这样“高烧”下去，只怕迎夏当真会以为我脑子都给烧坏了。

只是这一垂首我才发现手腕上的伤痕竟已好得差不多了。

不允许我割腕后离陌每日都会亲自为我上药，神情严肃地拉住我的手，若是我稍稍动动他便会不悦地皱起好看的眉头。

很奇怪，那个时候的离陌明明是一副随时都要暴怒的样子，却莫名地给我一种温柔的感觉。

“卧病在床”第十四日，我没想到十二皇子会来看我，当时我正试图让离陌将我这场病尽快祛除，蓦地听到脚步声，以为是迎夏回来了，连忙上床躺好，谁知道房门被推开，我看见的却是披着狐裘的十二皇子。

我忙坐起身来，正欲起身行礼，十二皇子同邱修已经立在我的床榻前，他温声道：“既发着高烧便不用起了。”

我心虚地垂首，“安歌见过十二皇子。”

“怎么忽然病得这般严重？之前看你底子不错的样子。”

当初十二皇子捡到我时，周大夫便是一副我医不好便是医好了也是废人的样子，谁知道我却在一个月内好了个通透，而现下这长达半个月的高烧，实在有些不合常理，尤其在病弱的十二皇子面前有些说不过去。

“应该快要好了。”我抚了抚脸，现下因为心虚而发烫着，忙问道，“主子今日来是有什么事情要吩咐我吗？”

十二皇子断不可能是因为担忧我而来的，毕竟听迎夏说他近来十分忙碌，更何况他贵为皇子，哪里会牵挂我这个婢女。

十二皇子道：“只是有话想问问你罢了。”

“主子请问。”

我话音一落，便见迎夏已关了房门，密闭的空间里十二皇子的神情显得十分严肃，“安歌，这十来日你可有出府？”

自然是有同离陌出府的，难道十二皇子是察觉到什么蛛丝马迹，觉得我在装病所以来质问我了？

“你慌什么？”像是看透了我在心虚，离陌就坐在我身侧不屑地冷哼了声，道，“我的术法这些凡人不可能识破。”

离陌的话无疑给我吃了颗定心丸，于是我便答道：“不曾，迎夏说了主子让我好好躺养。”

十二皇子顿了顿，道：“那可有什么人入府见了你？”

“没有啊。”他这样问我便越发疑惑起来，“主子是不是想问我同谁见面了没？若是有人入了府，主子怎么可能会不知晓？”

这外人进了府邸，总会有人通报十二皇子的吧。

“安歌，我便直说了吧，这些日子你可同木子萧那边联系过？”十二皇子对上我的双眸，沉声道，“你既是我的婢女，我希望你对我坦诚一些，木子萧如今是什么打算？”

我摇了摇头，“我没有见过他，至于打算，主子问的是什么打算？”

“他选择了洛家是吗？决定跟随洛家？”十二皇子面色越发暗沉，“那他之前同我谋划的事情是洛家的主意？他在利用我？”

我一脸茫然地看着十二皇子，他那一连串的问题都让我摸不着头脑。

有着云家小姐这层关系在，小白无论如何也不应该会跟随洛家的，而至于同十二皇子谋划的事情，我连他面都见不到，又怎么会知道呢？

“主子问的这些，安歌不知。”我坦诚地答道，“主子说过安歌既是主子的婢女，就该守规矩，安歌从来不敢私自行动给主子添麻烦。”

“你当真不知？”

我点了点头，见他依旧目光深沉地看着我，问道：“主子……不相信安歌吗？”

十二皇子不置可否，蓦地开口道：“他今日便要出发去往西部，我亦要出府，也许会碰见他，你可有什么要我转告他的话？”

“他今日便要出发了？”我一颗心又开始蠢蠢欲动，真的好想去送送小白啊，“安歌没有什么想说的，只想让他平安归来。”

十二皇子微微颔首，随后便转身朝门外走去。

他们才刚刚离开，我便听到身侧离陌的冷笑声，“这慕容景也没有你说的那么好嘛，他根本没有把你当自己人，你刚刚说的话他显然不相信。”

我不满地侧头，“师父你误会他了，若是没有把我当自己人，那日太后寿辰出宫时他便不会和我说那么多真心话了。”

那些话若叫旁的人听了去可会引起不小的是非争端。

离陌扬手一挥，唇角依旧是似笑非笑的弧度，“你自己看。”

我顺着他手的方向看过去，视线里出现了一张画卷，而画卷里是刚刚出了我房门的十二皇子、邱修与迎夏。

他们就立在门外的长廊里，十二皇子冷着一张脸，吩咐迎夏道：“接下来你多留心观察安歌，她若是有出府或是异常的举动立即通知我。”

迎夏低垂着头，我看不到她的表情，只听到她的声音，“是，主子。”

邱修道：“主子，何必还将她留在府上呢？她终究是木子萧的人，现在木子萧显然选择了洛家，当初同我们说的那些只怕是不作数了，将她赶出府去吧。”

邱修的性格我是了解的，当初我昏迷不醒时，他便怕我耽搁了行程，要将我扔到附近的村民家中。

十二皇子没有应允，“这样便更需要将她留在府上。”

语罢，他抬腿离去。

一盆冷水毫不留情地将我淋了个透心凉，一直以来我都把十二皇子当作救命恩人，他给了我新的身份，替我取名，去牢笼里接我出来，在我伤心时劝慰我，把他心里的想法告诉我，我便以为他是信任我的。

只是，小白到底同十二皇子说过些什么？十二皇子又为了什么要将我留在府邸上？会危及小白吗？

离陌袖袍一扫，那画卷便消失了，他戳了戳我的头，道：“莫不是因为这事伤心了？这慕容景在你心里有这么重要？你何必在意他是否真心待你？”

“不是的，师父，我只是感慨，原来这个世上真没有无缘无故的好啊。”我的双肩沮丧地垂落下去，“这些好都是暗中标好了筹码，是夜筝太过天真了。”

“你晓得便好，这世上除了我，还会有谁无缘无故真心待你好？你要懂得知足和珍惜，明白吗？”

我侧头，认真地与离陌对视，问道：“既然没有无缘无故的好，那么师父，你是何缘何故对我好？”

……

我伸手拽住离陌的衣袖，固执地想要一个答案，“告诉我，师父。”

离陌那双泛着浅红的眸子如满天星辰耀眼，他倏地俯身逼近，双手撑在我床榻两侧，声音沙哑，透着魅惑的轻柔，不答反问：“你觉得呢？夜筝，我何缘何故对你这般好？”

任凭我如何绞尽脑汁也想不出自己有什么优点是值得离陌待我

这样好的，毕竟这点自知之明我还是有的。

可这样亲昵的姿势莫名地给我一种压迫感，容不得我沉默，便试探地答道："因为……合眼缘？"

……

"我前世救了你，是你的恩人？"我向后仰了仰脖子，试图拉开两人的距离，"夜筝不知，望师父明示。"

离陌似是想说什么，又终究什么都没说出口，他坐了回去，拉开了与我的距离，"不必为了慕容景的事情觉得沮丧，为师带你去玩乐。"

"师父要带我出去？"离陌开了口的便会做到，我心下一喜忙拉着他的手，顺势说出了心里的想法，"师父带我去见见小白，我想给他送行。"

话题已经跳转，我莫名地觉得轻松，离陌是何缘何故待我好，我突然不想知道了。

隐隐约约地总觉得，那个答案我或许负担不起。

就让我当个怯弱的胆小鬼，躲在自己的壳里吧。

第十三章
争　端

离陌从来都是嘴硬心软，他虽是一脸不悦，但到底禁不住我的软磨硬泡，还是带我出了府邸。

心愿被满足的我看离陌的眼神简直充满了崇拜，那些夸张的话如汹涌的江水，“师父师父，你真是全天下最厉害的师父了，这世界上定只有师父不愿做的事情而没有师父做不到的事情！夜筝最喜欢师父了！”

“你啊——”离陌戳了戳我的头，所有的话都化作了一声无奈的叹息，随即环住我的腰，将我抱起。

我吓了一大跳，只能环住他的脖颈，疑惑道：“师父，这是做甚？”

“抱紧我，这样过去快一些。”

语罢离陌便一跃而起，我仰着头只能看到他完美的下颌线，墨发飞扬，美好如画。

再次落地时我已经在城楼上，离陌将我放下来，却仍旧一手揽着我的腰，一手指向城门口，道："他在那里。"

顺着离陌所指的方向看去，视线里是小白熟悉的身影，这是第一次我见他不是一身素白的衣袍而是厚重暗沉的盔甲，一手落在佩剑上，一手牵着缰绳立在骏马旁，说不出的器宇轩昂，浑身都是令人着迷的男儿气概。

温润儒雅的小白我爱，这般要征战沙场的小白我亦爱。

他的身旁围着众多令我陌生的面孔，也不知是要同他一道出征还是来送行。

"看够了吗？"离陌的声音自身侧传来，沾染着深冬的寒冷，"看够了就走吧。"

我本能地用力站稳了脚跟，仿佛这样离陌就无法轻易将我带走，软软地唤道："师父。"

离陌低头，"何事？"

"我知道师父还未好透，夜筝一定会好好在师父身边伺候师父，照顾师父，一刻也不离开，让师父尽快好起来的。"

离陌蹙眉，"直接说。"

我笑得讨好，伸出食指与拇指重复地开合着，"夜筝有一个小小的心愿，希望师父可以帮夜筝完成。"

可离陌却像是有读心术一般，迅速地黑了脸，扣在我腰间的手加重了力道，透着些警告的意味，沉声道："想都别想。"

我只好委屈兮兮地盯着他，"可师父都没听我说到底是什么心愿呢。"

离陌扬唇，眼底却毫无笑意，大手不轻不重地捏了捏我腰间的肉，道："夜筝，在你眼里，为师就这般好糊弄？"

"夜筝哪里有糊弄师父，便是借夜筝一千个一万个胆子夜筝也不敢的。"

"哦？"离陌语调上扬，"先前在府邸时，你万般许诺你只是想远远看那凡人一眼就心满意足了，若不是看你因为慕容景的事情沮丧得不行，为师根本不可能带你过来这里，怎么，现在哄骗得我带你过来这里了，你又不知足地想要去同他见面交谈了？”

果然什么都瞒不过离陌的双眼，心里的小算盘被离陌戳穿，我索性直接说了，“夜筝不是诚心哄骗师父的，只是师父之前也说过，一切都要以当下的心情为主嘛，我现在就想跟小白说上几句话，就几句而已，师父答应我好不好？”

“哼，待我答应了你，你聊上了几句以后是不是又会觉得就这样让他离开不好，想要同他一道走？”

我连忙摇头否认，“绝对不会的！夜筝是分得清轻重的，现下没有什么比让师父好透更重要的，我怎么可能会让师父同我一道颠簸？”

闻言离陌的神色缓和了几分，却依旧不肯应允我。

“师父，我真真只同他说上几句话便好，十二皇子问我的那些问题我一个都不知道，我也想问问小白那些是怎么回事。”因着离陌还揽着我的腰，我大半个身子还在他的怀抱里，便伸手拽住他的胸襟，撒娇道，“以师父的能耐把夜筝挪走根本不费吹灰之力的，若是师父觉得夜筝聊得时间太久了，便把夜筝挪走就好，好不好？”

……

“师父，到底为什么不肯让我跟小白说上几句话？”

离陌道：“夜筝，他对你做的那些事情，虽然你不说不代表我不知道。”

……

“你是我护在掌心里的人，若不是顾及你的心情，他早死过千万遍了。”

我心里流淌过暖流却又因为潮湿而堵得慌。

离陌和小白是这世上对我而言最重要的存在，可是为何他们俩之间却像是隔着深沟，永远无法和平共处？

离陌的眼睛深邃得像是暗蓝色的海洋，有漩涡将我往里拉扯，我只能无力地垂下头，“师父，夜筝不知道如何是好。”

……

“我不愿师父不开心，可我……也真的想同小白说上几句话。”

离陌的声音自头顶传来，“夜筝，若有朝一日你需要在我和他之间做个选择，你会选谁？”

我只能避重就轻地回答：“师父，你说过的，凡人的寿命不过短短数十载，而师父可以长长久久地活着，又何必要去同小白做比较呢？”

“好。”搁置在我腰间的手松开了，他挑起我的下巴，迫使我对上他的视线，道，“夜筝，哪怕是一百年，我离陌也等得起。”

等得起？

为什么要等我？

我一头雾水，离陌却松开了我，负手而立，道：“去吧夜筝，他看起来快要出城了。”

我忙转过头去，围绕着小白身侧的那些人已经消散了，而小白扯了扯缰绳似是准备上马，我想要化作一只小鸟飞过去，又想起现在是白天，周围来来往往都是人，更何况十二皇子出府前也跟我说了会经过这边，若是被他看见我来见小白了，可就解释不清楚了。

许是看到了我的犹豫，离陌扬手一挥，时间仿若静止，城楼下来来往往的人群都变成了雕像，唯独小白依旧鲜活。

“速去速回。”

“谢谢师父！”

我忙飞下城楼，飞至小白身侧，见他骑着马皱眉环顾四周被时间凝住的人，怕吓着他我忙现出了实体，惊喜地唤道：“小白。”

小白翻身下马，面色却是一派平静，缓缓道：“夜筝，我知道你会来。”

“真的吗？”我欣喜不已，“你一直在等我？”

小白颔首，“现在这景象是你施了术法吗？”

我摇头，坦诚道：“不是的，我不会这样的术法，这都多亏了我师父，所以现下我们可以无所顾忌地聊天，你不用担心会被人看见。”

小白面上似是有失望一闪而过，“夜筝，这些日子我曾多次派人去十二皇子府上传信给你，你为何不回应？”

“传信？小白，我并未收到任何关于你的信息，你应当明白，若是你传信于我，我又怎么可能不回？便是想尽一切办法，也会来见你的，我一直想见你，是你不让……”

那么这些信去了哪里？十二皇子手里吗？

小白似是陷入了深思，我想到离陌的话，觉得时间紧迫，便立刻接着道：“小白，虽然他们都跟我说你此番平复西部之乱势在必得，不会有危险，可我还是有些担心，怕你不能吃好睡好，怕你夜里会觉得冷，恨不得跟你一道去，小白，你可一定要平安归来啊。”

“无碍，不出一个月定能归来。”

“小白，你归来那天我还来接你，庆祝你大胜得归。”我局促地拽了拽自己的衣摆，终究还是把最在意的话说出了口，“小白，那日皇太后的寿辰，长公主同你说的话我都听到了，你……是如何想的？”

小白眉心微蹙，“夜筝，这件事我们上次便说过了，我的想法我的态度始终如一，你不必反复地问。”

我扯了扯唇角，笑道：“好，我信你，你说什么我都信你。”

他不喜欢我提我便不提吧，他即将远征我不该惹他不快，想到了之前十二皇子同我说的那些话，我忙道：“小白，今日十二皇子问我，你是否决定跟随洛家了，还问我你之前谋划的那些是不是洛家的主意，这些是怎么一回事啊？”

“那你是如何回答的？”

“我自然是回答不知道呀，这些你都未同我说过的，我如何答得上来？”

“这些事情你不用知道，你若是知道了便会成为他的筹码。”

成为十二皇子威胁小白的筹码吗？

我只能似懂非懂地点头，又听见小白张唇问道：“夜筝，十二皇子同张大人、李大人说了些什么？”

“张大人、李大人？”我认真在脑海里回忆搜寻着这两人的面孔，却怎么也想不起来，“我不知道，我未曾见过这两位大人。”

“未曾见过？”小白质疑道，“这两位大人今日频繁出入十二皇子府上，你作为十二皇子的贴身婢女，不曾接待吗？”

我讪讪地笑了笑，不能说因为离陌的关系我已经“卧病在床”半月，含糊道：“我已有好些日子不曾见过十二皇子了，这些日子我师父来了，我便去作陪了。”

小白满眸失望，“夜筝，当初我让你留在十二皇子身边，除了希望你有新的身份以外，更希望从你这里得到十二皇子的消息，而如今，你全然不把我说的话当一回事吗？”

小白已经许久不曾对我说过这样重的话，一时之间我只能愣怔地看着他，甚至忘了要如何解释。

“夜筝，我要你何用？”

言罢他翻身上马，目视前方，不再看我。

夜筝，我要你何用？

这句话如同魔咒般在我脑海里不住地回荡着，嗡嗡地作响。

茫茫天地间我突然就找不到自己的立足点，我以为十二皇子真心收留我，他却猜忌我，怀疑我。

我以为小白让我留在十二皇子身边，是因为“夜筝”这个身份已经无法安然的生存，原来他只想让我当一颗纯粹的棋子。

小白啊小白，我到底要如何做，才会于你有用？

小白离去后，我便像是暴晒后又经历了狂风暴雨的花，只剩下零星的花瓣，任凭离陌如何说都提不起半分的精神。

离陌道：“他到底同你说什么了，你要这般要死不活的样子？”

我蜷缩在床榻上不语。

我觉得自己大抵是太过得意忘形了，因着十二皇子说小白为了救我出牢笼，同他做了交易，因着他说小白对我上心，我便真的以为我在小白心里的分量变重了。

原来自始至终都是一样的，若我不能助他复仇，我便一点用都没有。

我内心涌起的无助感像极了初到邬城的时候，他让我去李大侠府中探寻他被灭门的真相，而我在李大侠府上待到半夜除了不住的呼喊，再寻不到其他法子。

那次能帮小白找出凶手不过是侥幸，而现下，我若不能继续帮他，他怕是不想见我了吧。

总而言之，我不能再因着离陌霸道的心性就这样“病”下去，我需要重新回到十二皇子的身边，努力去认清他身边环绕着的人，铭记着他们说过的话和做过的事情，再一一汇报给小白听，那样，他不会再对我说要我何用了。

“师父，你把这术法解除了吧。”我有气无力地说道，“我不想再‘生病’了。”

“夜筝，你莫要得寸进尺，我不会让你给别人当婢女的。”

我只觉得心累，一个字都不想再说，躺下去留给离陌一个背影，闷声道：“师父，我乏了，想睡觉了，你也早些休息吧。”

离陌没有吭声，我亦没有回头，就这样一动不动地躺着，满室寂静，也不知道他是走了还是立在原地。

也不知道过去了多久，我听见了房门推开的声音，听着脚步声应该是迎夏回来了，我立刻闭上了眼睛佯装入睡了的样子。

“安歌？”迎夏低低地唤了一声，“你好些了吗？”

我没有回应，未多久便有一双手覆盖住我的额头，“怎么还这么烫？药也喝了，这病怎么也一直不见好呢？”

闻言我便知道离陌拒绝了我刚刚的要求，我身上的术法依旧没有解除。

以往对于迎夏的关心我是感动感激的，可自从早上听了十二皇子同他们说的话，我便不敢相信了，迎夏对我的担心又有几分是真心呢？

我自认愚笨，分不清楚。

我又想起了欧阳雪，这凡人的世界好生复杂，在林子里同阿九相处时，我们从来不需要猜测彼此的心思，亦不用揣度哪句话是真心还是假意。

这一夜我陷在混乱的梦境里，翻来覆去，睡得并不安稳，天尚未亮我便坐起身来，蜷缩着双腿，抱着被子盯着熟睡的迎夏。

迎夏醒过来时看着我坐在床边吓了一大跳，猛地坐起身来，又因为这屋里其他的婢女未醒，她压低声音道："怎么了安歌，是身子不舒服吗？"

我摇了摇头，"迎夏，今日主子有什么安排吗？我同你一道起来，休息了这么多天，我应该干活了。"

迎夏触了触我的脸，担忧道："可是你的身体依旧很烫，怕是烧还未退，主子说了你痊愈之前都不必去跟前伺候了。"

"不，我已经好透了，不过是屋子里暖和身子才烫的，真的，我很清醒。"

为了证明我真的一点生病的迹象都没有，我立刻动作利落地起身打算穿衣去洗漱，我想得很清楚，既然小白需要我给他当眼线，我便要去当眼线，如果离陌和小白之间我总要惹一个不悦，那么我宁愿这个人是离陌。

"安歌，发生什么了？你这个样子太反常了。"迎夏皱眉看我，"是昨日发生了什么事情吗？我昨夜回来看你便觉得你同平时不大一样。"

她这是想要套我的话吗？

信任一旦崩塌了，那无论对方说了什么总会下意识地去怀疑。

"我既然是婢女，就不该一直躺着的。"

"可你病若未好，也是不适合去主子跟前侍候的，免得将风寒传染给主子。"迎夏站起身来，这时其他婢女亦起了，她便恢复了正常的声音大小，一边穿衣一边道，"我去唤周大夫过来给你看看，你先不要乱动。"

便是找了十个周大夫结果也是一样的，离陌不肯解除术法，在任何大夫眼里我都是高烧不退的。

迎夏离开房间后，其他婢女也洗漱完毕陆续出去了，我缓缓梳洗着，在脑海里盘算着一会周大夫来了要如何劝说他我已经没事了。

“夜筝，你到底怎么了？”铜镜里出现离陌颀长的身影。

我依旧梳着发髻并不言语，我知道说了也没有用的，离陌这般固执，他不会答应。

“这里没有其他人，你为何不搭理我？”

我听到铜镜里离陌的声音，近乎恳求地说道：“师父，解除术法好吗？再这般‘病’下去，这府邸我是待不住了，十二皇子断不会一直养着我这么个闲人的。”

“那岂不是正好？”离陌在镜中看着我说道，“夜筝，你何须这个凡人来养？”

小白同我说的那些话是断不能说给离陌听的，我的头脑昏昏沉沉的，根本找不到合适的词汇来同离陌交谈。

离陌道：“你便是因为这件事不开心？”

一时间我点头也不是摇头亦不是，以离陌这般没耐性的性子，是受不了我沉默不语的，我亦劝服不了他，那么到最后便是他生气拂袖离开，而我依旧困在他的术法里。

我正陷在自己百转千回的思绪里，离陌却已经将一个暗红色的布袋扔到我桌前，没好气地说道：“这种事情有什么好不开心的，你打开这个袋子瞧一瞧，定会让你欢喜。”

离陌怎么会明白小白对心情的影响力，我的一颗心都因为他那句“我要你何用”而惴惴不安着，只想费尽心思重新做一个于小白而言有用的人。

再没有什么比小白对我的肯定来得让我欢喜了。

不满我的无动于衷，离陌又习惯性地戳了戳我的头，带着几分威胁地说道：“夜筝，在我生气之前快打开袋子，是因为最近我太宠你了，你便不把为师放在眼里了？”

许是真的有恃无恐，我堆积了许久的负面情绪便在这一刻爆发了，扬手挥开了离陌的手，转身回头，气冲冲地道：“师父你这个大骗子，你口口声声说着你是这世上唯一真心待我的人，口口声声说着你关心我希望我快乐，可你却总勉强我做我不喜欢的事情，这样的关心这样的好对于我而言太沉重了，我承担不起，我不想要了。”

离陌眯了眯眸，似是在极力控制自己的情绪，整张脸布满了风雨，仿佛是从喉咙口挤出了两个字，“勉强？”

此刻的我毫无理智可言，“对，勉强，你每每都说我对你不坦诚，可当我说了实话你又不愿意接受，我都说了不想再这样‘病’下去了，你却一直不肯帮我解除术法，师父你什么时候可以真正地尊重下我的看法？”

离陌的胸膛剧烈地起伏，薄唇紧抿，浑身散发着迫人的气场，一如那次在林子对战落影同赤虎他们那般，仿佛下一瞬便可以将我撕得四分五裂。

可我十分笃定，离陌不会伤我。

“夜筝，这可是你的真心话？”

我抵着身后的桌子才不至于让自己因为离陌这迫人的气场摔倒，仰着头道：“师父，你太霸道了，你希望我的世界里只有你，可是我的世界里不可能只有你。”

自他归来后，他几乎禁锢了我的自由，将我圈在他的世界里。

长久的沉默后，离陌蓦地扬唇笑了笑，向后退了一步，一字一顿道：“如此，便如你所愿。”

语罢离陌便瞬间消失在我眼前。

我全身的力气都被抽离，无力地跌坐在地上，这时候房门再次被推开，我听见迎夏的声音响起，“安歌，你怎么了？”

我只能摇头。

“可我刚刚听见你的声音……安歌，这屋子里一个人也没有，你在同谁说话？”

我无力解释，我知道自己惹离陌生气了，我也知道自己的话定然伤到了离陌，可我太压抑了，那些情绪无处安放，便肆意地发泄在了离陌身上。

明明我知道离陌才是对我最好的人。

可或许是这样，我才觉得他是唯一会包容我坏脾气而不会离开我的人。

我依旧只能摇头。

“这地上凉，你别久坐了。”迎夏伸手将我扶起来往桌椅的方向走，“周大夫过来了，让他给你诊脉吧。”

直到周大夫为我诊完脉，我方知离陌那句“如你所愿”是什么意思，我的脉象已经平稳，离陌的术法解除了。

迎夏震惊不已，“这……这怎么可能呢？我方才出去前还探了你的体温，你的温度还烫人，怎么这会又退烧了？”

“迎夏，我已经退烧了，我可以去侍候主子了，是吗？”

迎夏神色古怪地看着我，一言不发。

离陌的术法解除我心里松了口气，侧头看向他扔在桌子上那个暗红色的袋子，他说的我看到会欢喜的东西，到底是什么？

可迎夏还是未让我出房门，即便周大夫都说我烧退了，她还是坚持让我在房中休养，温声安抚了我近半个时辰，告诉我十二皇子现下也不在府邸中，我只需要休养，最后她退了出去，关上了房门。

听到房门被关上的声音，我才恍惚觉得，迎夏非要我留在房间里休息，或许并非真的在意我的身体，而是十二皇子不许我出房门吧。

我并不怪迎夏，她原本就是十二皇子的人，听从十二皇子的吩咐是无可厚非的。

一室寂静，把所有负面情绪一股脑地倒给离陌后的现在，我的心像是被人挖了一个洞，空荡荡地没有着落，虚无得让人心慌。

我站起身来，去拿离陌留下的暗红色袋子，它不过是钱袋的大小，绣着精致的纹路，我缓缓地打开，里面只有幽幽的蓝光让人看不真切。

怀抱着好奇，我将手伸进袋子中去，这袋子看着挺小，可当我将手伸进去却仿佛触不到边界，似乎是摸到了个木盒，我将它掏出了布袋。

我将木盒打开，有浓郁的香气扑鼻而来，里面陈列着丰富的糕点，一个个精致得让人舍不得吞入腹内。

记忆里蓦地回到了小白参加武林盟主竞选时的日子，离陌来邬城看我，我既欢喜又兴奋，将糕点献宝般递给离陌，他曾嫌弃了一番又道自己有位故友手艺当属仙魔两界的翘楚，我若喜欢吃食，他便带我去。

如此，这木盒里的糕点便是出自他故友之手吗？

我鼻子发酸，放下木盒颤颤巍巍地再次朝袋子伸出手，却又摸出了桃红色的华服，我眼眶一热，瞬间一片雾蒙蒙。

皇太后的寿宴，长公主穿着一身桃红色的华服立在月下的长廊里，人比花娇地说出那句“沁儿心悦于你”，成了脑海里挥之不去的影子。

那一夜的长公主那样美，她的衣服也那样美，我看着自己一身婢女的装束，忍不住会想，如果我也能穿上那样漂亮的衣服，小白会不会多看我几眼？

这些日子的闲聊中，我偶然同离陌提起自己也想要一件桃红色的华服，当时离陌只是淡淡地扫了我一眼，嫌弃地说道：“你这寡淡的脸配不上那样艳丽的颜色。”

为着这句话，我当时失落了许久，未承想离陌却都记得。

昨夜我任性地把他赶走以后，他便是去做这些事情了吗？

这个布袋子还会有什么呢？我重新将手放在布袋子里，却忽然失去了探寻的勇气，抱着木盒与衣服跌坐在地上。

离陌总说我愚笨，其实他才最最愚笨，他明明那么那么温柔，那么那么善良，却总将自己伪装成一副凶神恶煞的样子，仿佛就是要所有人害怕他远离他才好。

昨夜明明是我心情不好迁怒于他，他虽然生气地走了，却寻了这么多东西今日来讨我欢心，而我呢，我甚至连一个笑脸都没有给过他，还说了那么多伤他的话。

这时候我搁置在袋子里的手忽然被毛茸茸的爪子拽住了，我甩了甩手，它却拽得越来越紧。

活……活的？

我愣了下忙把手抽了出来，而那拽住我的生物依旧没有松开我的手，就这样随着我的动作一起出了布袋。

“吱吱吱吱——”

耳旁传来熟悉的声音，我垂首一看，这个死死拽住我手的毛茸茸的脑袋竟然是阿九。

我惊呼出声，“阿九？！”

拽着我手的小家伙顿住身子缓缓抬头看我，睁着乌黑的眸子，瞬间热泪盈眶，一把跳到我怀里，哭喊着说道：“呜呜呜，夜筝，吓死我了，我还以为殿下要把我关在黑布隆冬的袋子里呢！”

“师父把你抓过来的？”我依旧觉得难以置信，“师父为什么要把你抓过来？”

“昨夜我偷偷溜出家想去你那屋子看看啊，谁知道半路上竟然碰到了殿下，你知道的嘛，我都没跟殿下这么近距离接触过，一时之间说不出话来，殿下说你在凡世没有朋友，觉得无聊让我去陪陪你，我就一个点头的功夫殿下就把我塞到袋子里了。”似乎是心有余悸，阿九的小爪子一下又一下地拍着自己的胸，“我差点以为自己碰到一个假殿下呢，不过太好了，夜筝我看到你了，殿下没有骗我。”

我抱紧阿九再也控制不住地痛哭出声。

我同离陌说觉得自己没有朋友，不过是想婉转地劝他解除我的术法，让我可以正常地同迎夏他们相处，而他却为了我这么一句话去寻了阿九过来。

他甚至还记得我有一个叫作阿九的松鼠朋友。

可我却对他说那么过分的话。

“夜筝，你怎么了？你哭什么啊？”阿九在我怀里动弹不得，

“诶？你这是见到我太激动了吗？你别哭呀夜筝，你以后不会无聊了，我陪着你啊！殿下也会陪着你啊，话说殿下呢？殿下痊愈了？”

“不会了，阿九，师父生我气了，他肯定不会再理我了。”

“你是为了这个哭吗？”阿九试图从我怀里挣脱出来，“夜筝，没事的，殿下这般看重你定不会真的同你生气的，等见到殿下，你好好道个歉，殿下定会原谅你的，我每每惹爹爹生气时也这样。”

“可是阿九，我还是很想很想哭，你让我哭吧，别管我。”

“诶？”

我觉得自己糟糕透了，什么问题都处理不好。

小白已经对我失望了，现在离陌应该也会觉得我不知好歹吧，甚至连我自己都觉得自己不可原谅。

等离陌再次出现时，哪怕匍匐地跪在他的脚边，我都要去请求他的原谅。

日子一天天地过去，离陌却没有给我一个跟他道歉的机会，那天过后离陌再也没有出现在我面前，无论我对着手腕处的犀牛角说什么，都再也没有半分反应。

我无法说服自己去相信离陌是真的不要我了，我便担忧着，他是不是出了什么事情，之前落影不是一直担心魔王的人会找上来吗？离陌自归来后行动大胆从不顾忌些什么，难道是泄露了踪迹被魔王的人追上来了吗？

可是阿九告诉我，原来南海一战大家都以为离陌魂飞魄散，但其实魔王也并非毫发无损，魔王伤得并不比离陌轻，只是之前一直掩盖着伤情，那些派出来追杀离陌的妖魔也不过是障眼法罢了，直到近日魔王的伤情才被妖魔传了出来。

阿九说现在妖魔两界因为魔王的伤情而大乱，离陌不会有危险，如今离陌安然归来或许会成为新的魔王。

而我在十二皇子府邸中的存在亦变得微妙起来，迎夏去请示十二皇子的结果便是将我单独带到了北院的一处屋子，不再是六人同屋，只有我一人。

迎夏一脸浅笑，温声帮我整理着屋子，道："安歌，现在还是寒冬，天气尚未回暖，你这高烧反反复复的，主子说了让你好好在这休养，待到来年开春，天气暖和了再说。"

我心里十分清楚，这些不过是些漂亮话，十二皇子真正想做的是软禁我吧。

我想要若无其事地微笑，唇角却仿佛有千斤重，怎么都扬不起，"可是迎夏，我的病不是已经好了吗？我不想一个人待在这里。"

"这里景致这般好，为什么不愿意？"迎夏亲昵地拉住我的手，"安歌，作为一个婢女，能住在独立的屋子里是多大的福分啊，这府里的人可都羡慕你呢，而且你不用觉得无聊，我会常常来看你的啊。"

我抽回自己的手，没有说话。

可独自住在这北院也好，十二皇子并不知道我是琴妖，他把我扔在北院是想阻拦我跟外界的联系，但其实我独自住在这里，行动更加自由，何况现在阿九在我身边。

我常常会隐了实体满府邸地转悠，去十二皇子的书房，去大厅甚至去十二皇子的卧室，只是现在的十二皇子真是异常的忙碌，在府上的时间寥寥无几。

阿九立在我的肩膀上，凑在我的耳边，疑惑地问道："夜筝，你每天都来这些地方走一遍是为了什么啊？"

"为了知道李大人、张大人同十二皇子说了什么。"

"啊？"阿九显然对我的话题不感兴趣，在我肩膀上蹦跶了两下又道，"夜筝，殿下送你的糕点可真好吃啊！"

我身子一僵，侧头看向肩膀上的阿九，"你说什么？"

阿九眨了眨大眼睛，重复道："殿下送你的糕点啊，嘿嘿，我一不小心全部吃光了，可真好吃，等见着了殿下，你再帮我要几盒吧？这么美味的糕点我想带给爹爹娘亲尝一尝，他们就不会骂我突然不见啦。"

“阿九！”

“夜筝……你这样子好可怕啊……”

那糕点我一口都没舍得吃呢！

一看见糕点我便会想起离陌那隐忍着怒火的样子，我愧疚又心疼，只想好好地收藏起来，阿九倒好，竟吃了个精光。

只是看着阿九那耷拉着双耳的样子，我就有些于心不忍，又想到她是因为我才被莫名其妙带到了京城，于是摸了摸她毛茸茸的脑袋，道：“若我能见到师父，定替你要几盒。”

我盼着能早日见到离陌。

为了更好地知道十二皇子在忙碌些什么，阿九用幻术弄了个假的我待在北院里，而我和她隐了实体满城地跑，在小白回来之前我要记住每一条路，他所在意的那些人都住在什么位置，十二皇子每日见了谁，又在聊着些什么，只希望在下次他有什么想知道的时候我能够答上来。

从那些琐碎的谈话里，十二皇子似乎是在暗中调查几位贪污的官员。

是夜，十二皇子仍旧待在书房里，整理着一大堆的本子，烛火在他脸上摇曳，那张本就没有血色的脸显得越发苍白。

我立在十二皇子身后瞅了瞅，发现那些本子上详细地记录着一些地点与时间，似乎都与他正在调查的那几位官员有关。

邱修道：“主子，时候不早了，早些休息吧。”

十二皇子不为所动，连头都未抬，“不足半月便是除夕，父皇想要在新年前解决这件事，哪里还有休息的时间。”

“皇上不懂心疼主子的身体，主子应当自己好好珍惜。”邱修一脸不忍，又道，“主子，此事矛头直指大皇子，属下以为……”

“你想说的我都明白。”十二皇子出声打断，“邱修，我已无路可退。”

“可这样的话主子这些年的苦心经营岂不是功亏一篑？”

十二皇子掩唇咳了咳，苍白的面上浮上几分病态的绯红，苦笑道："邱修，那些天高海阔的日子我此生怕是无福消受了，父皇召我入京，便是以我为棋，我如今是他的剑他的矛，燕城的那些生活早就是一场妄想。"

莫名的我竟同十二皇子感同身受起来，皇上所有的心思他都看得通透，就如同我也很清楚小白心中所想一般。

"主子当真明日要把这份资料呈给皇上？"邱修满面担忧，"皇上一直以来都对大皇子宠爱有加，之前太后寿辰一事不仅把真相压了下来，惩罚也只是禁足了大皇子几日，由此可以看出皇上对大皇子的偏爱。主子若是呈上这份资料，恐皇上会偏袒大皇子而苛责主子啊。"

十二皇子摇头，"邱修，你当真以为大皇子做的这些事情父皇都不知晓？你以为父皇为何让我着手调查这些事情？有很多重要的线索都是父皇给的，为的不过是借我的手惩治大皇子。"

"这……怎么会？"邱修一脸的难以置信，"这天下人都知道皇上疼爱大皇子啊……"

十二皇子苦笑了一番，不答反问道："那么邱修，自我回京以来，是不是所有人都以为父皇开始宠爱我了？如若不是这样，那些以前对我冷眼相待的人怎么会笑容满面地迎过来？可是你觉得父皇是真的看重我，对我好吗？"

闻言邱修一副恍然大悟的样子，"属下明白了，只是就算不是真心疼爱，大皇子能有如今的权势亦是皇上一手培养起来的，皇上为何突然要这样对待大皇子？"

"因为父皇从来不信任任何人，他在意的仅仅是他的皇位，他宠爱着大皇子，所有皇子的矛头便会对准大皇子，如今大皇子的势力壮大了，父皇自然要出手削弱。"

"主子聪慧，属下这脑子怕是想不透这层道理。"

十二皇子放下书卷，看着摇曳的烛火，目光悠远起来，像是在对邱修说话又像是自言自语，"扶持我是目前最让父皇放心的，一来我母妃已死，二来这些年我生活在燕城在朝中毫无人脉，和其他皇子比起来，我无权无势无所依靠，对父皇的威胁最小，所以，我才会有现下的官职啊。”

邱修扑通一声跪倒在地，道：“主子放心，无论是在燕城还是京城，属下都会拼尽全力护主子周全，死而后已。”

听到这里我大抵也能明白十二皇子提防着我的原因，为了生存他活得小心翼翼，连亲人都不能信任又何况是我呢？

这个皇上真真是讨厌极了，若不是他多疑的性格，小白一家忠心耿耿的，又怎么会被满门抄斩？那样小白便不用背负着血海深仇而活。

阿九立在我的肩膀上蹭了蹭我的脸颊，有气无力道：“夜筝，我困了……”

“好，我们回去睡觉。”

阿九欣喜地滑落至我的怀里，安然地闭上眸子，“不行啦，我撑不住了，现下就要睡了，夜筝夜筝，殿下什么时候才会出现啊？我好想念那盒糕点的味道啊……”

阿九入睡极快，话音刚落呼吸已经均匀起来。

我将阿九安置在床上，从袖子中掏出所剩无几的纸鸢。

“师父，夜筝错了，你怎么样骂我罚我都没有关系，不要不理我好不好？那些话都不是夜筝的真心话，只是……气话。夜筝不该对师父发脾气，如果师父愿意回来，夜筝天天去邬城给你买包子吃怎么样？”

我点燃纸鸢，又想起自己想说的话并没有说完，幸好还有最后一只纸鸢。

“师父，糕点很好吃，那衣裳也很好看，夜筝不知道可以去哪里找师父，师父来见见夜筝吧，除夕之前来怎么样？我听说除夕那晚京城里的人会放很漂亮很漂亮的烟火，师父，那天我穿上新衣服，我们一道去看烟火，好不好？”

我烧掉纸鸢，抱着阿九入睡。

又过了一两日，我刚跟着十二皇子出了府邸，便撞到了阿七，我欣喜不已，忙停下步子环顾四周，“阿七，你怎么来了？是我师父带你过来的吗？”

阿七双手环臂，挺起胸膛，一副威严不已的样子，盯着我肩膀上的阿九，道：“我是来带阿九回家的。”

“哥哥！”阿九全然没有感受到阿七威严的气场，直接扑向阿七，雀跃道，“你是怎么找到我的？我跟你说，凡世可好玩了，好多东西都跟松子一样好吃哦！我带你去吃。”

阿七黑着脸，训斥道：“你成日就知道玩，不许再胡闹了，你今日必须同我回去，一声招呼都不打便离开，爹娘都快担心死了。”

我望眼欲穿也看不到离陌半分影子，虽不想打扰他们兄妹二人的谈话，但还是忍不住蹲下身子再次询问道：“阿七，我师父在哪？”

“魔王死了，殿下忙着镇压作乱的妖魔，怎么会出现在这里？”

“魔王死了？！”

我同阿九一样震惊，阿七却是面色平静地应了一声。

“太好了！”我高兴得跳起身来，恨不得转几个圈圈来庆祝一番。

魔王死了，离陌便不会有危险了，那他这些日子定忙碌不已，没时间回应我亦属正常，待我帮小白复了仇，我便回魔界去寻他，请求他的原谅。

数日里沉重的心情轻松了大半，“阿九，你快些同阿七回去吧，确实不应该让你爹爹娘亲担忧的，阿七亲自来接你回去，我就不用担心你的安全了。”

阿九有些犹豫地说道：“可是夜筝，我走了以后你会不会很无聊啊？这凡世都没人陪你玩，你喜欢的那个凡人……叫什么小白的那个人也不在……”

我无碍地摇了摇头，笑道：“没事的，小白马上就回来了，我有人陪的。”

这些日子我做了很多很多的功课，铭记着很多很多的消息，等小白回来了我通通告诉他，我会告诉他我现在在十二皇子府邸上的处境，告诉他我现在行动很自由。

我可以回到他身边了，不给他带来任何麻烦地回到他的身边。

小白平复西部之乱快要一个月了，前几日我跟着十二皇子入了朝堂，说是很快便要胜利归来。

到时候我一定会去城门口等他。

阿九在同阿七离去前教会我了蒙蔽迎夏等人的术法，阿七在一旁嗤笑道："夜筝你可真给殿下丢脸，身为殿下的徒弟这么简单的术法都不会。"

"对对对，谁让我没有阿七你聪慧呢？这毕竟是天赋，强求不来的。"

"哼！"阿七骄傲地仰着毛茸茸的头。

阿七和阿九离开后，我依旧每日都跟随着十二皇子出入朝堂，贪污一事的矛头最后对准了大皇子，甚至牵扯出了几起命案，大皇子的亲信搜刮民脂民膏，甚至强抢民女，皇上震怒，收回了对其的赏赐和恩宠，将其驱逐出京城，未有召唤不得入京。

百姓欢呼不已，盛赞当今圣上大义，实乃明君。

可在皇上收获了所有的赞誉时，我清楚地看见大皇子看十二皇子的眼神，如暴怒的野兽，恨不得将十二皇子撕个粉碎。

十二皇子替皇上承担了所有来自其他皇子的恨意。

空荡的宫殿里，十二皇子跪在光可鉴人的地板上，听着皇上的称赞，将身子俯得很低。

皇上略带沧桑的声音自龙椅处缓缓飘来，"十二啊，这些日子你辛苦了，马上就是除夕了，你好好休息，待过了十五你得着手准备下了，老三最近暗地里做了不少手脚啊，你有什么想法吗？"

十二皇子道："一切全凭父皇吩咐。"

一切如十二皇子所料。

他就是皇上的利器，收拾完了大皇子，下一个便是三皇子了。

待小白回来了，我要将这个消息告诉他。

第十四章
情　深

很快就到了小白归来的日子，守卫城门的侍卫早早做好了迎接的准备，而我立在城门上，不住地张望。

远远地有军队驾马而来，小白着一身铁灰色的盔甲，昂首挺胸，如盖世英雄一般入了城门。

他瘦了许多，原本清俊的脸露出刀削般立体的轮廓，眉眼越发地深邃起来。

是啊，他的父亲是将军，若不是那场变故，他本该出入沙场征战四方，成为像洛青英那般的少将军。

自昨夜里我便准备了许许多多的语句，想着再见到小白该如何说，可待我立在这城楼上方知只是一句问好和祝贺我都寻不到机会说与他听，他身边围着人群，队伍入了京城后又一路往皇宫的方向走去。

原来小白归来第一件事不能先回住处稍作休息而是要去面圣，他这一入宫也不知道什么时候才能回到住处，我没有耐心在他宅子里等他，反正现在也没有人看得到我，我索性就跟着他先入宫。

小白打了胜仗，皇上定会嘉奖他吧？

这样想着，我生出一种“与有荣焉”的自豪感，化作一只小鸟盘旋在队伍的上空，随小白入了宫。

大殿上小白率领着一众将士朝坐在龙椅上的皇上行跪拜之礼，汇报着本次战事的情况。

皇上满意地颔首，随即站起身来，“各位辛苦了，不必跪着了，朕果然没有看错，木盟主既能一统武林自然也有率兵领将的才能，木盟主想要什么赏赐，便封你为镇西将军如何？”

皇上话音一落，所有人的目光都禁不住落在小白的身上，顿时一片唏嘘声，有人紧绷着一张脸立着，也有着官服的人立刻跪倒在地，高呼着：“恭喜皇上喜得良将！”

“恭喜皇上喜得良将！”

“恭喜皇上喜得良将！”

……

许多人跟着附和着，我虽然搞不懂这朝廷的官职，不知道这“镇西将军”是何等的职位，只是看着在场的人的表现，估摸着是个挺大的官职，只是……会比洛青英的官职更高吗？

洛青英的父亲洛大将军年事已高，若非圣上召见一般是不出入朝堂了，现在都是洛青英在为洛家发声。

我抬头看向洛青英，就见他扫了小白一眼，眸光带笑，似是有几分欣慰的样子，我猛然间想到了十二皇子的话，他问我小白是否决定跟随洛家了。

小白将身子俯得很低，一副谦卑的模样，道：“皇上谬赞，此次旗开得胜非微臣一己之功，亏得洛将军平日里训练有素，将士们都十分骁勇善战，有勇有谋，耀我天威。”他顿了顿，又侧身指向一旁的人，介绍道，“尤其是亏了这些门派派人协助，探得西部地势图，更是让这场战事如虎添翼。故这场胜利实非微臣一人之功，万不敢向皇上要什么赏赐，微臣愧不敢当。”

我眸光发亮地盯着小白，只觉得他舌灿莲花，这一段话说出来，只怕是满堂所有人都会觉得愉悦。

犹记得长公主说过，这场战事不过是皇上想要试探武林对朝廷的诚意，小白拉了这些门派参战，足以展现武林愿意助力朝廷的诚心。

果然皇上满面赞赏，而那些惯于察言观色的大臣，忙你一言我一语地夸赞起小白来，已经是一口一个“木将军”了。

我就立在小白身侧，可以清楚地看见他面上的每一丝表情，在别人唤他“将军”时，他微微颔首，那双眸子却清亮得如天边的明月，我能感受到他血液的沸腾。

小白骨子里应该是想要成为像他死去的父亲那般威严的将军吧，即使这些年他都一身素白的衣衫，岁月静好地抚琴，可他从不荒废武艺，舞剑利落而潇洒。

我的心亦随之激动起来，爱一个人大抵如此，心绪都随之起伏。

一番陈述后便是论功行赏，所有将士都满意地高呼万岁。

皇上道：“你们辛苦了，好好休整，今夜朕会在秀和园设宴，为你们接风洗尘。”

“吾皇万岁万岁万万岁！”

面圣终于结束了，小白终于要回宅子了，我就能找到机会和他说话了。

我再次化作一只小鸟一路跟着小白回了住处，我看到了许多熟悉的面孔，他们候在大门口，像是已经等候多时了，一路将小白迎进屋子，我忙隐了实体跟上去，就等着小白入了屋再现出实体见他。

可我跟着小白进了屋子，却见婢女恭敬地行了礼，道：“主子，热水已备好，可以沐浴了，奴婢告退。”

“嗯。”

婢女退了出去，房门被关上，屋子便只剩下小白与我，还有那升腾着的一桶热水。

我等了大半天等来了和他独处的机会，只是此时此刻却不知道该不该现身了。

我这笨脑子，小白风尘仆仆地回来，他这般喜好干净的人自然是要沐浴更衣的，我只觉得气血上涌，脸颊发烫，在这冬日里竟生出几分燥热来。

可下一瞬我这些旖旎的羞窘全部化作了震惊与心疼，我看见小白裸露的背上遍布着伤痕，深深浅浅、密密麻麻，新旧不一。

这些伤是什么时候的？是这次战事吗？还是更早之前？

未承想，他那般清俊儒雅的面容下，身体却遍布着这样狰狞的伤痕。

他竟然受了这么多的伤，可他在朝堂上时云淡风轻的口吻却仿佛这场战事根本不值得一提。

我缓缓地靠近，每走近一步那些伤疤就清晰一分，令我心疼不已。

我恨不能替他承受这些伤。

思绪全部落在他的伤痕上，我已然忘却了自己的处境，伸手朝他背上的伤痕探去，若是我能抚平这些伤疤该多好，小白在我心里是无瑕的玉，这些痕迹不该留在他的身上。而我刚刚碰到，小白身子一僵，随即翻转过身子，与我面对面而坐，眉心紧蹙，低喝道："谁？"

大抵是做贼心虚，哪怕是小白看不见我，他那双眼依旧给我压迫感，我下意识地往后退，却不小心碰到了身后的凳子，砰的一声，凳子摔翻在地，我崩溃地瞅了眼凳子，一时之间是扶也不是，不扶也不是。

候在门外的婢女听到了声响忙道："怎么了主子，需要奴婢进来吗？"

"不必。"

房间又恢复了安静，我看见小白皱着的眉头舒展开来，随即叹了口气，道：“夜筝，出来吧。”

竟然……这么轻易就猜到是我。

我默念着术语现出了实体，我对上小白的双眸，正欲开口，小白又道：“夜筝，转过身子去。”

我乖巧地转过身子。

小白已穿好了素白的单衣立在我的面前，墨发微微润湿贴在他的脸侧，遮住了那些狰狞的伤痕，他又如温室成长的俊雅公子一般。

为了不惹他生气，我先发制人地开口，带着些小心翼翼地解释道：“小白，我不是有意偷看你洗澡的，我今日在城门口迎接你，可你身边一直都是人，我寻不到机会同你说话，我晓得你不喜欢有人看见我们交谈，便一直跟着你。我……我没有想到你一回宅子就会沐浴，刚刚看到你后背的伤……我有些难过才……才忍不住碰了碰，小白，你别生气，好吗？”

我依稀记得他出征前同我说话的模样，他一生气我便难受得心肝发颤。

“还有小白，你放心，我在你这里十二皇子并不知道，我施了术法的，你莫赶我走。”小白眸光闪烁，也不知是不是我的错觉，他神情竟透着几分温柔，道：“夜筝，你不必如此惶恐不安，我没有生气。”

“真……真的？”我欣喜不已，大着胆子又朝他靠近了一步，讨好地笑了笑，“小白，上次你同我说的那些话我仔细反省过了，我……”我改了，你不在京城的日子，我都努力帮你收集情报，做一个对你有用的人。

“夜筝。”可我尚未说完，小白便出声打断，他的语气温柔得不可思议，“你不必反省，上次……是我错了。”

“诶？”

“是我太过急切了，未曾顾虑你的心情，夜筝，对不起。”

这般温柔若水的小白一如在林子中的他，若不是他准确地唤着我的名字，我甚至要以为他又把我当作云家小姐了。

我愣怔地立在原地，那熟悉的撕心裂肺的感觉又朝我涌了过来，疼得我蹲下了身子，好半天都说不出话来。

上次这样疼还是落影离开的那夜，我因着长公主的事去寻他。

到底是为了什么，我全身竟有种要四分五裂的绞痛？

听到小白刚刚说的，我明明是开心幸福的啊。

小白在我面前蹲下身子，朝我探出手，似是想要碰触却又收回手，“夜筝，你怎么了？”

我强撑扯出一丝无碍的笑，“没事……”

可我声音都在发颤，小白紧锁着眉头，修长的手终是落在了我的额间，语气带了些责备，道：“你都开始冒虚汗了，又怎么会没事？告诉我，是不是哪里不舒服？”

被这样地揭穿，我的心里竟然涌上几分甜蜜，至少他是在意我的啊。

可我也很清楚，连我自己都无法确认身体如何了，小白又能帮上什么忙呢，于是我艰难地开口：“我胃痛……小白，我这几日都未吃东西，所以胃痛。”

“为何不吃东西？”

“小白，自你出了京城，十二皇子便命我一人住在府邸的北院，他不许我出府，也不许同其他人交流，应该是不信任我了。”我仰着脸看小白近在咫尺的脸，若不是怕他生气真的很想顺势依偎进他的怀抱里，“小白，这些日子我都有隐了实体跟着十二皇子，我怕……怕下次你问我什么的时候我答不上来。”

“所以……你没有按时吃饭，落下了胃病？”他脸上有一闪而过的心疼。

为着这一丝心疼我忽然就舍不得澄清我没有胃病这件事，从袖口掏出卷轴献宝般地递给小白，讨好地说道：“你知道的，对于凡世的那些事情我尚弄不明白，于是我将十二皇子所写的字都抄了下来，也不知道有没有你想要的信息。”

小白收下卷轴，喉结上下滑动，似有些哽咽，“你辛苦了。”

我摇了摇头，“不辛苦，小白，我想做个对你有用的人。”

可这句话却像是戳中了小白的伤疤一般，他敛了眸，长长的睫毛投下一片剪影，“夜筝，那日是我失言，你莫放在心上。”

他话音一落我却疼得更加厉害，浑身发颤。

“夜筝。”他低声唤着，倾身凑近，“地上凉，还能站起来吗？”

我已一句话都说不出来。

下一瞬幸福却突然降临，小白一手将我揽入他的怀里，一手揽过我的腿弯将我从冰凉的地上抱起来，他的身体还带着微润的水汽，熟悉好闻的气息将我萦绕，我如坠云端，愣愣地仰头看着他好看的下巴，便是大气都不敢出。

我好怕这是一场一戳就破的梦境啊。

小白将我抱到床上坐着，拿过锦被盖住我的身子，温柔地探出手用衣袖擦拭着我额头上的薄汗，嘱咐道：“你且忍忍，我马上让人给你送些吃食。”

语罢小白起身走至房门口，吩咐一直候在房门口的婢女去厨房弄些加糖的白米粥过来，随即又倒了杯水回到床边坐下，递到我的唇边，道：“煮粥要些时间，你先喝点热水缓缓。”

我受宠若惊，乖乖就着他的手喝了这杯热水。

“怎么样，好些了吗？”

听着小白轻柔的话语，我的眼眶氤氲着水雾，不知道该点头还是摇头。

就怕我说没事了，他对我的温柔与好便全数收回了。

“这般难受吗？不哭好不好？”小白轻声哄道，“我晓得你饿得难受，只是你现在也不适合吃太硬的食物，我再命人给你拿些糕点，你先填填肚子。”

我看着小白再次站起身来，忍不住唤道：“小白……”你心里是有我的对吗？

他长身侧立，“怎么了？”

我摇了摇头，那句话又咽回了肚子里。

我很清楚每每我提及相关的问题，小白都会皱着好看的眉头，一副欲拒我于千里的模样。

小白很快便端回了一些吃食，一块块递到我的唇边，我只觉得这真是我吃过最最好吃的糕点了。

可身体却也越来越疼，疼得我再也抑制不住地瑟瑟发抖，一时被糕点呛到，开始剧烈地咳嗽起来，小白一手端着盘子，一手轻轻拍抚着我的背，试图给我顺气，但这样微妙的距离，我看着他扬起的手，忍不住就扑入他的怀抱里。

嗅到他身上熟悉的味道，我异常满足地深呼吸，双手圈住他的腰，喃喃道：“好痛啊，小白，抱抱我好不好？”

你的怀抱便是这世间难得的良药。

房间里陷入令人窒息的沉默，他没有像往常一样立刻推开我，之前拍抚着我后背的手甚至开始缓缓地落下，仿佛真的应允了我刚刚的请求。

小白这次出征西部到底发生了什么事情，才会让他变得跟之前截然不同？

然而不过三秒，他动作迅速地松开了我，仿若触电一般站起身来。

突然的虚无让我愣怔地看着他，他的侧脸透着几分挣扎，似乎是在极力隐忍些什么，好半天才开口道：“抱歉，夜筝，是我失礼了。”

失礼？

刚刚的拥抱？

随即我又听到小白的声音传来，“我还有些事情要处理，一会会让厉兴把粥送过来，你好好休息。”

语罢小白逃也似的出了房门，在这冬日里甚至连外套都未穿就这样走了出去。

为何每每在我觉得一切有所转机的时候小白却又全身而退？

他心里……可有我的位置？

我忍着身体与心口的疼痛蜷缩在小白的床榻上，哪怕他将立场表达得那样鲜明，我依旧不想离开这里。

厉兴端着粥进来时瞪大双眸看着我，“夜……夜筝姑娘？”

我擦了擦额头的虚汗，抬头看他，“厉兴，好久不见。”

“真的是你？！”厉兴露出几分欣喜随即表情又多了几分古怪，“少主让我送粥过来，我还在想会是谁在他房里，没有想到会是你，夜筝姑娘，你何时过来的？”

厉兴对于我琴妖的身份一无所知，上次见面还是在牢里的时候，之后我便成了十二皇子的婢女，几乎未曾同他见过面了。

我不答反问：“不然你以为会是谁啊？厉兴，还有其他女人来过小白的房间吗？”

长公主……来过吗？

似乎是没有想过我会问这样的问题，厉兴尴尬地红了脸，“除了你，没人来过的。”

我扬唇，笑得心满意足，“那便好。”

厉兴在这，我一直躺着也是不妥，便又道：“厉兴，粥你放在桌子上吧，我躺一会就喝，小白刚刚回来定有许多事要处理，你去帮他吧，不必顾我。哦对了，他刚刚出去未着外套，你去给他送件外套吧，我怕他着凉。”

厉兴点了点头，他放下粥取了外套要往外走却又在桌边停下来，一脸严肃地说道：“夜筝姑娘，发生了这么多事，你对少主当真比对自己还要好，若你能和少主终成眷属，宫主会很开心，整个晴岛的人都会很开心的。”

我喜欢小白这件事很多人知道，却几乎没人看好，除去想将小白留在晴岛的安姨，厉兴是唯一一个祝福我和小白的人。

“小白心里……只有云家小姐。”

我喃喃开口，说给厉兴听也说给自己听。

厉兴没有再答话，只是打开门时又蓦地回头道：“夜筝姑娘，你不在少主身边的这些日子，少主同我提过你好几次，他常常说自己愧对于你，你为他做的那些事，他是感激的。”

能奢望吗？有一天，这份感激可以变成爱恋。

说胃疼不过是一个幌子，我并不饿，现下疼得这么厉害越发地没有胃口，我蜷缩着身子躺在满是小白气息的床榻上，昏昏沉沉地睡了过去。

也不知道睡了多久，再次睁开眼来时，房里光线昏暗，唯有一盏烛火幽幽地亮着。

已经是晚上了？

谁入屋点的灯，我竟一点印象也没有。

“醒了？”

“小白？”我坐起身来，尚有些模糊的视线里见他束着墨发坐在桌边，“你这是准备去赴晚宴了还是晚宴结束已经回来了？”

“晚宴结束已经回来了，见你睡得沉便没唤你醒来。”

小白的语气已经回到以前惯常的模样，我心里有几分失落，疼痛已经缓和了，我起身下床，“对不起，占着你的床，害你没地方休息了。”

小白摇头，“无碍，这粥不合你胃口吗？一口都没吃呢。”

“先前你给我的那些糕点我吃着吃着就饱了嘛，后来又睡着了，所以就没吃了。”

“身体好些了吗？”

我莞尔，“嗯，都好了！”

“那便回去吧，夜筝。”

“哈？”我一时无法消化他的话，“回哪里去？”

“十二皇子的府邸。”

我的笑容僵在唇边，口气软软地说道：“小白，我不是告诉过你吗？十二皇子把我一个人困在北院，你为什么还要我回去啊？我不能留在你身边吗？我保证不会给你惹麻烦的。”

你不喜欢我抱你我便不抱你。

你不喜欢我睡在你床上我便不睡。

只是……不要赶我走，好不好？

小白吝啬得连一个正眼都未给我，“走吧夜筝，我知道你不喜欢这样，可是夜筝，快要结束了，这样的日子。”

快要结束了，是指他的复仇吗？

我了解小白，他决定了的事情无法更改，至少我没有这个本事让他更改，我吸了吸鼻子，慢慢走向他，隔着一步远的距离，道：“好，小白，我马上就走，可我有个心愿你能答应我吗？”

他仍旧不看我，“你说。”

“后日便是除夕了，我之前听十二皇子府上的人说，这是个团团圆圆的日子，京城还会有很美很美的烟火。”

……

“你知道的嘛，我是你的琴啊，除了你我不知道该跟谁团圆了，那天你能让我来见你吗？我们可以一起去看烟火吗？我不想孤零零的。”

原本我是邀了离陌的，可听阿七那样说，估计离陌忙着处理魔界的事情是抽不出空来见我了。

小白沉默了许久，久到我以为他不会应允了，最后才听到一句悦耳的“好”。

我见好便收，忙化作小鸟飞出了他的房间。

突然好希望除夕那日早些来啊，我要穿上离陌送我的桃红色的华服，穿得漂漂亮亮地去见他。

盼着盼着终于到了除夕那日。

虽然和小白约的是晚上一同看烟火，可我起了个大早，极力地克制着自己不立刻飞奔去找他。

换上了离陌送我的衣服，我在屋子里转了好几个圈圈，穿上这样华丽的衣衫也会觉得自己好看得像个小仙女，但下一瞬又会想到离陌说的，我这样寡淡的脸配不上这样艳丽的颜色。

我忍不住抚了抚自己的脸，小白也会这样觉得吗？

快到正午的时候有人过来送饭，却不是迎夏而是一个有些陌生的面孔，笑吟吟地说道："今日除夕，迎夏姐姐随主子入宫了，今夜怕是要留在宫中守岁了，故此让我来给安歌姐姐送饭，今晚安歌姐姐要不要去大厅跟我们一道吃饺子，团圆？"

十二皇子要在宫中守岁吗？那小白呢，也会要留在宫中吗？

我接过她手里的餐盒，婉拒道："不用了，我在北院吃就可以了，这些日子我已经习惯一个人吃饭了。"

待到傍晚时分，我便施了术法，留下个虚幻的我在这北院里，然后去找小白，自然是不方便跟她们一道吃什么饺子的。

"安歌姐姐当真不去？"她一脸惋惜，"若是姐姐不去也没关系，到时候我会送些饺子过来，不吃饺子哪还能称得上过了除夕啊。"

原来除夕是要吃饺子的啊。

我暗暗记在心里，也不知道这做饺子难不难，不难的话或许我可以亲手给小白做些饺子吃？毕竟一直以来我便想给他洗衣做饭的，奈何厨艺不精，在林子的时候也一直是他掌厨。

"好的，谢谢了。"

我已做好了送她离开的姿态，她却开始上上下下地打量我，一脸惊诧，"安歌姐姐，你这身衣服是哪里来的？"

"怎么了？"见她一副震惊不已的样子，我谨慎地反问。

"皇上将我赐给主子之前，我原先是在宫里伺候的，宫里的娘娘公主们，吃穿用度都极其讲究，可安歌姐姐这身上衣服的料子我却是从未见过呢，好漂亮啊！"

我无意向她解释这衣服的由来，对于她眼眸里的羡慕与赞叹我感到十分满意，稍稍退了几步，转了个圈，笑道："我穿这衣服好看吗？"

"自然是极其好看的，只是姐姐这衣服到底从何而来？"

我笑道："我日日都待在这府里，你觉得我身上的衣服从何而来？”

我将问题抛了回去，至于怎么想便是她的事情了，我可顾不着。

她愣了愣，随即出声，“莫非是主子送与安歌姐姐的？主子与安歌姐姐……”

“好啦好啦，我饿了。”我出声打断她的话，将她往门外推，道，“既然是除夕，府里定也很忙，你快去忙活吧，莫管我，我要吃饭了。”

眼前的人是皇上的人还是十二皇子的人我通通不在乎，但她刚刚的回答给了我莫大的自信，要是小白也觉得我这样穿极好看便好了。

离陌送的衣服真真是极品，看上去轻飘飘的，穿着毫无累赘感，让人觉得身轻如燕，行动极其自如，可是却并不因为单薄而让人畏寒，反而像是会发热一般，源源不断地给身子输送着温暖，在这深冬里让人感觉不到一丝寒冷。

当真是极好的，待下次见了离陌，我定要问问他这衣服是哪里做的，好想帮小白也做上几件，那他便不会受寒了。

等待把时间拉扯得无比漫长，我显得焦躁不安，虽然很清楚这个时间点小白肯定还在宫里，但我还是决定先去府上等他。

对哦，我可以去找厉兴，请他帮忙让我用下厨房，给小白包饺子，待他晚上出宫回来，便能吃上热乎乎的饺子，然后我们再一道去“仰月楼”的屋顶看烟火，我已经踩过点了，那里风景极佳。

决定好以后我更是一刻都不能待在屋子里了，施了术法留下一个虚幻的我便直奔小白的宅子。

但我找遍小白的宅子也没有寻到厉兴，估摸着是跟小白一道入宫了，好在幸运的是我碰到了之前同我一道回平城的郑均，忙寻了个机会现出实体拍了拍他的肩。

郑均回头看了我一眼，扬眉道：“夜……夜筝姑娘，你怎么会在这？少……少主知道吗？”

“嘘——我想给小白一个惊喜，你带我去厨房好不好？我想给小白做饺子吃，今天除夕嘛。”

“可……可是……”

“哎呀，郑均，你放心好了，我同小白约好了晚上一道看烟火的，他知道我会来的。”

郑均点头，脸颊莫名地泛起了浅红，“好……好的，我……我这就带你去……去厨房。”

“郑均，你怎么了呀？在我印象里你并不结巴的呀。”

他的脸越发地红了，摸了摸自己的头，道：“不曾见过夜筝姑娘这……这般打扮，觉得很漂亮……”

这已经是第二个夸我的人了，我满意地捂嘴笑，对于除夕夜越发地期待起来。

好想听听小白夸赞我啊。

在郑均的帮助下，我顺利地到了厨房，央求着厨娘教我包饺子，厨娘面露难色，道：“姑娘穿得这般隆重不应该待在厨房里啊，这漂亮的衣衫弄脏了该多可惜哟。”

“没事，我会小心的，而且还有围裙嘛。”

我学得很认真，反正下午的时间足够长，能够让我一遍又一遍地推翻重来，直到自己满意为止。

待到包得差不多了，已是暮色四合，我忍不住出声第三次询问道：“郑均，小白快要回来了吗？”

虽然我总是重复地问，可郑均总是耐心极好地回复我，“夜筝姑娘，半个时辰前我差人入宫去探消息了，你且再等等，估计快要回信了。”

我已经将饺子都一一搁置在盘子里，等小白到家便可下锅了。

约莫又过了一炷香的时间，郑均出去了片刻，随即入了厨房，我忙道：“可是小白回来了？我可以煮饺子了是吗？”

郑均目光闪烁，仿佛有些于心不忍，随后垂下头避开我的视线，道：“夜筝姑娘……少主说，宫中的宴会一时半会散不了，今夜……怕是不能同你一道看烟火了，叫你不必等他了。”

我的笑容僵在唇边，我期待了许久的除夕夜，做了许许多多准备的除夕夜，就这样变成幻影了吗？

小白明明答应过我的啊，要同我一道看烟火，让我今夜可以不必孤零零的。

许是没有听到我的声音，郑均抬起头担忧地说道：“夜筝姑娘也不必难过，宫中规矩颇多，少主也是身不由己，今夜是除夕，府里也是做足了团圆过节的准备的，夜筝姑娘把这些饺子煮了，同我们一道吃年夜饭，然后看烟火吧？”

我固执地摇头，故作无所谓的语气道：“这些饺子是我亲手包给小白的，我还是希望他能尝一尝，我晓得他身不由己，不能出宫，那我把这些饺子煮好送进宫去便好了，只要是同他一道，在哪里看烟火不是看呢？”

去不了“仰月楼”的屋顶，我们便在皇宫看吧。

“夜筝姑娘，这皇宫哪是说进便能进的，你……”

“没事，去不了我就不去了嘛，你别担心我了。”

我一边说一边将饺子悉数倒进锅里，任凭他们怎么劝，我都不听，认真地煮好饺子，认真地搁置在餐盒里，然后离开了小白的宅子。

幸亏小白征战西部的时候我怕他说我没用，一直努力地熟悉着京城皇宫的地形，是以我隐了实体入宫并非难事。

可我在宴会上仔细地寻找了一番，却未曾见到小白半分身影。

小白去哪里了？

我心里浮上些不好的预感，思及宴会上也没有长公主的身影，这股预感便越发地浓烈起来。

小白……和长公主待在一起？

我朝长公主的宫殿飞奔而去，可到了宫殿门口步伐却又沉重了起来，隔着一扇门我感觉说不出的心慌意乱。

若是小白当真在这里，我该如何？

我握紧了餐盒入了殿门，有熟悉的琴音传来，我的腿仿佛被灌注了铅，沉重不已。

长公主殿里挂满了琉璃灯，流光溢彩的，煞是好看。

小白坐在了大殿中央抚琴，灯光落在他清俊的脸上，温柔得不像话。

整个大殿除了长公主和小白便是连一个婢女都没有，这里仿佛是他们二人的世界，任何人都显得多余。

一曲罢了，长公主起身婀娜多姿地在小白身侧跪坐着，满脸少女的娇羞，道："子萧，我也想学琴，你能教教我吗？"

子萧。

依稀记得上次长公主还唤小白"木盟主"，现在已这般亲昵了吗?

长公主明明是会抚琴的啊……

小白尚未开口，长公主已将手覆盖在琴弦上，大半个身子顺势靠入小白怀里，仰面看着他，笑靥如花，声音越发地娇柔，"子萧，教教我嘛！"

我目光灼热地看着小白，无比期盼着他能像推开我一般地推开长公主，可是下一秒他的动作就如响亮的一巴掌直接打在了我的脸上。

小白的手自长公主身后环过，然后拉住她的手，带着她的手扫过琴弦，温声道："难得公主感兴趣，微臣必倾囊相授。"

如此，长公主便像是整个人在他的怀抱里了。

我可以清楚地看见，长公主的脸红得像是朝霞，甚至胜过了这殿里悬挂着的大红灯笼。

而我，就像是一个笑话。

我精心准备的衣衫是笑话，亲手包的饺子是笑话，捧着的那颗真心是笑话。

为什么啊？小白，你明明答应过我的，除夕夜不会让我孤零零的啊。

明明，答应过我的啊。

我不晓得自己在小白心里到底排到了什么位置，他总可以为了各种各样的人和理由摒弃我。

想到郑均说小白回不来是身不由己，我只觉得嘲讽。

我多想自己勇敢一些，不管不顾一些，冲上去，无论会不会吓到长公主，会不会影响到小白的复仇，我要问问小白，是不是在他的心里觉得无论他怎么伤害我，我都不会生气是不是？

可我只是一个胆小鬼，一个只敢对离陌发火的胆小鬼。

因为我清楚地知道离陌会包容我，而小白……我却是没有把握的。

他们相依偎的场景就像是剑刺在我的心口，我停止了这自虐的游戏，转身离开。

我提着这一笼饺子独自去了“仰月楼”的屋顶，夜晚的京城尽收眼底，处处是星星点点的烛火，一派喜庆的烛火。

没关系的夜筝，便是孤零零地看烟火又如何，烟火到底还是美丽的，不是吗？

“你倒是会挑地方。”

低沉悦耳的声音夹杂在夜风里在我耳畔响起，我侧过头，便见离陌一身玄色衣裳姿态慵懒地坐在我身侧，懒洋洋地看着我。

“师父？”我忍不住揉了揉眼睛，怕自己是太过难过而产生了幻觉，伸手触了触他的脸，“当真是你！”

离陌不耐烦地皱眉，向后仰着头，避开我的碰触，“不是我还能是谁？好好说话，这手都伸到为师脸上来了，成何体统？看见为师这般吃惊做甚？”

我一时百感交集，怕离陌不悦忙解释道：“对不起师父，是夜筝太激动了，夜筝原以为要孤零零地看烟火，没有想到……师父会出现。”

离陌冷哼了一声，“没有想到？不是你约了为师一道看烟火？”

上次把离陌气走时，我曾用纸鸢给离陌传话，为了道歉，为了让离陌不生我的气，我约了他一道看烟火，但后来听阿七说离陌正在平定魔界之乱，我便以为他不会应允我，何况，他离开时是那般愤怒啊。

我随口的一句话离陌记得这般真切，而小白呢？明明约定好了，却为了长公主抛下我。

离陌的好让我的委屈与难过无限地放大，几欲窒息。

见我不答话，离陌想到了什么似的，眯了眯眸，透出一股危险的气息来，冷冷道："你莫不是已经忘记自己约过我这件事？"

可我好想哭，控制不住地想哭。

自从上次因为自己情绪不好而朝离陌发火后，我已经暗自发过誓，日后再不会因为小白而冲离陌发无名火，于是我努力扯出一丝笑来，"不是的，师父，我只是以为你不会来的，毕竟上次我冲师父说过那样过分的话，我以为师父还生我的气。"

"我若同你这个笨徒弟置气怕早就气死了。"语罢，离陌又颇有些不甘地戳了戳我的额头，道，"但你记住，为师也不是那般好脾气的人，你若再那般要性子，为师便将你逐出师门，听到没有？"

我如小鸡啄米般连连点头，离陌是这世上最嘴硬心软的人，明明之前他走时气得浑身发抖，可我不过用纸鸢跟他道了歉，他今日出现已全然没了怒火。

"很痛？"离陌戳我额头的手变作了轻抚。

我摇头，笑眯了眼，"一点都不痛，是夜筝该戳，师父想戳多少下就戳多少下。"

离陌黑了脸，"骗子，明明一副要哭了的样子。"

我想哭是因为觉得委屈啊，可我再不会把这样的情绪倾泻到离陌身上，我便努力维持着脸上的笑容，转移话题道："师父你看，我今日穿了你送我的新衣服，我很喜欢，师父觉得好看吗？"

这些我想问小白的话，最终说给了离陌听。

离陌挑眉，似乎是在打量我，随后蹦出两个字："好看。"

而我想从小白嘴里听到的话也从离陌嘴里说了出来。

可离陌顿了顿，随即扬起一边的唇角，戏谑道：“我说的是衣服。”

我再也绷不住自己的情绪，眼泪如决堤的河水，汹涌而来，我胡乱地抹着脸上的泪水，觉得自己像个滑稽的小丑。

离陌愣怔了下，随即凑近我，对上我的视线，沉声问道：“你怎么了夜筝？发生什么事情了？”

我摇头。

“那凡人又让你受委屈了？”离陌语气森冷。

我被戳中，却不敢承认，胡乱找了个理由道：“不是的，师父，是因为……因为天气好冷，我在这等了许久，师父一直不来，我好冷啊，我以为师父还生我的气，不会来了呢。”

离陌仍有几分质疑，“就为了这个？”

我唇角依旧上扬，眼泪却怎么也止不住，“对嘛，师父知道的，面对师父夜筝向来要娇气些，这天一冷，就越发觉得委屈了……”

我话音刚落，就被揽入一个温暖的怀抱，离陌一手将我揽在怀抱里，一手轻柔地擦着我的眼泪，眼神温柔语气却故作生硬，道：“笨蛋，不会在屋里等我吗？”

这样宠溺的动作却让我的泪水越发汹涌，哭道：“这里风景好，所以想在这里等师父。”

“好些了吗？还冷吗？”离陌稍稍松开我，然后掀开自己的衣衫，将我整个身子裹住再揽回自己的怀抱里，用自己的体温暖着我，“若还觉得冷，便回屋吧。”

贴着离陌结实的胸膛，我能感受到自己是被宠爱的，我忍不住想要放任自己沉浸在这样无边无际的宠爱里。

“不，我不要回屋。”我像个耍赖的小孩子，模仿着长公主同小白说话的语气，“我就要在这里看烟火，好不好，师父？”

是不是这样的语气会更惹人疼爱，所以小白才没有推开长公主？

离陌沉默了片刻，将我又揽紧了几分，下巴磕在我的发顶上，我看不见他的表情，但他的声音却是从未有过的温柔，“好，你说在哪里看便在哪里看。”

离陌越是温柔我的心越是针扎般的疼，泪水浸湿了他的衣襟。

为何小白不能像离陌一样待我？

离陌轻轻摩擦着我的发顶，“你说什么我都应你，莫哭了好不好？”

“不好。”我肆意地流着泪水，口气娇蛮得不讲道理，“我还是觉得委屈，还是很想很想哭。”

“为何委屈？”

“因为……因为师父只夸我的衣服好看，我特意在今天穿了这件衣服，我想听你夸我好看，是我，不是衣服。”

一时之间我已经分不清楚抱着我的人到底是离陌还是小白。

为着小白能夸我一句好看，我今日都未曾落座，就是怕坐了，裙子有了皱褶。

可即使我穿着再华丽好看的衣服，他却揽着长公主抚琴。

离陌轻叹了一声，“孩子气。”

“我就是孩子气，你只夸我衣服，我委屈我失落。”

“好好好，你好看。”离陌一副“败给你了”的口吻，“我刚刚是逗你玩的，衣服哪里会有你好看。”

……

“天边的月，山间的风都不及你万分之一的美丽。”

原来暴躁易怒的离陌哄起人来也会说出这样动人的句子，仿佛我是他手中的珍宝。

“不哭了，好吗？你要怎样我都依你，夜筝，你一哭我心口便疼，我不喜欢你哭。”

我忍不住想要抬头看看，说话的人当真是我认识的那个离陌吗？

可我一抬头，他便按住我的后脑勺，将我的头按回他的怀抱里，“就这样乖乖让我抱着，不要抬头。”

……

“夜筝，我有话想跟你说，你先别看我。”

离陌想要同我说什么是我不能看着他的？

我的心开始“咚咚咚”地剧烈跳动，耳畔离陌的心跳声亦剧烈起来。

“夜筝，我……”

“师父！”我的心慌乱不已，本能地抗拒他接下来要说的话，从他怀里探出一只手，伸向旁边的餐盒，我的声音仍旧带着哭腔，“师父，他们都说除夕要吃饺子，这一笼饺子是我亲手包的，你尝尝好不好？”

离陌深吸了一口气，道：“你先听我说完。”

可今夜的我嚣张得无法无天，在他怀里不住地摇头，“我不听不听，我就让你先吃饺子，要全部吃光，还要夸我做的饺子好吃。”

……

“骗子，大骗子，刚刚还说什么都依我的，现在我只是让你吃我亲手做的饺子而已，你就不答应了。”

明明说好的，不会让我除夕夜孤零零的。

明明说好的，会跟我一起看烟火的。

骗子，小白，大骗子。

“我吃就是了。”

离陌打开餐盒，我原本以为他要吃饺子会松开我，未承想他却仍是一手抱着我，一手将一个个已经冷掉的饺子塞到嘴里，含混地夸着：“好吃。”

这时候我听到剧烈的响声，一朵朵烟花在天空中绚烂地绽放，我依偎在离陌的怀里看着这场期待许久的烟火，眼泪不住地流淌，分不清是开心还是难过。

夸我今日穿得好看，吃掉我亲手做的饺子，一起看烟火。

这是我除夕夜的心愿，所有我希望小白做的事情离陌一一帮我达成。

我感慨道：“好美啊，烟火。”

“嗯。”离陌的声音含糊温柔，“不如你……不哭的时候。”

我吸了吸鼻子，抽泣着。

“夜筝，你今夜格外地娇气。”

“师父不喜欢？”

离陌轻笑了一声，下巴再次轻轻地摩擦着我的发顶，并不回答我的问题，只是唤了声：“娇气的小哭包。”

我的心情越发地沉重起来，若让离陌知晓今日的种种，定会气得再次拂袖而去吧。

对不起，离陌。

对不起。

第十五章
宠 爱

那夜回到十二皇子府上的北院已经是深夜，这一晚，我闹也闹了，哭也哭了，只觉得筋疲力尽，累得不行。

我想要睡觉，可离陌却似乎没有要走的意思。

“师父……”我扭捏地看着他，“夜筝想睡觉了……”

之前离陌尚未被我气走的时候，他每日白天会出现，可一到晚上似乎就会回到犀牛角里。

那么今晚呢，离陌还是回犀牛角里睡觉吗？

离陌挑眉看我，唇角的笑透着几分危险的气息，“你这是心愿都达成了就要赶我走了？”

我讪讪地笑了笑，想到之前自己的无理取闹越发地心虚，讨好地笑了笑，“怎么可能？夜筝只是在想，师父今晚要睡在哪里？”

“这个不需要你管。”离陌兀自落了座，袖袍一扫，屋子里的烛火便灭了个七七八八，唯有床头微弱的烛光，“睡吧，我还不困。”

离陌待我这般好，我自然再做不出驱赶他的事情来，而且他就坐在那里，让我生出一股安全感来。

离陌就是我的靠山。

这一夜我睡得并不安稳，梦境一个接着一个，冗长又沉重，时而是在林子里的那些日子，小白温柔的吻密密麻麻地落在我的额间，时而是他冷漠绝情的俊脸，冰冷的剑刺在我的心口，一刀又一刀，即便是在梦里，我依旧疼到窒息。

“疼，我也会疼，好疼。”

分不清楚梦境与现实的我呢喃着，恍惚间有人温柔地将我揽在怀抱里，温暖的手掌抚过我的后背，一声声重复着：“没事啊，我在。我在的。”

骗我的。

小白，在我需要你的时候你从来都不在。

次日，我是因为腰间沉重的束缚感而清醒过来，睁开惺忪的眼，面前是一张放大的俊脸，平日里的慑人的双眸此刻闭合着，显得格外地无害。

我……我怎么会枕着离陌的手臂，和离陌睡在一起？！

离陌仍然在熟睡中，我能感受到他温热均匀的呼吸，这样近的距离，只要他微微垂下头，便会吻上我……

我又惊又怕，又羞又窘，只想马上从床上跳下来，可我的头枕着他的左手臂，而他整只右手都搁置在我的腰间，将我整个人锁在他的怀抱里。

我动作稍稍大一点他就会醒过来的吧？

可此时此刻，此情此景，他要是醒了岂不会更加尴尬？

我此刻便像是被人扔在火山上般地焦灼，只能努力朝后仰着头，尽量拉开两人的距离。

老天，这一定是场噩梦，我要睡觉我要睡觉，等到再次醒过来，我一定是一个人躺在自己的床上了。

可越这样想，我就越紧张，心跳控制不住地加速，连呼吸都开始急促，哪里还有半点睡意。

不行，这样不行，虽然我不知道我和离陌是怎么睡在一张床榻上的，可我也知道这样是极为不妥的。

离陌是我的师父……就算再怎么亲密，也不该同榻而眠。

这样想着我便试探地挪动自己的身子，可我才刚刚往外挪动了一步，那搁置在我腰间的手却迅速将我往他怀里拉。

离陌也不知道醒没醒，依旧闭着眼，呢喃道："别闹，再睡会。"

他的声音格外得沙哑温柔。

"师父……"我声音发颤，几乎要哭出声来。

离陌这才微微睁开了些许眸子，似睁非睁地瞅着我，"不想睡了？"

这样暧昧的姿势，亲昵的语气，衍生出来的旖旎让我瞬间绯红了脸，"你……你怎么会睡在这里？"

相比较我的慌乱，离陌却是淡定得多，眸子稍稍睁大了一些，不答反问："你觉得我为什么会睡在这里呢？"

"我……我不知道……"

离陌扬唇，一脸的气定神闲，理直气壮道："你不是怕冷吗？这京城确实有些冷，以后我陪你一起睡，会暖和一些。"

"诶？"

我大脑瞬间短路，一时之间竟然找不到反驳他的话。

笑意在离陌的眼角眉梢蔓延开去，仿佛我越局促他便越开心，他又将我揽得紧了些，语气低沉，带着些诱哄地说道："你看，这样睡是不是要暖和多了？夜筝，你还觉得冷吗？"

"不冷！"我伸出双手抵在离陌的胸膛，拒绝和他再靠近一些，"师父，我现在一点也不冷了。"

离陌却是挑眉不语。

我真是恨不得拍死昨晚的那个自己，找个什么理由不好，为什么要说自己冷呢，现在好了，直接把自己推到火山里了。

“师父……”我带着讨好的语气说道，“夜筝热……”

“可为师冷。”离陌哪里肯轻易放过我，“夜筝啊，你说冷的时候，为师立刻抱着你让你取暖，现在为师觉得冷，你却要抛弃为师，嗯？”

离陌真真是当之无愧的魔王。

我说不过离陌，只能沮丧地垂下头，用沉默来抵抗。

手掌处传来震动的触感，离陌低低笑了几声，束缚住我腰的右手缓缓上移，不轻不重地戳了戳我的脸，戏谑道：“睡了一晚，娇气包就变闷气包了？”

“师父就会欺负我！”

离陌应该庆幸能找到我这样的徒弟，换作别人估计早受不了了。

离陌似乎是终于玩够了，道：“不想睡了就起吧，一会饿着了你又该闹着说自己委屈了。”

“师父……你就不能把我昨晚说的话忘掉吗？”

昨晚的我情绪不对啊！

离陌一脸认真，“不能，你说的每句话我都记着呢。”

我晓得自己是争论不过离陌的，他既然已经松开了对我的束缚，我便从他怀里爬起来，跳下床，穿鞋子的时候我侧头看了眼离陌，他躺在我的床榻上，一手撑着头含笑地看着我，这画面……怎么看怎么诡异。

离陌他他他……

不行不行，不能这样想，离陌，是我的师父啊。

为了让自己冷静一下，我特意出来北院去洗漱，只见府里一片热闹，每个人都喜气洋洋的，好不开心的样子。

是啊，今天可是大年初一，新年的伊始，难怪大家都这般开心。

待我再回到北院的时候，离陌也已经梳洗完毕了，见我进门上上下下打量了我一眼，道：“不是很喜欢那件桃红色的衣服吗？怎么不穿了？”

那件衣服承载着我昨夜的心情，我不想再穿了。

我决定冷静一段时间，不再去找小白，我想知道他是否会主动想起我。

可我自然不会这样告诉离陌，便道：“师父送的礼物太过珍贵了，况且就一件，我哪能天天穿着，当心穿坏了。”

离陌挑眉，“这是在暗示为师多送你几套？”

听到这里我倒是想起之前听那些婢女说的，忙凑到离陌跟前，福了福身子，道：“师父新年好，祝师父新的一年事事顺心，万事如意，每天都过得快快乐乐的！”

离陌下巴微仰，道：“旁的都不要，只要你省点心。”

我十分乖巧地点头，“省心，夜筝一定让师父省心。”

离陌满意地颔首，朝我招手，道：“过来。”

我却没有动，朝离陌伸出手，摊开搁置在他眼前，眼巴巴道：“师父，你是不是忘记什么了？”

“忘记什么？”

“给我新年礼物啊！”我朝他凑近了些许，“他们都说大年初一要拜年，拜完年就有红包跟新年礼物了，我刚还听到那些婢女仆人说十二皇子大方，给了很丰富的新年礼物呢！”

……

我晓得离陌吃软不吃硬，便笑眯眯道：“师父，你贵为魔王可不能被一个凡世的皇子比下去啊，何况夜筝可是你唯一的徒弟，你不疼夜筝还能疼谁啊？”

果然，我话音一落，离陌满面都是掩饰不住的笑意，他坐在椅子上，长臂一挥，熟稔地揽过我的腰，将我拉至他跟前，仰头看着我，十分地好说话，“你说得对，夜筝，你想要什么新年礼物？”

我莞尔，“想要什么都可以吗？”除去今天在床榻上逗弄我以外，离陌待我当真是极好的。

“你且说说看。”

“夜筝要得很简单啊，刚刚师父不是说要送我漂亮的衣服吗？”

“就这点要求？”离陌似乎是有些意外。

“还有……之前师父送我的糕点真真是美味，可以的话，师父能再送我几盒吗？”

我应承过阿九的，若是碰到离陌要帮她再要上几盒糕点。

也不知道是不是我的错觉，今天离陌从醒来开始心情便十分好，此刻几乎是毫不犹豫地点了头，“你倒是容易满足，很喜欢吃那糕点是吗？”

“嗯……很好吃。”虽然我一口也没吃到，但看阿九那馋样想必是极其美味的。

“夜筝。”

“嗯？”

“看你这般乖巧，为师便再送你一样新年礼物。”

“是什么啊？”

“你且闭上眼。”

我却反射性地将眸子睁得更大，“为何要闭上眼？”

离陌直接伸手捂住我的眼，“为师让你闭上便闭上。”

我实在是想不明白送什么礼物需要把我的眼睛给捂上，一片黑暗中我等待着离陌接下来的动作。

离陌一手揽着我的腰一手捂住我的双眼，明明是在室内我却恍惚感受到了流动的风。

“师父？”我疑惑不已。

片刻后离陌才松开我的手，道：“好了。”

眼前有亮眼的光线，这里哪里还是十二皇子府邸里北院的屋子，这里已经是室外了。

我震惊地侧过身子，开始环顾四周，入目是郁郁葱葱的树木，这里哪里有半分寒冬的气息，迎面吹来的风都带着春天的温暖。

“这里是哪里？”我从未来过这里，远处云雾缭绕，这里应当不是凡世。

这里是仙境吗？

离陌送我的新年礼物便是带我来仙境一游？

离陌负手而立，答道："这是我一个旧友的住处。"

"噗——"我忍不住笑出声来，一时没有掩饰住自己内心的真实想法，"师父的旧友？师父你竟然有朋友？"

自我认识离陌起，他一直都是独来独往的，况且他这般凶神恶煞的样子，实在不像是会有朋友的样子啊。

离陌面上果然沉了几分，毫不客气地戳了戳我的额头，阴沉道："夜筝，你可别得了便宜还卖乖。"

我立刻摆出乖巧的笑容，撒娇地晃了晃离陌的手臂，软软道："夜筝哪里敢，是夜筝表达错误了，我只是想知道师父带我来这里做什么？拜访你的旧友，这便是我的新年礼物了？"

于我而言，离陌多送我几盒糕点，可比带我见什么故友要使我开心得多，毕竟他的朋友我也不认识，万一也同他一般暴躁易怒，这不是苦了我自己？

离陌道："夜筝，你可还记得我对你说过我有一个朋友，手艺当属仙魔两界的翘楚？"

我点头，"记得的，师父要带我拜访的便是这位朋友？"

"嗯，之前送你的糕点便是从他这拿去的。"离陌解释着，"他擅长的可不仅仅是糕点，夜筝，想吃什么你一会都可以让他给你做。"

"当真？"

"自然。"

我开始忍不住在脑海里想着，离陌这位手艺极好的朋友会是什么模样呢？脑海里浮现出十二皇子厨房里以及小白府里那位教我包饺子的厨娘的样子。

可我尚未想出个所以然来，漫天的花瓣雨从天而降，我的注意力一下子被转移了。

真的是花瓣雨，而且不是一个品种，各种红的紫的蓝的粉的洋洋洒洒飘落下来。

“我就说我这待得好好的，怎么突然就阴风阵阵的，原来是魔王殿下大驾光临啊。”

一道清亮的男声响起，我顺着声源处看去，只见落英缤纷的花瓣簇拥着一个华服的美少年，一身大红色的衣袍，缀满粉色和白色的花，一朵朵在他衣袍上绽放，栩栩如生。

而那一张脸亦妖冶地不辨男女，围绕着左眼画着红色的蔷薇，这样夸张的妆容在他脸上却出乎意料地和谐，完美地和他的气质融合在一起。

他对上我愣怔的双眸，嫣红的唇微微上挑，似笑非笑地说道：“怎么样？被我的美貌惊呆了吗？”

诚然是惊呆了。

我从未见过如此……唔，艳丽的男子。

如果不是亲眼所见，我无论如何也想不到离陌的朋友会是这般模样，和离陌……风格差得十万八千里。

下一瞬就被人重重地拉了一把，我一侧头便见离陌黑了的侧脸，蹙眉看向那位美少年，道：“风月，你就不能改改你这浮夸的作风？”

“嘤嘤嘤，陌陌你怎么能这么说我呢？”风月一副泫然欲泣的样子，手一扬，便挥开了一把折扇，遮住了自己半张脸，转瞬又笑吟吟地说道，“明明不是人家太浮夸，而是陌陌你太俭朴了，不是我说你，你现在都是魔王还……”

“咻——”

离陌一抬手，一道暗蓝色的光束径直朝风月飞去，准确无误地打落了风月半掩着面的折扇。

我忍不住在心里感慨，当离陌的朋友太可怜了，一言不合就开打。

风月气得不行，怒道：“陌陌你过分了啊！之前在我这强抢糕点的事情我还没跟你计较呢，今日一来便对人家这么凶，实在太过分了！”

那被阿九吃掉的糕点是离陌强抢过来的？

以离陌的性格我一点都不怀疑风月这话里的真实性。

离陌只是不屑地冷哼了一声，随即侧头看向我，道：“夜筝，你别看他疯疯癫癫的样子，手艺当真是不错的，他也就只剩下那点优点了。”

风月表示不服，“谁说我只有手艺这个优点，我最大的优点明明是美貌与气质，你听见没有？！”

离陌却置若罔闻。

风月走至我们面前，“陌陌！陌陌！陌陌！”

离陌眯眸，浑身散发着危险的气息，微微抬手，掌心有着暗蓝色的光芒，“我说过不许这般唤我。”

眼看一场大战又要开始，我忙拉住离陌的手，道：“师父不要生气，你不是带我来吃好吃的吗？况且‘陌陌’听起来亲昵又可爱呢！”

离陌的脸上似乎更加不好了。

安抚完离陌，我又冲风月道：“我师父同你玩闹呢，你是我见过最最美貌的美少年了。”

风月极为好哄，立刻便喜笑颜开，“我瞅着你生得也不错，头脑好使又有眼光。”语罢带着炫耀地看着离陌，“听见没，你的小徒儿夸我呢！”

我再看向离陌，这下好了，他俊脸上已经是乌云密布了。

离陌俯身低头，与我四目相对，冷冷道：“他是你见过最最美貌的美少年，你确定？”

“哈哈哈，陌陌你这是吃醋了？”风月笑得越发开心，仍嫌不够地添油加醋道，“有趣有趣，真真是有趣，你徒儿似乎更喜欢我哦。”

离陌不给我任何回避的机会，目光灼热地盯着我。

我自然是了解离陌的，忙使出浑身解数地夸赞道：“可师父是我见过最最英俊完美的人，师父跟风月的气质不一样嘛，师父跟风月比起来，夜筝当然是最喜欢师父了。”

离陌对我的回答十分满意，伸手揉了揉我的头，挑衅地看向风月。

风月颤颤巍巍地朝我们伸出手，指责道：“你们跑到我这里就为了向我展示你们的师徒情深？欺负我孤家寡人一个？委实可恨！”

离陌心情大好，牵住我的手，道：“自然不是。”

“那你们来做什么？”

“来尝尝你的手艺啊。”离陌说得理直气壮，一点也没有麻烦到别人的不好意思，道，“我这徒弟欣赏你的手艺是你的荣幸，风月，她一会想吃什么你都做给她吃。”

“凭什么？”

“凭我应承了她。”

风月嘴角抽了抽，质疑着离陌的逻辑，“你应承了她又不是我。”

我觉得风月说得十分有道理，便开口道：“对不起，风月，是我的错，你若是不想做便不做，我不吃就是了，今天是大年初一，祝你新年快乐呀！来年你一定会越来越美貌的！”

风月的眸光瞬间变得柔和，“嘤嘤嘤，虽然陌陌很讨厌，但是你却很讨人喜欢，要不你在我这住下吧，正好我孤零零的无聊得紧，你想吃什么我都做给你吃怎么样？不然你认我当师父，我把手艺都传授给你！”

离陌蓦地将我拉到身后，将我整个人藏在他的身后，冷冷道：“风月，你若是不做，我便拆了你这居所。”

我听得满头黑线，依稀记得离陌最初带我去见爷爷时，也是这样说的。

大抵拆人房子才是离陌的爱好。

我听到风月低低地笑了声，“哟，陌陌，我倒不知你什么时候找了个这么要紧的徒弟呢。”

……

“这么宝贝当真是徒弟？”风月声音里的笑意越发地明显，“陌陌，我看你这哪是找了个徒弟，分明是给自己找了个老婆啊，哎呀呀，不容易啊，万年的老铁树终于要开花了！”

我整个人如同火烧，想到今早和离陌一道在床榻上醒来的事情，越发地局促不安。

原来我同离陌之间，并不只有我一个人觉得不妥，连风月也这样觉得吗？

可我不知道离陌是怎么想的，只能垂着头，将自己的手从离陌的大手里抽离，闷声道：“不是你说的那样，风月，师父……就是师父。”

我同离陌之间才不会变成那样的关系，离陌知道的啊，我满心满眼都是小白。

我要给小白当妻子，我只会给小白当妻子。

风月不以为然地笑了，“只是师父，我觉得不像啊。”

离陌没有回头，也没有再拉我的手，只是稍稍向前站了站，将我遮掩得越发严实。

我听到离陌低沉的声音传来，“适可而止，夜筝面子薄，你别拿她取笑。”

“好好好，我懂你的意思了，既然是这样的关系，我这就把自己拿手的全部展现出来，哈哈哈，铁树开花，铁树开花啊！”

我清楚地知道离陌刚刚的话是在风月面前维护我，可我却隐隐有些生气。

生气他答得这样模棱两可，引人遐想。

风月的语气，明明就是误会了啊。

风月的居处极好，鸟语花香的，风月不喜欢规规矩矩的桌椅，我们便席地而坐。

风月的手艺当真是极好的，那些美味被我吞入腹中，何止是满足了口腹之欲，便是整个身体都轻飘飘起来了。

身心都愉悦不已。

尤其是那桂花酿，闻起来香香甜甜的，喝起来亦不像之前我喝的那些那样刺喉，唇齿之间都是肆意的芬芳。

一口又一口的，却是怎么都停不下来。

风月见我吃得开心，笑得越发地灿烂，“怎么样，我手艺好吧？要不要认我当师父啊？”

我瞅着风月，只觉得他笑得太灿烂以至于我视线都有些模糊了，连连摇头，“不行不行，我这一生就只认我师父一人，不换师父了……”

“别喝了。”离陌就坐在我的身侧，一把夺过我的酒杯，蹙眉道，“不许贪杯。”

或许是饮了酒胆子便会变大一些，离陌夺了我的酒杯，我便直接伸手拿过酒壶，未免再次被离陌夺走，将酒壶死死拽在手里，道：“师父之前说好了，我想吃什么想喝什么都可以的，不许骗夜筝，夜筝还想喝呢。”

坐在对面的风月乐得不行，“哈哈哈，陌陌，这桂花酿醉人于无形，你这宝贝老婆……咳——宝贝徒弟定是醉了，你瞧这脸蛋红扑扑的。”

“你胡说，我没醉。”为了证明自己没醉，我凑近离陌，一手拿着酒壶，一手按在他的大腿上，可我眼睛越睁大，离陌的脸却越模糊，“师父，你看我好好的，哪里醉了嘛。”

离陌的回答我没听到，耳边倒是又传来了风月的声音，“醉了的人都说自己没醉，倒是可惜了这些吃食，她这一醉就浪费了。”

我觉得风月定是施了术法的，不然为何他的言语这般蛊惑人，他不住强调我醉了，我便觉得大脑越来越昏沉，都快抬不起来了，索性就枕在了离陌的腿上，嘟囔着，“不浪费不浪费，我通通要打包带走的，师父答应过我的，呵呵呵，我答应过阿九的，还要送阿九几盒糕点呢。”

现下我觉得自己倒真是酒意上头了，除了大脑的昏沉和身子的无力，我现在只觉得连发出声音都变得困难起来了。

可离陌不应允，我怎么能放任自己昏睡过去呢？于是我闭着眼嚷嚷着，“师父，答应过我的，一定要给我打包哦。”

……

“师父说过什么都答应我的……”

“好。”伴随着离陌低沉的应允声而来的是他的手，试图将酒壶从我的手里抽离，沉声道，“这桂花酿你喜欢，我也会给你拿上几壶走的，乖，这一壶你先松开。”

闻言我心满意足地松开手，放任自己昏睡下去。

“陌陌，不是我说你，你这样会把她宠坏的。”

“与你何干？”

“嘤嘤嘤，你这两面派！”

这便是我意识消失前，听到的最后的对话了。

再次醒过来时，我竟然躺在了十二皇子北院的房间里，眼前熟悉的场景让我觉得比鲜花还要妖冶的风月不过是自己的一场梦。

屋里明晃晃的光线让我分不清是什么时辰，挣扎着从床上坐起来。

“醒了？”

离陌的声音传来，我稍稍安了安心，见他坐在桌前便询问道：“师父……我为何会睡在这里？”我们不是在风月那吗？

离陌冷哼一声，“你醉了快半个月，不睡在这，难不成想睡在风月那不成？”

看来不是一场梦境了，我真的去了风月那，那些美景美食还有那个美少年都是真的。

等等！

“快半个月？”我惊诧不已，“师父你说我醉了快半个月？！不可能吧，我……我一点感觉也没有……”

“嗯。”离陌淡淡扫了我一眼，“桂花酿后劲十足，睡个半个月实属正常，以后还贪杯吗？”

不得不说风月这桂花酿当真是琼浆玉露了，醉了半个月醒来身体也不无不适，我讪讪地笑了笑，“不是夜筝贪杯，是真的很好喝嘛，对了师父……你应承我打包的那些没有忘记吧？”

我可是答应过阿九的，下次再去风月那不定是什么时候了。

“你啊——”离陌没好气地看我一眼，“这个时候还惦记着那些吃食，我倒看不出你原来这般馋嘴啊。”

我眼神发光地盯着离陌，“师父肯定没有忘记的对吗？”

离陌饮了口茶，“自然。”

我松了口气，忙从床上下来，突然想起一件事，便问道：“师父，你说了我醉了快半个月，那今天是什么日子了？”

“正月十四。”

我觉得老天待我实在是太好了，即便是醉了酒也未错过我期待的日子。

似乎是感受到了我雀跃的情绪，离陌问道：“什么事情这么开心？”

“师父，明日是元宵节了，我们也去逛灯会猜灯谜吧，我听他们说得可有趣了。”

除夕夜的烟火，元宵节的花灯，这些我原本都期待着可以跟小白一道欣赏的，现在看来，都是要跟离陌一道过了。

反正小白也定是没有时间陪我的，元宵节……他或许又要跟长公主一起吧。

这样也好，我便真心实意地同离陌一起过，也算是弥补了除夕夜冲他胡闹了。

但即便是这样，对于我昏睡了这半个月，我还是会有些担忧的，这半个月也不知道京城又发生了些什么，而十二皇子又做了什么，小白的复仇进行到哪一步了，到时候小白问起我，只怕我又什么都不知道了。

反正……反正是小白先扔下我的。

就算是棋子，我也是……有情绪的棋子。

正月十五，元宵节。

平日里和离陌的行动通常都是隐了实体的，一来离陌不喜欢被打扰，二来行动确实要方便许多，可花灯节是凡间的节日，若是隐了实体就参与不进去，更加体会不到其中的乐趣了。

我说了无数好话，离陌终于应允了我，像个凡人一般地陪我参加花灯节。

入了夜，整个京城一派灯火通明，男男女女老老少少的都三五成群地走在一起，很多姑娘和小孩子手里都提着漂亮的花灯，嬉笑玩闹着，好不快活。

我扯了扯离陌的衣袖，道：“师父，花灯好漂亮，给我买一盏好不好？！”

自从上了街离陌的眉头就一直紧锁着，我晓得他不喜欢拥挤的人群，何况一路上许许多多的姑娘都朝他探头探脑的。

“买了花灯就回去吗？”

“不行的，师父你不是答应过我吗？我们还要去猜灯谜看表演呢！”

离陌不客气地戳了戳我的头，“麻烦精。”

离陌虽然语气显得不耐烦，手却牵着我朝前走。

可没走几步，我的面前就出现了一道熟悉的身影，是厉兴。

厉兴朝我微微俯了俯身子，“夜筝姑娘。”

“好巧啊，你也来参加灯会吗？”

厉兴摇了摇头，看了看离陌，视线又落在我身上，“夜筝姑娘，我是特意来找你的。”

“找我？”我脑海里冒出一个让我万分惊喜的想法，“莫不是小白让你来找我的？”

“正是，夜筝姑娘，少主想见你一面，不知道你现下方便吗？”

虽然我还因为小白除夕夜抛下我的事情单方面地和他赌着气，

可此刻他一说要见我，我便巴不得立刻就奔赴他面前。

我大抵是没救了。

可在离陌的面前我半点雀跃都不能表现出来，只好小心翼翼地开口，“师父，小白找我定有什么要事，我能去见一面吗？”

离陌冷哼一声，没有答话。

“师父，我去去就回，定不超过半个时辰……”我一边说一边观察着离陌的神色，“不超过一炷香的时间……”

“夜筝，你怕是有去无回吧。”

“怎么会！我一定会回来的，我们约好今日一道过元宵的呀，师父还要给我买花灯呢！师父若是不信，同我一道去见小白可好？反正你们也相识的……”

在郚城的时候，虽然相处并不愉快，但离陌同小白还是见过面的。

况且小白晓得离陌是我师父，我将离陌带过去，应该也是无碍的。

“不必了。”离陌直接拒绝，“我可不想看见你讨好那凡人的样子。”

“那……那师父可是允了？”

离陌深深地看了我一眼，“夜筝，你当真会回来？”

我重重地点头，自从那次闹脾气将离陌赶走后，我早就发誓再不会这样对待离陌了，小白对于我而言很重要，可离陌也很重要。

我会回来的。

离陌侧过身子不再看我，“那你去吧，我就在这等你。”

闻言我便跟在厉兴身后，绕过熙熙攘攘的人群，走至人烟稀少的堤岸边，相比较繁华的大街上，这里安静太多，只有三三两两的成双成对的男女正在放花灯，许是都需要相处的空间，大家之间都保持着距离。

而我心心念念的小白，依旧是一身素白的衣袍立在树下，提着一盏与他格格不入的花灯与我遥遥相望。

他要同我说什么呢？

我既紧张又期待。

我心里还记着除夕夜的事情，于是隔着三四步的距离，沉默地看着他。

除夕夜，错的不是我。

可我心里也清楚地明白，以小白的心性，不会为了道歉特意邀我至此。

“夜筝。”小白主动朝我走了两步，将花灯递至我面前，“元宵节快乐。”

我垂首扫了那盏花灯一眼，袖袍下的手想伸未伸，不确定地询问道：“送……送给我？”

小白颔首，夜色下他面色温柔，又稍稍将花灯往我面前凑了凑，“这个花灯是我亲手扎的，或许比不上灯会上那些好看，但也希望你可以喜欢。”

小白亲手为我扎了花灯，而且送给我……

巨大的喜悦从我心底涌起，几乎让我忘却了除夕夜那晚有多难过，我的双手控制不住地颤抖，小心翼翼地接过花灯，开始控制不住地想笑，“谢谢，我很喜欢，花灯很漂亮。”

“夜筝，除夕夜……对不起。”

我会生气，我也很好哄，尤其这样温柔的小白，我无力招架，“我之前确实特别特别难过，可是你给我扎了花灯，我……我就原谅你了。”

小白看着我，薄唇张了张，有些欲言又止的样子。

“小白，你是不是想说什么？”

“夜筝，那天晚上，你去宫里找我了是吗？”

“你……你怎么知道？”

小白侧了侧身子，将目光投向远处的花灯，徐徐道：“那天晚上我回了府里，郑均告诉我你亲手给我煮了饺子，说要去宫里寻我，我晓得你的性子，你定会来宫里寻我。”

我摸不清小白提起这些的用意，只好垂下头，像个被抓包的小孩。

“而你……这半个月都未来寻我，夜筝，那一晚你去了长公主殿里是吗？我们说的话你都听见了吗？”

“什么话？”我茫然地抬起头，即便那一晚的画面我不愿意再想起，此刻也只能努力地去回忆，“我听到长公主说要学琴，而你……没有拒绝。”

随着这简单的字句，那些心痛的感觉再次涌上来，我用力地握紧了手上的花灯，“小白，即便你不住地跟我强调你的心里只有云家小姐，可是看到你跟长公主那般亲密，我还是控制不住的难过，所以我一刻都待不下去，逃似的离开了，那之后你们又说了什么吗？”

小白这才看向我，“你竟没听到吗？我以为你是听到了才消失了半个月。”

我皱眉，“什么话啊？”

“并非什么重要的话。”小白摇了摇头，“你今日是一个人来逛灯会吗？”

“我同我师父一道过来的。”

“咳——咳——”

我话音刚落，耳边便传来做作夸张的咳嗽声，我这刚刚一提，离陌就站在不远处的台阶上，掩唇不住地咳着。

我晓得离陌这是何意，怕是来提醒我“一会”的时间已经到了，可我握着小白送我的花灯，却生出些三人同游的妄想来。

于是我朝离陌挥手，喊道：“师父，我可以喊小白同我们一起吗？”语罢不等离陌回应，径直看向小白，道，“小白，你可愿意同我们一道游玩？”

小白张了张唇，目光从离陌身上收回，苦笑道：“我便不去了，你师父不太欢喜我的样子。”

即便不看离陌，我也能猜得出他此刻会是怎么样的表情，不忍小白失落，说道：“小白，我师父并非不欢喜你，而是他喜欢安静，你知道的，修道的人都这样，呵呵，喜欢独处。”

小白不以为然，“我原本就是想跟你道歉和送你花灯的，现下也该回府上处理事情了，你去吧，莫让你师父久等了，替我向你师父问好。”

语罢，他远远地朝离陌的方向俯身作揖。

小白啊，当真是个八面玲珑、礼数周全之人。

我提着花灯一步三回头地朝离陌走去，怨不得我这般不舍，实在是因为小白还立在原地，远远地看着我，便是半步也未曾移动。

一旁冷眼旁观的离陌看不得我这般磨叽，长臂一伸将我拉过去，冷笑道：“这般舍不得，那你过来做什么，不如留在那别回来了啊。”

离陌话虽这样说，但揽着我的手却是半分力道都没松，我毫不怀疑若是我真的要过去，离陌能把我的骨头都捏碎。

我一手提着花灯，一手拽住离陌的衣摆，讨好道：“夜筝自然不可能留在那，夜筝和师父约好了要一起过元宵节的嘛。”

离陌瞅了我一眼，神色有所缓和，径直牵住了我的手，从头至尾都未朝小白那看过一眼，道：“走吧，我带你去买花灯。”

我摇头，忍不住提高手里的花灯，带着炫耀的口吻说道：“不必了，师父，小白给我扎了一顶花灯，我已经有花灯了。”

有了小白送的花灯，我哪里还需要其他什么花灯呢。

“真难看。”离陌的脸比月色更黑，一手牵着我，另一只手挥开我拿花灯的手，仿佛那花灯碍着他的眼了，“你之前同我说的是想要漂亮的花灯，这顶太难看了，为师带你去寻更好看的。”

“真的不用了！我知道师父为我着想，我也应该为师父着想，师父不喜欢这热闹的街市，我不应该缠着师父过来的。”

……

“师父，我们就在这放花灯怎么样？！”我侧头指着那些在堤岸上放着花灯的男男女女，想要借势看小白一眼，可那树下早就没有了小白的身影，我的语气便渐渐弱下去，“师父，你变几盏那样的花灯给我吧，然后我们一道去放，好不好？”

这里人少，大家的注意力全在自己的花灯上，离陌即便是施展术法，应该也不会惹人注目吧。

“好。”

离陌牵着我朝堤岸走去，直到在堤岸边站定，才扬手一挥幻化出数盏花灯来，我没有松开小白送我的花灯，便将自己的手从离陌的掌心里抽离，探向那些闪烁的花灯，组合在一起当真是极美的，我忍不住笑了起来。

“什么事笑得这么开心？”

我莞尔，“就觉得有师父在真的很幸福啊，好像无论我有什么心愿你都能帮我实现。”

离陌冷哼一声，眸光里却溢满了笑意，道：“不是要学别人放花灯吗？还在这傻笑做什么？”

我拿过一盏花灯，学着旁人的样子轻轻放入小河里，只觉得旁人放入后似乎还会祷告的样子，便又道：“这一盏花灯希望师父健健康康的！”我再也不要看见他流血或听到他魂飞魄散的消息。

再放一盏，“这一盏花灯希望师父永永远远在夜筝身边，不要生夜筝的气，不要不理夜筝。”

离陌戳了戳我的头，“笨蛋，这种愿望你难道不应该直接跟我说来得实际一点？”

我尚未来得及回嘴，视线里自己提着花灯的手突然变得透明，若隐若现仿佛要消失了一般。

离陌不客气地又戳了戳我，“为师同你说话呢，发什么愣？”

我用力眨了眨眼睛，手似乎又变得正常了，莫不是被这花灯晃了眼，出现错觉了？

既是错觉还是不要同离陌说了，免得他取笑我。

“师父会答应我的不是吗？反正在这个世上，我的心愿或许别人不会在意，但师父都会帮我完成的，师父就像我的……”

我努力在脑海里思索着词汇。

离陌俯身靠近我，声音低沉悦耳，“就像你的什么？”

“像我的——父亲！”我觉得自己真的找到一个绝佳的比喻，“我在凡世常常听到一句话，便是‘你就如同我的再生父母’，听闻只有父母才会对子女这般好，夜筝没有父母不晓得，但大概就是师父对我这般吧？”

离陌整张脸却是黑透了。

对这个比喻不满意？

我笑容僵硬了几分，忙试着挽回道：“父亲夸张了些，师父这般英俊年轻，应该是像夜筝的兄长才对。夜筝刚刚说师父像父亲是因为……”

我接下来的解释都被离陌伸手捂住，他与我四目相对，一脸严肃认真，道：“每一次我要说的时候都被你打断，这一次，你必须听我说完。”

离陌凑得太近，那种压迫感亦随之而来，可他捂着我的嘴，我发不出声音。

“夜筝，你说得对，这世上不会有人无缘无故待你好，我待你好自然是有原因的。”

……

“夜筝，我离陌自然不可能是你的父亲，更不想当你的兄长，我甚至——不想当你的师父。”

月色洒在离陌浅红的眸子上，他敛去戏谑与高傲，竟生出些深情来。

深情？！

离陌待我？

我心跳如雷，背脊发凉，甚至开始冒虚汗了。

“夜筝，我要当你的夫君。”

夫……夫君？

老天，我一定是听错了，一定是。

我脑子里像断了根弦，一直嗡嗡嗡响个不停，让我寻不到一个合理的反应，我甚至不知道一会离陌松开了我的嘴，我该说些什么，真真是恨不得此刻自己晕过去得了。

我尚未思考出个对策来，离陌却已挪开了捂住我嘴的手，但他亦没有给我开口的机会，他一手扣住我的后脑勺，一手抬起我的下巴，温软的薄唇就这样吻上我的唇。

很早很早以前阿七问我是不是殿下的女人，我立即否认。

爷爷和落影反复强调离陌待我非同他人，我亦不曾多想。

不久前风月也取笑了我同离陌的关系，我躲在离陌身后，反驳得没有底气。

我从来没有想过，有一天离陌会吻我。

我呆若木鸡，离陌的唇缱绻温柔地移至我耳后，轻轻咬了咬我的耳垂，沙哑地呢喃：“夜箏，我爱你。”

我扔掉了手里的花灯，用尽所有力气推开离陌，太过用力以至于整个身子向后仰，差点摔倒。

相比较我的慌乱，离陌却是淡定得多，仿佛我所有的反应都在他的意料之中。

好半天我才找到自己的声音，“你怎么可以爱我……你是我的师父啊……”

“那又如何？”离陌向我迈了一步，“夜箏，你当真一点都未察觉我的感情吗？还是一直在装傻？”

离陌目光如炬，我羞愧地垂下头。

离陌的感情我不是没有察觉，我只是不敢面对，他期望的那些我没有办法给他。

我是个自私的胆小鬼，我没有胆子说破一切，便一直催眠自己去忽视我跟离陌之间的问题。

或许是我的沉默让离陌生出不耐烦来，离陌按住我的双肩，语气已经有些激动，“既然你觉得有我在你的身边你很幸福，为何不能跟我在一起？”

我将头垂得越发地低，“师父，你明明知道的，我爱小白，很爱很爱。”

我对小白的感情离陌是最好的旁观者。

按住我双肩的手越发地用力，“哪怕他这样利用你伤害你？”

肩膀上传来的疼痛让我越发地清醒，其实小白于我何尝不是我于离陌呢？我明明知道自己爱的不是他，却贪图那些他对我的好与温暖，这又何尝不是一种利用与伤害？

夜筝，你不可以这样对离陌，不可以。

我深吸了一口，抬起头来，眼前是一片雾蒙蒙，“师父，哪怕小白不会爱上我，可我还是什么都愿意为他做。”

离陌眼眸里仿佛有光碎裂开来，他扬了扬唇角，却毫无笑意，“夜筝，你是不是觉得自己吃定我了？觉得我离陌没有你不行吗？”

我不住地摇头。

“夜筝，你不能如此贪心的。”离陌按住我双肩的手缓缓挪到我的脖颈，修长的手指轻轻摩擦着，弄得我浑身都起了鸡皮疙瘩，“若我和他之间，你只能选择一个，你选谁？”

“师父心里知道答案的不是吗？”我不允许自己再这样自私下去，“师父，你走吧，再也不要出现在夜筝面前，不要对夜筝好，夜筝……不值得。”

正是因为我知道守着一个不爱自己的人有多痛苦，我才不能让离陌继续在我的身边。

离陌摩擦我脖颈的手猛地掐住了我的脖子，怒目圆睁，“夜筝，你是不是觉得我舍不得杀了你？”

……

“夜筝，你信不信，我现在便杀了你？”

即便此刻我已经无法呼吸，甚至发不出声音，可我仍然笃定，离陌不会杀我。

明明被掐住的人是我，可我却感觉到了离陌手的颤抖，他剑眉紧蹙，下颌线紧绷，像是困兽。

离陌终是松开了对我的束缚，之前的缺氧让我站不住，踉跄着跌倒在地，而这一次，离陌没有伸手扶我。

“夜筝，你心里当真没有我半分位置？”

我从未见离陌脸上有如此浓烈的悲伤，浓稠像是清晨的雾。

曾经为了缓和离陌的情绪和对离陌的那份惧怕，我总会要求自己顺着他的心意去答话，或许是那样才会让离陌误会得越来越深。

这一次，不会了，哪怕他会生气他会难过。

“在夜筝心里，师父永远是师父。”

“若我不愿呢？”

我跪倒在地，虔诚地叩首，“夜筝多谢魔王一直以来的教导。”

“呵——”离陌轻笑了一声，“夜筝，你我之间既已说破，确实回不到过去了，自此，你我师徒情断。”

“夜筝谨遵魔王之命。”

“我给你最后一个机会，你当真不跟我走？”

“夜筝心意已决。”

“夜筝，我不会再给你纸鸢，不会再给你任何找到我的方式，日后也不会再出现在你眼前，我离陌……不是非你不可。”

我听出离陌话语里的诀别之意，伸手取下手腕上的犀牛角，恭敬地递向前去，“这犀牛角是魔王的贴身之物，夜筝不配拥有……”

“那便扔了吧。”离陌不耐烦地出声打断我，“自此，你我之间两不相干，望你此生不悔。”

话音一落，离陌那边便再没有动静，我沉默地跪在地上良久，才敢抬起头来，视线里早就没了他的身影。

我拽紧犀牛角，开始蜷缩着双腿坐在地上。

离陌是自我有了精魂起待我最好的人，也正因为如此，我才舍不得继续伤他，既然我深爱着小白，便没资格享受他的温柔与好。

伤痛是暂时的，日后没了我这个累赘，离陌只会是妖魔两界最肆意快活的人。

离陌，你一定要幸福。

我在堤岸边坐了许久，想到许多次我因为小白而悲伤的时候，离陌总会出现在我身边安慰我，我知道从此以后都不会了。

回到十二皇子府邸的北院时已经是夜深，这间小小的房间里充斥着的全是我跟离陌的回忆，点点滴滴汹涌而来。

虽然我不爱离陌，可此时此刻不难过是假的，他在我心里是至亲般的存在。

我没有点灯，就怕点了灯那些回忆越发鲜明，匆匆翻出离陌给我的那个暗红色的布袋子，我将他的犀牛角收进去，小心翼翼地收回袖袍里。

这些东西我怎么会扔呢，日后再也见不到离陌了，这些东西我偷偷留着做个纪念，他不会介意吧。

回忆很汹涌，我觉得自己似乎无法再好好地待在这间房子里，于是我隐了实体，朝小白的府邸而去。

我和离陌之间的事情我不打算告诉小白，我也知道小白不会愿意我就这样跟在他的身边，可今夜的我似乎没有办法一个人独处，尤其是在充满和离陌回忆的屋子里。

我潜入小白房里的时候他已经入睡了，这样也好，我本就不想让他发现我，我只需要在这有他气息的屋子里待着便可以了。

我趴在小白的床榻边，就这样过了一夜。

之后的日子我便像最初有了精魂时一样，默默跟在小白的身边，即便他看不到我，感受不到我。

我常常会想，如果当初我没有生出想要触碰小白的贪念，跟离陌就不会有那么深的牵扯，也就不会伤他那么深。

我觉得这样也很好，即使不能和小白交流，但至少他每天做了什么发生了什么我都能知晓。

就这样过去了近一个月的时间，我每日跟着小白出入朝堂，见他跟其他官员议事，最最让人觉得愉悦的莫过于长公主的婢女来寻过小白几次，每每小白的目光都落在屋内的官员身上，歉然地道：“恐要辜负长公主的盛情邀请了。”

原来小白与长公主见面的次数真的不多，被我撞见的都是巧合吧。

自从重新回到小白的身边，我便再未关注过十二皇子的事情，他把我束缚在府邸北院，我们几乎不曾见过面了。

我没有想到十二皇子会因为我而特地来找小白。

虽然已经是初春，倒春寒依旧让气温低下，十二皇子披着狐裘立在大厅里，身边除了邱修没有别人。

小白恭敬地作揖，随后道：“夜色已深，不知十二皇子所为何事？”

“木将军不愧是出身武林，身边的人也是武艺超凡呢，我府邸的大门在木将军眼里怕是形同虚设吧。”

小白皱眉，“还请十二皇子明示。”

“装什么傻？”一旁的邱修不耐烦地开口，“安歌不见了，是你们接走的吧？你既已经把她送给我们主子当婢女，接走时不需要知会我们主子一声，这未免太不把……”

“邱修。”十二皇子扬手打断，低声道，“不得无礼。”

闻言，立在小白身侧的我立刻慌乱起来，当日离陌与我诀别，我太过伤心便离开了北院的屋子，再也没有回去过。

是我之前施的术法失效了？

可就算是这样，十二皇子也没有必要为了我——一个不被信任的小小婢女亲自找过来吧？

我暗叫不好，这样一来我只怕无法悄无声息地跟着小白了。

“安歌不见了？”小白声音沉了沉，复而再次朝十二皇子俯了俯身子，道，“微臣大抵知道十二皇子为何而来了，微臣可以向十二皇子保证，这件事微臣一无所知。”

十二皇子拢了拢狐裘，也不知道信没信，兀自道：“木将军，其实她在不在我府上也不过是提醒你，你我之前所达成的共识，如今我想问问木将军，那夜所言，到底还作数不作数？”

小白立起身子，“如今十二皇子的处境跟当初已经大相径庭，作不作数全看十二皇子自身的选择。”

小白到底跟十二皇子之间达成了什么样的共识？这令我好奇不已，期待地等着十二皇子的回答，可他沉默了片刻，最终什么都没说，只是跟小白扯了些无关紧要的朝堂之事便离去了。

十二皇子一走，我既失落没探究清小白跟他之间的共识，但又因为我的消失没有给小白造成困扰而松了一口气。

夜深时，小白独坐在床榻上，蓦地开口唤道：“夜筝。”

这这这……被发现了？

我紧张地屏住呼吸，心虚不已，想要现出实体又不敢，他会指责我的任性吧？毕竟他没有答应过我可以离开十二皇子了。

可就在我挣扎犹豫间，小白垂下了眼睑，清俊的脸上露出几分落寞与难过来，低声呢喃道：“你最终还是决定跟你师父走了吗？”

我的心开始猛烈地跳动。

小白这是在为我跟离陌走了而难过吗？

继而小白摇了摇头，轻声道：“这样也好，这样也好。”

我想要碰触他的手就这样停在半空中。

小白，若是我跟离陌走了，我们再也无法相见，你也觉得好吗？

第十六章
消　失

我跟在了小白的身边，时间越长就越找不到出现的时机，他似乎是认定我已经跟离陌走了，他的生活里没有了我，却也从来没有听到他跟其他人提起过我。

就这样又过去了两个月。

寒冬已经过去，迎来了春暖花开的时节，我每日跟着小白上朝下朝，可以看见走向宫殿的道路两旁，树木已经开始郁郁葱葱。

朝堂上并不安宁，好在小白似乎一心都在训练兵马上，未多顾及朝堂上的事情，我只是偶然听那些大人提起，似乎三皇子被流放了。

十二皇子越来越受宠，皇上对他赞赏有加，背地里大臣都开始纷纷站队，觉得皇上很有可能要立十二皇子为太子。

我有去揣摩过小白的心思，对于十二皇子会成为太子这件事他是支持还是不支持，可小白却从不袒露半分自己的态度，就连其他大臣来试探他的想法，他也是四两拨千斤地对付过去。

我晓得小白有自己的考量，无论他做什么样的选择我都支持他。

这夜我如同往常一般趴在他的床榻边守着他入眠，半夜身子僵硬翻身醒来时，下意识朝床榻上看过去，而床榻上早已经空空如也，哪里有小白的影子。

我的瞌睡瞬间走了大半，立即站起身来查探，发现小白真的不在床上。

小白睡觉很安稳，不会有大的动静，而且我之前明明是守着他入眠后才睡的，怎么大半夜他突然不见了？

不过想来应该也不会出什么事情，这毕竟是他自己的府邸，再说要是发生了什么事情，必然会有大的动静，我不可能不知晓。

这样想着我便安下心来，只是睡意也去了大半，索性就坐在床榻上等小白回来再睡好了。

可这一等就近乎一个时辰，我开始焦躁起来，不住地在房间里来回踱步，若不是房间里一点打斗的痕迹都没有，我此刻怕是要冲出去寻他了。

房门被推开，进来的不只是小白，还有厉兴。

小白穿戴十分整齐，不像是随意在府上走动下的样子。

这么晚了，小白是去见什么客人了吗？

厉兴道："少主，皇上这么晚召见你难道是为了……"

厉兴语气弱下去，抬头看着小白。

原来是皇上召见小白吗？难怪小白会穿戴如此整齐，只是到底是什么事情，皇上要大晚上地召见小白？

小白颔首，"是，明日上朝皇上便会宣布，洛青英为主将，我为副将，平定西北的叛乱，约莫再过个三五日就会启程离开京城。"

什么？！

小白又要去战场了？

之前我跟在小白身侧的时候就听他们说起了这西北的叛乱，此次不是外族来犯，西北部一直是由三皇子的舅舅驻扎在那里，守护边界的统一与和平，此刻皇上将三皇子流放，三皇子的舅舅心生不满，于是起兵造反。

三皇子的舅舅几乎掌握了西北所有的兵权，又是内部重臣，手里有许多兵家的秘密，可谓是来势汹汹，朝中大臣每每提及此事，都是一副棘手的样子，可见有多难。

这皇上是怎么回事，明明当朝有挺多将领的，为何一有了战事就要派小白前去？

年前那次也就算了，所有人都说不危险，可是这次呢，是每个人都不愿意去的龙潭虎穴，他为何要小白去？

真真是好生气啊！

“这么快？”厉兴上前，面色有几分凝重，询问道，“少主，此行凶险万分，不如我即刻就派人出发去晴岛通知宫主，有宫主相助，想必战事会顺利许多。”

对对对，厉兴真是聪明，晴岛上有那么多的能人，要是能一道过来保护小白，小白便会安全许多。

小白却扬手道：“不必。”

“为何？少主……”

“厉兴，你这是在质疑我领兵的能力吗？”小白眸光发亮，意气风发，“何况，这一次并不仅仅是平定叛乱。”

厉兴抬头，满眸疑惑，静待着小白说下去。

“厉兴，这次是我复仇的绝佳机会，我自会牢牢把握住，我娘不愿我复仇，这件事不必告诉她了，即便是孤身一人，我也能将当初李家遭受的一切，悉数奉还。”

也不知道是不是我的错觉，总觉得小白在说到“孤身一人”时眸光里有受伤也有自嘲，让我蓦地想到数月前，他以为我同离陌离开了时的语气与表情。

突然就很想告诉他，我没有离开他，我一直在他的身边，无论前行如何的凶险，我也定不会让他孤身一人。

他要在林子里避世，我便陪他练剑抚琴。

他要入主武林，我便陪他参加比武。

他要入京筹谋划策，我便甘之如饴。

而现在他要征战沙场，不管有多么的危险，我陪他去便是了。

可厉兴还在这里，我不能现出实体，否则定会吓到厉兴的。

我以为接下来他们会讨论到这场战事如何是小白复仇的绝佳机会以及皇上为何要半夜找小白入宫，可让我失望的是，他们却没有提及了。

也不知道厉兴是全部知晓，还是不打算多问。

我突然就有些懊恼，要是今晚没有睡得这般熟便好了，那我便能察觉到小白起身了，就能同小白一道入宫面见皇上，也就知道今夜他们到底说了些什么了。

片刻后厉兴朝小白俯了俯身子，道："时候不早了，少主今夜都没怎么歇息，还是趁着这会好好睡会吧，厉兴告退，不打扰少主休息了。"

小白轻轻摇了摇头，侧头看向窗外，天将亮未亮，一片灰黑色，"没多久就要早朝了，不如不睡了，厉兴，你去吩咐厨房给我准备早膳吧。"

厉兴还想说些什么，看着小白的侧脸张了张唇，最终还是俯身道："是，属下告退。"

厉兴离开后小白走至窗前，微微仰头看着窗外将要破晓的天，像是陷入了沉思。

我依稀记得，云家小姐刚刚离世的时候，小白也常常是这样的神情立在床边，像是在难过又像是在思念。

我缓缓朝他走过去，朝他伸出手，可我没有来得及触一触小白现出自己的实体，就被自己给吓到了。

视线里，我的手竟然又开始若隐若现起来。

"啊——"

我吓得惊呼了一声，好在小白听不到，上次出现这样的情况是在元宵节离陌向我表达心意的那一天，这到底是怎么了？我的手为什么会变得透明？

我觉得自身有很多很多的疑问，比如为何好几次我都痛得不可抑制？又比如我的手为什么会出现这样要消失的征兆？

记得我有了实体是因为离陌渡了我几百年的修为，那么现在这股修为是随着离陌的离开而要消散了吗？

可是现在这些疑问都没有人会给我答案了。

离陌走了。

突如其来的状况让我放弃了在小白面前现出实体，小白立在窗前，我立在小白身后，垂首看着自己的手，想要确定这样的情况何时会消失。

未多久，小白便出房门用早膳去了，而我的症状不但没有缓解，若隐若现的部位隐隐有扩大的趋势。

我有些慌乱，便没有跟随小白去上早朝了。

行兵打仗比我想象中的要艰辛得多，我幻化成各类飞禽一直跟在驾马的小白身边一路向西北方向飞去。

我尚觉得身子有些吃不消，小白却没表示出半分疲累，这次小白是副将，一切听从洛青英的指挥，我不由得想起他上次的出征，定然也是吃了许多的苦头。

如果可以，真希望世道永远的太平，那么小白就不用受这么多的苦了。

我跟在小白的身边是想对他有所帮助的，可近来我却越发觉得力不从心了，除了双手会时不时就出现若隐若现的状态，我的精神也不如以前好了，时不时会觉得困倦，控制不住地想要沉沉睡去。

好几次小白和洛青英等将领聚在一起分析局势，商讨要如何布兵摆阵，而我尚未听出个所以然来便趴在一旁昏昏欲睡，偶然因为不舒适而苏醒时会发现他们依旧在绘声绘色地讨论着。

打仗真是苦啊。

醒来便听到一个将领说道：“必须尽快拿下百城，这里是他们的基地，他们粮饷充足，而我们经过长途跋涉，粮食本就不充足了，只有拿下百城，来做补给，不能再这样打持久战了。”

坐在主位的洛青英轻轻颔首，示意大家继续讨论下去。

另一将领又道：“依我之见，我们应该想个法子，偷袭他们的粮饷基地，从背后战场切入，再转正面战场。”

“你这样太冒进了，不可不可，百城这么多年一直脱离着朝廷的管制，地形我们本就不熟悉，万一有去无回，援兵还不知何时到，圣上听到了定要发怒的。”

“有何不可？”提出意见的将领双手叉腰，扬声道，“非我冒进，实乃尔等胆小，打仗本就该将生死置之度外，似你这般畏首畏尾的，这仗还不知道该打到何年何月去，既然不能打持久仗，毁掉他们的粮仓就是最好的决定。”

“你这人怎么就不听劝呢，你说我们现在连这粮仓到底在什么位置都没有弄清楚，谈何毁掉，又如何毁掉？你啊你啊，空有一身蛮力。”

“你这是在骂老子没长脑子，我……”

“好了。”眼看着两人就要吵起来，洛青英沉声道，“这个时候还望大家能够团结一致，切莫内讧。”

“哼！”

那两人互瞪了一眼，便没有再开口。

小白开口道：“两位将领说得都在理，摧毁粮仓是最直接有效的，但我们确实得从长计议，以保万无一失。”

小白此言综合了两位的意见，算是谁的面子都给了。

那两位果然都安静了。

洛青英抬头看向小白，“不知道木将军有何高见？”

小白微微俯身，“高见谈不上，但我以为，在不影响目前的战略计划之前，可派遣一小队人马潜入百城查看粮仓的位置与地形。这样一来，一小队人马的离开不会影响到我们，而且他们的行动也更灵活，不引人注意。最后，若得到了具体的粮仓位置再制订行动计划自然要稳妥些，若未得到，便可终止这项计划，不必以身犯险。”

“有理。”

之前主张偷袭的将领忙道：“洛将军、木将军，这件事不如就交给我，我属下有支队伍……”

“不必。”他尚未说完就被洛青英扬手打断，洛青英站起身来，走向小白，道，“木将军，你手下不是有支武林人士组成的小队吗？我以为这次行动交给他们是最合适的，你以为呢？”

洛青英语气淡淡的，我却生出一些他在为难小白的感觉。

小白作揖，“木子萧领命。”

“嗯，以木将军的能力，我希望在两日内可以看到百城粮仓的地形图。”

“两天？”众将领惊诧不已，纷纷道，“洛将军，两天未免太赶了些。”

洛青英并不理会这些声音，而是侧头看向小白，“木将军做不到？”

太过分了，洛青英是发现了小白和云家小姐的过去了吗？为何要突然这样为难小白？！

小白：“木子萧自当尽力而为。”

小白从洛青英的帐篷中走出去时天色已经微微亮了，他一回到自己的帐篷没有半分歇息，便同厉兴谈论起潜入百城查探粮仓地形的事情。

厉兴面色有些为难，道：“少主，我们的人一部分在正面战场，还有一部分正在……总而言之，现在找不出合适的人选去查看地形的。”

小白垂眸沉思，半晌后开口道：“厉兴，若寻不到人手，便由你亲自去吧。”

“那如何行？！”厉兴坚定地拒绝，“这军中事务这般多，又危险重重，我若走了，谁来保护少主？！不行，少主若有半分差池，厉兴此生怕是回不去晴岛了。”

"你先去寻人，半日内寻不到合适的人选便由你去往百城。"小白的语气不容人拒绝。

现在看来，只有我是最方便的啊！

我可以隐了实体进入百城，不会有敌兵把我拦在城外，而我的行动亦十分地自由灵活，待寻到了粮仓，我直接摧毁掉，甚至都不需要小白他们再出兵了。

这样，小白就可以早日结束战争，不必再这样辛苦了，他这些日子清瘦了一大圈呢。

思及如此，我没有片刻地停歇，顾不得身体的疲劳，全凭着体内的热血，冲出了营帐。

这次跟着小白一道出征，我才知晓战争有多么的残酷，遍地都是鲜血，是骇人的尸体，无论是敌是友，死状一样惨烈。

可等我入了百城才渐渐找回了理智，诚然我是比其他人更方便在百城里游走，可问题是……我对百城一无所知，对于所谓的粮仓更是一无所知。

这……当真不知道该如何寻起。

我走在百城的大街上，入目都是荒凉的景象，破损的房屋，隐隐约约可以听见不知从何处传来的哀哭声。

自我跟小白进入凡世以来，也已经去过很多的城市，从未有一座城让我觉得如此难受。

为何要发动战争呢？

这里的城民都是无辜的啊。

想要战争的人明明不是他们，可承担恶果的人却是他们。

"你既然这样想，为何不帮帮他们呢？"

我耳边传来一道陌生的声音，透着些沧桑，我下意识地别过头，就看到一个一身黑衣的老爷爷，隔着不远不近的距离看着我。

"你在和我说话吗？"我诧异地指了指自己，"爷爷，你能看见我？"

老爷爷点头，"不然我在同谁说话？"

我这才看见老爷爷一身干净清爽的打扮，不是城里的凡人有的模样，立刻了然，道："原来老爷爷是仙人啊！怪不得能听到我心里的声音呢。"

他摇头否认，"非我能听见你心里的声音，而是你将一切都写到了自己脸上。"

我下意识地摸了摸自己的脸，讪讪地笑了笑，"有这么明显吗？"

老爷爷不答反问："你还没有回答我的问题。"

"为什么不帮帮他们？"我走近些许，"可是老爷爷，我没有办法帮他们。"

我只是一个道行浅薄的琴妖，近来身子频频有要消失的症状，我尚不懂该如何帮助自己，又怎么帮得了他们呢？

老爷爷眯眸，"既然如此，你来这作何？"

好奇怪，明明眼前的这张脸十分陌生，我却莫名地觉得有几分熟悉感。

到底是在哪里见过这位爷爷呢？

"我问你话，你为何不答？"

我回过神来，忙道："只是觉得爷爷好像有些眼熟，却不知道在哪里见过，一时恍了神，爷爷，我来这是为了找到百城的粮仓，然后摧毁它。"

老爷爷冷哼了一声，"原来你不仅不是来帮忙的，而且还要雪上加霜。"

我本就有些愧疚，现下越发觉得抬不起头，只好避开他的视线，坦诚道："爷爷，在我的世界里，是非对错全为我爱的人制定，他的敌人便是我的敌人，旁的我是管不着了，我知道我自己这样很自私，可是我没有别的法子。"

这世上我最不愿伤害的人便是小白。

我怎么会帮助他的敌人？

"你的意思我明白了。"

我点头，“那爷爷我先走了，我还要去寻粮仓。”

“不必寻了，我带你去。”

“啊？”我蓦地看向他，怀疑自己是不是幻听了，“爷爷你要帮我？”

“嗯。”

“可是……为什么呢？”明明我们之前素不相识，而且他之前不是一直指责我的行为是雪上加霜吗？

“哪有那么多为什么，不过是跟你投缘罢了。”

老爷爷转身朝前走，半晌见我还愣在原地，便蹙眉道：“愣着做什么，快跟上。”

我抬腿跟上，心里仍有些惴惴不安，这一切顺利得有些不可思议啊……

还有，这个老爷爷到底是谁？

我一路跟在老爷爷的身后，经过遍地的荒凉，缓步前行。

他一身黑衣越发显得肃穆，看起来并不和蔼近人，可我却莫名地信任他，除了疑惑没有恐慌。

一路无言，我跟在他身侧缓缓前行。

约莫过了半个时辰，老爷爷停了下来，指着不远处一个看起来普普通通的宅院对我道：“那就是你要找的百城的粮仓。”

“可那看起来不太像啊……”

这个老爷爷该不会是骗我的吧，这个宅院怎么看都不像是重兵把守的样子。

老爷爷扫了我一眼，冷冷道：“既是不想被人察觉的重地，为何要弄成人尽皆知的样子？”

是哦，也是这个道理，若是一眼就被人看出是粮仓，小白他们也不会这么为难地寻找它的位置了。

我朝他莞尔笑了笑，道：“爷爷，你说得很有道理，谢谢你了。”

我看着那宅子陷入了沉思，那里面必然有许许多多的士兵守卫，何况现在还不到正午，正是人手多的时候，而我除了会点不堪一击的术法，实在是整不出其他什么幺蛾子出来了。

要如何才能成功地帮小白摧毁这个粮仓，却又不伤害到里面的人呢？

许是我久久地没有反应，老爷爷忍不住出声道：“不是要毁了这个粮仓吗？为何迟迟不动手？”

我叹了口气，十分坦诚地答道：“我不知道要用什么样的方式才能摧毁粮仓又不伤害到里面把守的士兵。”

闻言老爷爷嗤笑了一声，毫不留情地讽刺道：“你都已经决定要摧毁这粮仓，又何必假惺惺地担忧他们的安全？”

“我并非假惺惺……”他犀利的目光让我越发心虚，“我知道他们是无辜的，我不想让他们受伤，我只要毁掉这个粮仓就可以了。”

那样，小白的任务便完成了。

“虚伪。”老爷爷显得有几分咄咄逼人，“即便你能此刻不让他们受伤又如何？你毁了他们的粮仓，他们的将领难道不会责罚他们？再者，那之后，他们断了粮食，城外的大军必定会攻进来，你觉得这些此刻你不想伤害的人又有几个能安然无恙？”

这一席话堵得我哑口无言。

他说得对，只要我毁了粮仓，便是我不杀伯仁，伯仁却因我而死。

“你看问题总是太过表面，你抱着不想伤害人的初衷，可你做的决定却依旧伤人。”他那双眼眸里竟透出几分哀伤来，“非你不想伤人，那人便不会因你而伤。”

不知道为何我感觉到了窒息的压迫感，却难得敏感地抓住了他话里的词汇，探寻地看向他，“‘总是’？爷爷，你还知道我做过其他决定？爷爷……你是不是认识我啊？”

老爷爷却倏地侧身，只留给我一个侧脸，淡然道：“这些都不重要，重要的是你此刻要做一个决定，这粮仓你是毁还是不毁？这些人你是伤还是不伤？”

我深呼吸，随后道：“爷爷，你说的道理我都明白，可是爷爷，每个人心里都有想要捍卫和保护的东西，它是优先于其他所有的，在我心里，我只是捍卫一切我所爱之人想要的，并去为他达成。”

……

“而你说的伤人，我只知道我不想去伤害这些无辜的人，可即便他们最后的结果都是受伤或死亡，我唯一能确定的是，我不愿自己去伤害他们。”

他眉心紧蹙。

“很矛盾对不对？”我想通了这些反而有几分释然，“我就是这样自私又矛盾啊，所以即便你说我虚伪也好，假惺惺也罢，粮仓我要为所爱之人摧毁，这些人我也要遵从我内心的想法不去亲手伤害他们。”

我夜筝从来就不是圣人，没有那么高尚的情操。

我同老爷爷的想法这般不同，他看得如此通透，不是仙人也该是真正的得道高人，聊得如此不愉快，他大抵会拂袖而去。

可是久久的，他都没有挪动半分，相反还转过身子，朝我靠近了些许，沉声道：“好，我可以助你。”

“助我？”

“我助你实现你心中所想，我可以帮你摧毁粮仓，又不伤害看守粮仓的人。”

这惊喜来得太过突然，以至于我难以置信，“可是为什么啊？爷爷，你到底因为什么一直帮助我？”

明明看起来不认同我任何想法的样子，却又带我来粮仓，又主动提出要帮我。

他面色上闪过一丝不耐烦，“我愿意帮就帮，哪来这么多的为什么？行走在世间图的就是个爽快洒脱，你且当自己受老天眷顾，旁的不必多问。”

这个口吻……为何那般像离陌？

连眼神和迫人的气息都十分像。

可是这怎么可能呢？离陌明明那般生气地离开了我，他明明说过我们之间已经两不相干，希望我此生不会后悔了，又怎么可能此时此刻以这样的状态出现在我面前？

离陌，是受人敬仰的魔王，他的尊严不容侵犯。

可这世上除了离陌，我当真想不出第二个可以不问缘由就助我的人。

老爷爷蹙眉，“你这般痴傻地看着我做甚？”

“爷爷，你真的好像我认识的一个人啊。”

“谁？”他眯了眯眸。

“一个世上待我最好却被我伤害了的人。”

“那……你觉得我会是他吗？”

我自我否认地摇了摇头，“你不会是他，他那么骄傲尊贵，他不会再回来了。”

他把话说得那般决绝，又怎么可能会回头？眼前的老爷爷就算是再像，也不可能是离陌，绝对不会是。

老爷爷目光如炬地看着我，询问出声，“那你希望他回到你身边吗？”

“我既希望他回到我的身边，又希望他永远不要再出现在我身边。”

因为我带给离陌的只有无止境的伤害。

老爷爷没有再说话，蓦地伸手扼住我的手腕，下一瞬我便已经置身在刚刚的宅院里了，从外面看这是普通的宅院，里面却是层层守卫的士兵。

这里果然就是百城的粮仓。

老爷爷松开手，扬手一挥，刚刚还在我眼前的士兵都随着一道暗蓝色的光线消失在宅院里。

我震惊不已，却还是有几分担忧，“爷爷，你把他们挪哪里去了？他们发现自己突然出现在别的地方，肯定会发现我们在这里的。”

虽然我知道这些士兵奈何不了眼前这位老爷爷，我隐了实体亦可以全身而退，可若是把士兵引来，让他们对粮仓更加严加看守，我只怕是不仅没有帮上小白，还增加了他的困难呢。

老爷爷十分淡定，“等他们醒来粮仓已经不在了。”

语罢他蓦地将我打横抱起，飞身而起，而我身后传来一阵剧烈的爆炸声，而他仅仅将我护在怀抱里。

好奇怪啊，为什么此刻我在他怀里仰头看着那张沧桑的容颜，怎么看怎么觉得他是离陌呢？

“对不起离陌，真的对不起，我一点也不想让你难过。”

……

“可我没有办法让你不难过。”

姑且就当他是离陌吧，就一会。

等到落地时，我们已经身处百城城外，那些爆炸的轰鸣声已经消散，四周一片寂静，寂静到我可以清楚地听到彼此的心跳声。

他还没有将我放下来，气氛一下就变得怪异无比，我之前在空中说的那些话也不知道他听到了没有，但不管怎么样，他一个面容沧桑的老爷爷用这样的姿势抱着我……真真是诡异。

大抵是修仙的人特别有力道，他的双臂很是结实有力。

我挣扎着动了动，尴尬地笑了笑，道：“谢谢爷爷，这里应该安全了，让我下来吧。”

他这才放开了我，深深地看了我一眼，眸光复杂，一句话未说，却又不知道想到什么，蓦地连连朝后退了数步，避我如洪水猛兽。

我立在原地，越发尴尬起来了。

现在应该说些什么，道谢后离开会不会不太厚道？总有种麻烦完别人就撒手离开的感觉？

可我又很急着回去将此事告诉小白。

正当我踌躇不已的时候，他又有几分烦躁地开了口，“你的心愿我已经完成了，他日需要你报恩我会来找你。”

语罢他消失在我面前。

报恩？

好吧，这确实是个很大的恩情。

他一消失，空气里的窒息感便消散了，我忙往营帐的方向赶。

原本还想借着告诉小白这个消息的机会顺其自然出现在小白身边，可这个好消息轮不到我来告诉小白，我回到营帐的时候，厉兴已经在跟小白汇报此事了。

也是，厉兴已经做好要去查探百城粮仓的准备，何况老爷爷弄出爆炸声如此大，定然早就得到消息了。

小白好奇，“只是何人所为？”

厉兴摇头，“不知，听闻十分奇幻，看守粮仓的人毫发无伤突然被移到了别处，与其说是凡人所为，倒更像仙魔所为。”

小白身子颤了颤，“厉兴，你先出去。”

“为何？”

“你先出去。”

厉兴张了张唇，便什么都没说地退了出去。

营帐里只剩下小白一人，他站起身来，环顾四周，道：“夜筝，是你对吗？你在这里，是吗？”

我欣喜不已，小白再次察觉到了我的存在，我也可以顺势出现在他面前，如今我做了这件事，可以厚颜无耻地要求留在他身边了。

然而我刚想要现出实体，却发现双手又开始变得透明，这次不再若隐若现，而是直接消失了。

天啊，若是我现出实体，也会是没有双臂的形态吗？

那定然会吓到小白，万万不可出现。

万万不可。

“少主，洛将军那边派人过来传话了，让少主马上前往洛将军的营帐。”

厉兴的声音自营帐外传来，小白环顾了下四周，低声道："我一会回来。"随即出了营帐。

他刚刚那句话……可是对我说的？

我着急地垂首，双手依旧是若隐若现，症状没有分毫的好转，糟了，一会小白回来，若是再唤我的名字，我是出现还是不出现？

然而小白却没有回来。

我听到震耳欲聋的马蹄声，那些之前在原地待命的将士全部整装待发，随时要出征的模样。

也对，现在百城的粮仓被毁了，敌军大乱，正是出手的好时机，洛青英果然是讲究速战速决的人，这么快就决定出兵了。

我不能这样在房间里耗着干等小白，我必须跟过去看看，战场的厮杀太过惨烈，而刀剑无眼，我要去护他。

千千万万的军马攻进了百城，我耳边是将士们的嘶吼声，脚边是一个个倒下去的尸体，有些甚至面目全非，容颜难辨。

可是小白呢？

小白在哪里？

在战场上大家都是铁灰色的盔甲，放眼望去我竟寻不到小白的踪影。

这不是我第一次因为小白而上战场，可或许这一次我未找到他的身影，我竟莫名地心慌。

小白，你可千万不要有事啊。

我在战场上寻寻觅觅，终于在混战的城楼下寻到了心心念念的身影，我一路跟过来明明是我方占了优势，可是不知道为何，现下在我的视线里，却见四五个人围攻着小白。

厉兴呢？

其他人呢？

为什么会让小白一个人被围攻？

我心急如焚地飞身过去，一人用剑砍断了小白的马蹄，他翻了个跟头下马，随后在地面上同敌人厮杀起来。

这战场不同于那日在邬城擂台的比武，一招一式都快狠准，那五人一招接着一招，丝毫不给小白一点反应的空隙。

我着急地跺脚，不知道该从何处下手，在愣怔间又有两个人已经躺倒在地，我再也按捺不住，随便捡过地上的剑，也不管自己此刻是隐了实体的状态，直接朝剩下的那围攻着小白的人挥去。

我不知道自己能帮到小白什么，也不确定自己有保护得了小白的能力，可我什么都不怕。

为了小白，夜筝从来无所畏惧。

我与小白一前一后再次放倒了一位，围着小白的人变少了，视线便分明起来，小白愣怔地看着我的方向，有一瞬的恍惚，半晌没有动弹。

不好，我尚未现出实体，现下在小白眼里只怕只能看到一把悬空的剑，难怪他会愣怔。

可就在这愣怔间，我看到另外两个人抓准了时机朝小白刺过去，我的心悬在了嗓子眼，一时之间找不到阻拦的办法，我只能本能地上前，一剑以背挡之，一剑徒手抓之。

没事的，我不怕，凡人的武器伤不到我啊。

可是为何……还是觉得很疼很疼呢？

我略略地低头，便看见那剑刺穿了我的手心，而鲜血顺着剑疯狂地往下流。

真奇怪，明明我的双手都变得几近透明呢，却仍然会流血呢。

握住剑的人手颤了颤，一时之间竟然没有了反应，而就在这个瞬间，小白动作利落地扬手刺向那两人。

真好，围攻小白的人都被消灭了，小白不会有事了。

我想现在小白眼里的画面一定十分诡异，只有两把悬空的剑。

小白的手颤颤巍巍地触上剑柄，眸光闪烁，竟隐隐约约泛着水光，颤抖地说道：“夜筝，你在这对不对？是你对不对？”

“对，是我。”我知道他听不见。

“你有事吗？严重吗？我……能给你拔剑吗？”那是我第一次

在他眼眸里看到因为我而起的慌乱与心疼，“可以吗？”

我想起了之前的日子，在洛青英的面前，小白也曾毫不犹豫地拔了刺在我的胸口的剑，为何此时他却面露犹豫了呢？

“夜筝，你流了好多血……”他声音发颤，“一直不停地流……”

他看起来满脸都是心疼与担忧，却仿佛加重了我的伤口，我觉得自己又快要站不稳身子了。

小白柔声地问我：“夜筝，我记得武器离开了你的身体，你的伤就会痊愈，我帮你把剑拔了，你且忍一忍，好不好？”

最后三个字他发音十分温柔，我哪里还能说出半个“不”字？

模糊的视线里，我又看到有敌人朝小白的方向袭来，而小白的注意力都在刺在我身上的剑上，丝毫没有察觉。

不好，又有危险了。

我挣扎着，又要挡在小白的身前，而这时眼前有淡蓝色的光全部化作一把把锋利的剑朝那些敌人刺去。

这是术法。

下一秒，我又见到了刚刚分别不久，帮我摧毁了百城粮仓的老爷爷，他袖袍一挥，面色阴沉地朝我走过来。

就在那短短的十几步里，我仿佛看到了离陌的脸笼罩在老爷爷的面容上。

他真的太像离陌了，言语举止，除了那张脸。

只有离陌会这样帮我，我几乎可以确定，这个人不是什么得道修行的老爷爷，他便是被我伤过的离陌。

小白看不到我，自然也看不到离陌，他仍旧发颤地看着，“夜筝，莫再施法了，你一直在流血，我不需要你帮我上阵杀敌，夜筝，我可以的，都交给我，好吗？”

他看不到离陌，自然会认为刚刚那些敌人也是被我杀死的。

我刚想要现出实体，离陌化作的老爷爷已经走至身前，他运气凝神，小白便被一道淡蓝色的光束扬起再被摔倒在地，翻过身子，吐出一口鲜血来，他难以置信地看着我的方向，嘴型依稀可辨，他在唤我的名字。

他觉得这是我做的吗？

再顾不上什么，哪怕双手已经变得透明，我现出了实体，朝小白走过去，“小白，不是我……”

可是“老爷爷”却拦住了我，几近嘶吼地说道：“你到底要为了他作践自己到什么地步？你看看你身上的伤，哪一个不是因为他？”

“可这是我心甘情愿的，你不要伤害他，不要！”我用尽最后的力气吼道。

他沉痛地闭目，声音已经不再是之前的沧桑，变回了离陌的低沉，“罢了罢了，我早知你倔强如此。”

我不知道该不该在此刻揭穿他的身份，眼看着小白已经站起身来，只好问他：“你……你来做什么？”

“你要助他复仇，而我，来助你。”

我抬头看他，那双眸隐约有着浅红的光。

离陌啊离陌，我们何其相似，若你是小白，若我爱的人是你，该有多好！

小白已经站起身来，擦拭掉唇边的血，道：“夜筝，在我营帐等我，接下来的事情都交给我。”

我也想继续陪他征战下去，可我知道自己的身子已经是撑不住了，于是我扯了扯唇角，强拉出一个笑容来，“好，小白，我会在你的营帐里等你回来。”

离陌的视线落在我流血不止的伤口上，似乎是觉得难以置信，随即扬手迅速地拔掉了刺在我身上的剑。

我痛得瑟瑟发抖，站不稳身子，离陌扶住我，温暖的气流在我身体里穿梭。

这股暖流我是熟悉的，当初我受伤的时候，便是这股暖流在护我。

我知道这是离陌在替我疗伤。

第十七章
摊　牌

大抵是知道我的决心，离陌并没有强行带我离开，而是带我回了小白的营帐。

我觉得身子处处都疼，却并没有昏过去，意识一直都是清醒的，我能看到离陌顶着那张沧桑的陌生的脸，暖流在我的身体里流淌，我看到他的额头冒出细密的汗水。

这是第一次我看到离陌露出稍稍有些吃力的神情。

为什么？

因为我的伤口吗？

“离陌……”疼痛稍有缓和，我挣扎着唤了声他的名字。

离陌眉心微动，却未给我半分的回应。

“离陌。”我试着抬手去摸他的手，微睁的眸子里，他的神情有些模糊，“我知道是你。”

离陌的身子僵了僵，却固执地没有言语。

或许我不应该揭穿他的伪装，元宵节那夜他离去时说得那般决绝，他说过与我师徒情断，说过与我两不相干，如今再次主动出现在我面前，想来也是扫了他魔王的面子。

可我不能不说，为我疗伤的他看起来那般费力，是我对不起他，我不能再心安理得地接受他对我的好。

我挣扎着站起身来，想要制止他，他终于动怒，低喝道："别动。"

"不要耗损你的修为给我疗伤。"我目光坚定，"我自己能好的，没事的，真的。"

我受了这么多大大小小的伤，甚至还差点死去，可每一次我自己也都好了，不过是时间长短的问题罢了，我不值得离陌为我耗损修为。

"你自己能好？"离陌不以为然，冷哼道，"出息啊，夜筝，我才多久未见你，你的双手呢？为何已到了消散的状态？我给你的修为呢？你是否全部渡给了那个凡人？"

也怪不得离陌会这般想，他当初将修为渡给我，我才有了实体，如今却像是失去了这些修为，渐渐要变回原来的精魂状态了。

可我听到了他唤我的名字，他已经承认了自己是离陌了。

离陌既然已经主动出现在我面前，我自然是要顾全他的面子的，于是摇了摇头，道："不是的，师父，我并没有将你的修为渡给小白，我怎么敢？"

他能主动出现，并且助我，应该是原谅我了吧，既然如此我主动唤他一声"师父"总没错，总不能让离陌来开口说再收我为徒。

"不用唤我'师父'，你我早就不是师徒，日后也不会是。"离陌答得果断，面上并无半分不舍。

我垂首，"师……魔王还是在生夜筝的气吗？"

"你亦不必唤我'魔王'。"

离陌的心思向来难以揣测，我只能唯唯诺诺地作答："那我能唤你什么？"

"就像你之前那般，唤我名字便好。"暖流从我身体里消散，离陌默念着术法，幻化出白色纱布包裹住我无法愈合的伤口，随后道，“你的修为隐有消散的迹象，若你并未将修为渡给那凡人，我需要探查下你修为消散的原因。”

我朝自己的双手看去，双臂依旧透明，包裹伤口的白色纱布，看起来滑稽又骇人。

离陌说要帮我探查原因，那自然是极好的，除了他怕也没有人能帮我解决这个问题，于是我开口道：“其实我觉得身体很早就有不对劲……之前在郧城的那次，我的伤口就出现了不能愈合的现象，甚至失去了术法。休养了很长一段时间才恢复，可又会间歇地出现失去术法的情况。”

“嗯。”离陌轻应了一声，示意我继续说下去。

“而双手变得透明，第一次出现是在元宵节那夜，但也是短暂的便复原了，这次时间似乎长了些。”

离陌轻轻颔首，若有所思的样子。

因着离陌我身体的伤好了些许，便坐起身来，看着离陌还顶着那张老爷爷的脸，轻咳了声，道：“离陌，你为何不变回自己的样子？”

这样一张脸在他的脸上总觉得有几分怪异。

离陌不答反问：“你何时认出了我？”

“初初在百城你带我去寻粮仓时，我便觉得你神色间给我的感觉太过熟悉……”我一边说着一边查看着离陌的神色，“可我……不敢相信你还会过来寻我。”

以离陌的心高气傲，我当真是以为元宵节那夜的分别，已是此生最后一次相见。

“觉得得意吗？夜筝？”说话间离陌已换回了自己的样子，他唇角有笑，眼底却满满都是自嘲和哀伤，“被你毫无不舍地推开的是我，撂下狠话说不再相见的是我，违背自己所言犯贱来寻你的也是我。”

“我……”如何会觉得得意？

“怎么办呢？我就是觉得非你不可。”离陌一手抬起我的下巴，目光灼热地看着我，不允许我的视线有任何的躲闪逃离，“你可真有本事啊，这些日子，只要我醒着，脑海里便全是你，好不容易大醉一场入了睡，梦里也全部都是你。”

……

“既然你现在眼里都是那个凡人，既然你要帮他复仇，那我能怎么办？我只能来帮你，因为我舍不得你受伤。”

离陌与我越靠越近，我笼罩在他的气息里，只觉得头皮发麻，却挣不脱他的手，他的话压得我快要窒息，“离陌，我当真不知道该如何做……”

我不知道到底应该怎么对他才是最好的，我没有办法爱他。

离陌轻轻笑了笑，沉声道：“你什么都不需要做，日后，我会保护你，疼你，哪怕你不愿跟我在一起。”

“离陌，你不必这样……你真的不必这样……”

我胸口疼得不行，因为离陌。

他明明是妖魔两界人人敬仰的魔王，他又何必为了我将自己放得这般卑微？

我夜筝承受不起。

离陌依旧抬着我的下巴，大拇指轻轻摩擦着我的皮肤，仿若自言自语般地喃喃道：“夜筝，你自己为了那凡人还不是什么都做了？你自己做不到的事情，何必来劝说我？”

是，离陌说得对，小白亦无数次地推拒我，可我亦没办法控制自己。

可也正是能够体会这样的伤痛，我才不想让离陌也陷在这种痛苦里。

他可是魔王啊。

“夜筝，你不必再管我如何做，若有日我真的不爱你了，我便会离开你的。”

……

“你也不必觉得心里有负担，选择是我自己做的，什么后果我自己承担，与你无关。”

可当真会与我无关吗？

一时之间我不知道该如何回答是好，而这时营帐的门被推开，我看见一身盔甲的小白径直走了进来，不住地环顾着营帐，声音沙哑地唤道："夜筝，你在这吗？"

我忙现出了实体，将几近透明的双手搁置在被子里，随后道："在，小白，我在这里。"

离陌冷笑一声，松开了手。

小白大步朝我走来，眼神里沉淀了太多复杂的情感，似乎是有千言万语要对我说。

我以为以离陌的性格，估计会一直隐了实体，冷眼旁观在一旁看戏，毕竟他一直以来便不喜欢小白。

可我没有料到，就在小白快过来的时候，离陌竟然会现出了实体，站起身来，扬手拦住正欲靠近我的小白。

小白诧异地看着离陌，片刻后回过神，微微颔首，俯了俯身子，道："木子萧见过夜筝师父。"

离陌冷哼一声，道："你不必如此唤我，我与夜筝已经断绝师徒关系。"

场面忽然就寂静下来，甚至有几分难以描述的尴尬。

小白将目光投向我，随即后退了一步，朝离陌作揖，道："定是夜筝调皮，惹得尊下不快了，但夜筝没有坏心眼，还请尊下不要同她生气，我替她赔个不是。"

离陌负手而立，冷哼一声，道："你有何立场替她赔不是？"

许是没有料到离陌会这般说，小白身子微僵，好半天没有言语。

我自然是懂得离陌为何这般不待见小白，可我舍不得小白被刁难，忙挣扎着想要下床。

可我刚刚一动，离陌便察觉到，凌厉的眼神瞬间朝我飞来，"莫乱动，你这伤还想好吗？"

我恳求地看向离陌，"这是我们之间的事情，你不要迁怒于他，好吗？”

小白什么都不知道，他以为离陌是我的师父，才会说出刚才那段话的。

离陌道：“我倒觉得我和他之间有话要说，有些话你不问，我帮你问如何？”

我心里隐隐约约有些不祥的预感，“不要，离陌……”

可是接下来的我却是一个字眼都发不出来了，离陌用术法定住了我的身子，我既动弹不得又发不出声音。

“夜筝——”小白急切地唤了一声，似乎正要抬脚向我走来。

离陌再次拦住了他，转身在桌旁的椅子上落座，姿态随意地落座，“坐吧，我们谈谈。”

小白的目光在我和离陌身上来来回回，最后才落了座，即便是离陌浑身散发着迫人的气场，小白也依旧不卑不亢，沉声道：“请说。”

“夜筝为你做的那些事，即便我不说，你心里也都清楚吧？”

小白垂首，将自己的神色隐藏，“我很感激夜筝为我做的一切，我……无以为报。”

我做这些事情，从来就没有想过要你的报答啊！

我在心里呐喊着，而无论是小白还是离陌都听不到。

“感激？无以为报？”离陌冷笑，眼眸里满满的都是讥讽，“你明明很清楚夜筝做这些是为了什么，你也很清楚她想要的是什么，哪有什么‘无以为报’，不过是你愿意给还是不愿意给罢了。”

小白沉默不语。

离陌不给他躲闪的机会，逼近问道：“木子萧，我且问你，夜筝要的，你到底是给还是不给？”

我的心因为离陌的这段话而提到了嗓子眼，我既害怕听到小白的回答，又期待听到他的回答。

他对我的态度会有所转变吗？

在战场的时候我明明看到了他眼眸里的波澜，他刚刚冲进营帐时流露出来的关心与担忧。

或许，我对小白而言，已经跟以往不太一样了。

良久后我终于听到了小白的声音，“我给不了。”

我心里一片空荡荡的，即便这个答案在意料之中，也一样让人心如刀绞。

“很好。”离陌蓦地抬头看向我，缓缓道，“夜筝，你听清楚了吧。”

我既动弹不得又无法言语，只能怨恨地看着离陌，他明知故问，这样的行为不过是在我的伤口上撒盐。

小白再次抬头，眼神已经是一派清明，他似是不想继续这个话题，兀自开口问道：“尊下句句都是在维护夜筝，想来感情极好，前面为何又要说已经与夜筝断绝师徒关系了？”

“感情极好便不能断绝师徒关系？”离陌浅笑，“木子萧，我今日便告诉你，你不能给的我通通都能给，日后我不是夜筝的师父，我是她的夫君。”

我差点吐出一口鲜血来，慌乱地看向小白，莫名地生出几分心虚来。

我看到小白的身子晃了晃，却没有言语。

我只希望离陌可以停下来，不要再说下去了，我害怕小白会误解我，质疑我的真心。

离陌接着道：“我晓得她现在心里眼里都只有你，那又何妨？凡人寿命短暂，百来年的时间我愿意等，也等得起。她为了你什么都愿意做，而我为了她什么都愿意做，木子萧，我会助你复仇，你日后有什么需求都可以告知我，莫再将她当作棋子差使，她道行不够，保护不好自己。”

“是我……对不起夜筝。”

“待你化作一抔黄土，我会带她离开，这凡世的百年，便当她历劫修行了。”

我知道离陌这话既是说给小白听的也是说给我听的，如果不是因为这样，他根本不会出现在这里吧。

小白终究只是个凡人罢了。

“尊下所言极是。”小白倏地站起身来，他还穿着一身盔甲，“时光若白驹过隙，于你们而言自是不值得一提，尊下的安排极好，日后没了我，夜筝定然会更加的幸福。”

“自然。”

小白再次作揖，“劳烦尊下照顾好夜筝，她的伤我等凡人也派不上用场，军营里还有些事情未处理完，我先去处理了。”

语罢也不待离陌回应，甚至没有看我一眼，小白大步离开了营帐。

离陌并没有马上解除施在我身上的术法，而是朝我走过来，坐在床榻边缓缓道：“夜筝，我说的话，他说的话，你都听清楚了吧。”

我除了目光闪烁地看着他，做不出其他的反应。

“你放心，这一战，他必定不会输，以后你想做的事情我来帮你做。”

我不需要。

离陌，你到底要怎么样才能明白，我不需要你为我做这一切。

我的身子撕心裂肺地疼，泪水控制不住地溢出了眼眶，他终于解除了束缚我的术法，蹙眉看我，“夜筝，你这是因何落泪？”

“离陌，我全身都疼，好疼。”

闻言，离陌掀开盖住我的被子，他之前为我包扎好的伤口已被鲜血染红，他睁大眸子，声音发颤，“这怎么可能？”

我想我大抵是患上了什么了不得的病症，连魔王离陌都束手无策。

顺利地拿下了百城，大部队便大举搬迁到了百城，休息整顿。

我的伤却一直不见好，离陌将我困在结界里疗伤，之后的两天都不见人影，后来我知道他是去帮助小白了。

他是言出必行的魔王离陌，有了他的帮助，我相信小白定然会大获全胜。

只是……我不在的时候，他们是如何相处的？

这夜我仍在百城小白的住处里休息，小白推门而入的时候，我是诧异的，自离陌设了结界后，我出不了这个房门，而小白忙着处理公事鲜少来看过我，即便是过来了，离陌也是一定在场的。

今夜是怎么了？竟只有小白一人，那么离陌呢？

“夜筝，身子可好些了？”小白立在床前两步远的位置，垂首问我。

我将依旧透明的双臂藏在被子里，笑着点了点头，“好多了，小白，离陌呢？他为何没跟你一道回来？”

也不知道是不是错觉，恍惚间我在小白脸上似乎看到了失落的神情，“他说要为你的伤去寻高人，不日便归。”

也就是今晚离陌不会出现了？

我立刻放下心来，出声询问道：“小白，这些日子……他可有为难你？”

“这些日子……我不曾见过他，你的意思是……”小白露出了然的神情，“我道事情为何进展如此顺利，原来是他在暗中相助。”

暗中？

也是，以离陌的性格才不会现出实体跟在小白这些凡人身边，何况他的气场过于迫人，太过显眼，他若是现出实体，定然行动不便。

大抵是关心则乱，我太过担心小白的处境误会了离陌。

“夜筝，我来一是想看看你的伤好些了没，二是想告诉你，我即将了却心头大事，这一年，多谢有你。”

身子又开始隐隐作痛，我强扯出一丝笑容来，“真好，小白，我真替你高兴。”

若他能卸下身上的仇恨，必定是这世间最潇洒的公子。

离陌这一去不过一日一夜，次日清晨他便立在我的床头，眸光幽深地看着我。

我于朦朦胧胧中醒来，便见他神色凝重地看着我。

我坐起身来，他凑近了些许，随后问道：“夜筝，还很疼吗？”

我含糊地作答："还好，没有前些日子疼了。"

可离陌的神色却没有缓和半分，我晓得他定是在担忧我，试图缓和气氛地开玩笑道："虽然双手依旧像是要消失的样子。"

离陌眉心紧蹙。

"但是没有关系啊，离陌，即便我又变得透明消失，变成一缕精魂也没有关系，反正你也能看见我感受到我不是吗？"最初我们的相遇我不过就是一缕精魂，"只是可惜了你赠予我的那些道行，白白浪费了呢。"

离陌倏地俯身靠近，将我揽入怀抱，双手环住我的脖颈和头，仿佛极力在抑制些什么，沉声道："夜筝，我不会让你消失的，绝对不会。"

消失？

化成一缕精魂也是消失吗？

我觉得那并不算啊，或许老天爷是觉得我从未为修行付出过什么，白白得了离陌的恩惠，才要将这些通通地收回，让我靠自己修炼出实体。

我努力将头往后仰，却挣不脱离陌的掌心，我住的地方也不知道是小白特意挑选还是离陌设了结界，格外地安静，我完全无法从声音里辨别猜测外面发生了些什么。

不想被离陌一直这样揽着，我便开口转移话题道："离陌，这场战争还要多久才能结束啊？"

"你想让战争马上结束吗？"

他这是明知故问，谁会愿意让战争这样持续着，自然是越早结束越好，于是我在他怀里点头。

"很快了，没有多久了。"

"离陌……"我试探着唤了他一声，斟酌着用词开口道，"快要结束了，外面也不会有什么危险了，你能不能把束缚我的结界撤了？我不想一直待在这个房子里，何况我觉得身体好多了，这里好闷啊。"

离陌不为所动。

“何况有你在这，也不会让我有危险的，对不对？”我小心翼翼地说道，“离陌，我不想一直待在这里，我想要自由。”

我不知道是哪句话打动了离陌，还是他自己终于想通了，半晌后他修长的手轻抚着我的发，随后道：“好，我给你自由。”

我欣喜不已，“谢谢你，离陌，谢谢你。”

离陌言出必行，当下便撤了我的结界，我可以和他一起去为小白解忧，也可以多看看小白了。

小白跟我说的快要了却心头之事，在五日之后，我方知小白所言是什么意思。

在离陌的帮助下，大军顺利地夺下一座又一座的城池，三皇子的舅舅自刎于军前，这场平定叛乱的战争我以为就此结束了，可城内依旧不太和平。

那日原本是热热闹闹的庆功宴，将士们一个个开心得不行，喝酒笑闹，每个人都以为明日便可以启程回家了。

我和离陌自然是不方便出现在宴席上的，便兀自挑了处景观不错的大树，倚坐在树干上交谈。

可不久后，我听到刀剑舞动的声音，垂首一看，原本热闹的宴席已经是一片刀光剑影。

难不成这里还混入了敌军？

我定睛看去，起冲突的人似乎是……小白和洛青英？

我见小白依旧淡然地坐在宴席上，而洛青英已经起身提剑，剑指小白。

这怎么会？！我跟在小白身边这么久，洛青英对小白向来都是赞赏有加的，除了死去的云家小姐，我根本想不到任何会让他们起冲突的原因，可若是为了云家小姐，又何必等到今日，此时此刻？

不行，我得过去看看，小白不过是副将，洛青英才是主将，若洛青英当真要针对小白，小白定会吃亏的。

我欲飞身过去，离陌却拦住了我，“你急什么？”

“可是……”

“你坐着看戏就好，那凡人不会有什么危险。”离陌语气笃定，扣住我的手腕，执意不肯让我动。

这些日子离陌对小白的帮助我都看在眼里，我不应该怀疑他，他若诚心要害小白根本不需要等到现在。

于是我即便再焦躁，也只能按捺住，坐在枝干上关注着。

洛青英和小白之间说了些什么，我是听不大清楚的，但看小白那毫不慌乱的样子，我的心还是随之安稳了几分。

不会有事的，有离陌在，小白不会有事的。

未多久，我看见其余士兵亦站起身来，个个一手持剑面向洛青英，大喊着：“捉拿叛贼洛青英！”

语罢，便动起手来。

叛贼？

洛青英？

这到底是怎么回事？

洛青英到底做了什么？大抵是我的注意力都在小白身上，我并未发现过洛青英做了什么出格的事情。

但疑惑归疑惑，我看着下面的局势，小白占优，一颗悬着的心便着了地。

洛青英如何当了叛贼，又做了什么我管不着，只要小白没有危险，我便安心了。

“放心了？”耳畔传来离陌的声音。

我侧头看向离陌，见他神色淡然得仿佛什么都知道的样子，便问道：“今晚的事情你都知道？”

离陌扫了我一眼，“夜筝，你能否动动你的脑子思考，那凡人要复仇，洛青英是他的仇家，你觉得他会放过这个机会？”

可之前小白同洛青英相处亦不错，他甚至帮洛青英立过功的。

“所以，这件事是你帮小白谋划的？”

“非也。”离陌摇头否认，挑眉看我，“我说过会助他，但也并未闲到这个地步，但你也该了解那凡人，他心思极深，这么多年的韬光养晦，他若要出击，必能自保。”

离陌所言句句在理，我顿觉惭愧，亏我在小白身边待了这般久，却似乎还不如离陌了解他。

这大抵便是，关心则乱。

打斗的时间并不长，不过半炷香的时间，小白的人马就将洛青英束缚住，我听到一声怒吼，便见洛青英已经被人夹住了双臂，那模样哪里还有平日里高高在上的模样。

这一年我和小白的分别，便是由洛青英带来的，若不是去年他去了邬城，要为云家的仆人之死讨个公道，我亦不会被迫换个身份去了十二皇子的身边。

他被小白抓住了，也当真是极好。

我想下去看看，又唯恐离陌会阻拦，便侧头看向离陌，顺着他的脾气说道：“魔王当真是料事如神，什么都在你的掌控之中。”

离陌没好气地冷哼一声，“你倒是善变。”离陌顿了顿，神情忽然严肃起来，“这战事到这也算是结束了，接下来那凡人遇不到什么危险，就算有也不需要你，我来动手。”

“你的意思是……”我似乎从这段话里听到了离别的意味。

“夜筝，你的问题我还需要去确认一番，我要离开一阵，这段时间，我希望你可以爱惜自己，保护自己。”

离陌语气太过认真，竟让我生出些惶恐来，“离陌，我……我到底是怎么了啊？”

若是普通的修为消散，要变回精魂了，他应该也不会如此紧张吧？

我好半晌也听不到离陌的回答，便愈发地紧张，“我……是不是要死了？”

便是只有我要死了，离陌才会这般凝重紧张吧。

“莫要胡言乱语。”离陌低喝了一声，眸光上染上一层薄怒，“我很快便回来寻你，你不必胡思乱想，你只需保护好自己。”

……

“听到没有？”

我闷声应好，“听到了。”

夜里，一切风平浪静。

为了不让小白发现我近乎透明的双手，我现在几乎都会穿着宽大的袖袍，将双手隐匿在袖袍里。

离陌嘱咐完后便消失了，我待到小白处理完事情独自回了房，才在小白面前现出实体。

小白早已经习惯了我这样的出场方式，也没有惊讶，只是环顾了下四周，“你……他呢？”

许是找不到合适的称呼词，小白只道了个“他”，我明白他指的是离陌。

“离陌说你这边不会再有危险了，他有事先离开了。”我自然不可能告诉小白，离陌因为我身体的原因离开了。

“这些日子多谢你们。”小白朝我俯下身子，颔首遮住满脸的情绪，“木子萧一介凡人，无以为报。”

我最不喜欢小白同我这般，好像生硬地拉开我与他之间的距离，我忙上前去，想去拉他的手，又倏地想起自己的双臂现在仍旧是透明的状态，便又急急地背在身后，道：“小白，你我之间无须言谢，我为你做什么，都是心甘情愿的，你快别俯着身子了，我看着心里难受。”

小白这才站直身子，目光探寻地看向我的伤口，“夜筝，你的伤好了吗？”

“快了快了。”我含糊地应答过去，开口问道，“小白，洛青英是怎么一回事？他当真是叛贼？这便是前些日子你跟我说的心头之事吗？”

没有隐瞒，小白颔首，“是，他未做什么叛国之事，一切，是我设的局。”

“你设的局？”我眸光闪烁，脑海里浮现出了云家小姐的脸，只觉得一颗心都被拽紧，声音发颤地问道，“为了什么？为了……”

为了云家小姐吗？

可这句话我终究没能问出口，云家小姐是我与小白之间不能提及的存在，小白听到会不悦，而我提起来会伤心。

小白的眉头紧锁地看着我，薄唇张了张，想说什么却又无从开口的样子，好半晌终于开了口，“夜筝，如若洛青英没做什么穷凶极恶之事，我却以一己之私设局，我承认我非善类，这样的我，夜筝，你可会厌恶我？”

最后那句话他咬字极其的轻，带着些小心翼翼与期待。

我摇头，他是我在这世上最爱的人，他善也罢恶也罢，都不会改变我对他的爱。

“当真不会？”他略显激动地上前，拉近了我们的距离。

我仰头看他，“小白，我的世界从来不需要善恶，一切是好是坏，我都跟随着你的评断。”

善恶由他，悲喜由他。

“夜筝，我……”小白似乎是在极力抑制些什么，神色煎熬。

我静待着他接着说下去，全身又开始蚀骨地疼，我似乎不能看他的眸子，一看便疼得发慌。

而这时厉兴的声音自门外传来，“少主，洛青英嚷嚷着要见你，少主是见还是不见？”

闻言，小白叹气侧身，拉开了我们俩之间微妙的距离，沉思了片刻，方道：“你去安排下，我一会去见他。”

我原以为小白说完便会走了，谁知他看了看我，问道：“夜筝，你想同我一道去吗？”

“你愿意让我一同前去？”许是太过惊讶，我觉得疼痛都缓和了许多，“我自然是想去的。”

他的一切我都想了解，去了便知道小白这样做的原因了。

“那便同我一道去吧。”

“嗯，我先隐了实体。”

“不必。”小白扬手阻止，“你就这样同我一道去吧。”

我一开始是诧异的，毕竟洛青英知晓我的身份，故此小白才让我换个姓名待在十二皇子的身边，现在却又愿意让我顶着自己的脸去见洛青英了？

不过一瞬我便了然了，洛青英现在是阶下囚，他便是认出我又能如何？

现在这里，是小白做主的。

我心底缓缓上升着安全感，乖巧笑道：“好。”

我跟在小白身边出现在地牢门口的时候，厉兴看到我时整个人都愣住了，“夜……夜筝姑娘……你怎么会在这？”

语罢他又警惕地环顾四周，为了不引起守卫的注意，他压低声音道：“这是怎么一回事？少主……”

“好了。”小白冷声打断厉兴一肚子的疑惑，“进去吧。”

我松了口气，厉兴向来待我不错，若是要问我，我倒不知道该如何同他解释了。

闻言厉兴稍稍退开了些，给小白让出路来，“少主，一切都准备好了，此刻看守地牢的都是从晴岛上来的人，不会有差错。”

“嗯。”

我随着小白走进去，阴冷的感觉让人浑身不适，我想起了之前自己被关的那一次，地牢这种地方，哪怕关着的人不是我，我亦觉得不舒服。

“木子萧，谁给了你这么大的胆子？！”

洛青英嘶哑的声音传来，带着满腔怒火。

视线里的洛青英哪里还有平日里半分尊贵的样子，此刻他盔甲已卸，往日束起的发此刻凌乱地披散下来，四肢被铁链牢牢拴住，身上处处有打斗过的痕迹，看起来很是狼狈。

“你觉得呢？”小白隔着牢门看着洛青英，并没有进去。

我本能地不想让洛青英发现我的存在，便站在小白身后，试图隐藏自己。

“木子萧，我洛家待你不薄，这一年来精心栽培你，你这狼心狗肺的东西，竟敢这样待我？待我出去，定将你千刀万剐！”

“待你出去？”小白语速缓慢，不急不躁的样子，“说得好，要将我千刀万剐，也只有你出去了，才有这个本事。可惜啊，你无法活着出去了。”

“你敢滥用私刑？！”洛青英震惊道，“我乃当朝少将军，你有什么资格对我滥用私刑？待圣上知道了，定是你的死期。”

小白冷笑道：“通敌叛国，这么大的罪，你觉得圣上会宽恕你？皇子犯法尚与庶民同罪，怎么，你觉得自己的身份比皇子更高贵？”

我几乎不曾听小白用过这样尖锐嘲讽的语气说话，他心里的情绪定不会像他此刻表现的那样淡定。

“你污蔑我！你那些陷害人的伎俩，你以为圣上会看不出？哼，待回了京城，你必定会后悔今日的所作所为。”

小白却是笑出了声，“洛青英，用你的脑子想想，你既然知道圣上能看穿这些伎俩，为何觉得我猜不到呢？”

……

“而我能猜到又敢这样做，你觉得是为什么？”小白循循善诱。

我被小白的话震惊到了，难道这一切都是皇上的决定？

那夜凌晨我醒来，小白被召见，宣布出征的事情，莫非就是那个时候皇上和他商讨了这些？

“你的意思是……”洛青英自然也能想到，只是他无法相信，“荒唐，一派胡言，我不会信你！”

小白似乎是懒得和他兜圈子，直接道：“我今日所做一切，都是奉了圣上的旨意，洛青英，你叛国的消息会马上在京城传开，不用到京城了，这里便是你的魂归之地。”

“我不会相信的！我洛家忠心耿耿，守护圣上的江土，圣上不可能如此待我！木子萧你等着，我爹不会饶过你的！”

“指望你爹来救你？我劝你还是死了这份心吧，因为……你爹目前的处境只怕不会比你好。”

洛青英浑身颤抖，半个字都说不出来。

小白的语气越发地森冷，“不甘吧？真是天道好轮回，现下，轮到你们洛家被满门抄斩了。”

洛青英似是筋疲力尽，跌坐在地上，神情恍惚，看向小白，“你……到底是谁？”

“我啊——”小白拉长了语气，“我是未亡人。”

……

“当年你们洛家为了权势，听从圣上的旨意把‘造反’的帽子扣在李将军的头上，致他满门冤魂，既然你们洛家能做出如此诬陷忠良的事，今日活该遭此报应。”

“木子萧……木子萧……”洛青英喃喃念着小白的名字，倏地反应过来，“李萧，你是李家的后人。”

“不错。”

“我会将这一切告诉圣上，便是死也让你陪葬。”

“你没有这个机会了。”小白一字一顿道，“我会用你们的鲜血来祭奠我父亲的亡魂。”

……

“我今夜前来，只不过是想让你死个明白，你若要怪，便怪你效忠的圣上，怪你那残害忠良的父亲。”

这时厉兴俯身问道：“少主，何时动手？”

“天亮之前，你看着办吧。”

“是，少主。”

语罢，小白再不看洛青英一眼，转身离开，我听到身后洛青英绝望的嘶吼声，忍不住颤了颤。

他无辜吗？

他无辜。

可仇恨这样的东西，不讲任何道理。

小白是想将当年李家承受的一切冤屈还给洛家吧。

明明是大仇得报，可我看着他的背影，为何会感觉到悲伤？

第十八章
心　碎

我跟着小白走出了地牢，厉兴仍旧守在地牢里，没有随我们出去。

一开始我担心洛青英会看到我，实际上此时此刻的他哪里还分得出神来看我呢？即便是看到了我，他又能说什么？

他现在不过就是阶下囚罢了。

小白不言不语，我便不声不响地跟着，我以为他是要回房去了，可走至庭院的时候他却蓦地仰头看向夜空中的那轮弯月，清冷的月光落了他一身，看起来格外地落寞。

他是在难过吗？我该开口安慰吗？我又该说些什么来安慰他？

我这边纠结得不行，小白已经开了口，“夜筝，我可以同你说说话吗？”

“当然可以！”我忙不迭地走到他身侧，与他并肩而立，“小白，你说吧，我都听着。”

自出了林子，难得他主动想与我交谈呢。

“我父亲那些事情，在晴岛你也听得七七八八了吧？”

我点头，那日他同安姨说的话我全都听明白了，小白一家是被当今圣上污蔑的忠良，所以他要复仇，我通通都理解。

小白没有看我，依旧仰头看着漫天的星辰，“自我侥幸活下来开始，我鲜少能睡个好觉，每每夜里总能梦到那夜的场景，梦见我爹一脸鲜血地站在火光里，他本该是万人敬仰的英雄，却背着那样的屈辱死去。李家上上下下那么多无辜的仆人，或被流放，或被当场杀掉，而我躲在垃圾车里，抱着你的琴身瑟瑟发抖。”

“小白。”我凑过去些，想要伸手抱抱他，却又害怕露出自己透明的双手，“你莫难过，都过去了，全部都过去了。”

是以我觉得洛家当真是该死，但凡让小白伤心难过的人或事便是错误的存在。

“夜筝。”小白蓦地侧过身子，与我面对面而立。

“我在，小白，我在。”

“我可以抱抱你吗？”他的声音沙哑，像个脆弱的少年，“像年少逃亡的那个夜晚一样，我的身边只有你，我想抱抱你，可以吗？”

我心疼地不可抑制，“傻瓜，当然可以。”

我那么渴望靠近他，又怎么会吝啬自己的拥抱？

我话音刚落，他倏地上前将我揽入怀抱，下巴搁置在我的发顶，一手环住我的背一手揽住我的腰，他就像是打开了话匣子一般，仿佛想把压在心底的话全部告诉我，“这些年，我过得不好，可以说很糟糕，我流落街头的时候差点活不下去，你可能不知道，十来岁的我只是个脏兮兮的乞丐。”

这样的姿势小白看不见我的手，我得意地伸手回抱他，“我要是能早些有了精魂便好了，我一定不会让你吃那些苦。”

小白那样爱干净的人，是如何忍受每天脏兮兮地过着乞丐的日子的？

“这些年我受尽了别人的冷眼，我从不期望任何人对我好，我活着仿佛就只是为了复仇。”回忆起过往，他声音发颤，“只有复仇才能让我度过那些日日夜夜。”

……

“我是为了复仇才接近水蓉的，若不是云家当年的相助，洛家不可能如此轻易地将我李家陷入满门抄斩的绝境里，我处心积虑地靠近她，她却对我那般好，哪怕我只是个一无所有的穷小子，她不曾嫌弃过我分毫，她待我那般好，我却……负了她。”

我的心不仅发疼还泛起苦涩，明明一直以来就是知道他和云家小姐的感情的，云家小姐是他心口的白月光，可我依旧会难过。

我唯一一次见小白落泪，便是为了云家小姐。

“我熬了这么久，我终于也能让洛家人体会我们家里人当年的心情，将我父亲所受的屈辱还给他们了，我明明离复仇已经越来越近了，可是夜筝，我这心里空落落的，明明这一切都是我渴望的，为什么我会这么难过？”

我轻轻拍抚着他的背，试图安抚他的情绪，“小白，无论你做什么样的决定，我都会支持你。”

“你不会觉得洛青英无辜吗？”小白的声音极轻地试探道，“你会觉得我太过狠毒吗？你会……讨厌我吗？”

我连连摇头，顺势将整个人都埋入他的怀抱里，“小白，你做什么我都不会讨厌你，我是为你而生的。”

没有小白，哪里会有我呢？

小白没有说话，只是将我揽得更紧了一些，我十分享受被他拥在怀里的感觉，即使疼痛蔓延到全身各处，我依旧觉得甜蜜，忍不住开口道：“小白，你在意我的感受对不对？”

如果不在意我的感受，他怎么会问我会不会觉得他狠毒，会问我讨不讨厌他呢？

若说小白待我当真是一丝一毫的感情也未有，我是不信的。

小白身子微僵，好半晌都没有说话。

“小白。”我低低地唤了声，试图从他怀里抬起头去看他面上的神色，却被他扣住后脑勺。

“夜筝，我很害怕。”

“怕？”耳畔是他沉稳有力的心跳，“小白，你怕什么？”

“水蓉为我而死，我这一生都不该把她忘掉，可这些日子以来，我……”

小白最终没有说出口，我却已经欣喜若狂，我几乎都可以顺着他的话来说，他是想告诉我，他觉得自己此生只能爱云家小姐，现在却也欢喜于我？

“夜筝，你为我做的我通通都知道，可是我……不值得的。”小白轻轻摩擦着我的发顶，接着道，“自你留在我身边开始，我总在伤你，你为了我受了那么多伤，流了那么多血，你总是笑着说没事，可我知道，你一定也很疼，是吗？”

我眼眶一热，温润的眼泪浸湿他的衣襟，我描绘不出此刻的心情到底为委屈还是喜悦，“小白，有你这些话，便不疼了。”

“我只是一介凡人，我保护不好你，也不知道该如何保护你，甚至常常让你受伤。”

……

“夜筝，我没有办法继续看你受伤了，我的心也会疼。”

这一句话不住地在我脑海里回荡，我的脑海里就想起除夕那夜，漫天绚烂的烟花在飞舞。

“我不会受伤的啊，小白我会保护好自己的。”因为舍不得做一点点会让你心疼的事情。

小白却未按照我心中所想说出我想听的话来，“夜筝，离陌说得对，我给你不了你要的一切，你不应该受到这样的对待。”

“所以呢？”我的心瞬间被捏紧。

“和他走吧，离开凡世，你们本来就是一道的人，我看得出他很爱你，对你也极好，你同他在一起会幸福的。”

“你说什么？”我声音发颤，就在上一秒我还认为我的坚守终于有了回馈，这一秒他却又将我往外推。

为什么啊？他明明抱着我不是吗？

“跟离陌走吧，离开我，离开这里，于你于我，都是最好的选择。”

“我不要！”我在他怀里努力挣扎着抬头看他，“其他事情我都听你的，只是这件事情不可以。”

小白眉心紧蹙。

“怎么样过才会幸福都是我自己的选择。”若不是双手透明我此刻真想捧住他的脸，“小白，你明明也在乎我，为什么要赶我走？”

“夜筝，你会难过的。”

……

“我回不了头了。”他重新扣住我的后脑勺，将我按回他的怀抱里，“不要动，也不要说话，就今晚，让我抱抱你，好不好？”

“好不好”这三个字他咬字极轻，配上他沙哑低沉的嗓音，越发地小心翼翼。

他用这样的口吻跟我说话，我怎么可能会不答应？便是心里有万千疑惑，此刻都会不声又不响。

我能感受到小白对我的在意了，我怎么会难过？

离陌这一去久久未归，我却病得越发严重了，为了不让小白发现我双手的样子，我将双手用白色的纱布通通包裹得很严实。

小白一眼便发现了我的手，目光担忧地看着我，道：“夜筝，你的手……似是越发严重了。”

也是，为了裹得严实，确实夸张了些，看起来就像是两个包子。

我讪讪地笑了笑，“没事，会好的，等离陌回来就能治好我的。”

应该能的吧，离陌信誓旦旦说了不会让我消失，他可是魔王啊。

他眸光里闪烁着不忍，“那日我看得很清楚，你的手……流了很多的血。”

我强忍着身体传来的疼痛，无谓地摇了摇头，想要安慰他，便道："不严重的，小白，我那次摔下断壁才严重呢，流了很多血，一直止不住，伤口也不好，我在床上躺了很久，意识是清醒了，身子却动不了，邱修……就是十二皇子的贴身侍卫，还要偷偷把我扔了呢。比起那次，这次不碍事的，你别担心了。"

我原本是想告诉他，我伤得那么重都好过来了，这次也一定没有问题的，可我说完后小白的神情却越发凝重了，颀长的身子似是颤了颤，面色苍白，"夜筝……是我的错，是我。"

"我不是这个意思……"我急着要解释却寻不到合适的字眼，只能死皮赖脸地环住他，反正自那夜之后他对于我的拥抱已不再推拒了，"我只是想告诉你，都过去了，我受的伤也都会好的。"

他轻轻抚了抚我的发，语气尤其温柔，"如果觉得不舒服就告诉我。"

"嗯！"

"而我不是离陌，你的不舒服我怕是无能为力。"他口吻里带了些自嘲，随即道，"若是有我能做的，告诉我，我一定为你做到。"

"小白，你什么也不用做，就这样让我抱着，我已经觉得很幸福了。"

近来我时常有些恍惚，身子快要消散，疼痛得不行，可每天又像踩在云端般开心幸福，因为小白待我那样温柔，像极了在林子里那些缱绻缠绵的日子，而这一次，我顶着的是自己的脸啊，他唤的也是我的名字，而不是"水蓉"。

我觉得我终于等到了，日后可以长长久久地在他身边了吧。

这便够了。

"咳——"

耳侧传来一声干咳，我从小白怀里顺着声音看过去，便见厉兴尴尬地立在门口，视线不知何处安放的模样。

小白试图松开我，却被我揽得紧紧的，他无奈地叹了口气，看向厉兴，“何事？”

“少主，朝中传来消息，怕是要动身了。”

小白沉默了片刻方道：“那便后日启程吧。”

我原以为厉兴说完这话会退出去，却见他目光在我和小白身上来来回回，随后张了张唇，道：“少主，朝中来了两人，现在前厅等候，你恐需过去一趟。”

闻言我立即乖巧地松开了小白，既然是朝中来了人，那必然是公事，我自然不能耽搁了小白办公的时间，“小白，我们去前厅吧。”

“不可！”厉兴却是激动地阻拦道，“夜筝姑娘莫要去！”

“为何？”我不解地看着厉兴，平日里小白办公都是会带上我的，我甚至都能陪着他去见洛青英了，这个朝中来的人我又为何不能见了？

“这……”厉兴双眸不住地转着，似乎不知道该如何开口，求助地看向小白。

小白看着我，道：“你在这休息吧，我让厉兴陪着你，你若是饿了乏了，就让厉兴去为你寻吃的。”顿了顿，小白看向厉兴，道，“你留在这，照顾好夜筝。”

语罢他抬脚迈出了屋子，我往前走了几步，厉兴立刻拦住我，“夜筝姑娘，你去真的不太方便。”

“你这么紧张做甚？我没有要跟去啊，我只是有些话想跟小白说而已，被你这么一拦，他都走远了。”

其实不跟着小白去也好，我近来虽心情大好，身子却一日不如一日，刚刚在小白怀里时已经是痛得撕心裂肺了，他走了，我便不必强忍着了。

我往凳子上一坐，就见厉兴立在房门口，眸光一瞬不瞬地看着我，“夜筝姑娘，可需要吃食？”

“不需要，你也不用守在这里，我自己待着就可以了。”

“不行的，少主嘱咐我照顾你，我便不该离身。”

“噗——”我忍不住笑出声来，弯了弯眉眼道，“厉兴，我觉得眼前这一幕似曾相识啊。”

“哪里似曾相识了？”

“会让我想起在邬城的日子，小白见洛青英的时候也不方便带我，然后你便守着我，之后我就被众人围攻掉下断壁了。”

“夜筝姑娘……”厉兴开口，带着些哽咽。

我无碍地晃了晃手，“你别紧张，我只是随口一说罢了，厉兴，你能出去吗？我想躺一会，你在这总是有些不太方便的。”

我当真是疼痛难忍了，就怕一会疼出汗来，给厉兴瞧见了定会告诉小白的，现在小白如此在意我的伤口，一定会担心的。

厉兴似是松了口气，“那我便在门口候着，夜筝姑娘放心入睡，若是醒了有什么需要，唤我一声便可。”

我没有力气再同他说下去，便匆匆点了点头，起身往床榻的方向走。

我蜷缩在榻上，只想等身体的疼痛缓和下来，昏昏沉沉地入了睡。

离陌何时才会回来啊？便是双手消失了亦无所谓，我大不了日日用布包裹着手，只是这疼痛当真难忍。

离陌啊离陌，可有法子让我不再这般疼痛了？

我因为太过疼痛，无法再时时刻刻伴在小白身侧，但见他和厉兴的言语中可知，事情的发展都在他的掌握之中。

洛青英死在这百城，而洛家一夜之间成了阶下囚。

小白已经开始动身回京，离陌依旧没有出现。

然而启程那日小白却要求我隐了实体和他一道回京，我未曾多言便应允了，这样也好，我不必掩饰自己的疼痛了。

可也是这样，我才知道了那日厉兴为何会露出那般局促的神情，为何小白会让我隐了实体。

原来，从朝中来寻小白的，是长公主的人。

小白此次离京已有四五个月，长公主许久未见到他，必然是无比想念的，我突然好后悔那日在榻上睡了过去，我应该跟在小白身边，那样我就知道长公主派人给小白传了什么话了。

其实长公主说了什么话不难猜测，但我更在意的是小白的回答。

厉兴看不到我，也会疑惑地询问小白，然而小白都会一带而过。

眼看着就快到了京城，将士们一个个都兴致高昂，沿途的疲倦都一扫而光。

这日在驿站休息的时候，厉兴上前给小白递了封信，俯身道：“少主，京城来的信。”

小白看了信，随即似有若无地笑了笑，“倒真如我所料。”

厉兴好奇地问道：“这信上说了什么？”

“明日回程，太子会亲自在城门相迎。”

“太子亲自相迎？那体现了皇上对此次征战的重视，咦……太子？”厉兴似乎是终于发现了重点，询问道，“皇上立太子了？”

“不错。”

“立的是哪位皇子？”

我凝神听着，说真的我亦挺好奇的，待在十二皇子身边的那些日子，知道的最多的便是这些皇子之间的尔虞我诈，而跟在小白身边便是战场的谋划了。

“十二皇子。”

皇上肯立十二皇子为太子倒真让我诧异，十二皇子似乎一直便不受宠，而之前皇上也不过把他当作武器在使，竟然会立他为太子？

不过这对于其他皇子或许是值得呼天抢地高兴一番的事情，对于十二皇子怕只是枷锁了吧，他那般想要自由，回他的南方小城，当一个普通人。

尔虞我诈的京城，并不适合他。

回京城那日我隔着人群看见了一身华服的十二皇子，他立在城门口，一身肃杀之气，再无往日的温润。

我替他感到几分可悲，他一定不快乐。

上一次小白征战归来我在城楼等过他，我晓得他定要先去宫里觐见皇上，有了上一次的经验我大致能猜出觐见的内容，只是这次除了论功行赏，只怕还要讨论洛家“谋反”的事情。

让洛家付出了应有的代价后，小白是要为李家洗清冤屈了吗？

我没有跟着小白入宫，昨天夜里无人的时候他便温声对我说了，今日他入宫定有许许多多的事情要处理，而我身子不太舒服，去府上等着便可以了。

小白主动这般对我说，我自然不会再跟去了，他让我回府上，是默许了我待在他身边的，他甚至这般地在意我的伤，我便欢欢喜喜地答应了。

离陌一直没有音讯，我垂头看了看自己的手，也不知道何时会好。

一路的颠簸我亦觉得累了，稍作休息后我便躺在小白卧房的榻上入了睡。

说来也奇怪，近来我醒着时身子频频作痛，但却能够入睡，并且似乎越发地瞌睡了。

有时候我也会想，会不会哪天我就这样睡着，再也不醒来了呢？

我不知道自己到底睡了多久，再次昏昏沉沉地醒来的时候是依稀听到了小白的声音，我条件反射地自榻上朦朦胧胧睁开眼来，模糊的视线里是小白和厉兴的身影。

小白还穿着白天的盔甲，他这是刚从宫里回来？

我记得上次他觐见完皇上便会回府沐浴更衣卸下盔甲，待晚些时候再入宫赴宴，看现在的样子他这是回来准备沐浴更衣了？

这样想着我便侧头看向窗外，却见天色已晚，难道今夜不再有庆功宴了？

“少主，厉兴以为此事你当与宫主商量。”厉兴跟上来，语气颇有些沉重。

小白没有答话，脱下了盔甲。

厉兴却没有要离开房间的意思，倏地单膝跪倒在地，像极了最初去林子接小白那般，“少主，宫主一直在等你回晴岛，你万万不可就这样留在京城啊！”

什么？！

小白要留在京城？！

我亦诧异地看向小白，希望看到他摇头否认，他入京不就是为了复仇吗？而他不是快要完成复仇了吗？为何还要长久地留在京城？

“你跪着作何？”小白终于开了口，“我何曾说了要留在京城了？”

我心里松了口气，这言下之意便是否认之前厉兴所说了吧。

这京城太压抑，规矩又多，若是长久生活在这必然是不快乐的。

厉兴仍旧跪在地上没有起身，抬头看向小白，道：“可是少主……之前皇上说要在太子殿下大婚之日为你和长公主指婚，少主若和长公主成婚了……”

“好好地你提这些做什么？”小白似是突然动怒，不待厉兴说完便出声打断了他，随即有意无意地朝着我的方向看了几眼，“你现下只需要备好太子殿下成亲的贺礼便好，其他的事情无须担心。”

小白……要和长公主成婚了？

这怎么可能呢？

“那少主此言可是不准备接受指婚的意思了？”厉兴眼眸里满是固执，“少主若和长公主成婚，以长公主的受宠程度，定然是不会离开京城了。”

……

“少主，你可曾……考虑过夜筝姑娘的感受？”

蓦地从厉兴嘴里听到自己的名字，我微怔，朝他看过去，印象里厉兴待我不错，可他是小白的属下，只会遵从小白所想，就如邬城那次，他明明知道一切，却守着我几日，不曾袒露过一点消息给我。

此时此刻，我竟从厉兴嘴里听到了几分维护。

厉兴道：“少主，厉兴并不想插手你的事情，只是有些话不得不说，夜筝姑娘对少主痴心一片，这是所有有眼睛的人都看得到的，而少主一直推拒着夜筝姑娘，少主不喜欢她，拒绝她是人之常情。”

……

“可是少主，恕厉兴直言，你既不喜欢夜筝姑娘，却一直……一直利用她对你的真心，这种行为，厉兴不齿。”

……

“若少主一直拒绝夜筝姑娘，再同长公主在一起，厉兴也无话可说。可是前些日子……还在百城的时候，厉兴明明撞见数次少主同夜筝姑娘姿态……亲密，少主若是没有打算和夜筝姑娘在一起，何必那样做？若是真心喜欢夜筝姑娘，就带她一起回晴岛吧，宫主很喜欢她，晴岛上的人也很喜欢她。”

这是我第一次听到厉兴为了我冒着惹小白生气的风险说着这样长的一段话，我的心里有暖流流过，温暖得不可思议。

谢谢你，厉兴。

小白眉头紧锁，“够了，你退下吧。”

厉兴站起身来，却像是豁出去了一般，接着道：“少主便是不想听，厉兴今日也是不吐不快，夜筝姑娘是个极好的人，望少主莫再伤她了，厉兴作为旁观者，于心不忍。”

语罢厉兴退了下去。

情绪真的很神奇，往日里我为小白做尽一切，也不会有多委屈，而刚刚从别人嘴里听到自己，却心酸得不能自已。

厉兴一走，我便现出了实体，坐直了身子，看向小白。

似是感受到了我的目光，他立在房中央朝我看过来，薄唇紧抿，一言不发。

我扯了扯唇角，勉强地笑了笑，“小白，你不会跟长公主成亲的，对吗？”

“白日可是睡了？”他朝我走过来，抚了抚我的发，“头发有些乱，是睡得不安稳？”

他此番又是顾左右而言他了，“回答我，小白，厉兴说皇上会在太子殿下的婚礼上为你和长公主指婚，这是真的吗？”

“是。”他神态自然地整理着我的发，“夜筝，十二皇子变成了太子，他也要成婚了，他的新娘是尚书的女儿，在朝中无权无势。你看，皇上就是这般疑心重，哪怕是立了十二皇子为太子，也担心他权势过大，于是许了娘家这般没权势的尚书千金给他当太子妃。”

我不知道小白跟我说这些，是想转移我的注意力还是单纯地想跟我分享他的看法，而我只知道我此刻在意的仅仅是他到底会不会跟长公主成婚这件事。

“小白，你为何不能直截了当地告诉我？”

小白朝我伸了伸手，似是想要揽住我，却又松开了手，“夜筝，我不爱她。”

“那你……会跟她成亲吗？”

我回想起自我察觉到长公主对小白有好感开始，便问过他是否会和长公主成亲，可小白只是笃定地告诉我，他不爱她，却从未否认过自己不会娶她。

我心底隐隐有些不安，看着他墨黑的眸子，心像是被人拽住了。

他松开我的发，侧过身子，不再看我，“夜筝，我已经无路可退。”

“这是……什么意思？”

“我会跟长公主成亲，我要那个皇位，只有真正到那个位置了，才能给我李家洗清所有冤屈。”

“那我呢？”我身子发抖，声音也在发颤，“那我算什么？之前的那些日子又算什么？”

你主动拥抱了我，你温柔待了我，你让我觉得自己终于走进了你的心里。

现在却说你要跟另外一个人成亲，那么我到底是什么？

“夜筝，我早就说过，待在我身边你会难过的。”他迈了两步，拉开我们的距离，“走吧，离开这里，离开我。”

“哈？”

我半个字都发不出来，心痛到无法呼吸。

我站起身来，近乎歇斯底里地说道：“小白，往常你要求我做什么，哪怕是让我流尽身体里的血液，我都答应你，只是这一次，我再也不会听你的。”

……

“你不可以和长公主成亲，你不爱她，你不可以和她成亲！”

如果你和长公主成亲，那死去的云家小姐，还有我，到底算什么？

“夜筝，你好好休息，先冷静冷静。”

他说着便抬脚往外走，我赶在他抬脚前抢先一步离开。

我不可能一个人留在充满他气息的屋子里，听着这些内心深处蔓延开来的嘲讽。

可我好不甘心，真的好不甘心。

对于小白，我第一次有了如此愤怒的心情。

我并没有走远，我隐了实体蹲在小白的屋外过了一夜，他没有出来寻我，他房里的灯灭了。

我接受不了小白要同长公主成婚这件事，他要复仇，他要皇位，何必跟长公主成婚呢？复仇的方式千千万万，为何要选择这一种？

我做什么都可以的，就算我没有能力，我做不到，我也可以帮他去求离陌，我一定会完成他心中所想，只要他别娶长公主。

他是爱我的，不是吗？

待他醒了，我便要同他说这些，他今日是一定要给我一个答案的，他若是爱我的，就不该同长公主成婚。

哪怕他说一万遍自己不爱她。

可我等啊等，先等到的不是小白醒来，而是昨日离去的厉兴前来敲门，神色里仍有几分犹疑，“少主可醒了？”

“嗯？”小白应了声，他不知道是不是早就醒了，声音中并没有刚刚苏醒时的沙哑。

“长公主来了，少主你……”

“带她去我的书房吧，府里到底人多，叫别人看见了不好。”

我看着厉兴抬头又垂首，似乎是还有别的话想说，最后叹了口气，离开了。

小白的书房我是知晓的，他喜欢安静，书房是府里最为幽静的存在，没有他的允许也不会有人靠近打扰，往日里我都会赖在那边的榻上，看他忙碌，只觉得时光静谧美好。

此刻他竟然要和长公主在书房独处吗？

厉兴走后，我推门而入，许是动静太大，他倏地扬声道：“厉兴？”

小白应该也是一夜未睡，他仍旧坐在桌前，还是我离开时那副着装。

我现出了实体，第一次看着小白没有了笑脸，认真道：“你要复仇，我助你复仇，这一路走来，我做得不好吗？”

……

“你要那皇位，也并不是非娶长公主不可对吗？其他方式也可以的，我可以问问离陌，离陌那么厉害，他……”

“够了！”小白蓦地站起身来，眉目间隐有薄怒，“我晓得离陌在你心里无所不能，我也晓得他道行深，不是我等凡人能够比拟的。可是夜筝，这里是凡世，而我不过是一介凡夫俗子，就让我用凡人的手段来处理，不可以吗？”

“不可以！”我心里的愤怒无法抑制，我激动地上前去拽他的衣襟，“我为了你做了这么多，你现在告诉我你要用凡人的手段来处理？”

“夜筝……”

“你先听我说，若是你一再地推拒我，不曾给我希望也就罢了，可是这次征战又算什么？你对我那么温柔，你细心呵护关心我，你甚至主动抱了我，这些都是你给我的回应不是吗？为什么给了我你又要收回？”

拥有后再失去的痛苦永远比不曾拥有来得刻骨铭心。

你给了我一刹的风花雪月，我自然妄想天长地久。

他的视线落在我拽住他衣襟的双手上，“你的手……还这般严重？”

“是，很严重，我可能不会好了，小白，我能接受你心里有云家小姐，可我受不了你和长公主成亲，我真的受不了。”

我期盼的婚礼，那些我借着月光与萤火虫在黑夜里一针一线缝制嫁衣的画面，喜庆的木屋，以及晴岛上喜庆的布景，这些画面都出现在我的脑海里。

婚礼那般神圣，他如何能娶一个根本不爱的人？

“夜筝。”他的语气忽然少了之前的尖锐，轻柔下来，“无论如何，长公主我都是要见的，她亲自来了府上我若置之不理，怕也活不了几日，你能理解吗？”

“那你见了她会同她说清楚吗？会告诉她你不爱她，不会娶她吗？”

“夜筝，你莫要逼我。”

“哈哈……”我忍不住笑出声来，笑着笑着却突然很想哭，“我为你做尽所有，到头来却换来一个‘逼’字。”

我的心像在被炙烤，马上就要化为灰烬。

“小白，我给你时间做选择，我是很爱你，为了留在你的身边我什么都愿意去做，但是小白，你若是娶别人，你的身边我是再也留不住了。”

……

“小白，我若真的决定走，便是永生永世，生生世世不再见面了。”

语罢我隐了实体走了出去。

其实我亦没有走远，不过是蜷缩在门外的长廊里。

我在赌，赌他对我的在意对我的爱，赌这一次能不能换他来为我做些什么。

小白再次出来时已经洗漱过了，换上了干净素白的衣服，他稍稍环顾了下四周，也不知是不是在寻我，随即抬脚往书房的方向走。

他要去见长公主，这无可厚非，重要的是他会说什么。

我跟了过去。

我已经记不得这是第几次为了长公主而有这种心痛的感觉，长公主已经成了我心尖上的刺。

小白推开书房的门，长公主着一身男装，一如当初我在“仰月楼”看见她那般俊俏，笑弯了眉眼，娇娇道：“子萧，你莫被我男装吓到，这个样子比较方便出宫，你放心，我此次出宫只带了婢女绿茵，保证不会有人发现的。”

“公主这么早？”小白神色如常，一贯的有礼疏离，这让我稍稍放心些许。

“早吗？是不是吵到你睡觉了，你看起来像是没睡好的样子。”

长公主说着便朝小白伸手探去，被小白抓住了手腕，“无碍，公主睡得好吗？”

“我根本没睡呢。”顺着小白抓她手的姿势，长公主又朝小白靠近了些许，“子萧，我一想到父皇准许了我们在一起，我就兴奋得不行，便过来寻你了，子萧，你喜欢什么样的婚服？过些日子我让宫中的绣娘过来探讨探讨，你也一起来吧？总归是我们的婚礼，也不能全依着我一个人的喜好，让你也喜欢，定是最好的。”

长公主说到这些时，双颊透着微粉，写满了少女的娇羞。

我也曾这样。

我也曾。

我期待着小白说出那些拒绝的话来，一如对当初的我那般，可他没有，他说：“一切全依公主喜好。”

一切全依公主喜好。

这八个字就是一把利剑，刺得我鲜血淋漓。

长公主娇笑着整个人埋入他的怀抱里，“子萧，你待我真好，我觉得好幸福啊。”

我站在小白的身后，从我的角度其实只能看见他的背影和长公主的衣摆，我看不见长公主的脸，可我知道，她一定很幸福。

我的心，在这一刻，支离破碎，再也拼凑不起来。

若是往常的我，便会呆愣地站着，随后黯然离开。

可是这一次，我再也做不到了。

我现出了实体，在他们背后冷冷开口，“小白，这就是你的回答，是吗？”

小白和长公主身子一顿，长公主立即从小白怀里抬头向我看来，“谁？！”

我苍凉一笑，“我是谁？公主不认识了吗？”

“你是……”她似乎慢慢回忆起来，随即震惊地睁眸，“你是十二弟的婢女安歌，你……你为何会在此处？”

小白松开了长公主，试图去扼住我的手腕，触及包裹的纱布时，又停了手，蹙眉斥道：“你疯了！”

是，我早就疯了，从有精魂的那一刻，从爱上他的那一刻，早就疯魔了。

“这就是你的回答？”我逼近小白，“我和她之间你选择了她是吗？”

……

“小白，我想不通，我觉得明明你是爱我的，你明明有其他的方式来复仇，却一定要选择会伤害我的那一种，你为什么要这样对待我啊？”

“你不要再说了！”许是我提及了“复仇”这样的字眼，小白眉目间透出几丝慌乱来。

“你们不要无视我啊！”一旁的长公主将小白往身后一拉，拉开我与小白的距离，她的脸上满是震惊与怒火，“你们两个快告诉本宫，你们俩是什么关系？安歌你为什么会在这里？！”

我晓得以小白的聪慧定能想出合理的说辞，而长公主对他痴心一片，什么说辞她都会相信的。

一如我。

可是这一刻的我，不愿意给小白任何的机会，不甘、委屈以及怒火和巨大的绝望湮没了我的理智。

这一刹那，我甚至觉得哪怕我们三个就这样死去亦是不错。

我快要窒息了，我只想要鱼死网破。

我看向长公主，冷冷道：“我不是安歌，我是夜筝。”

我是夜筝。

我是小白的琴。

我不是什么旁的人。

第十九章

执　念

长公主蹙眉，厉声道："你这话是何意？"

我不愿意再做没有姓名的人，从我站出来的那一刻，我就知道我无法再隐瞒，"我从来就不是什么十二皇子的婢女，不是什么安歌，我叫夜筝，长公主，我喜欢小白，你不要跟他成亲，好吗？"

我知道自己没有半分立场要求长公主这样做，可我也清楚，小白不会因为我而改变想法，那既然如此，我只能奢望着长公主会改变。

"荒……荒谬！"长公主整张脸涨得通红，她没有看我，而是转头看向小白，颤抖着发声，"你告诉我，你亲口告诉我这是怎么一回事？什么夜筝，什么安歌，我就想知道为何十二弟的婢女会出现在你府上？还对我提出这样的要求，是你看上她，把她从十二弟那要过来了？"长公主顿了顿，似是想到了什么，涨红的脸瞬间又是惨白一片，"难道……难道她是你安插在十二弟身边的？"

小白一言不发。

长公主受了极大的打击，眸光闪烁，随即又用力地摇头，“不，不可能的，十二弟和我说了，安歌是他在燕城那边侍候的婢女，你去年才入了京，你们不可能会认识的，是不是？”

长公主说到后面已经是泫然欲泣。

小白站得笔直，扫向我，“你闹够了没有？”

我想要说话，却发现自己发不出声音，在他眼里，我的悲伤痛苦心碎都只是一场闹剧罢了。

“回答本宫！”长公主满脸都是愤怒，声音发抖，“若是今日你们不解释得清清楚楚，明明白白，本宫定会告诉父皇，严惩不贷！”

长公主已经开始自称“本宫”，说明她是真的动怒了。

“他是爱我的。”我仿佛魔怔了，那些往日我不会说的话一个字一个字地从我嘴里冒出来，“长公主，小白并不爱你，你又何必跟他成亲？我爱他，他也爱我，你成全我们，可以吗？”

“你到底是从哪里冒出来的？你是谁？你为什么要说这样荒唐的话？！子萧怎么可能会爱你！”

“我是夜筝。”

“本宫不管你是谁，我念在你当日救了我，姑且饶你一命，但你须此生再不出现在我们面前。”

“怎么可能呢？”我看着长公主，第一次那么想要证明自己在小白心里的位置，“长公主，你可还记得你之前让他抚琴，那琴是自小跟在他身边的，你可知道那琴叫什么？”

“那琴叫什么与你何干？”长公主气得胸膛剧烈地起伏，瞪向一旁的小白，“木子萧，你竟让她在本宫面前放肆！”

小白拉住了我的胳膊，那是我为他受了伤缠满了纱布的地方，“夜筝，你先下去，好吗？”

我整张脸都皱到了一起，“疼，小白，你碰到我的伤口了，我好疼。”

闻言，他稍稍松开了些许，看我的眼神里，多了几分悲凉与绝望，情绪却缓和了，“夜筝，你到底想我怎么样呢？我只是一个无能的凡人罢了。”

可即便如此，我不愿意妥协半步了，我看着长公主，道：“那琴也叫夜筝，我也叫夜筝，长公主，你觉得我和小白的关系如何？”

“你在挑衅本宫？”长公主看向小白，冷声道，“木子萧，这琴对你而言很重要？”

我不知道小白是对自己可以平息长公主的怒火有绝对的把握，还是放弃了挣扎，他很平静，面上看不出情绪来，淡然地答道：“是，这是家母送与我的，我自抚琴开始，这琴便不离身。”

哪怕是我之前没有精魂，我也在他的身边陪伴了那么多年啊。

长公主终于勃然大怒，指着小白道：“木子萧，本宫现在，就命你烧掉那把琴，你是听还是不听？”

小白浑身僵硬地站着，仿若雕像，一动未动。

“小白，你要烧吗？”我想哭，却没有眼泪，“要把我烧掉吗？”

长公主贵为千金之躯，自然容不得我踩在她的前面，烧掉琴，是想给我一记耳光。

小白的沉默让每一分每一秒都变得十分漫长，也不知道过去了多久，我听到了小白的声音传来，“厉兴。”

厉兴的声音立刻从门外传来，“去我房里取琴，生火，烧了吧。”

“什么？”

“把我房里的琴烧了。”

重复听到两遍，我无力地跌倒在地，长公主似是终于解气了些许，“即便是他母亲送给他的琴，本宫也能让他说毁就毁，而你，不过是与他的琴同名罢了，在本宫面前得意嚣张什么？”

我的脑子嗡嗡作响，身子像被人拆卸了一般。

长公主不知我便是那琴，可是小白确实清清楚楚明明白白知道的，他却为了长公主要毁我琴身。

我的命对他而言，就这般不值吗？

我眼前发黑，等到我回过神来时，外面已经架起了火堆，厉兴来询问，何时烧掉琴身。

小白没有管跌坐在地上的我，只是看着长公主，柔声道："公主，这琴我必然会烧，今日发生的事情我也会好好跟你解释，我只希望你不要气坏了身子，我叫人领你去客房休息可好？"

"不，本宫要亲自看你烧了这琴。"

"不可以！"我已然崩溃，"小白，你不可以烧了琴，你不可以，你怎么可以这样做？"

"如何不能？"回答我的只有长公主的声音。

我明明没有哭，可是视线却是一片模糊，我什么都看不清楚了，只能依稀顺着小白的方向爬过去，狼狈不堪，"小白，你要杀了我吗？"

……

"你想让我死吗？"我心痛如绞，"你烧了琴我会死的，小白，不要烧琴。"

长公主道："你这唱的又是哪一出？疯疯癫癫地不成样子。"

我再也管不了其他人什么感受，我恨不得把我全身的伤口都赤裸地呈现在他的面前，让他不必这样残忍地待我。

我想要扯开包裹住双手的纱布，"我已经没有手了，你还想怎么样？"

我已经没有手了啊。

现在，好像连眼睛都失明了呢，我开始看不清楚眼前的一切，便是连想扯个纱布，都愚笨得拆不开。

我拉扯了许久，好半天才理出线头。

"啊——"

耳畔传来长公主的惊叫声，"她没有手！她真的没有手！怎么会这样？！"

"小白，你看到了吗？"

……

“你是真的想要我死去吧。”

我觉得我的心在他决定烧琴的那一刹那就死去了，他甚至不顾我的死活，怎么会为了我不娶长公主？

“夜筝……”小白声音颤抖着，双手按在我的肩膀上，试图去触碰我的手，“你的手呢？为什么会这样？是因为战场上的伤吗？”

在我的眼里，小白只剩下了模糊的轮廓，“我早就没有手了，你烧了琴，我会死的。”

“滚。”

我听到一声熟悉的低喝声，随后感觉到小白被一阵风用力推开，而我被揽入一个温暖的怀抱里。

我虽然看不见，可我知道，是离陌回来了。

我心里的委屈无限地被放大，一直强忍的泪水就这样喷涌而出，“离陌，琴没了，我就没了，离陌，我要死了，对吗？”

“你又是谁？！你从何处出来的？！”长公主的惊呼声不绝于耳。

可下一瞬我便听到了她倒地的声音，我不知道她是不是昏过去了。

离陌的声音自我头顶传来，“我离去前便说了，让你护好自己，我才走了多久，你便这般狼狈？”

我埋入他的怀抱，低头不语。

“你不会死的，可他们害你这般难过，我现下便杀了他们。”

我心里悲凉，也不想小白就这样死去，“离陌，不要杀他们好不好？今天的事情是我任性，是我冲动了，你把长公主的记忆抹了吧，我不想她醒来活在惶恐之中。”

“可……”

“离陌，你带我走吧，现在就带我走。”我环住他的脖颈，努力不去看小白，“我一刻也不想待在这了。”

他利用我，哄骗我，如今还要为了另外一个女人杀我。

可我好恨我自己，除了想要拼命离开这里，我竟然……不恨他。

“好，夜筝，我带你走。”

离陌应允后我在他怀里安然闭上了眼，我不知道小白是被离陌施了术法所以未发出声音，还是因为他并不在意我的离去，我感受到身旁有风，我们已经出了府邸。

这一次，我是真的要走了。

消除掉长公主的记忆是我为小白做的最后一件事，他想要那万人之上的位置，我以后是帮不了他的了，长公主没了今日的记忆，醒来时会依然爱他，他便可以按照之前的计划去走自己的人生路。

小白啊小白，他日你是九五之尊时，可还会记得这个曾为你付出一切的我？

你要记得我啊，哪怕我不能在你身边了，也请你一定不要忘了我。

我已经一整夜未曾入睡了，书房的大吵大闹已使我筋疲力尽，在离陌怀里安睡了过去。

我不知道自己睡了多久，等再次醒来的时候，我躺在舒适的床榻上，柔软得仿佛躺在云朵上，我缓缓地睁开眼，视线依旧是一片朦朦胧胧，只能感受到光和依稀的色彩，却是看不清具体的事物了。

哀莫大于心死，我早已不介意自己身处何处了，这天下，没有小白的地方，又有什么不同？

“你醒了？”耳畔传来离陌低沉的嗓音。

原来他就坐在我身侧啊，我依旧木然地盯着床榻上方，虽然什么也看不清楚，像个被抽离了灵魂的拉线娃娃，开口作答：“嗯，我醒了。”

“可是身子难受吗？”我感受到离陌俯身向我靠近，双手撑在我身体两侧，我的视线里出现他模糊的影子，“夜筝，抱歉，是我来迟了。”

我摇头，“你没有来迟，离陌，这从始至终就是一场梦，不过梦该醒了。”

从他在百城的夜里主动拥住了我，从他温声细语地关怀着我，我就觉得仿佛在做一场梦，一场奢望已久的梦。

我在梦里很幸福，却也惶恐不安，我知道梦都会醒的，我也早晚会要醒过来。

他终究，还是不爱我啊。

这自始至终不过是我的一场妄想罢了。

“夜筝。”离陌加重语调唤了我一声，“我已经带你离开了，你以后再也不会受到伤害了，我会保护好你，会守着你，让你好起来，你既觉得梦已经醒了，日后你便在现实里好好活着。”

他顿了顿，又补充了句：“夜筝，如果你愿意，我也可以为你造一场梦。”

如果你愿意，我也可以为你造一场梦。

这是多么好听的情话啊，原来只要说的人不对，再动听的情话也不会动人。

“不用了。”我张了张唇，“离陌，你什么也不必为我做了，我已经别无所求。”

我初初有了精魂，便一心渴望着能拥有实体，可以触一触小白，于是我处心积虑地拜离陌为师，为的就是让他教我术法。

后来我化作云家小姐的样子与小白温存数日，我便开始奢望着可以长长久久地留在他的身边，当他的娘子。

原来当失去执念的时候，便是行尸走肉，我好像没有什么活下去的念头了。

离陌双手按住我的双臂，倏地有些激动，“我不许你这般要死不活的，夜筝，你给我打起精神来，不过是一个凡人罢了，他做尽了这世上伤你之事，你又何必苦苦执着呢？这么久了，你难道还看不破吗？”

“看破了啊……”我任由离陌拉拽着我，我虽然疼却不在意了，“就是因为看破了，我才想要离开。”

……

“离陌，你知不知道我有多心痛，他要娶长公主，在那样温柔地待过我之后，他竟然要娶长公主。”只要想到小白，再麻木也会使我落泪，我感受到温热的液体无声地从我眼角滑落，“为了长公主，他要烧毁琴，是啊，他要杀了我。为了长公主，你知不知道我的心有多痛？”

离陌按住双臂的手开始颤抖，好半天他才开口，声音干涩，仿佛每一个字都是从喉咙口挤出来的，“夜筝，那你知不知道我的心有多痛？”

“离陌，我……”

我刚刚张唇，他便伸手覆盖住我的唇，道：“这么久了，每次都是我听你说，你难得听我说一次，这一次你能不能听听我心里的声音？”

我能感受到他身子的颤抖，声音里的脆弱，如果我可以看清楚他面上的表情，那一定没有了往日的冷酷与不屑。

此刻的离陌，痛苦不亚于我。

“我若早知道自己会爱你至此，那日午睡，青蛇要吃你时，我便不该救你。”

……

“我不救你，就不会给你道行让你有了实体，也不会……跌进你清亮的眸光里。”

……

“初遇后我并未把你放在心上，可我重伤的那日我又遇见了你，夜筝，你既不爱我，为何要舍身救我，若非你舍身救我，我怎会……”

他似乎是说不下去，蓦地戛然而止。

久远的记忆涌上我的心头，离陌看起来是冷酷的魔王，可实际上却最是心软。

他以为的“舍身救他”不过是一个误会罢了，真正救他的人是落影，不是我。

可此时此刻我若告诉他真相，他会不会更加痛苦难受？

“你啊，还是一只松鼠的模样最最可爱，那般毛绒小巧，害怕地埋入我的怀抱里，那般依恋我，仿佛我去哪里都可以把你随身带走。”

……

“我那时当真以为你会好好跟着我修习，你练变身术法的样子也很认真刻苦。”他语调里多了几分苦涩，“那日我同落影聊完回去寻你，发现你已经变回了自己的样子，学着我的模样躺在树枝上入睡，煞是可爱，我便问你啊，问你为何要学变身的术法，你迷迷糊糊地说……你要让那凡人知道你的存在。”

……

“夜筝，你可知当时我有多恼怒？但你既要走，我自不会强求。可后来很长一段时间，我都会不自主地想到你。当我再去寻你之时，却发现你要与那凡人成亲了，却顶着一张不属于你的脸。我心里烦闷，但只道你是好玩，你刚有精魂不久，哪里懂什么情情爱爱？”

……

“反正凡人的性命短暂，我便想着由着你去体验吧，百年后你还是要同我一道修行，可我不愿你同他亲密……便赠了你一坛酒，让你睡了过去。”

原来如此，那夜我和小白不过饮了一杯，就伏在桌子上沉沉睡去，我只道是两人酒量不好，后来出了林子亦饮过酒，却不曾这样醉过，我还以为是离陌给的酒格外地烈。

“可是夜筝，后来的我常常后悔，我那夜就该带你走，不，应该是在云林修炼时便不该放你离开，若我不纵容你回到那凡人身边，你也不会受到那么多的伤害，弄到如今伤痕累累。”

……

“夜筝，我爱你，比你知道的更久，比我想象中的更深。”他的身子越俯越低，我能感受到他温热的鼻息，“你知道不知道，除夕夜你窝在我的怀里哭着撒娇，我除了心疼，却觉得无比幸福，我好想就那样生生世世地拥着你。”

我心疼无比，泪水越发地汹涌。

“夜筝，你说你很痛苦，你总在我怀里哭泣，你一字一句地告诉我你有多爱他，那么听着的我呢？你的每一个字都像是针扎在了我的心口，你是为了他伤痕累累，可是夜筝，为了你，我的心也已经支离破碎。”

……

“我不知道怎么做才能留住你，不知道怎么做，才可以让你快乐。可是放开你，我做不到。”

离陌的声音越来越轻，最后微不可闻，我感受到温热的液体滴落到我的脸上。

这是……离陌的眼泪？

离陌哭了？

不可一世的魔王在我面前哭了？

他哪怕是被鲜血染红了衣衫，七魂散了六魄，都不曾流过眼泪啊。

我扬手挥开他捂住我嘴的手，顺着模糊的轮廓想要去擦他的眼泪，哽咽道：“离陌，你不要哭，求求你了，你不要哭。我不值得你为我哭。”

……

“离陌，可是我能怎么办呢？”泪水越来越汹涌，我本来视线就模糊了，现在只能感受到微弱的光，“我不知道自己可以怎么办，我也讨厌这样的自己啊。”

……

“如果我爱的人是你，那多好！”我的心无法骗自己，“可是离陌，我控制不了自己，我爱他，我还是很爱他。哪怕他这样伤我，可我还是不恨他。”

我离开小白，是无法看着他和长公主成婚。

可我不恨他，我好像自有精魂开始，便是为他而生的。

而爱着我的离陌要怎么办才好?

他那般执着爱我，一如我对小白。

我以为离陌带我去了什么结界之类的地方，直到落影出现，我才知道这里竟然是魔宫。

我是诧异的，我在凡世的时候也看过许多的话本，在酒楼里也听过不少的评书说唱，每次听他们提起魔宫，多半是昏暗瘆人的环境，可虽然我眼睛不太好使了，但也能感受到这里敞亮得犹如仙境。

我没有把眼睛的事情告诉离陌，他那般担忧我，若是知道我快要失明了，还不知会担忧成什么样子，我已经不想浪费他的修为来救我了。

反正如今的我，便是同死了没有什么两样。

为了不暴露出我已经失明，离陌在屋子里的时候，我几乎不怎么走动。

但大抵是那日的谈话太过尴尬，离陌已经很少在我醒着的时候过来看我，每每过来也是夜深的时候。

可他不知道，其实每每他一进屋子我便醒了，却装作熟睡的样子。

他既是趁我入睡才进来，定是不想让我发现他的。

我已不知这般昏昏沉沉过了几日，这日落影又到了屋里，她立在我床榻前，冷冷问我：“夜筝，你想离开这里吗？”

我坐起身来，“去哪里？”

“殿下日日为你劳神，你不会不知道吧？”落影的声音里满是怒火，“可是夜筝，你扪心自问，你值得殿下如此待你吗？”

我早已经不是那个刚有精魂对情情爱爱懵懂无知的琴妖了，落影对我的敌意我都懂。

她爱离陌。

我觉得她说的每一句话都对，我不应该再待在这里，哪怕我不能留在小白身边了，也不该在离陌身边心安理得地享受着他对我的好。

何况，我活不了多久了，独自死在外面，也比死在离陌面前要好。

“好。”我点头，“可我们出得去吗？”

离陌曾对我说过，魔宫结界重重，他不在的时候让我不要随意走动，免得受伤。

“殿下刚外出不久，短时间内不会回来的，我知道出口在哪里，你想离开，就快一点。”

闻言，我立即掀开被子，摸索着下床，以我现在的视力只能感受到微薄的光了。

“你……”落影的声音传来，“看不见了？”

我的脚终于套进了鞋子里，我顺着声源看向落影所站的地方，苦涩地笑了笑，“快了。”

消失的双臂，失明的双眼，我无法预料下一个发生在我身上的会是什么。

“殿下知道吗？”

我摇头，“不必让他知道，离陌为我做的太多太多了，你说得很对，我不应该留在这里，你带我走吧。”

下一瞬我感觉到落影伸手扶住了我，语气有几分僵硬，“我扶你。”

我低垂着头，“谢谢。”

可我们谁都没有料到，离陌今日会回来得这么早，他全身散发着森冷的气息，却没有对我说话。

“落影，看样子这魔宫是留不下你了。”

落影松开我，跪倒在地，“殿下，落影做这一切都是为了你，自从你遇到了她，你受了多少苦？殿下，你让她走吧，她的心根本不在你这里啊！”

下一刻我耳边传来落影砸到柱子的声音，“滚。”

“我不会走的，殿下，落影绝不离开魔宫。”

可离陌从来如此，他可以对一个人掏心掏肺，也可以对一个人冷酷无情，他似是施了术法，落影的声音消失了。

我不愿意看到他们俩为了我而起争执，应该走的人是我而不是落影，“离陌，离陌……”我唤了两声，试图靠近他，许是心里太过着急，我并没有靠近离陌，而是扑了个空，“你别赶落影走，别赶。”

我的眼前有一道模模糊糊的黑影，离陌的声音小心翼翼地传来，“你……你的眼睛怎么了？”

我已经是无处可躲，只能坦白，“离陌你让我走吧，我活不了几天了，你让我走吧。”

离陌只是发抖地拥住我，似是说不出话来，我看不清楚他的表情，可我能感受到他的难过，“是什么时候的事情？为什么不告诉我？”

“我同你离开京城的那日我便看不太清楚了，离陌，再过不久，我定然便瞎了。”

离陌将我揽入怀抱，动作轻柔得不可思议，连语气也格外地温柔，全然不似刚刚同落影说话的语调，“都是我不好，我应该早些发现的，抱歉，都是我不好。”

“这不是你的错，你为何道歉？让我走吧，离陌，我要瞎了……”

“乖……你别怕，我定不会让你瞎掉的，我一定会治好你。”

“离陌，放我走吧……我要死了，我的双手已经消失了，而我现在也看不见了，很快我就要死了，不必再为我做那些徒劳的事情，真的不必。”

他揽着我的力道越来越大，透着几分怒气，“不会死的，我说过，我不会让你死。”

“不——你不懂，我本来就没有什么修为，小白烧毁了我的琴身，我定然会死。”

那日之后，我思考了许久，为何离陌带我来魔宫后，我的情况却越来越严重了，一定是我的琴身已毁，我是琴妖，琴身毁了，我也要消亡了。

离陌浪费再多的修为，也救不了我。

“离陌……”我看着模糊的他，语气近乎乞求，“别再浪费你的修为救我，让我安静地死去，好不好？”

他的身子僵住了，“夜筝，为何一心求死？离开了他，你就真的活不下去了吗？”

我摇头，答道：“我的心已经死了，在他决定烧毁琴身的那一刻，在他决定和长公主成亲的那一刻，我的心就已经死了，他不爱我，活着对于我而言，已经是一种痛苦……算我求求你，放过我也放过你自己。”

离陌颤了颤，松开了我，语气里满是苦涩，“若你因为他不爱你而求死，你大可不必，而即便是你琴身已毁，你也不会死，因为——你根本不是琴。”

“什么？”我像是无法理解他说的话，“我不是琴？我怎么可能不是琴呢？我是夜筝啊，我是小白的琴，夜筝啊。”

“我何苦骗你？”离陌声音发涩，“你只是一缕执念罢了。”

“执念？”

“是，你是那凡人对死去的爱人的执念。”他深吸了一口气，似是终于决定告诉我一般，接着解释道，“如果他对死去的爱人的执念消失了，那你便会消失，夜筝，这就是为何你近来伤口不能愈合，双臂开始消失，甚至双目都开始失明的原因。”

“你的意思是……小白对云家小姐的执念开始消散了？”一个难以置信的念头渐渐浮上我的脑海，我瞪大双眸，“小白是爱我的对吗？”

我感受到的那些都不是我的错觉，他的温柔，他的怀抱是真真切切要给我的。

我回想起第一次伤口不能愈合时，是我被推下断壁的那一次。

所以……那次他即便是伤了我，自己也是很难过的是吗?

我受的那些伤，他并不是不在意，他只是隐藏在心里什么也不说。

原来我，根本不是琴，我只是执念啊。

离陌的声音里多了几分沉痛，“是，他爱你，你现下可以放弃因他不爱你而求死了吗？”

我兴奋不已，一直渴望的事情就这样成了真，我纵然浑身伤痛，却觉得圆圆满满了。

“离陌，我要去寻小白。”

“你疯了吗？！你还要回去？夜筝，他的爱会杀了你。”

“只要他爱我，那又如何？便是没有几日好活，我也想守着他死去。”

哪怕我到临死才知道自己是谁，可我这一生，够了。

我以为离陌定不会答应我，他却极其反常地说道：“好，这个愿望我帮你实现。”

离陌开口道：“我带你去找他，可你也要答应我一个要求。”

“好，我答应你。”我立刻答道。

“不问问是什么要求？”

我摇头没有回答，我一个将死之人，如果还有什么是可以应允离陌的，我又何必吝啬？他为了我，做了那么多。

离陌顿了顿，没有再多说，将我打横抱起，放在床榻上，“魔宫还有些事情我需交代，待我交代完毕，便带你走。”

魔宫的事情?

我立即想到了落影，我伸手靠感觉拉住了离陌，道：“离陌，你莫赶落影走，真的是我主动要跟她走的，与她无关，而且她一直对你忠心耿耿的，你把她留在身边吧。”

我对离陌身边有些什么角色并不甚了解，他出现在我面前时，常常是独来独往的，落影是我唯一知道真心真意对待他的人，我不愿意他失去。

“你要我原谅她？”

“对，我想让你原谅她。”

“好。”今天的离陌格外地好说话，“作为交换，你也给我一个‘原谅’。”

“何意？”我看不清离陌的脸色，只能自己暗自揣测，“可是离陌，你没有做错任何需要我原谅的事情。”

离陌却是意味深长地答道：“说不定以后会有呢？”

“怎么会？我……”马上要死了啊，那之后他还能做什么需要得到我原谅的事情？

“夜筝，你是应还是不应？”

“好，离陌，我答应你，以后你做了什么，我都原谅你。”

离陌在床上将我放平，又给我盖上了棉被，伸手覆盖住我的双眸，“睡一会吧，夜筝，我一会就来带你走。”

他的声音沙哑温柔，好听得近乎蛊惑，让人无法抵抗，于是我不受控制地沉沉睡去。

这一觉格外好眠，离陌将我唤醒的时候，我尚不知是什么时辰了，只知道他温柔地将我抱起，轻轻蹭了下我的发顶，随后道：“夜筝，我带你寻他。”

我现下眼睛看不见，无法正常行走，也只能任离陌抱着。

离陌停下来的时候，眼前的光线是晕黄的，这里似乎是凡世的夜晚，耳畔传来喧嚣的声音，似是人挺多的场景。

“离陌，这是哪里？”我在他怀里仰头看他，“为何我觉得有很多的人？”

不是说带我来寻小白吗？莫非是小白此刻正在参加宴席？

离陌的声音缓缓传来，“夜筝，这里是木子萧的婚宴。”

我心口中了一剑，小白和长公主的婚宴吗？

即便我能从自己的身体症状来肯定他是爱我的，但一想到他和长公主成婚了，难免悲伤。

沉默中我听到离陌又开了口，“夜筝，你还是决定去见他吗？此刻，他正洞房花烛。”

我苦涩地笑了笑，“要去见他的，我既然来了。”

“好。”

不过一瞬，周围的环境忽然安静下来，恍惚间能听到衣料窸窣的声音，我想，这里就是小白和长公主的婚房了。

他们此刻约莫是看不见我们，我要如何才能和小白说话呢？

离陌看透了我心中所想，他默念着术法，世界便就此寂静无声，“我暂停了时间，有半个时辰和他说话。”

随即我便听到小白的声音，透着难以置信，“夜筝……是你吗？”

我只能顺着声源朝他看去，扯了扯唇角，笑道：“是我，小白，是我。”

听到小白起身的声音，模糊的视线里有一道刺眼的红朝我靠近，我知道那是他的喜服。

我仰头看向离陌，“我可以下去吗？我想单独和他说说话。”

我清楚地知道，我要同小白说的那些话，若是离陌听了必然会伤心。

“可你的身子能撑得住吗？”

“半个时辰无碍的。”

离陌妥协，“好，半个时辰后我来接你。”

离陌刚刚松开我，我便感受到小白颤抖着手扶过我，可不过一秒，他又夸张地松开我的手臂，改为扶住我的背，“你的手……你的手……”

他说不出个完整的句子，我晓得他定是看到了我空荡荡的双手，没有精心地遮挡，想必画面是有几分瘆人。

可我的双手虽然是透明的，却是存在的，我抬起手，摸索着想要抚上他的脸庞，安慰道："没事的小白，我的手只是看不见了罢了。"

他的身子却颤抖得越发厉害，哽咽道："你的眼睛怎么了？夜筝，告诉我，你的眼睛怎么了？"

他语气里的担忧与害怕是那么明显，让我再一次肯定了他对我的感情。

"小白，我看不太清楚了，可能很快就会瞎了。"我终于触到了他的脸庞，我描摹着他的轮廓，"真可惜，我好想再看看你的脸啊。"

"为何会这样？"他按住我抚摸他脸庞的手，颤抖着问道，"是因为琴身出了什么问题吗？可是怎么会……你的琴身还好好的，我并未将它烧毁，你的眼睛为何会看不见？"

我摇头，我今天来就是想告诉他所有的真相，我和他之间的相处从来就不够坦诚。

我爱着他，却害怕他讨厌我，推开我，于是我隐藏起我身上所有的伤，隐藏起我所有的真心话，害怕他知道我的真心后离开我。

而他呢，他明明爱上了我，他明明也为我的伤而感到心疼，可他却摆出那样冷漠疏离的样子，仿佛对我做的一切无动于衷，仿佛我做什么都感动不了他。

如果我们可以早一点坦诚相待，不去揣测彼此的心，是不是就会少些黯然神伤的时刻？

我们可以早一些愉快地相处，不必等到此刻，我只有所剩无几的光阴。

"小白，即便你毁了琴身，我也不会有事的，因为——我根本不是琴。"

"你说什么？"他似乎无法理解我说的话。

我不答反问："小白，你是爱我的，对不对？"

他蓦地松开了我，黯然作答："夜筝，今晚我已同长公主完婚，你不必再问这样的问题，这一生，是我对不起你。"

可这一次我不许他再模棱两可，笃定道："哪怕你娶了长公主，哪怕你一次次推开我，哪怕你从不肯承认，可我知道，你是爱我的，我的身体告诉了我这一切。"

……

"小白，我不是琴，我只是你对云家小姐的执念。若你对云家小姐的执念消失了，我也就消失了。"

小白久久未语，我知道他需要时间来消化我所言，就如之前离陌告诉我时那般。

我试图去抱他，"小白，我很开心，真的，第一次觉得受伤，第一次觉得死亡是一件并不悲伤的事情，因为这一切都表明着，你是爱我的，我没有白活。"

"是，夜筝，我爱你。"他回抱住我，"或许是你总笑着跟我说没事的样子，或许是你总小心翼翼隐藏心思的神态，或许是你掉下断壁的浑身鲜血，午夜梦回的时候，我总会梦到你，浑身是血，你跟我说你很疼，在梦里，我的心亦跟着疼了起来。"

我满足了，真的满足了。

能亲耳听到这些话，"我好开心，幸亏我的耳朵还听得到，幸亏。"

"你告诉我，我应该怎么样做，才能换你安然无恙？我爱上了你，我对不起水蓉，可我的爱会害死你，我亦对不起你。"

我从未见过这样脆弱的小白，不堪一击，仿佛随时都要溃不成军。

这不是小白的错，怪只怪我存在的理由太过可笑。

我竟然只是执念。

小白不爱我，我痛苦，小白爱我，我会死去。

"啊——"小白突然崩溃情绪失控，"我到底要怎么做？！到底要怎么做？！夜筝，我没有办法看着你死去，你走吧，夜筝，离我远远的。我会控制自己不再想你，不再爱你，那样你就可以好好地活着了吧。"

小白对我的爱应该是浓烈到了极致，因为我的身体开始使不上力气，整个人瘫软在他的怀抱里，那些模模糊糊的光亮全部化为黑暗，我的眼睛什么也看不见了。

我感觉到我的身体正在消亡，可我没有阻止小白，在他的爱里死去，多浪漫。

“夜筝，夜筝。”

他说不出完整的句子，只是一直唤着我的名字。

我不知道自己什么时候会丧失言语的能力，扯着嗓子发出声音，“小白，离陌只给了我半个时辰的时间，我们好好相处，好吗？”

或许不到半个时辰我便会死去。

“我初初有了精魂的时候还触不到你，我看着你为云家小姐作画，你哭了，我便也跟着哭。”

……

“我每日跟着你，看你练剑，看你沉思，直到碰到了离陌，他渡我修为，我有了实体，便赖着拜他为师，学着幻化的术法，想要触一触你。”

……

“我初初幻化成云家小姐，并未想过要骗你，我不过是想哄哄你让你开心罢了。可你对我那么温柔，你的怀抱让我心生眷恋，真相我也就说不出口了。”

……

“你答应与我成亲那日，我开心疯了，阿九带我去寻了榕树婆婆，每晚你入睡之后，我便借着萤火与月光一针一线地缝制着凤冠霞帔，那个时候我一点也不觉得累，心里满满的都是幸福。”

……

“可是幸福那般短暂，第二日你便将剑刺进我的胸口，可是小白，我还是无法离开你。”

……

“好奇怪，他们每个人都说我傻，阿九说我傻，离陌说我傻，可我没有办法恨你，我想大概是因为你是我的执念吧。”

云家小姐是小白的执念，而小白是我的执念。

我大概真的是快要死了，往事如画在脑海里翩飞，我在回忆里走马观花，痛并快乐着。

听力减退模糊了小白的声音，但幸运的是我还有触感，我感受到温热液体滴落在我的脸庞，我想摸摸他的脸，却抬不起手了，“可以吻我吗？小白。”

他吻上我的时候一直在发颤，而我跌进了无边的黑暗中。

在爱人的怀里死去，真好。

“醒了吗？夜筝。”

这是……离陌的声音？

我不是已经死了吗？我怎么会听到离陌的声音？

我震惊不已，倏地条件反射坐起身子，睁开眼来，视线里是好看的脸，他似是许久不曾合过眼，清俊的面容上写满了憔悴。

等等……为何我会看他看得如此清楚？

我的眼睛，我……我又能看见了？！

我开始环顾四周，身边的景象都清晰地映入我的眼帘，不再是模模糊糊虚幻的光影。

“这是怎么一回事？”我震惊不已，垂首的瞬间发现双手不再是透明的状态，“我的手也好了，这到底是怎么一回事？莫非之前的种种都是一场梦吗？”

离陌朝我伸出手，理了理我凌乱的发，询问道：“身子可还有哪里痛？”

“未有。”那些疼痛与不适感全部消失了，我瞪大双眸看着离陌，担忧道，“你可是又将修为渡与了我？你这个傻瓜，傻瓜！”

离陌摇头，“若是修为能够救你，便是将我这毕生修为渡与你又如何？”

“那我的身体怎么会好？”

“夜筝，这便是我要你答应我的要求。”离陌开口解释道，“我将关于你的记忆从那凡人的脑海里抹掉了，然后我施了术法，他只要是入了睡，便会梦到云家小姐，长此以往，他对云家小姐的执念会越来越深，而你也会安然无恙。”

我激动地伸手拽住他的衣襟，“你让他忘记了我？你为何要这样做？你可曾问过我的感受？我宁可被他爱着死去，也不要被他遗忘地活着！离陌，我恨你，我恨你！”

离陌笑了，眼角眉梢都是苦涩，“你恨我吧，我宁可让你恨我，也不会让你死去的。”

……

“而且，这是你答应过我的不是吗？你说过会应允我一个要求的。”

我说不出话来，耳边又响起了一道熟悉的声音，竟是久未见过的爷爷。

“夜筝，你莫怪阿陌了，他为了你，已经许久不曾合过眼了。”爷爷推门而入，“你不心疼，老夫都要心疼死了。”

我这才发现这屋子是爷爷的住处。

离陌为何将我带来这里？

离陌侧头看向爷爷，“都准备好了吗？”

爷爷点头。

“准备什么？”我隐隐约约觉得慌乱不安，尤其是爷爷朝我靠过来，“你们要做什么？告诉我。”

离陌柔声道：“夜筝，我知道你现在很痛苦很难过，相信我，这些情绪你马上就不会有了。”

“离陌，你到底要做什么？”

“我想让你活着，没有痛苦地活着。”

他的手心有着淡蓝色的光芒，那些光将我笼罩，我说不出话来，身子也动不了，只能瞪着眼睛看着离陌和爷爷。

爷爷看着离陌，叹了口气，道：“阿陌，你确定要这样做吗？”

离陌颔首。

“可是阿陌，断绝了七情六欲的夜筝确实不会再为了那个凡人而伤心痛苦，可是她永远……不可能会爱上你了，你这样，真的值得吗？”

视线里是离陌的侧脸，他唇角微扬，一如我初见他的模样，似笑非笑，肆意张扬。

下一瞬他转头看我，眸光里是快要溢出来的深情，缓缓道：“那有什么关系呢，她本来就未曾爱过我，接下来的岁月，只要她活得不痛苦就好。”

不要，离陌不要。

“她被情爱折磨得太久，余生我只愿她没心没肺地活着。”

……

“我爱着她，足矣。”

大脑越来越昏沉，耳畔只有爷爷的声音，“阿陌，待她醒过来可就真的没心没肺了，我希望你不会后悔。”

“不会，离陌此生不悔。”

“唉，她是那凡人生出的执念，那凡人是她的执念，可是阿陌，她又何曾不是你的执念？不，与其说是执念，更像是你的劫。”

我发不出任何声音，我不知道我醒来后还是不是自己。

我只能暗暗在心里告诉自己：夜筝，哪怕你醒来后没心没肺了，不会再为谁动情，也不会再爱其他的人。可是求求你，一定不要再让离陌伤心了好吗？求求你。